Dirk Trost
Hundstage für Greetsiel

Das Buch

Der dritte Fall für Jan de Fries.

Das romantische Fischerdörfchen Greetsiel stöhnt unter den extrem heißen Temperaturen, die während der sogenannten Hundstage auch den Trockenstrand von Upleward in einen regelrechten Brutkasten verwandeln. Eigentlich sollte das Schlickschlittenrennen der Höhepunkt der diesjährigen Wattwältmeisterschaft in Upleward sein. Als aber das Rennteam Sirius um Jan de Fries mitten im Watt neben der Rennstrecke die Überreste einer zerstückelten und verbrannten Leiche findet, endet das fröhliche Volksfest auf brutale Weise.

Doch der Tote im Watt ist nur das erste Mordopfer eines bestialischen Mörders, dessen zweites Opfer vor den Augen der Gäste eines festlichen Sommernachtsballs in Pewsum öffentlich gehenkt wird. Jan de Fries kann nicht glauben, um wen es sich bei dem vermeintlichen Täter handeln soll, und beginnt auf eigene Faust zu ermitteln. Innerhalb kürzester Zeit bringen seine Nachforschungen den ehemaligen Anwalt in höchste Gefahr.

Der Autor

Der Autor Dirk Trost wurde 1957 in Duisburg geboren.

Bereits als kleiner Junge verbrachte er seine Sommerferien regelmäßig in Ostfriesland und schmökerte den Sommer über in den Abenteuergeschichten von Enid Blyton, Erich Kästner und an langen Winterabenden in den »verbotenen« Krimis seines Großvaters, die ganz hinten im Kleiderschrank versteckt waren. Was lag da näher, als selber Kriminalromane zu schreiben. Es sollte fünfzig Jahre dauern, bis sich dieser Kindheitstraum mit der Jan-de-Fries-Serie erfüllte.

DIRK TROST

Hundstage für Greetsiel

3. FALL FÜR JAN DE FRIES

KRIMI

Deutsche Erstveröffentlichung bei
Edition M, Amazon Media EU S.à r.l.
5 Rue Plaetis, L-2338, Luxembourg
Juli 2016
Copyright © der deutschsprachigen Ausgabe 2016
By Dirk Trost
All rights reserved.

Umschlaggestaltung: bürosüd⁰ München, www.buerosued.de
Umschlagmotiv: © Heinz Wohner / LOOK-foto; © www.buerosued.de
Lektorat: Kanut Kirches
Korrektorat und Satz:
Verlag Lutz Garnies, Haar bei München
www.vlg.de
Printed in Germany
By Amazon Distribution GmbH
Amazonstraße 1
04347 Leipzig, Germany

ISBN 978-1-503-93879-3

www.amazon.de/editionm

*Wehe dem armen Opfer,
wenn derselbe Mund, der das Gesetz gab,
auch das Urteil spricht.*

Friedrich Schiller

1

Eine volle Ladung Schlick klatschte mir mitten ins Gesicht. Der glitschige, nach Fisch und Seetang stinkende Schlamm drang mir in Mund und Nase und kleisterte mir die Augen zu.

Fluchend spuckte ich aus und wischte mir den graugrünen Matsch aus dem Gesicht; mit dem Ergebnis, dass ich nicht nur stank wie eine Moorleiche, sondern jetzt auch so aussah.

»Pass auf, Jan!«, rief Uz warnend.

Hastig fuhr ich mir mit meinen schlammverschmierten Händen durchs Gesicht und blinzelte vorsichtig zwischen den gespreizten Fingern hervor.

Eine zweite Ladung Watt traf mich erneut mitten ins Gesicht und nahm mir Sicht und Atemluft. Ich ruderte mit den Armen und versuchte verzweifelt, mein Gleichgewicht zu halten, als mich die nächste Schlickladung seitlich am Kopf traf und fast von den Füßen holte. Krampfhaft suchten meine schlammverschmierten Joggingschuhe nach festem Halt, den es in der Wattarena des ostfriesischen Upleward allerdings nicht gab. Mühsam zog ich mich am hölzernen Schlickschlitten hoch, um halbwegs mein Gleichgewicht wiederzufinden. Ich blinzelte mir die Sicht frei, kniff meine Augen zu Sehschlitzen zusammen und legte mein volles Gewicht in den Schlitten, während ich gleichzeitig ein lautes Kampfgeheul ausstieß, in das meine Teamkameraden vom Rennteam *Sirius* begeistert einfielen.

Auf stämmigen Beinen stampfte unser Team durch den

Nordseeschlick und nahm mit grimmigen Mienen die Verfolgung des gegnerischen *Admirals*-Teams auf.

Als Steuermann unseres Schlickschlittens war ich für den Kurs verantwortlich. Dumm war nur, dass mir der Schlamm aufgrund der extrem heißen Temperaturen, unter denen Urlauber und Einwohner der Nordseeküste seit Wochen litten, binnen kürzester Zeit zu einer hellgrauen Maske trocknete und mir die Wimpern so stark verklebte, dass ich die Richtung, in der das Ziel lag, nur vage vermuten konnte. Aber im Moment hatte ich ohnehin nur Augen für den breitschultrigen Steuermann des gegnerischen Teams, mit dem wir uns fast wieder auf gleicher Höhe befanden.

»Gleich haben wir euch am Arsch!«, dachte ich grimmig.

Als hätte Joost meine Gedanken erraten, blickte er über die Schulter und lachte mich fröhlich an, als er mein verbissenes schlammverkrustetes Gesicht sah.

Mit einer Geschicklichkeit, für die ich den athletischen Feuerwehrmann der Greetsieler Freiwilligen Feuerwehr beneidete, bückte er sich im vollen Lauf und schleuderte mir eine weitere Schlammpackung entgegen. Ich duckte mich und strauchelte; beste Voraussetzungen für Joost, mir die nächste Ladung Schlick zum zweiten Mal mitten ins Gesicht zu werfen.

Ich merkte zwar, dass ich vom Kurs abwich und den Schlitten nicht mehr Richtung Ziel steuerte, verließ mich aber auf meinen Orientierungssinn. Ich stemmte mein Körpergewicht gegen den hölzernen Haltegriff des Schlittens und versuchte, ihn zu einer Kursänderung zu bewegen. Vergeblich. In voller Fahrt kam unser Schlickschlitten von der Rennstrecke ab, was ich am Trassierband merkte, das die Wattarena einzäunte und sich gerade um meinen Hals schlang. In dem Versuch, mich von dem Band zu befreien, stolperte ich über meine eigenen Füße; die Steuerstange des Schlittens entglitt meiner Hand, und ich stürzte kopfüber in voller Länge in den Nordseeschlamm. Die klatschenden Geräusche, in die sich die Flüche meiner Teamkameraden mischten, verrieten mir, dass es ihnen nicht anders erging.

Mühsam rappelte ich mich auf und wischte mir mal wieder den Schlamm aus den Augen. Schwer atmend und mit offenem Mund, da mir der Schlick die Nase verklebte, stand ich vornübergebeugt da und stützte mich auf meinen Oberschenkeln ab, während ich mit ansehen musste, wie das gegnerische *Admirals*-Team seinen Schlickschlitten johlend vor Freude über die Ziellinie schob.

»Macht nix, Jan!«, hörte ich meinen Kumpel Uz sagen, während er seine Hand auf meine Schulter legte, um sich abzustützen. »Beim Wattfußball packen wir sie!«

»Jo, Käpt'n! So machen wir das!«, ließ sich Onno vernehmen, der noch auf seinem Hosenboden in einem Schlammloch saß und versuchte, sich Schlick aus den Augenwinkeln zu kratzen.

Unser Bauchklatscher ins schlammige Watt des Nordseestrands tat trotz aller Flüche unserer guten Laune keinen Abbruch; schließlich nahmen wir an Ostfrieslands größtem und vermutlich einzigem Karneval teil, wie die Uplewarder *Schlickschlittenrennen-Wältmeisterschaft & Ostfriesischen Wattspiele* auch gerne genannt werden: Karneval im Watt!

Das Spektakel lockt alljährlich mehrere Tausend Besucher aus aller Welt an, die, auf dem Deich sitzend, die »Wältmeisterschaft« verfolgen und die Teams lautstark anfeuern. Unter dem Motto »Schmutziger Sport für eine saubere Sache« treten verrückt kostümierte Teams in skurrilen Disziplinen wie Aalsprint, Reusen- und Staffellauf gegeneinander an. Die Spenden der Gäste und Zuschauer kommen Krebskranken zugute. Eine gute Sache also, für die man nicht trainiert sein, aber Sportsgeist und gute Laune mitbringen muss, was somit die ideale Sportdisziplin für unser vierköpfiges Team war, welches wir eines Abends bei Bier und Köm spontan auf den Namen von Uz' Krabbenkutter getauft hatten: *Sirius*.

Unser Team bestand aus meinem langjährigen Kumpel Uz – einem pensionierten Landarzt, dessen Hobby sein Krabbenkutter *Sirius* war, den er in langjähriger Kleinarbeit einer aufwendigen Restaurierung unterzogen hatte –, Matrose Onno – der für Fangfahrten gerne bei Uz anheuerte, weil dieser gut zahlte –, Kalle – dem launigen tätowierten Kellner des Fischrestaurants *Kieck In* – und mir, einem ehemaligen und latent zum Bauchansatz neigenden Anwalt.

»Verdammich!«, ließ sich Kalle lautstark vernehmen.

Unsere Köpfe ruckten zu ihm herum; unwillkürlich musste ich grinsen. Kalle saß ebenfalls in einer Schlammpfütze und sah aus wie eine frisch ausgegrabene Moorleiche; aber wahrscheinlich sahen wir alle so aus, denn wir hatten uns von Kopf bis Fuß mit Nordseewatt eingesaut, was ja auch Sinn und Zweck des heutigen Spektakels war. Was den besonderen Moorleichenlook ausmachte, waren die graugrünen Schichten in ihren unterschiedlichen Trocknungsgraden. Normalerweise trocknet der Schlick nicht so unmittelbar, wie er es momentan tat: Schuld daran war der außergewöhnlich heiße August mit Höchsttemperaturen von bis zu neununddreißig Grad. Auch der heutige Morgen war schon zu dieser Zeit extrem heiß, ich schätzte die Temperatur auf mindestens zweiundzwanzig Grad, Tendenz steigend.

»Schaut euch das mal hier an!« Erbost schwenkte Kalle einen armlangen schlammigen Stock über seinem Kopf. »Was diese Touris so alles wegschmeißen. Ich hätte mir an dem Ding fast ein Auge ausgestochen!«

»Was ist denn das für 'n Ding?«, wollte Onno wissen und reckte neugierig den Hals.

»Keine Ahnung.« Kalle zuckte mit den Schultern und warf

den Stock wütend von sich. »Mensch, hier ist ja noch mehr Kram!«

Ich sah, wie Kalle in der Pfütze, in der er saß, herumtastete, um dann eine schlammverschmierte Kugel zwischen seinen ausgestreckten Beinen hervorzuziehen.

»Das müsste verboten werden!«, wetterte er lautstark und betastete prüfend seinen Fund.

»Das ist verboten«, erwiderte Uz trocken.

Uz hatte natürlich recht. Es ist streng verboten, seinen Müll in die Nordsee zu verklappen oder zu entsorgen. Polizei und das Umweltamt in Leer achten peinlich genau auf Umweltsünder an der Küste; schließlich handelt es sich bei den Wattenmeeren an der niedersächsischen und holländischen Küste um bedeutende Biosphärenreservate und Nationalparks.

»Ich glaub's ja wohl nicht!«, rief Kalle und hielt eine Kugel hoch, in die er zwei Finger gesteckt hatte. »Da hat jemand eine Bowlingkugel weggeworfen!«

Energisch tauchte Kalle seinen Fund in die Pfütze und schwenkte die Hand, mit der er die Kugel hielt, im Wasser hin und her, um den gröbsten Schlamm abzuspülen.

»AAH!« Mit einem markerschütternden Aufschrei fuhr Kalle aus seinem Schlammloch hoch, als hätte er in einen Schwarm Feuerquallen gegriffen, und warf die Bowlingkugel mit einer hastigen Bewegung von sich, als handele es sich um eine scharfe Handgranate.

So leicht ließ sich die Kugel aber nicht loswerden, denn Kalle hatte seine Finger in den Löchern eingeklemmt und bekam sie nicht mehr herausgezogen.

»Weg, weg, weg!« Wild schüttelte der Kellner die rechte Hand und hüpfte von einem Bein aufs andere, sodass der Schlamm um ihn herum aufspritzte.

»Oh, Scheiße!«, ließ sich Uz vernehmen. »Das ist keine Bowlingkugel. Das ist – ein Schädel!«

»Schädel?«, echote ich mehr ungläubig als entsetzt. »Du meinst... Du meinst einen Kopf? Einen menschlichen Kopf?«

»Halt still, Kalle!«, rief Uz dem Kellner zu und beantwortete meine Frage mit einem knappen Kopfnicken.

Ohne ein weiteres Wort zu verlieren, stapfte Uz mit schnellen Schritten auf Kalle zu, der jetzt nicht nur wie eine mumifizierte Moorleiche aussah, sondern auch ebenso regungslos mit ausgestrecktem Arm dastand und auf seine Hand starrte, von deren Fingern sich gerade die schlammige Kugel löste und mit einem schmatzenden Geräusch in den Matsch klatschte, wo sie in einem kleinen Krater liegen blieb.

Ich löste mich aus meiner Erstarrung und stakste Uz eilig hinterher, der bereits kniete und Kalles Fund kritisch beäugte.

»Watt ist denn nur mit Team *Sirius* los?«, kalauerte in diesem Moment die blecherne Stimme des Wettkampfsprechers über Lautsprecher. »Wollt ihr weitermachen, oder sucht ihr lieber nach Wattwürmern?«

Erst jetzt drangen das Gejohle der Zuschauer und die Stimme des Bürgermeisters, der auch in diesem Jahr das Schlickschlittenrennen gewohnt launig kommentierte, in mein Bewusstsein. Das Manöver des *Admirals*-Teams, das uns von der Rennpiste rund hundert Meter hatte abkommen lassen und uns auf direktem Wege in das mit Schlickpfützen überzogene Wattenmeer katapultiert hatte, war von den begeisterten Zuschauern mit viel Beifall und Applaus bedacht worden. Offenbar klatschten Touristen wie Einheimische noch immer lachend in die Hände.

Ich gestikulierte unbeholfen Richtung Rennleitung, aber wie sollte ich per Handzeichen erklären, weshalb wir uns gerade um ein schlammiges Etwas im Watt versammelten? Also hob ich kurzerhand beide Arme über den Kopf, drückte den sichtbaren linken Zeigefinger gegen die ausgestreckte Innenseite meiner rechten Hand und formte das im Basketball übliche Handzeichen für eine Auszeit.

Bereits beim Näherkommen erkannte auch ich, dass Uz mit seiner Behauptung recht hatte; bei dem schlammverschmierten Etwas handelte es sich eindeutig um einen menschlichen Schädel.

Der Totenkopf lag halb auf der Seite und glotzte uns aus einer dunklen Augenhöhle an. Obwohl er voller Schlamm war und sich an seinen Außenrändern aufgrund der morgendlichen Hitze bereits hellgraue Flecken bildeten, konnte ich verkohlte Haarbüschel und Augenbrauen an dem Schädel erkennen. Ebenfalls deutlich erkennbar waren die verbrannte Gesichtshaut und die verkohlten Lippen. Die Zähne waren schwarz verrußt.

»Der arme Teufel wurde verbrannt, und anschließend wurde ihm der Kopf abgetrennt«, erklärte Uz nüchtern und mit unbewegter Miene.

Noch immer mehr ungläubig als entsetzt starrte ich auf den makabren Fund und deutete auf den armlangen Gegenstand, den Kalle von sich geworfen hatte und den ich erst bei genauerem Hinsehen als das erkannt hatte, was es war: ein bis auf den geschwärzten Knochen verbrannter menschlicher Arm.

»Wenn das keine Bowlingkugel ist, handelt es sich hierbei offenbar auch nicht um einen alten Regenschirm, den jemand weggeworfen hat«, sagte ich trocken.

»Ne, ganz bestimmt nicht!«, warf Onno aufgeregt ein, und ich bemerkte, dass seine Stimme einen leicht hysterischen Unterton angenommen hatte, was angesichts des Fundes auch kein Wunder war. »Das ist ein Arm! Sieht man doch; da hängt doch noch die Hand dran!«

»Ein linker Arm, um genau zu sein«, konnte ich mir nicht verkneifen zu sagen, denn ich erkannte, wo sich der Daumen an der Hand befand.

»Ich hatte meine Finger in seinem Kopf«, stöhnte Kalle kaum hörbar und rutschte ohne weiteren Kommentar wie in Zeitlupe in sich zusammen.

Obwohl ich im gleichen Moment meine Arme ausstreckte, um ihn zu stützen, bekam ich ihn nur noch mit den Fingerspitzen zu fassen, sodass er mir durchrutschte und neben dem Totenschädel in den Nordseeschlamm klatschte. Aber zumindest landete er sanft – Watt ist weich.

Während Uz und ich Kalle in die stabile Seitenlage drehten und uns vergewisserten, dass seine Atemwege frei von Schlick waren, kam Joost mit Björn, einem Teamkameraden, der ebenfalls Feuerwehrmann war, auf uns zu gestapft. Unsere Konkurrenten hatten mitbekommen, dass bei uns irgendetwas nicht mit rechten Dingen zuging.

»Was ist los, können wir helfen?«, rief uns Joost schon von Weitem zu.

»Passt auf, wohin ihr tretet!«, warnte ich die beiden hünenhaften Feuerwehrmänner, die auf uns zu stapften und dabei das Schlickwasser aufspritzen ließen. »Hier liegt ein Toter!«

»Was?« Die beiden schauten ungläubig und beschleunigten ihre Schritte, um kurz darauf vor uns zu stehen.

»Keine Sorge.« Joost strahlte die Besonnenheit eines professionellen Retters aus, als er sich mit seinem Kameraden über Kalle beugte. »So schnell stirbt es sich nicht.«

»In dem Fall schon!« Ich zeigte auf den Totenschädel, der von den beiden Helfern noch nicht bemerkt worden war.

Ungläubig riss Joost die Augen auf, so als könne sein Gehirn nicht begreifen, was die Augen sahen. Natürlich war Joost als Feuerwehrmann Schreckensszenarios von Unglücken oder Unfällen gewohnt; wahrscheinlich konnte ihn auch so leicht nichts mehr schockieren, aber auch ein Profi ist nur ein Mensch. Und nichts ist menschlicher, als schockiert zu sein und ungläubig aus der Wäsche zu schauen, wenn man inmitten einer fröhlichen Wettkampfveranstaltung völlig unvermutet mit einem so grauenvollen Anblick konfrontiert wird.

»Geh an Land und informier die Polizei!«, wies Joost seinen Kameraden an, ohne den Totenschädel aus den Augen zu lassen.

Sein Begleiter drehte sich ohne ein weiteres Wort um und stürmte mit ausholenden Schritten dem Uplewarder Festland zu. Ich war unterdessen aufgestanden und hatte mir Kalles Beine geschnappt, die ich hochhielt, um seinen Kreislauf wieder zu stabilisieren.

»Oh, Mann!«, stieß Joost zwischen den Zähnen hervor, während er vorsichtig einen Fuß nach dem anderen in den Schlick setzte, um nicht auf weitere Knochen oder Leichenteile zu treten. »Der sieht aber nicht gut aus!«

»Das kannst du wohl meinen«, nickte Onno mit wachsbleichem Gesicht.

»Hat euer Kumpel ihn gefunden?«, fragte Joost.

Wir nickten synchron und dachten wahrscheinlich alle darüber nach, wie und wann der Tote hier vergraben worden war.

Offenbar konnte Uz Gedanken lesen: »Der Tote muss unmittelbar heute Morgen bei Niedrigwasser hier abgelegt worden sein«, erklärte er seine Überlegungen. »Ich bin mir sicher, dass die Flut die Leichenteile weggespült hätte.«

»Das wäre ja fast der perfekte Mord geworden«, meinte Joost und beugte sich zu dem Schädel hinunter.

»Ja«, erwiderte ich. »Fast perfekt; aber nur fast.«

»Der oder die Täter haben den oder die Tote zerstückelt und verbrannt. Ich tippe mal darauf, dass sie als Brandbeschleuniger einen Kanister Benzin über die Leiche gegossen haben.« Uz kniete sich ganz tief zu dem Schädel hinunter und hielt seine Nase dicht an die traurigen Reste der verkohlten Haarsträhnen.

Als ich Uz an dem Schädel schnuppern sah wie mein dicker Hund Motte an seinem Knochen, bekam ich sofort das Gefühl eines Déjà-vu. Zu frisch waren noch die Erinnerungen ans vergangene Jahr, als Uz mit seiner Nase erschnuppern wollte, ob die gehäutete Frau, die wir in Ketten hängend im Sadomasoklub *Insomnia* gefunden hatten, echt oder ein täuschend realistisches Polyethylenimitat war.

»Sag ich doch.« Mit zufriedenem Gesichtsausdruck erhob Uz sich. »Benzin; und nicht wenig!«

Ein weiteres Indiz dafür, dass die Leichenteile keine Flut lang hier im Watt gelegen haben konnten. Nach acht Stunden Seewasser hätte wahrscheinlich auch Uz' Riechkolben keinen Benzingeruch mehr wahrnehmen können; vermutete ich zumindest, schließlich war ich ja kein Brandsachverständiger. Diese Frage zu beantworten war Sache der Gerichtsmedizin. Wobei mir gleich Tillmann einfiel, der zuständige Pathologe mit der karottenfarbenen Gerd-Müller-Gedächtnisfrisur. Der lattendürre Doc mit dem übergroßen Adamsapfel, der ständig auf und nieder hüpfte, würde sicherlich nicht lange auf sich warten lassen.

In diesem Moment trafen zwei Rettungssanitäter ein, die, dem heutigen Wattspektakel entsprechend mit Gummistiefeln ausgestattet, durch den Schlick gestapft kamen.

Mit ihrer Trage, die sie lässig unter den Arm geklemmt hatten, grüßten die Retter nur mit einem achtlos gemurmelten »Moin« und legten Kalle als Erstes einen venösen Zugang, an den sie eine Infusion mit einer 0,9-prozentigen isotonischen Kochsalzlösung hängten. Noch während die Sanitäter dem Bewusstlosen den Blutdruck maßen, schlug dieser langsam die Augen auf und blinzelte in den strahlend blauen Himmel.

Als Kalle wieder unter den Lebenden weilte und sich kurz sortiert hatte, lehnte er sowohl eine Fahrt zur Beobachtung ins

Krankenhaus als auch jegliche weiterführende Untersuchung vehement ab. Er ließ sich nur von den Sanitätern auf die Beine helfen und bestand dann darauf, bei uns zu bleiben. Da die Sanitäter die Fruchtlosigkeit einer Diskussion erkannten, beließen sie es dabei, Kalle einen Arztbesuch dringend ans Herz zu legen, und zogen unverrichteter Dinge wieder ab.

In der Zwischenzeit lief das Rennen weiter, warum auch nicht? Schließlich war das hier keine Formel-1-Rennstrecke, wo nach einem Crash die Bahn gesperrt werden müsste. Der Einsatz von zwei Rettungssanitätern war nicht so besorgniserregend, als dass man das Rennen abgebrochen hätte. Von dem Toten, der hier in seinen Einzelteilen herumlag, wusste außer uns bislang noch niemand. Wenn die Rennleitung über den Leichenfund informiert war, würde die Veranstaltung allerdings mit Sicherheit sofort beendet werden.

Auch wenn Joost heute eigentlich frei hatte, übernahm er das Kommando und wies die Rettungssanitäter an, die Veranstaltungsleitung zu informieren. Er positionierte uns in einem großzügigen Quadrat, sodass Uz, Onno, Kalle und ich die Eckpfosten des von ihm abgesteckten »Tatorts« waren; wobei wir uns darüber einig waren, dass es sich bei dem Fundort des Schädels keinesfalls um den Tatort handelte.

Joost begann den Bereich, in dem wir standen, großzügig mit Trassierband abzusperren. Bei dem Trassierband handelte es sich in diesem Fall um Mullbinden, die Joost sich von den Rettungssanitätern hatte aushändigen lassen und die Björn miteinander verknüpfte, um sie uns als »Eckpfosten« in die Hand zu drücken, sodass wir ohne Aufwand ein sauberes Quadrat abstecken konnten. Kaum dass der letzte Knoten geknüpft war, tauchte auch schon die Polizei in Form von zwei uniformierten Beamten auf, die bei dieser Gluthitze auf ihre Uniformjacken verzichtet hatten und zu ihren blauen Einsatzhosen nur Kurzarmhemden trugen. Eine kleine blonde, durchtrainiert wirkende Polizistin, die mir zwar bekannt vorkam, die ich aber nicht einordnen konnte, stapfte neben einem hageren mittelgroßen Polizisten her. Dessen Halbglatze glänzte in der Sonne, weil er die Dienstmütze abgenommen hatte, und sein langer, dürrer Hals ragte aus dem Uniformhemd heraus, was mich stark an einen Geier erinnerte. Weshalb mir auch sofort einfiel, woher ich diesen Polizisten kannte. Gänsegeier, wie ich ihn insgeheim nannte, hatte mich auf dem Parkplatz am Fähranleger in Norddeich einmal vorläufig festgenommen, weil er mich für einen Autodieb hielt, als ich den abgestellten Wagen eines Mordopfers untersuchte. Mir fiel nur im Moment sein richtiger Name nicht ein.

»Moin zusammen!«, rief uns die Polizistin mit dem blonden Pferdeschwanz forsch entgegen. »Hier soll es einen Toten geben?«

Joost ging den Polizisten entgegen, die in Gummistiefeln durch den Schlick stapften, und begrüßte die Beamten mit Handschlag; natürlich kennen sich bei uns in Ostfriesland Feuerwehr und Polizei persönlich. Während die Beamten dem Feuerwehrmann aufmerksam zuhörten, erkannte ich an seinen Gesten, dass Joost gerade das für uns unrühmliche Ende unseres Schlickschlittenrennens beschrieb, und ich konnte mich des Eindrucks nicht erwehren, dass der Gänsegeier schadenfroh in sich hinein feixte.

Als Joost Richtung Totenschädel zeigte, setzten sich die Beamten reflexartig in meine Richtung in Bewegung, da ich als Eckpfosten nur zwei Schritte von dem Schädel entfernt stand. Die beiden Beamten standen etwas ratlos vor dem makabren Fund, bis Gänsegeiers Kollegin mit einem Blick auf ihre Armbanduhr meinte: »Die Flut kommt in knapp zwei Stunden; die Kripo in Emden ist informiert, und soweit ich weiß, ist die Spurensicherung auch schon unterwegs. Bis die Kollegen eintreffen, können wir auch nichts machen.«

Gänsegeier wies mit seinem kantigen Kinn in unsere Richtung. »Wir können doch schon mal die Personalien aufnehmen; die Protokolle machen wir dann später an Land.«

Seine Kollegin nickte zustimmend und drehte dem abgetrennten Kopf den Rücken zu. Sie griff in die Seitentasche ihrer Hose und zog einen kleinen Notizblock hervor.

»Moin erst mal!«, begrüßte sie mich mit einem freundlichen Lächeln, welches ich irgendwo schon mal gesehen hatte. Aber wo?

»Moin, Frau Kleinschmidt«, grüßte ich zurück und las ihren Namen von dem Namensschild ab, das sie an ihrer Uniformbluse trug.

»Eigentlich brauch ich Ihre Personalien ja gar nicht aufzunehmen«, lächelte sie. »Ich erinnere mich noch gut an Sie, Herr de Fries.«

»Sie kennen mich?« Verdutzt sah ich sie an.

»Kein Wunder, dass Sie sich nicht an mich erinnern.« Ihr Lächeln wurde breiter. »Bei unserem letzten Treffen hatten Sie andere Probleme. Sie bekamen keine Luft mehr und waren knallrot im Gesicht.«

Da bei mir noch immer nicht der Groschen fiel und ich sie verständnislos ansah, fügte sie erklärend hinzu: »Die eiskalte Nacht bei den Zwillingsmühlen in Greetsiel. Ich hatte Ihnen einen Notarzt gerufen.«

Unwillkürlich zuckte ich zusammen, denn die Erinnerung an die frostklirrende Nacht war sofort wieder da: als ich der tiefgefrorenen Ballerina gegenüberstand, die von ihrem Mörder mit über den Kopf gefesselten Händen an einem Windmühlenflügel aufgehängt worden war, und ich in ihre mit einer Eisschicht überzogenen toten Augen starrte. Nur zu gut erinnerte ich mich daran, wie aufgrund eines anaphylaktischen Schocks meine Luftröhre langsam zuschwoll und mich Todesangst überkam, als ich zu ersticken drohte. Nicole Kleinschmidt hatte recht; in besagter Nacht war ich mit anderen Dingen beschäftigt – einen Mörder zu jagen und dabei am Leben zu bleiben.

»Vielen Dank nachträglich«, lächelte auch ich jetzt. »Sie haben recht, in jener Nacht war ich damit beschäftigt zu überleben.«

Sie notierte sich trotzdem meine Personalien, und ich gab ihr bereitwillig Auskunft über das, was geschehen war und wieso unser Team von der Rennstrecke abgekommen war.

»Ohne die Schlickbomben von Joost wären die Leichenteile niemals gefunden worden«, sagte ich.

Wir wechselten noch ein paar Worte miteinander, dann wandte sich die Polizistin dem nächsten »Eckpfosten« zu, meinem Kumpel Uz, und ich hörte, wie er sie mit Vornamen begrüßte, was ja auch kein Wunder war. Als ehemaliger Landarzt der Krummhörn kannte Uz natürlich so gut wie jeden Einheimischen. In den meisten Fällen auch mit ihren Krankheiten, Sorgen und Freuden, da Uz auch viele Babys durch Hausgeburten auf die Welt gebracht hatte.

Während ich als Eckpfosten das Trassierband gespannt hielt, wanderte mein Blick automatisch zu dem abgetrennten Kopf und dem verkohlten Armknochen, dessen Zeigefinger wie ein Fremdkörper von der ebenfalls verkohlten Hand abstand. Auch wenn weder der bis zur Unkenntlichkeit verbrannte und mit Schlick verschmierte Schädel noch der verkohlte Arm einen Hinweis auf das Geschlecht des Opfers gaben, tippte ich instinktiv darauf, dass es sich bei dem Toten um einen Mann handelte.

Was war dem armen Teufel widerfahren? Wem war er in die Quere gekommen, oder wer hatte ihn so sehr gehasst, dass er ihn tötete und zerstückelte, um dann die Leichenteile zu verbrennen und bei Niedrigwasser im Nordseeschlamm des Uplewarder Trockenstrands zu vergraben, damit die aufkommende Flut das schändliche Werk zu Ende brachte und die Leichenteile aufs offene Meer hinausspülte und für alle Zeiten auf den Grund der Nordsee versenkte?

Mit etwas Glück würde die Spurensicherung der Emder Kripo auch den Rest des Mordopfers finden, und da ich wusste, dass der Pathologe Doktor Theodor Tillmann seinen Job exzellent machte, standen die Chancen für eine Identifizierung der Leiche nicht schlecht.

Während ich noch meinen Gedanken nachhing, merkte ich, dass ich langsam, aber sicher Kopfschmerzen bekam. Wir standen ja schon eine ganze Zeit ohne den Zipfel eines Schattens in der Gluthitze des Wattenmeers herum. Gute Aussichten auf einen Sonnenstich also. Mir klebte auch schon die Zunge am Gaumen, und mein Hals fühlte sich genauso knochentrocken an wie der Schlamm, der auf meinem Körper mittlerweile zu einer festen Kruste gebacken war. Wobei mir bei dem Wort »Kruste« sofort die Dorade in Salzkruste einfiel, die ich vor ein paar Tagen für unsere wöchentliche Kochrunde zubereitet hatte. Heute Abend war eigentlich wieder gemeinschaftliches Kochen, aber wie ich die Lage einschätzte, fiel der gemütliche Abend mit Freunden wohl aus, was ich besonders schade fand, denn heute wäre Onno dran gewesen, und ich hatte schon auf seinen legendären Pannfisch spekuliert.

In diesem Moment näherte sich von Land aus eine Gruppe Menschen, von denen einige weiß gekleidet waren: die Fachleute von der Spurensicherung in ihren Overalls. Die anderen Gestalten konnte ich noch nicht erkennen, ich tippte aber auf die Kripo.

»Na, das gibt ja ein freundliches Wiedersehen mit Macke und Hahn!«, dachte ich sarkastisch, als ich die durch das Wattenmeer stapfende Gruppe betrachtete, die sich schnell näherte.

Während ich die Gruppe beobachtete, trat der hagere Polizist mit der Halbglatze von hinten an mich heran: »Ist Ihnen sonst irgendetwas aufgefallen?«

Ich schüttelte den Kopf, ohne ihn anzusehen. »Nö. Nix.«

»Nix ist wenig«, entgegnete er gedehnt. »Meistens fällt den Zeugen irgendetwas ein, von dem sie nicht gewusst haben, dass es wichtig ist.«

»Nix heißt auch nix«, sagte ich knapp. »Zumindest bei mir.«

»Hat hier irgendetwas herumgelegen, oder ist Ihnen sonst etwas an dem Mann aufgefallen?«, bohrte er penetrant nach.

»Nein. Nix.« Jetzt wandte ich mich ihm doch zu und fragte ihn misstrauisch: »Woher wollen Sie denn eigentlich wissen, dass es sich bei der Leiche um einen Mann handelt?«

Mit unbewegter Miene starrte mich der Polizist mit dem dürren Hals eines Gänsegeiers an, entgegnete aber nichts. Auch wenn er als Polizist das Recht hatte, mir als Zeuge jede denkbare Frage zu stellen, kam mir seine penetrante Fragerei aus dem Zusammenhang gerissen vor. Was sollte hier im Watt schon an Spuren herumliegen? Außerdem gefiel mir sein bohrender Blick nicht, mit dem er mich aufzuspießen schien.

»Ich meine ...«, mit dem Kopf deutete ich auf den im Watt liegenden Totenschädel, »... die Leiche wurde zerstückelt und verbrannt. Selbst Uz Jansen, der es als altgedienter Landarzt wissen sollte, kann nicht sagen, ob der Tote ein Mann oder eine Frau ist.«

Mit einem scharfen Laut zog der hagere Polizist Luft zwischen seinen Zähnen hindurch, als suche er nach Resten des letzten Frühstücks, um sich dann wortlos von mir abzuwenden. Ich sah ihm zu, wie er zurück zu seiner blonden Kollegin stapfte, und wandte meine Aufmerksamkeit wieder der sich nähernden Gruppe zu.

Ein paar Minuten später konnte ich bereits einzelne Personen erkennen. Die Silhouette seiner karottenfarbenen Haare, die der Gerichtspathologe Doktor Tillmann im Stil des Afrolooks der Sechzigerjahre trug, war ebenso unverkennbar wie die schlanke, hoch aufgeschossene Gestalt von Kommissar Mackensen, der als Einziger nicht durch den Schlick stapfte, sondern zu schlendern schien.

Mackensen hatte ich als arroganten Schönling kennengelernt. Aber ich hatte seiner Entscheidung im vergangenen Jahr höchsten Respekt gezollt, als er sich ohne Druck aus freien Stücken vom Hauptkommissar zum Kommissar hatte zurückstufen lassen. Warum und was genau vorgefallen war, wusste noch nicht einmal Uz, der sonst immer bestens informiert war. Ich vermutete, dass Mackensens Entscheidung mit dem abrupten Rücktritt seines ehemaligen Mentors und Vorgesetzten Oberstaatsanwalt Bertram Riegel zu tun hatte. Dieser hatte, nachdem seine spezielle sexuelle Beziehung zu einem Mordopfer publik geworden war, behauptet, Mackensen habe Jahre zuvor ihn belastendes Material verschwinden lassen, was angeblich der Grund für Mackensens ungewöhnlich schnelle Beförderung gewesen sei.

Auch wenn ich Mackensen aufgrund seiner Großkotzigkeit nicht ausstehen konnte, glaubte ich seinen Beteuerungen, nichts Illegales getan zu haben. Ich hielt ihn zwar für ein arrogantes, sexistisches und selbstgefälliges Arschloch, aber auch gleichzeitig für einen ehrlichen und guten Polizisten; gewisse Dinge müssen sich nicht zwangsläufig widersprechen.

Als die Gruppe am Trassierband vom Gänsegeier in Empfang genommen und ins Bild gesetzt wurde, fielen mir sofort zwei Dinge auf: Zum einen vermisste ich Oberkommissar Hahn, mit dem Mackensen für gewöhnlich ein Ermittlerduo bildete; stattdessen stand neben Mackensen ein sportlich aussehender Endzwanziger in hochgekrempelten Jeans, aus denen klobige Gummistiefel hervorlugten, und mit lässig in den Hosentaschen vergrabenen Händen. Trotz der brütenden Hitze trug er eine abgewetzte, speckige braune Lederjacke.

Zum anderen trug Mackensen heute nicht seine unvermeidliche verspiegelte Top-Gun-Sonnenbrille, ohne die ich ihn noch nie gesehen hatte; zumindest konnte ich mich nicht daran erinnern. Stattdessen trug er ein dezentes Modell, das sein zugegebenermaßen gutes Aussehen unterstrich.

Mackensen gab den Leuten von der Spurensicherung ein paar kurze Anweisungen, die daraufhin das Trassierband anhoben und mit ihren Utensilien das von uns markierte Areal betraten. Zwei Beamte der Gerichtsmedizin hielten lange Sonden in den Händen, ähnlich wie die, mit denen die Bergwacht nach Lawinenopfern sucht. Während die Beamten sofort ihre Suche begannen, folgte Doc Tillmann mit einem weiteren Mitarbeiter der Spurensicherung Mackensen und seinem neuen Partner, die direkt auf mich zusteuerten.

Auch aus der Nähe überraschte Mackensen mich. Zwar trug er noch immer das Haar gegelt, aber er hatte neben seiner verspiegelten Sonnenbrille auch auf seine modischen Extravaganzen verzichtet. Weder war er sehr teuer noch außergewöhnlich modisch oder geschmackvoll gekleidet. Mackensen trug ein schlichtes hellblaues Hemd mit hochgerollten Ärmeln und eine schlichte Jeans, die er ebenfalls hochgekrempelt hatte, sodass die grauen Polizeigummistiefel hervorschauten. Seine Dienstwaffe trug er nicht mehr in einem martialisch aussehenden Schulterhalfter, sondern in einem schlichten Gürtelholster.

»Welch erstaunliche Wandlung«, dachte ich, entschloss mich aber zur Vorsicht; ich traute der Wandlung des bislang hochmodisch gekleideten Exzentrikers nicht.

»Guten Morgen, Herr de Fries.« Mackensen überraschte mich zum zweiten Mal, indem er mir direkt in die Augen sah und dabei auch noch den Ansatz eines Lächelns zeigte.

Offensichtlich hatte er nicht nur einen neuen Imageberater, sondern obendrein noch einen Kurs in gutem Benehmen an der Volkshochschule in Aurich absolviert. Ich gebe zu, manchmal kann ich nachtragend, gehässig und, ja, auch polemisch sein.

»Mein Kollege, Kommissar Freud«, stellte Mackensen seinen Begleiter vor. »Oberkommissar Hahn ist zur Zeit in Kur.«

»Guten Tag. Alexander Freud«, grüßte Hahns Vertretung förmlich mit kurzem Kopfnicken und so absolut akzentfrei, dass ich seine Herkunft spontan dem niedersächsischen Hannover zuordnete.

»Moin«, grüßte ich ebenso höflich wie friesisch knapp zurück; ich wollte ja hier keine Teestunde abhalten.

»Die Kollegen von der Schutzpolizei haben berichtet, dass Sie mit Ihrem Team einen menschlichen Schädel und einen Arm gewissermaßen aus dem Watt gepflügt haben?« Mackensen äußerte sich sachlich und frei von ironischen oder sarkastischen Untertönen. »Würden Sie mir bitte den genauen Hergang schildern?«

»BITTE?«, dachte ich entgeistert. »Mackensen hatte ›bitte‹ gesagt?«

Da ich Mackensen bislang vollkommen anders erlebt hatte, brauchte ich einen Moment, um seine unerwartete Höflichkeit zu verarbeiten, und nickte betont langsam, um Zeit zu gewinnen. Nach ein paar Sekunden berichtete ich in knappen Worten, wie wir mit dem Schlickschlitten von der Bahn abgekommen waren und Kalle zuerst den Arm und dann den Kopf gefunden hatte.

»Da hat sich Ihr Freund sicherlich sehr erschrocken?«, fragte er.

Jetzt reichte es aber langsam! Mackensen war nicht nur höflich und sachlich, sondern auch noch empathisch? Er machte es mir nicht gerade leicht, mein Feindbild zu pflegen, zumal ich mich bei seinem Anblick automatisch auf eine, wie gewohnt, mehr oder weniger scharfe Konfrontation eingestellt hatte, die er stets mit seinem impertinenten Auftreten provozierte. Heute im Schlick aber stand mir nicht nur ein optisch neuer, sondern auch ein umgänglicher und höflicher Kripobeamter gegenüber.

Was hatten die mit ihm gemacht? Neu formatiert, oder hatte ihm jemand einen Reboot spendiert?

Während ich nach einem Ansatz suchte, mich über den Kommissar aufzuregen, erschrak ich gleichzeitig über mich selber. War ich mittlerweile wirklich derart verbohrt und mit meiner einmal gefassten Meinung so sehr verhaftet, dass ich meinem Gegenüber keine Chance auf eine faire Beurteilung einräumte? Eigentlich hatte ich mir immer etwas auf meine Fähigkeiten zur Selbstreflexion eingebildet.

Bevor ich mir weitere Gedanken über den Status meiner Vorurteile machen konnte, kam Tillmann auf mich zu. Wir begrüßten uns mit einem kurzen Nicken.

»Da habt ihr mit eurem Schlitten den perfekten Mord verhindert«, meinte der rothaarige Pathologe und warf einen Blick auf seine Uhr. »Wann kommt die Flut?«

»In zwei Stunden«, antwortete ich.

»Dann dürfen wir keine Zeit verlieren!« Tillmann wandte sich seinen beiden Mitarbeitern zu, die mit ihren Stangen im Watt herumstocherten, und rief ihnen zu: »Ihr habt eine Stunde!«

»Mitarbeitermotivation«, grinste Tillmann und zwinkerte mir zu.

Der Pathologe war ein wirklich netter Kerl, mit dem ich mich gut verstand. »Aber er muss ja nicht gleich mein Schwiegersohn werden!«, dachte ich und hoffte inständig, dass er gefälligst verhütete, wenn er schon mit meiner Tochter ins Bett ging. Ich hatte überhaupt keinerlei Ambitionen, Großvater zu werden. Alleine bei der Vorstellung schüttelte ich mich unwillig. Der Doc konnte so sympathisch sein, wie er wollte, aber die Vorstellung, dass meine Tochter... nein! Ich schob kurzerhand das Thema auf die hinteren Ränge der Dinge, um die ich mir Gedanken machen wollte, und richtete mein Augenmerk wieder auf das Geschehen.

An der Stelle, wo der abgetrennte Schädel im Watt lag und uns mit einem Auge anstarrte, ging Tillmann in die Hocke und nahm den Kopf sorgsam in Augenschein. Er blieb mehrere Minuten regungslos vor unserem makabren Fund hocken. Auch wenn er sich nicht regte, wusste ich doch, dass der Pathologe den Kopf als Erstes detailliert mit seinen Augen scannte. Ich wusste auch, dass der Doc alle Einzelheiten mit den Augen registrierte und ein erschreckend gut funktionierendes fotografisches Gedächtnis hatte. Wie gesagt, ein brillanter Mediziner und sympathischer Bursche, wenn er nur nicht mit meiner Tochter ...

Wie aufs Stichwort hörte ich in diesem Moment Thyra ein neugieriges »Moin« rufen. Sie stand mit Rennleiter Markus Kellermann, der im beruflichen Leben das Amt des Bürgermeisters von Greetsiel bekleidete, am Rande des Trassierbandes. Ich hatte die beiden gar nicht kommen sehen.

»Stören wir?« Thyra hatte ein fragendes Gesicht aufgesetzt, während sie ihre Sonnenbrille abnahm und über ihre raspelkurzen weißblonden Haare schob.

»Nein«, rutschte es mir heraus, was mir einen kurzen Seitenblick von Mackensen einbrachte.

Zu Recht, denn schließlich war Mackensen hier Chef im Ring. Der Kommissar stapfte zu Markus Kellermann hinüber und wechselte ein paar Worte mit ihm. Thyra hörte nur kurz hin, um Mackensen dann den Rücken zuzukehren und der Absperrung aus Mullbinden zu folgen, bis sie vor mir stand.

Neugierig machte sie einen langen Hals und beugte sich über das Trassierband aus Mullbinden. Als sie den Kopf im Watt liegen sah, riss sie überrascht die Augen auf.

»Till!«, rief sie halblaut und warf einen raschen Seitenblick zu Mackensen, der noch immer mit dem Bürgermeister sprach.

Der Pathologe sah auf und drehte seinen Kopf in unsere Richtung. Als er Thyra erblickte, ging ein Strahlen über sein Gesicht. Er stand sofort auf und kam auf uns zu.

»Mann oder Frau?«, fragte Thyra pragmatisch.

»Kann ich noch nicht sagen«, antwortete Tillmann und machte einen enttäuschten Eindruck, während das Lächeln auf seinem Gesicht langsam erlosch; offenbar hatte er sich eine herzlichere Begrüßung erwartet. »Ich muss den Schädel erst röntgen und vermessen, dann kann ich mehr sagen.«

»Zum Alter auch?«, wollte ich wissen.

»Geschlecht, Alter, Größe, Haarfarbe, alles kein Problem«, nickte der Doc, »nur nicht die Adresse und wer ihn oder sie umgebracht hat.«

»Wer sind Sie, und was machen Sie hier?«, fragte eine Stimme in akzentfreiem Hochdeutsch direkt hinter mir.

Thyra fuhr herum und blitzte den Fragesteller aus ihren seegrünen Augen verärgert an. »Wer will das wissen?«, fragte sie schnippisch und schoss einen biestigen Blick auf ihn ab.

Der junge Mann, den Mackensen mir als seinen aktuellen Partner vorgestellt hatte, verzog keine Miene, als er in neutralem Tonfall erwiderte: »Die Kripo. Die Kriminalpolizei will das wissen.«

Trotz aller Neutralität gab Kommissar Freud dem Wörtchen »will« eine deutliche Betonung, die unterstrich, dass er seine Frage nicht aus reiner Neugier gestellt hatte, sondern als Aufforderung verstanden haben wollte.

Thyra sah ihn schnippisch und schweigend an.

Mackensens Kollege ließ eine halbe Minute vergehen, in der wir drei uns weder rührten noch etwas sagten.

»Nun!« Auch das sprach Freud nicht als Frage, sondern als Aufforderung aus, was ich für keine gute Idee hielt, da ich wusste, wie Thyra auf Anordnungen reagierte: trotzig und stur.

»Wenn Sie nicht bereit sind, sich auszuweisen, bin ich gezwungen, Sie zur Feststellung Ihrer Personalien mit zum Präsidium zu nehmen«, kündigte der junge Beamte selbstbewusst und unaufgeregt an.

Thyras Nasenflügel weiteten sich unmerklich; ein sicheres Zeichen dafür, dass sie innerlich zu kochen begann.

»Können Sie sich ausweisen?«, fragte sie kühl, obwohl ihr schon klar sein musste, dass es sich bei dem Mann um einen Polizisten handelte, aber offenbar legte sie es auf eine Auseinandersetzung an.

Tillmann und ich sahen uns ratlos an; wir konnten uns beide Thyras Reaktion auf die berechtigte Frage des Kommissars nicht erklären. Ich hätte jetzt natürlich etwas zu Thyras Identität sagen können, tat es aber nicht. Zum einen wollte ich meiner Tochter nicht in den Rücken fallen, und zum anderen war Thyra erwachsen, und ich wollte sie nicht wie ein Kind behandeln.

Ich sah Thyra an, dass es in ihr arbeitete. Dann gab sie sich einen Ruck und drehte sich zu dem Kripobeamten um.

»Mein Name ist Thyra König. Ich arbeite als Radiomoderatorin und mache über das heutige Schlickschlittenrennen eine Reportage; der Bürgermeister Markus Kellermann hat mich via Pressemeldung eingeladen.« Sie zeigte lässig mit ihrem Zeigefinger auf mich: »Und das ist mein Anwalt!«

»Nicht dass Frau König einen Anwalt benötigen würde«, warf ich ebenso lässig ein. »Falls sich dies aber ändern sollte, stehe ich ihr gerne zur Verfügung«, ging ich auf Thyras Spiel ein.

Kommissar Freud musterte Thyra ausgiebig, für meinen Geschmack schon zu ausgiebig. Sein ausdrucksloser Blick scannte Thyra, die beide Hände aufmüpfig in die Hüften gestemmt hatte. Ihre langen Beine steckten in hautengen Jeans, die knapp auf ihren Hüften saß und die sie ebenfalls hochgekrempelt hatte. Zwischen dem abgewetzten Ledergürtel, der in den Schlaufen ihrer Jeans steckte, und dem unteren Rand ihres trägerlosen Shirts, unter dem sich ihre knabenhaften Brüste abzeichneten, blitzte ein Streifen ihres flachen Bauches hervor.

Als Freuds Blick wieder ihre Augen fand, aus denen es spöttisch blitzte, zeigte seine Mimik keine Regung. Offenbar hatte er nicht vor, sich von Thyra provozieren zu lassen. Wortlos wandte er sich mir zu und ließ seinen Blick abschätzig über meine morastige Kleidung wandern. Über mein mit Schlamm verkrustetes Gesicht verkniff er sich aber jeglichen Kommentar.

Nachdem er seine Musterung beendet hatte, wandte er sich wieder Thyra zu und sagte zu ihr: »Begeben Sie sich bitte zu der Polizistin vorne an der Absperrung, und lassen Sie Ihre Personalien aufnehmen; hier können Sie nicht bleiben.« Er wies auf Nicole Kleinschmidt, die zusammen mit dem Gänsegeier am Rand des Trassierbandes stand und zu uns herüberblickte.

»Wieso nicht?« Thyras Nasenflügel bliesen sich zu Nüstern auf.

Der Kommissar sah Thyra mit unbewegter Miene an: »Weil dies ein Tatort ist.«

Thyra sah ihn mit leicht zusammengekniffenen Augen schweigend an und machte keinerlei Anstalten, sich in Bewegung zu setzen.

Argwöhnisch sah ich zu, wie der junge Kommissar Thyras Blick erwiderte und beide sich intensiv anschauten; für meinen Geschmack zu intensiv, viel zu intensiv!

Davon abgesehen, dass ich keinen Grund sah, warum Thyra sich mit dem Kommissar ein Blickduell liefern musste, dauerte mir das hier ohnehin alles viel zu lang. Der Schlick war mittlerweile zu einer festen Kruste auf meiner Haut gebacken, und mein Gesicht fing an zu jucken. Hinzu kam die Gluthitze des Mittags, wobei ich schätzte, dass die Temperatur heute noch deutlich höher war als gestern.

In diesem Moment wurde die Situation durch den Ruf eines der weiß gekleideten Beamten der Spurensicherung unterbrochen: »Hier!«

Bis auf Thyra und Kommissar Freud wandten sich alle

Köpfe dem Beamten zu, der den rechten Arm als Zeichen, dass er etwas gefunden hatte, hochgereckt hielt.

Fast schon widerwillig lösten Thyra und der Kommissar den Blick voneinander. Während Freud sich in Bewegung setzte, um Tillmann zu folgen, der bei dem Ruf seines Kollegen sofort Richtung Fundstelle losgelaufen war, entschloss sich auch Thyra, der Aufforderung des Kripobeamten Folge zu leisten, und stapfte in ihren Gummistiefeln hinüber zur Absperrung.

Ich kniff die Augen zusammen und beobachtete, wie der Gerichtsmediziner in die Knie ging und begann, mit einer kleinen Schaufel, die er von seinem Gürtel gelöst hatte, etwas im Schlick freizulegen. Auch Mackensen stapfte zu dem neuen Fundort und beugte sich interessiert über das Schlammloch, in dem Doc Tillmann behutsam mit der Schaufel herumkratzte.

Es dauerte nur ein paar Minuten, bis Tillmann gemeinsam mit seinem Kollegen von der Spurensicherung zwei längliche Gegenstände aus dem Watt zutage gefördert hatte, die dem Gegenstand ähnelten, den Kalle für einen Regenschirm oder Spazierstock gehalten hatte; diese schienen nur etwas mehr Umfang zu haben.

Ich warf einen fragenden Blick zu Uz hinüber, der, als er meinen Blick bemerkte, wortlos mit dem Zeigefinger auf seinen rechten Oberschenkel deutete. Uz gab mir zu verstehen, dass es sich bei den beiden länglichen Gegenständen, die Tillmann gerade vorsichtig auf eine weiße Plastikplane legte, um Oberschenkelknochen handelte.

Ich bemerkte, wie sich unter der Schlickkruste die Haare an meinen Unterarmen aufzustellen versuchten; unbehaglich fuhr ich mir über meine schlammverkrusteten Arme. Mich schauderte bei der Vorstellung, dass Unbekannte einen Menschen getötet, zerstückelt, mit Benzin übergossen und verbrannt haben sollten. Und das hier in unserer friedlichen und malerischen Krummhörn, wo der Himmel sich so himmelblau über das weite, flache Land spannt, wie es nur in Ostfriesland möglich ist? Wo der Horizont schier endlos ist und die Schafe friedlich und träge auf dem satten, grünen Rasen der Deiche grasen? Es erschien mir kaum vorstellbar, dass hier – hier in unserer Idylle – ein derart bestialischer Mord verübt worden sein sollte. Zu krass war das Verbrechen; zu krass für unsere Gegend und zu bestialisch.

Aber auch bei uns in Ostfriesland werden nicht nur Milchkühe geklaut oder Trecker kurzgeschlossen. Ich selber hatte im vergangenen Jahr leidvoll am eigenen Leib erfahren müssen, dass es neben der friedlichen Ferienidylle, die das ganze Jahr über zahlreiche Urlaubsgäste aus dem In- und Ausland an unsere Küste zieht, eine dunkle und geheimnisvolle Parallelwelt mit speziellen sadomasochistischen Neigungen gibt, die sich in exklusiven Klubs zu exzessiven Schmerz- und Fesselspielen trifft. Ich hätte aber auch nicht für möglich gehalten… gewaltsam verdrängte ich die aufkommenden Gedanken an die Frau, bei der ich zum ersten Mal seit langer Zeit das Gefühl entwickelt hatte, dass es noch einmal die große Liebe für mich geben könnte. Zu viele Wochen und Monate hatte ich vorm Kamin gesessen und mit dem Rotweinglas in der Hand ins Feuer gestarrt. Zu viele Nächte war ich vor dem Kamin eingeschlafen und mit tränennassem Gesicht aufgewacht, weil mich meine unglückliche Liebe auch im Schlaf nicht zur Ruhe kommen ließ.

Nicht, dass ich ein sentimentales Weichei wäre! Aber ich kenne mich lange genug, um zu wissen, dass man mich mit meinem kahlen Schädel, dem Dreitagebart und meiner zum Übergewicht neigenden Figur eher für ein pragmatisches, sachliches und bodenständiges Mannsbild hält, dem Sentimentalitäten und Romantik vollkommen abgehen. Aber das ist auch in Ordnung so; es muss mir ja schließlich nicht ins Gesicht geschrieben stehen, dass ich ein hoffnungsloser Romantiker bin, der oft vor lauter Gefühl nicht weiß, wo er mit sich hin soll. Ich trage mein Herz auf der Zunge und mache aus meinen Gefühlen keine sprichwörtliche Mördergrube; oftmals habe ich das Gefühl, dass mein Herz vor Emotionen überläuft, insbesondere wenn es um meine Tochter Thyra oder um gute Freunde geht. Wenn mir aber etwas gegen den Strich geht und ich richtig Fahrt aufnehme, ist man gut beraten, mir aus dem Wege zu gehen. Nimmt man zu dieser Raubeinigkeit noch eine Prise Eitelkeit und meinen unerschütterlichen Optimismus hinzu, entspreche ich ziemlich genau meinem Sternbild. Ein echter Löwe eben! Und wenn dem Löwen das Herz überläuft und er vor lauter Gefühlen nicht wohin mit sich weiß, rollt er sich kleinlaut vor dem Kamin zusammen und grollt mit der Welt im Allgemeinen und den Frauen im Besonderen.

Ich schüttelte unwillig den Kopf und konzentrierte mich wieder aufs Wesentliche: die zerstückelte Leiche im Watt.

Der Pathologe und Chef der Spurensicherung hatte gerade gemeinsam mit seinen Kollegen einen größeren schlammverschmierten Gegenstand aus dem Schlick ausgegraben, bei dem auch ich auf den ersten Blick erkannte, worum es sich handelte – um einen menschlichen Torso.

Während Tillmann gemeinsam mit seinen Kollegen die Fundstücke auf die Plastikplane legte, machte Mackensen ein paar Schritte zur Seite und ging in die Knie. Langsam streckte er die Hand aus und begann im Schlick herumzustochern. Mit Erfolg! Mit spitzen Fingern, die in blauen Einmalhandschuhen steckten, zog der Kommissar das Pendant zu Kalles Fundstück aus dem Nordseeschlamm.

Vorsichtig trug Mackensen seinen Fund, bei dem es sich um den zweiten Arm des unglücklichen Opfers handeln dürfte, zu Tillmann, der meine Vermutung bestätigte, indem er, zu Mackensen gewandt, ernst nickte.

Es dauerte eine ganze Weile, bis die Spurensicherer begannen, ihre Fundstücke in graue Leichensäcke zu verpacken. Ich hatte das Gefühl, dass mir die Sonne das Gehirn gar brutzelte.

Unterdessen hatte Mackensen sein Handy aus der Hosentasche gezogen und sprach mit gesenkter Stimme, während sein Blick angestrengt zum Deich gerichtet war. Obwohl er entgegen seiner üblichen großspurigen Art, am Tatort zu telefonieren, heute leise sprach, erkannte ich an seiner Gestik, dass er seinem Gesprächspartner gerade knappe Anweisungen erteilte.

Ich folgte seinem Blick zum Deich, wo sich gegen den blauen Himmel die Veranstaltungstribüne und die Umrisse des Bierwagens abzeichneten. Der Abschnitt des Trockenstrands, vor dem sich die Ostfriesischen Wattspiele abspielten, war von mehreren Hundert Zuschauern und bunt kostümierten Teilnehmergruppen dicht bevölkert. Heiße brasilianische Sambarhythmen und das lautstarke Trommeln der ostfriesischen Musikgruppe *Absurdo – SambaOstfriesland* wehten über das Watt zu uns herüber; wobei man sich als Einheimischer und Gast gleichermaßen die Frage stellt, wie absurd es denn eigentlich ist, hier im vergleichsweise kühlen Norden heiße Sambarhythmen zu trommeln; aber der Name der Sambatruppe *Absurdo* ist eben Programm.

Da das Schlickschlittenrennen und die Wattspiele jedes Jahr Hunderte, wenn nicht sogar mehrere Tausend Besucher an den Uplewarder Trockenstrand zieht, waren auch in diesem Jahr diverse Reporter der hiesigen Regionalzeitungen und Journalisten des WDR anwesend, die mittlerweile mitbekommen hatten, dass hier etwas im Gange war. Den mühsam durch das Watt stapfenden Reportern folgte plötzlich eine Heerschar von Helfern in orangefarbenen Warnwesten, welche die Journalisten und die Neugierigen, die sich den Pressevertretern angeschlossen hatten, zur Umkehr aufforderten.

Während Mackensen den Beamten der Spurensicherung mit gesenkter Stimme ein paar knappe Anweisungen gab und sein Kollege Freud den beiden Uniformierten ebenfalls Anweisungen zurief, kam Tillmann langsam mit ernster Miene auf mich zu gestapft.

»Das ist eindeutig eine Leiche!«, stellte er fest.

»Männlich oder weiblich?«

»Der Leichnam wurde zwar zerstückelt, aber auf den ersten Blick, unter Berücksichtigung der massiven Verbrennungen und der Tatsache, dass der Schlick keine Einzelheiten erkennen lässt...«, referierte Tillmann wie aus der Pistole geschossen, machte aber plötzlich eine Pause, als sei ihm gerade etwas Wichtiges eingefallen, und drehte gleichzeitig den Kopf in Richtung Thyra, bei der sich verdächtigerweise schon wieder Kommissar Freud eingefunden hatte, »... tippe ich anhand des Torsoumfangs und des Umfangs der Oberschenkelknochen auf einen männlichen Toten.« Tillmanns Stimme wurde, während er sprach, zunehmend leiser und war zum Ende des Satzes kaum noch zu verstehen; offenbar missfiel ihm das angeregte Gespräch, in dem sich Thyra und Freud befanden, ebenso wie mir.

»Der Kopf...«, begann ich, wurde aber von Tillmann unterbrochen, der sich nun demonstrativ mit dem Rücken zu Thyra aufbaute; offensichtlich bohrte sich gerade der schmerzhafte Pfeil der Eifersucht in sein Bewusstsein.

»Nicht eindeutig!«, sagte er mit bestimmtem Ton, als müsse er sich gewaltsam von dem ablenken, was gerade hinter seinem Rücken vor sich ging. »Um nur annähernd etwas Genaues sagen zu können, muss ich den Schädel eingehend untersuchen: Röntgen, Wiegen, Vermessen der Schädeldichte unter dem Elektronenmikroskop, das komplette Programm. Wobei der Sachverhalt im ersten Moment offensichtlich zu sein scheint. Aber die näheren Todesumstände wie Todesursache und -zeitpunkt …«, er zuckte vielsagend mit den knochigen Schultern, »… alles noch offen. Da kann ich gar nichts zu sagen.«

»Wie lange werden Sie brauchen?« Obwohl Tillmann bereits seit Monaten mit meiner Tochter ausging, war ich die ganze Zeit über beim förmlichen »Sie« geblieben und sah auch keine Veranlassung, ihm bei aller Sympathie das Du anzutragen. Wieso hätte ich auch daran etwas ändern wollen? Schließlich hoffte ich doch schon seit geraumer Zeit inständig, dass es nur das gesellschaftliche Ausgehen war, was meine Tochter mit dem Doc verband; und sicherlich war es auch nicht falsch, eine gewisse Distanz zum Verehrer meiner Tochter zu bewahren.

»Wenn ich nachher wieder in Emden bin, werde ich mich gleich an die Arbeit machen, aber versprechen kann ich nichts!« Tillmann zuckte abermals mit den Schultern, während er sichtbar bemüht war, sich nicht umzublicken, um zu kontrollieren, ob Thyra sich noch immer im Gespräch mit dem smarten Kommissar befand.

»Ich denke, das war's dann auch!«, rief Mackensen laut in die Runde. »Die Spurensicherung kann jetzt abrücken. Die Flut läuft auf!« Er machte eine Handbewegung seewärts. »Außerdem bekommen wir Besuch!« Diesmal galt seine Handbewegung den auf uns zu stapfenden Reportern, die sich von den Warnwesten der ehrenamtlichen Helfer nicht hatten abschrecken lassen.

»Was ist hier los?«, rief einer der Journalisten, den ich vom Sehen kannte – von dem ich aber nicht wusste, wie er hieß –, schon von Weitem.

Ich sah, wie die blonde Polizistin warnend einen Arm hob und dem Reporter zurief: »Bitte bleiben Sie stehen, hier finden polizeiliche Ermittlungen statt!«

»Eben drum!«, gab der Reporter unbeeindruckt zurück, verharrte aber vorsichtshalber zwei Meter vor den beiden Uniformierten.

»Jetzt ist es Zeit für uns, zu verschwinden«, dachte ich und begann, die Mullbinden aufzurollen, da wir nicht mehr als Eckpfosten benötigt wurden.

»Genau!«, knurrte Uz, der aussah wie eine luftgetrocknete Moorleiche, als er zu mir trat. »Nix wie ab unter die Dusche.«

Sein Gesicht war ebenso wie meins mit einer dicken Schicht getrocknetem Schlick überzogen, wobei ich noch besser dran war als mein Freund. Denn während ich mir zumindest den angetrockneten Schlamm aus meinem Dreitagebart herauskratzen konnte, war Uz' Vollbart zu einem einzigen Klumpen verklebt.

»Treffen wir uns noch bei Greta?«, rief uns Onno fragend zu, während er sich gemeinsam mit Kalle bereits landwärts wandte.

Uz hob bestätigend den Daumen: »So mok wi dat!«

Kommissar Freud stapfte auf uns zu: »Wir brauchen noch Ihre Aussagen.«

»Na, klar«, nickte ich und wickelte den Rest der Mullbinde um meinen Arm.

Ich nutzte die Gelegenheit und musterte den jungen Kriminalbeamten, der ein auffallend großes Interesse an meiner Tochter gezeigt hatte, eingehend: Freud hatte ein jungenhaftes Aussehen, wobei er ja auch sicher erst Ende zwanzig war, und machte einen offenen und freundlichen Eindruck. Sein Auftreten war formell, und obwohl er mit ausgeblichener Jeans, tief ausgeschnittenem T-Shirt und seiner speckigen Lederjacke einen grundsätzlich lässigen Eindruck machte, wirkte er gleichzeitig steif und hölzern. Ohne jemandem zu nahe treten zu wollen: ein typischer Hannoveraner, der so korrekt war, wie er perfektes Hochdeutsch sprach.

»Sie haben uns ja vorhin schon einiges zum Hergang erzählt«, meinte Freud und zog sein Handy aus der Innentasche seiner Lederjacke. »Ist das in Ordnung, wenn ich unser Gespräch als Protokoll aufzeichne?«, fragte er höflich.

Uz und ich nickten geduldig, obwohl wir uns ständig kratzen mussten, weil die schlickbedeckte Haut bei der brütenden Hitze wie verrückt zu jucken begann.

»Sie haben also an diesem Rennen hier teilgenommen?«, fragte der junge Kommissar.

Wieder nickten wir, und ich fühlte mich als Steuermann unseres Teams bemüßigt, den Hergang zu schildern, der zu unserem makabren Fund geführt hatte.

Obwohl uns der Schweiß in der gleißenden Sonne an den Stellen herunterzulaufen begann, wo sich keine Schlammkruste befand, berichtete ich, wie Joost mich mit seinen Schlickbomben vom Kurs abgebracht und wir die abgesperrte Rennstrecke verlassen hatten; bei den dünnen Flatterbändern konnte man wirklich nicht von einem Durchbrechen des Parcours sprechen.

»Da haben Sie aber ein flottes Tempo drauf gehabt«, staunte Freud. »Sie sind ja eine ordentliche Strecke ins Watt gerutscht.«

»Bei 'nem Rennen wird ja schließlich nicht getrödelt«, sagte Uz und lachte kurz und rau auf. »Auch nicht hier bei uns in Ostfriesland!«

Der Kommissar erwiderte nichts auf Uz' Bemerkung und hielt uns sein Handy, das als Diktiergerät diente, unter die Nase.

Ich sah, wie ein verstohlenes Grinsen Freuds Mundwinkel entlanglief, als ich erzählte, wie Kalles Finger in dem Schädel steckten und er diese nicht mehr herausbekam.

Nachdem wir dem jungen Kripobeamten noch ein paar Detailfragen beantwortet hatten, waren wir entlassen und machten uns auf den Rückweg zum Deich.

Am Trockenstrand wimmelte es von Schaulustigen und

Rennteilnehmern, die nicht wussten, ob das Rennen noch weiterging und was eigentlich los war, die aber geduldig ausharrten.

Thyra sah uns schon von Weitem und kam uns zur Uferböschung entgegen. Wir stiegen schwerfällig die steinernen Stufen hoch. Dankbar nahmen wir die eisgekühlten Wasserflaschen entgegen, die sie uns entgegenhielt.

»Ihr müsst ja fast verdurstet sein!«, sagte meine Tochter und musterte uns besorgt.

Ich legte den Kopf in den Nacken und ließ fast den ganzen Liter Wasser, ohne Luft zu holen, in mich hineinlaufen.

»Oh, mein Gott, was war das gut!«, stöhnte ich laut auf und schnappte gleichzeitig nach Luft, als ich die Flasche absetzte. »Danke, Thyra! Du bist unsere Rettung!«

Als erfahrene Sportlerin hatte meine Tochter uns Wasser ohne Kohlensäure gereicht, was ich nach fast einem Liter auf Ex dankbar zur Kenntnis nahm.

In diesem Moment ertönte die Stimme des Wettkampfsprechers, der den Zuschauern und Wettkampfteilnehmern über Lautsprecher erklärte, dass die diesjährigen Wattspiele ein abruptes und unvorhergesehenes Ende haben. Die Zuschauer unterbrachen ihre Unterhaltungen und hielten inne.

Der Bürgermeister wählte seine Worte mit Bedacht, als er Zuschauer und Aktive darüber informierte, dass in unmittelbarer Nachbarschaft der Wattarena ein Unglück geschehen sei und die Verantwortlichen in Anbetracht der Umstände gemeinsam beschlossen hätten, die Wattspiele aus Gründen der Pietät abzubrechen. Damit aber niemand hungrig oder durstig nach Hause gehen musste und die Standbetreiber nicht gezwungen waren, Lebensmittel wegzuwerfen, ließen die Veranstalter Stände und Bierwagen noch eine halbe Stunde geöffnet.

Nach der Ansprache des Bürgermeisters bildeten sich einige kleinere Grüppchen, welche das Gesagte noch durchdiskutierten. Viele Zuschauer machten sich aber direkt auf den Weg nach Hause und zu ihrer Unterkunft. Andere versorgten sich an den Verkaufsständen und Imbissbuden mit Wegzehrung, bevor sie aufbrachen.

Nach und nach löste sich die Menge auf. Von Unmut oder Verärgerung war bei den Gästen nichts zu bemerken, alle hatten Verständnis für die Entscheidung des Veranstalters: Schließlich war ein Unglück geschehen. Allerdings wussten die Leute nicht, dass es sich entgegen der Ansage des Wettkampfsprechers nicht um ein Unglück handelte, sondern um ein bestialisches Verbrechen.

2

Ich brauchte länger als eine halbe Stunde, um mir den Nordseeschlick in einer der Duschkabinen abzuschrubben, die der Veranstalter auf dem Parkplatz neben dem Imbiss für die Aktiven hatte aufbauen lassen; ich hatte das Gefühl, dass mir der Schlick in jede Pore meines Körpers gedrungen war. Als das an mir abfließende Wasser, endlich weitestgehend klar, gurgelnd im Abfluss verschwand, hatte meine Haut die Farbe von frisch gekochtem Granat angenommen, was auf die Wurzelbürste zurückzuführen war, die ich mir in weiser Voraussicht mitgebracht und mit der ich mir den Dreck vom Körper geschrubbt hatte.

Frisch geduscht und rot wie eine Krabbe, trat ich aus der Duschkabine. Obwohl ich mich mit meinen Cargoshorts, mit T-Shirt und Schlappen der hochsommerlichen Hitze angepasst hatte, unter der die gesamte Krummhörn seit drei Wochen litt, brach mir sofort der Schweiß aus. Ich schwitzte und fluchte und fühlte mich in der brütenden Hitze wie in einem Backofen.

In den vergangenen Wochen war es so unerträglich heiß gewesen, dass ich schon ernsthaft erwogen hatte, Motte wie ein Schaf zu scheren, um ihm etwas Erleichterung zu verschaffen. Ich hatte den Gedanken aber schnell wieder verworfen, da Onno, der seit Neuestem ja auch auf den Hund gekommen war, mir erklärte, dass beim Scheren zwar das Unterfell auf die gleiche Länge wie das Deckhaar gestutzt werden, aber schneller wieder nachwachsen würde, wodurch Mottes Fell verfilzen würde. Auch wenn ich mir ziemlich sicher sein konnte, dass es Motte vollkommen egal war, wie er aussah, wollte ich das dem Dicken nicht antun und entschied mich für Effilierschere und Bürste. Nachdem ich ihn zwei Stunden lang damit bearbeitet hatte, schien es ihm etwas besser zu gehen. Es waren im Moment echte Hundstage für Mensch und Tier; besonders aber für Motte, der als Berner Sennenhund einen wirklich dicken Pelz mit sich herumtrug.

Thyra saß auf dem Holzgeländer am Rande des Parkplatzes und schaute den Leuten zu, die sich an den Fußduschen abmühten, ihre Füße wieder halbwegs sauber zu bekommen. Als sie mich bemerkte, rutschte sie vom Geländer und sah mich mit einem schelmischen Lächeln an: »Du hast eine richtig gesunde Gesichtsfarbe, Paps.«

»Bitte ein bisschen mehr Mitgefühl«, maulte ich und verzog das Gesicht zu einem schiefen Grinsen. »Ich hab schließlich ein Rennen hinter mir; auch wenn wir ausgeschieden sind.«

Sie lachte laut und legte ihren Arm um meine Schulter: »Lust auf ein Bier, mein Held?«

»Meinetwegen dürfen's auch zwei sein«, erwiderte ich.

Wir flachsten weiter herum, während wir zum Parkplatz gingen, wo ich als Erstes alle vier Seitenscheiben meines VW-Käfer herunterkurbelte; das schwarze Stoffdach des Cabrios ließ ich geschlossen, da mein Kopf schon genug Sonne abbekommen hatte. Knatternd setzte sich mein Grauer in Bewegung.

Ich mag sicherlich diverse Macken haben, aber wahrscheinlich ist meine Liebe zu meinem Oldtimer-Käfer, einem grauen Karmann-Cabrio Baujahr 1957, die exzentrischste – und kostspieligste – Marotte.

Wir fuhren die Erbsenbindereistraße entlang, die auf den Grashauser Weg führt, um kurz darauf auf den Uplewarder Ring abzubiegen. Während ich den Blinker setzte und links auf die Uplewarder Landstraße abbog, zündete ich mir gleichzeitig einen Zigarillo an. Eigentlich rauchte ich ja nicht mehr; nur hin und wieder eine Selbstgedrehte oder eine gute Zigarre. Nach der heutigen Begegnung mit der zerlegten Leiche musste der vertrocknete Zigarillo herhalten, den ich aus der hintersten Ecke meines Handschuhfachs hervorgekramt hatte.

Thyra warf mir einen missbilligenden Blick zu, sagte aber nichts. Ich paffte lustlos an dem Nikotinstäbchen und drückte am Sendersuchlauf des Autoradios herum, des einzigen Zugeständnisses an die Neuzeit, das ich bei der Restaurierung des Oldtimers gemacht hatte. Da im Radio nichts Gescheites lief, nahm ich den MP3-Stick ab, der an einem Gummiband am Innenspiegel baumelte, und ließ Schillers *Symphonia* laufen. Eigentlich hatte ich mir nie etwas aus elektronischer Musik gemacht, aber seit Thyra sich vor ein paar Wochen bei mir einquartiert hatte, blieb mir nichts anders übrig, als mir schon zum Frühstück die elektronischen Klangwelten des angesagten Musikers anzuhören. Mittlerweile aber hatte ich an dem sinfonischen Elektrosound Geschmack gefunden und mir von Thyra eine Plattensammlung auf einen Stick kopieren lassen, die ich immer öfter hörte. Momentan hörte ich Schillers Klangwelten rauf und runter; gleich gefolgt von den Klassikern des argentinischen Tangos und Neotangos, aber das ist eine andere Geschichte.

Thyra hatte ihren Kopf gegen die Nackenstütze gelegt und die Augen hinter ihrer dunklen Sonnenbrille geschlossen. Vollkommen entspannt genoss sie die Fahrt mit dem alten Cabrio. Dem Wind gelang es nicht, ihre weißblonde Frisur zu verwuscheln; dafür waren ihre Haare zu kurz.

Da mir aber im Grunde überhaupt nicht nach Musik zumute war, weil meine Gedanken ständig um die schlammverschmierten Leichenteile kreisten und die Frage, wer der arme Teufel wohl gewesen sein mochte, schnippte ich mit dem

Zeigefinger gegen den Einschaltknopf des Radios, woraufhin die blauen Leuchtdioden erloschen und Schillers Stück *Sonne*, das gerade lief, ebenso abrupt endete wie die diesjährige Wattolympiade.

Während Thyra die Sonne genoss, versuchte ich, nicht an verbrannte Gliedmaßen zu denken oder Finger, die in Augenlöchern von Totenschädeln steckten.

Ich bog vor dem Ortseingang Greetsiel in die Hafenstraße ein und fuhr Gretas *Rettungsschuppen* von hinten an, weil bei dieser Affenhitze jeder Schritt einer zu viel war.

In der Ant Hellinghus stellte ich meinen Wagen auf einem unbefestigten Standstreifen ab und weckte Thyra, indem ich sie sanft an der Schulter berührte.

Meine Tochter grunzte unwillig, schlug dann aber die Augen auf. »Schon da?«, fragte sie mit schwerer Zunge und lugte blinzelnd über den oberen Rand ihrer Sonnenbrille.

Als ich ihr ein großes eisgekühltes Glas von Gretas frisch gepresstem Orangensaft in Aussicht stellte, wurde sie schlagartig munter und folgte mir eilig, als ich ausstieg und Richtung *Rettungsschuppen* ging.

Wie gewöhnlich waren alle Tische und Strandkörbe rund um Gretas gemütliches Bistro mit Urlaubern und Ausflüglern besetzt, was uns aber nicht störte, da wir ohnehin unseren Stammplatz im Inneren des Bistros – die hintere Bank am Tresen – ansteuerten.

»Moin, ihr Lieben!«, begrüßte uns Greta mit herzlichem Lächeln. »Du trinkst sicherlich ein Bier, Jan. Du auch, Thyra?«

»Ein Bier für Papa und einen O-Saft für mich«, antwortete Thyra voller Vorfreude.

Obwohl das Bistro gut besucht war, dauerte es nicht lange, bis Greta unsere Getränke brachte. In dem Moment, als Greta die vor Kälte beschlagenen Gläser abstellte, kam Uz mit müden Schritten in den *Rettungsschuppen* geschlurft.

Besorgt musterte ich meinen Freund, der ziemlich geschafft aussah. »Alles klar?« Ich vergaß nur zu gerne, dass Uz, ebenso wie ich, keine dreißig mehr war.

Uz nickte und ließ sich mit lautem Stöhnen auf einen Barhocker seitlich von uns nieder.

»Das Wetter! Das verdammte Wetter schafft mich!«, erklärte er und machte dabei ein gequältes Gesicht. »Es ist ja schon die ganze Woche eine Hitze wie in der Sahara, aber heute ist es zu viel des Guten.«

Ich wartete, bis Greta auch Uz ein Bier hinstellte, von dessen beschlagenem Glas Wasserperlen herabliefen. Wir prosteten uns zu und leerten unsere Biergläser mit langen, tiefen Zügen, so als hätten wir tatsächlich gerade zu Fuß eine Wüste durchquert.

Greta goss Thyra noch einmal aus einer großen Glaskaraffe Orangensaft nach und wollte natürlich wissen, was draußen in Upleward los gewesen war.

»Und Kalle hatte wirklich...« Gretas Miene spiegelte ihr Entsetzen über die Vorstellung, wie Kalle den Totenschädel gefunden hatte, deutlich wider, als wir ihr von unserem makabren Fund erzählten.

Während wir den schrecklichen Vorfall noch einmal Revue passieren ließen, summte Uz' Handy als Zeichen, dass er eine Nachricht erhalten hatte.

»Onno kommt heute nicht mehr«, sagte Uz, nachdem er einen Blick aufs Display seines Handys geworfen hatte. »Die Geschichte hat ihn wohl mehr mitgenommen, als er dachte.«

Auch wenn ich Onno als eine quirlige und umtriebige ostfriesische Type kenne, der mich mit seinen Sprüchen oft an die Comicfigur Werner des Zeichners Brösel denken lässt, wusste ich, dass er eine sehr sensible Natur ist. Onno hat auch seine ruhigen und nachdenklichen Seiten und verblüfft seine

Mitmenschen mitunter mit tiefsinnigen und philosophischen Überlegungen. Man neigt oftmals dazu, sich seine Meinung über einen Menschen von seinem Äußeren und seinem vordergründigen Auftreten zu bilden. Bei Onno würde man nicht auf den ersten Blick jemanden vermuten, der mehr als einen Gedanken darauf verwendet, was ihm der Tag bringt. Dieser Eindruck ist aber auch darauf zurückzuführen, dass Onno kein Faible für feste Jobs hat, sondern je nach Stand seiner Geldbörse entscheidet, ob es ein guter Tag zum Arbeiten ist oder er sich lieber noch einmal die Decke über die Ohren zieht. Meist gewinnt die Decke. Was seine Jobs anbelangt, ist Onno auch nicht gerade kreativ. Meist heuert er bei Uz an, wenn der mit seiner *Sirius* auf Fangfahrt geht; was aber auch nicht regelmäßig geschieht, da Uz als pensionierter Landarzt nicht vom Krabbenfischen leben muss, sondern einfach nur Spaß daran hat, mit dem alten Krabbenkutter, den er sorgfältig in Schuss hält, in See zu stechen. Und wenn die *Sirius* im Hafen bleibt, Onnos Geldbörse aber Ebbe hat und sein Vermieter energisch an Onnos Tür klopft, um die fällige Miete einzutreiben, nimmt Onno einen Job an.

Ich nahm mir vor, auf dem Rückweg noch mal bei ihm vorbeizuschauen, um zu sehen, wie es ihm geht; sicherlich brauchte auch er im Moment jemanden, mit dem er über das schreckliche Geschehen reden konnte.

»Ich mag gar nicht daran denken, wer der oder die Tote ist«, sprach Greta aus, was mir auch schon die ganze Zeit durch den Kopf ging. Wir würden die Identität des Toten noch früh genug erfahren.

»*Der* Tote«, warf Thyra ein. »Es ist ein männlicher Leichnam.«

»Woher weißt du ...?«, setzte Greta an, um gleichzeitig abzuwinken, weil ihr wieder eingefallen war, dass Thyra sich mit Tillmann traf.

»Das kann man wohl mit bloßem Auge an den Proportionen erkennen«, fügte ich erklärend hinzu.

»Hat Dings... äh...« Greta machte ein verlegenes Gesicht. Nicht genug damit, dass sie vergessen hatte, dass Thyra mit dem Gerichtspathologen verbandelt war, jetzt fiel ihr peinlicherweise noch nicht einmal der Name von Thyras Freund ein. Stattdessen erwähnte sie Tillmanns auffällige Haare: »... na, der mit den roten Haaren.«

»Du meinst Theo«, stellte Thyra amüsiert fest.

»Ach herrje. Entschuldige, Schätzchen!« Über Gretas Gesicht kroch der Anflug einer mittelschweren Rötung, und sie wand sich verlegen: »Ich... mir...«

»Hast du noch ein Glas von deinem wunderbaren Orangensaft?«, baute Thyra ihr eine Brücke. »Dem frisch gepressten?« Auch sie wusste, dass Gretas Gesicht puterrot anzulaufen pflegte, wenn die Wirtin aufgeregt oder verlegen war; was ja im Grunde nichts Schlimmes war, nur bei Greta hielt ihre knallrote Gesichtsfarbe überlange an und verblasste nur sehr langsam. Passenderweise sprach in solchen Momenten fast jeder, der Greta über den Weg lief, sie auf ihre Gesichtsfarbe an; was zur Folge hatte, dass diese immer schlimmer wurde, um im schlimmsten Fall ein paar Stunden anzuhalten.

»Ja, na klar.« Greta ergriff erleichtert die Gelegenheit und verzichtete auf weitere Nachfragen. Mit der leeren Glaskaraffe verschwand sie blitzschnell Richtung Küche.

»Greta hat recht«, stimmte Uz zu. »Ich grüble auch schon die ganze Zeit darüber nach, wer der Tote sein könnte.«

»Geht mir genauso«, gestand ich.

Thyra nickte, während ihr Gesicht einen traurigen Ausdruck annahm.

»Auch wenn es unfair dem Toten gegenüber sein mag«, gab sie zu, »in Gedanken gehe ich alle Freunde und Bekannte durch, ob es einer von ihnen sein könnte. Ich... habe sogar zwei, drei Freunde angerufen und nachgefragt, ob sie wohlauf sind.«

»Das ist nicht unfair, Süße.« Verständnisvoll drückte ich Thyras Hand. »Das ist menschlich!« Ich hoffte ja selber inständig, dass der zerstückelte und verbrannte Leichnam niemandem gehörte, den man zu Lebzeiten gut gekannt hatte.

»Ja, man gönnt es keinem!« Uz seufzte vernehmlich. »Wenn die Gerichtsmedizin so weit ist, weiß man Näheres. Vielleicht liegt ja bereits eine Vermisstenanzeige bei der Polizei vor, und die Kripo klärt die Identität schneller, als ich es ihnen bislang zugetraut habe. Aber der Vertreter von dem ollen Hahn macht ja einen ganz ordentlichen Eindruck. Oder?« Uz warf Thyra einen Seitenblick zu, während ein verschmitztes Lächeln seine Mundwinkel umspielte.

Offenbar war es auch Uz nicht entgangen, dass der junge Kripobeamte sich auffällig lange und ausgiebig Thyra gewidmet hatte.

»Jaa«, sagte ich gedehnt und warf meiner Tochter ebenfalls einen prüfenden Seitenblick zu.

Thyra ging nicht auf unsere Bemerkungen ein, sondern griff schweigend nach ihrem Glas und trank den letzten Rest Orangensaft aus.

Ich wollte die Gelegenheit nicht ungenutzt verstreichen lassen, um auszuloten, was Thyra von Freud hielt, und hakte nach: »Ja, finde ich auch. Dieser Freud machte einen ganz kompetenten Eindruck; sehr korrekt und irgendwie…« Ich tat so, als suche ich nach einem passenden Adjektiv. »Nett!«, schloss ich und lehnte mich mit meiner Behauptung vorsichtig aus dem Fenster.

»Und er spricht Hochdeutsch!«, ergänzte Uz.

Mit einem lauten Klack stellte Thyra das Glas energisch vor sich auf den Tresen. Ihrem Schweigen nach hatte sie sich offenbar entschieden, unsere Bemerkungen zu ignorieren.

Ich überlegte noch, welchen Kommentar ich als Nächstes unauffällig fallen lassen konnte, als sie von der Bank aufstand und sich Richtung Ausgang begab.

»Den O-Saft übernimmst du, Paps!«, rief sie mir lässig über die Schulter gewandt zu. »Warte nicht auf mich, ich hab noch was zu erledigen.«

Elegant schlängelte sie sich zwischen einer Gruppe Neuankömmlinge durch, die den gesamten Eingangsbereich in Beschlag nahmen, während sie umständlich damit begannen, sich Rucksäcke und Fahrradhelme abzunehmen und gleichzeitig lautstark darüber zu diskutieren, ob es sich bei der Ostfriesischen Knüppeltorte, die Greta als Kaffeegedeck auf ihrer Schiefertafel am Eingang anpries, um eine ostfriesische Spezialität handelte und was es mit dem Knüppel auf sich hatte.

»Den Knüppel hol ich gleich aus dem Sack – aber ohne Torte, ihr Landratten!«, dachte ich, als ich sah, wie einer der Fahrradtouristen sich fast den Hals verrenkte, als er Thyras Hüftschwung mit offenem Mund hinterherstarrte.

»Hat nicht geklappt«, bemerkte Uz trocken.

Verblüfft wandte ich mich Uz zu. »Bin ich so durchschaubar?«, fragte ich, ohne eine Antwort zu erwarten, denn dass mir meine Neugier, wie mit Leuchtschrift geschrieben, vom Gesicht abzulesen war, hatte mich nicht überrascht.

»Ja«, bestätigte Uz deshalb auch nur trocken ohne weiteren Kommentar.

Dem hatte ich nichts hinzuzufügen. Wir saßen noch eine Weile am Tresen und tranken ein letztes Bier zusammen. Ein paar Minuten später warf ich einen Blick auf meine Armbanduhr und leerte mein Glas, um auf dem Heimweg kurz nach Onno zu schauen.

3

Die Reifen meines VW-Käfer verursachten eine kleine Staubwolke im trockenen Sand des unbefestigten Weges, der am Ende der Kleinbahnstraße abging und an deren Ende Onno eine kleine Souterrainwohnung mit zwei Zimmern bei einer älteren alleinstehenden Dame bewohnte.

Das Haus sah unbewohnt aus, und mir fiel ein, dass Onno mir erzählt hatte, seine Vermieterin würde im Sommer eine ausgedehnte Mittelmeerkreuzfahrt mit der *AIDA* unternehmen. Offenbar war dies gerade der Fall, denn die Jalousien im Erdgeschoss und in der oberen Etage waren allesamt heruntergelassen. Nur die Fenster von Onnos Wohnung standen auf Kipp und ließen, obwohl sie ziemlich blind waren und geradezu nach einem Fensterputzer schrien, auf die Anwesenheit ihres Bewohners schließen.

Gerade als ich um die Hausecke bog, schoss mir eine Gestalt entgegen und rannte mit vollem Tempo in mich hinein. Wie von einem Pferd im Bauch getroffen, wurde ich nach hinten geschleudert und schlug der Länge nach hin. Glücklicherweise hielt Onno es mit dem Unkrautjäten genauso wie mit dem Fensterputzen, denn der seitlich von Onnos Zuweg über einen Meter hoch wuchernde Giersch, ein unbeliebtes Unkraut, dämpfte meinen Sturz, sodass ich nicht allzu hart mit dem Schädel auf den Boden aufschlug. Um Sterne zu sehen, reichte der Sturz aber allemal.

Der junge Mann, der mich zu Boden gerammt hatte,

stürzte ebenfalls und rutschte auf dem Bauch ein Stück über den Fußweg. Während ich mich, noch fluchend, mühsam aufsetzte, stand der Eckenrambo schon wieder auf seinen Füßen. Aber anstatt sich zu entschuldigen oder nach mir zu sehen, spurtete er wie ein Verrückter los und verschwand um die nächste Biegung. Erkennen konnte ich den Typen nicht, da er mir den Rücken zuwandte; ich hatte aber irgendwie das Gefühl, dem Mann, der gerade so ungemein sportlich davongeflitzt war, schon einmal begegnet zu sein.

Mühsam rappelte ich mich auf und sah an mir herab. Nicht nur, dass mir der Schädel brummte. Nein, bei dem Sturz hatte ich mir obendrein beide Waden aufgeschürft, die wie aufs Stichwort schmerzhaft zu brennen begannen.

»Verdammter Vollidiot!«, fluchte ich, während ich mir Staub und Sand von den Shorts abklopfte.

Irgendwie hatte ich das Gefühl, dass heute nicht mein Tag ist: zuerst die Schlickbombe von Joost mitten ins Gesicht, dann die Bauchlandung in der Schlammpfütze, ein gewaltiger Sonnenbrand und jetzt auch noch von einer Dampframme überwalzt. Eigentlich konnte es nur noch besser werden.

Kaum dass ich den Finger auf den Klingelknopf rechts neben Onnos Wohnungstür gelegt hatte und ein schnarrendes, klingelähnliches Geräusch aus der Wohnung ertönte, wurde die Tür auch schon von Onno aufgerissen.

»Hau bloß ab, du Arsch!« Obwohl der spiddelige Onno nur knapp ein Meter sechzig groß und mit seinen dünnen, zippeligen Haaren alles andere als ein Furcht einflößender Muskelprotz ist, wirkte er in diesem Moment in seiner Wut fast zwei Meter groß.

Zu verblüfft, um erschrocken zu sein, starrte ich Onno an, der ein tiefgefrorenes Fischfilet auf eine Gesichtshälfte drückte, sodass sein rechtes Auge verdeckt wurde. Mit seinem linken funkelte er mich wutentbrannt an.

»Bist du beim Kochen?« Eine blödere Frage konnte ich nun wirklich nicht stellen, denn dass Onno sich den eisigen Fisch nicht aufs Auge drückte, weil er ein Menü zubereiten wollte, lag ja wohl auf der Hand; zumal von seiner Nase Blut tropfte.

Ob es meine dämliche Frage oder alleine die Tatsache war, dass jemand anderes vor der Tür stand, als Onno offenbar erwartet hatte, dies ließ ihn innerhalb von Sekundenbruchteilen auf Normalgröße schrumpfen

»Jan! DU?« Sein linkes Auge hatte er nun aufgerissen und sah mich erschrocken an.

»Alles klar?«, beantwortete ich seine eher rhetorische Frage mit einer Gegenfrage.

Onnos Auge stierte mich einen Moment lang unverwandt an, dann hatte meine Frage sein Bewusstsein erreicht, was ihn zu einer hektischen, beschwichtigenden Antwort veranlasste: »Ja, ja ja. Alles gut, Jan. Alles klar!«

»Bist du dir da sicher?«

»Jo, jo!« Onno nickte eifrig und setzte eine Unschuldsmiene auf. »Alles klar an Deck!«

»Und das hier?« Ich tippte kurz auf das tiefgefrorene Fischfilet, das ich für einen Dorsch hielt.

»AU!« Onno zuckte zusammen und trat einen schnellen Schritt zurück.

»Naaa«, machte ich lang gedehnt. »Is wohl doch nicht alles so klar!«

Als hätte ein Kaufhausdetektiv ihn beim Ladendiebstahl ertappt, versuchte Onno das Corpus Delicti zu verbergen; in seinem Fall den tiefgefrorenen Dorsch hinter seinem Rücken, was mir natürlich sein im Zuschwellen begriffenes Auge in voller Pracht präsentierte.

Da hatte jemand Onno ein richtiges Ding verpasst!

Sein rechtes Auge war bereits bis zu einem schmalen Schlitz zugeschwollen, und die Einblutung im Lidbereich ließ schon jetzt eine erste typische Rötung erkennen, die spätestens in zwei, drei Tagen in die bläulich-rote Färbung eines prächtigen Veilchens übergehen würde.

Man musste kein Meisterdetektiv sein, um zu sehen, dass mit Onno rein gar nichts klar war. Ich wurde von einem Typen umgerannt, der es so eilig hatte, dass er sich noch nicht einmal entschuldigte, sondern losstürmte, als gelte es, einem wütenden Dobermann zu entkommen. Und Onno empfing mich mit einem geschwollenen Auge und blutender Nase? Es lag doch auf der Hand, dass Onno von der Dampframme eins aufs Auge bekommen hatte.

»Leg dir deinen Dorsch wieder aufs Auge!«, riet ich und fuhr ihn an: »Und hör mit deinen blöden Ausreden auf! Der Typ, der dir das Veilchen verpasst hat, hat mich an der Ecke über den Haufen gerannt.«

Onno sah plötzlich sehr kleinlaut aus und drückte sich ohne Widerrede den Fisch aufs Auge, um die Schwellung zu kühlen.

»Was war denn los bei dir?«, wollte ich wissen. »Was wollte der Typ von dir?«

Onno senkte verlegen den Kopf und starrte mit dem linken Auge auf den Fußboden.

»Mensch Onno!«, bohrte ich nach. »Warum hat der Typ dir ein Veilchen verpasst?«

Onno zuckte mit den Achseln und murmelte etwas Unverständliches.

»Darf ich mal?« Ich drängte mich an Onno vorbei.

Seine kleine Wohnung hatte Onno mit diversen gebrauchten Möbeln eingerichtet, die er im Laufe der Zeit zusammengetragen hatte. Da stand ein mit rotem Stoff bezogenes Biedermeiersofa, das zwar durchgesessen war, sich aber ansonsten in einem sehr guten Zustand befand, neben einer Musiktruhe aus den Sechzigerjahren und einem alten Röhrenradio. Onno hatte alles wild durcheinandergewürfelt und damit ungewollt einen urgemütlichen Shabby-Style kreiert, für den ein trendiger Berliner Innenarchitekt aus dem Prenzlauer Berg ein kleines Vermögen kassieren würde.

Auch heute sah Onnos Wohnung aufgeräumt und gemütlich aus, lediglich das quer durch das Zimmer verstreute Obst und eine zerfledderte Ausgabe der *Ostfriesen-Zeitung – OZ* störten das Bild. Auf seinem kleinen Wohnzimmertisch aus der Gründerzeit lagen zwei zerquetschte Bananen, deren Fruchtfleisch über die Tischplatte verschmiert war, sowie ein wildes Durcheinander von Tabak, Zigarettenhülsen und die Asche, die aus dem auf dem Kopf liegenden Aschenbecher gefallen war und die die Schweinerei nicht appetitlicher machte.

Offenbar war es zwischen Onno und dem rabiaten Besucher zu Handgreiflichkeiten gekommen, in deren Verlauf der Unbekannte dem armen Onno ein solches Ding verpasst haben musste, dass dieser quer über den Tisch gefallen war und alles heruntergerissen hatte.

Ich drehte mich zu Onno um, der wie der sprichwörtlich begossene Pudel noch immer in der Eingangstür stand und sich seinen tiefgefrorenen Dorsch auf die rechte Gesichtshälfte presste.

»Onno!«, sagte ich eindringlich. »Was war hier los?«

»Nix Besonderes«, nuschelte er undeutlich.

Mit ein paar Schritten durchquerte ich den kleinen Wohnraum und riss in der nebenan liegenden Miniküche ein paar Blätter Papier von der Küchenrolle ab.

»Deine Nase blutet!«, stellte ich fest und hielt Onno das Küchenpapier am ausgestreckten Arm unter die Nase.

Er griff mit der freien Hand nach dem weichen Papier und knüllte es zusammen, um sich das Knäuel gegen seine Nase zu pressen.

»Hast du Ärger?«, fragte ich geradeheraus.

Onno schüttelte den Kopf und stöhnte gleichzeitig unterdrückt auf, weil ihm wahrscheinlich der gesamte Schädel wehtat.

»Schuldest du jemandem Geld?«, bohrte ich weiter.

»Nein! Ich doch nicht!« Onnos Kopf fuhr hoch, und vor Entrüstung ließ er fast den Dorsch fallen. »Ich schulde niemandem etwas!«

»Pass auf!«, warnte ich ihn. »Du tropfst den Teppich voll.«

Onno drückte sich das zerknüllte, blutgetränkte Papier noch fester vor die Nase.

»Wer war das?« Ich sah ihn fragend an, während ich ihm ein neues Papiertuch reichte. »Onno, was war los; muss ich mir Sorgen um dich machen?«

Wieder schüttelte Onno den Kopf, als er nach dem Papiertuch griff; diesmal aber vorsichtiger. »Ne, Jan. Du brauchst dir keine Sorgen zu machen. Alles im Lot. Das war nur ein alter Kumpel, und wir hatten ... einen Dissens.«

»Was hattet ihr?« Mir klappte die Kinnlade runter. »Woher hast du denn den Begriff?«

»Hältst du mich für blöd?« Onnos Entrüstung war so echt wie sein mittlerweile komplett zugeschwollenes Auge. »Denkst du vielleicht, ich kenne nicht mehr als zwei Fremdwörter und weiß nicht, was man noch zu einer Meinungsverschiedenheit sagen kann?«

Es ist nicht meine Art, in ein Fettnäpfchen zu treten, um dann verlegen nach Ausreden zu suchen, weshalb ich geradeheraus antwortete: »Ne, Onno. Für blöd habe ich dich nie gehalten. Aber ich gebe zu, dass du mich wirklich überraschst, wenn du plötzlich lateinische Begriffe raushaust. Aber okay, ihr hattet also einen Dissens und kamt offenbar zu keinem Konsens.«

»Hä?«

»Übereinstimmung«, sagte ich hastig, denn es lag nicht in

meiner Absicht, Onno vorzuführen, und es tat mir im gleichen Moment leid, als ich ihm mit einem Fremdwort antwortete. Schließlich war Onno ein Freund, und ich wollte nicht den Oberlehrer geben. »Dann hat er dir eins aufs Auge gehauen?«

»Ne, zwei«, nuschelte Onno automatisch. »Er hat zweimal zugehauen.«

»Autsch!« Ich verzog mitfühlend das Gesicht. »Der hat aber richtig zugelangt. Dir muss der Schädel brummen. Kann ich irgendetwas für dich tun?«

»Lass mal gut sein, Jan.« Onno warf einen Blick in das Papierknäuel, um zu überprüfen, ob das Nasenbluten nachgelassen hatte. »Ich komme klar. Mir ist jetzt nicht nach quatschen; vielleicht ein anderes Mal. Ich hab Kopfschmerzen und will mich jetzt aufs Ohr hauen.«

»Wenn du meinst«, entgegnete ich und musterte ihn misstrauisch.

Wenn Onno mit mir nicht über seine Auseinandersetzung reden wollte, war das sein Ding; ich konnte ihn ja schließlich nicht zwingen. Er war erwachsen und musste wissen, was er tat. Aber dass die Quasselstrippe Onno plötzlich so verschwiegen tat, gab mir zu denken.

»Okay«, sagte ich, während ich mich der Eingangstür zuwandte. »Falls etwas sein sollte ... wenn du Hilfe brauchst und ich dich ins Krankenhaus fahren soll oder so ...« Ich ließ mein Angebot unvollendet im Raum stehen.

Onno nickte zwar, aber ich hatte das Gefühl, dass er mein Angebot nicht annehmen würde. Es war offensichtlich, dass Onno etwas verheimlichte; irgendetwas ging hier nicht mit rechten Dingen zu.

Zur Verabschiedung klopfte ich ihm sachte gegen den Oberarm. Onno nickt unbeholfen, vermied es aber, mich direkt anzusehen.

Auf dem Weg zu meinem Wagen zerbrach ich mir den

Kopf über den Vorfall. Ursprünglich hatte ich Onno als Aushilfsmatrosen von Uz kennengelernt, aber im Laufe der Zeit hatte sich zwischen uns eine echte Freundschaft entwickelt. Onno gehörte schon seit geraumer Zeit zu meinem engen Freundeskreis. Er war auch stets dabei, wenn wir uns monatlich zum gemeinsamen Kochen trafen. Unsere Kochrunde, die aus Uz und seiner Tochter Claudia, Greta, der Wirtin aus dem *Rettungsschuppen*, meiner Tochter Thyra, Onno und mir bestand, traf sich reihum bei den Freunden. Meistens gewann Onno unseren freundschaftlichen Kochwettstreit.

Onno war ein liebenswertes Unikum und eine Seele von Mensch. Mir fiel kein Grund ein, weshalb jemand den gutmütigen Kerl verprügeln sollte. Grübelnd startete ich meinen Käfer und warf noch einen Blick über die Schulter zu Onnos Haus, bevor ich mich endgültig auf den Heimweg machte.

4

Motte lag mal wieder innen quer vor der Eingangstür, als ich heimkam.

»Mensch, Dicker!«, rief ich von draußen, während ich versuchte, die Tür aufzudrücken.

Motte machte keinerlei Anstalten, sich auch nur einen Millimeter von der Stelle zu rühren. Ich hörte ihn nur kurz unwillig knurren, weil ich ihn offensichtlich in seinem Schönheitsschlaf gestört hatte. Um einen Verdauungsschlaf konnte es sich bei ihm ja nicht handeln, da ich ihn auf Diät gesetzt hatte.

Ich drückte etwas stärker gegen die Tür, was aber auch keine Wirkung zeigte. Also stemmte ich mich mit meinem ganzen Körpergewicht gegen die eigene Haustür und schob sie langsam auf. Als der Spalt breit genug war, zog ich den Bauch ein und quetschte mich mühsam zwischen Tür und Türrahmen hindurch.

»Mensch, Motte!«, schimpfte ich, als ich endlich in der Diele stand. »Du hättest ja vielleicht mal deinen Hintern bewegen können!«

Als wäre das sein Stichwort gewesen, erhob sich der Dicke und schüttelte sich ausgiebig, um dann langsam und majestätisch Richtung Küche zu schreiten, natürlich ohne Notiz von mir zu nehmen oder mich eines Blickes zu würdigen.

Motte war ja ohnehin kein üblicher Vertreter seiner Gattung. Wer von meinem Hund hundetypisches Verhalten wie Begrüßungsbellen, Schwanzwedeln oder freudiges Hecheln beim Nachhausekommen erwartete, wäre schwer enttäuscht. Das höchste der Gefühle, das ich von meinem Dicken erwarten konnte, war ein träges Hochziehen eines Augenlids.

Wenn er obendrein beleidigt war, was momentan aufgrund der zwangsverordneten Diät chronisch der Fall war, wurde Motte zur Diva. Es tat mir ja auch leid, dem armen Hund eine Diät zu verordnen, aber er war, ebenso wie ich, eindeutig über den Winter zu fett geworden. Aus diesem Grunde gab es seit drei Tagen nur noch halbe Portionen, für Motte ebenso wie für mich.

Ich folgte Motte in die Küche und musste unweigerlich lächeln, als ich meinen Hund stocksteif vor seinem Futternapf sitzen sah, den Blick stur geradeaus. Er sah aus wie eine Fell gewordene Anklage gegen Hunderechtsverletzungen im Allgemeinen und Diäten im Besonderen.

Auch wenn Motte seine Gefühle sehr sparsam äußerte, wusste ich doch, dass er mich ebenso liebte wie ich ihn, auch wenn er mir demonstrativ die kalte Schulter zeigte.

Ich setzte mich zu ihm auf den Boden. »Mensch, Dicker!«, sagte ich, während ich ihm die zotteligen Ohren kraulte. »Wenn du ehrlich bist, musst du zugeben, dass wir beide ganz schön fett geworden sind.«

Natürlich war es nicht Mottes Schuld, wenn er an Gewicht zugelegt hatte; schließlich ging ja nicht er einkaufen, sondern ich. Wenn ich den Dicken allerdings nicht dann und wann den Deich hochscheuchen würde, wäre er wahrscheinlich längst an seinem Lieblingsplatz vor dem Kamin festgewachsen. Ich konnte es ihm aber auch nicht verübeln, dass er es sich bei den sibirischen Temperaturen des letzten Winters hauptsächlich vor dem Kamin gemütlich gemacht hatte. Schließlich lag der Schnee im vergangenen Winter so hoch wie seit Jahrzehnten nicht mehr, und Motte konnte sich ja schlecht einen Tunnel graben, um Auslauf zu bekommen. Hinzu kam, dass Motte von einer schrägen Type gekidnappt und eingesperrt worden war. Es hatte eine ganze Zeit gedauert, bis ich herausgefunden hatte, wohin Motte weggesperrt worden war, und ich ihn befreien konnte.

Im Grunde konnte der arme Kerl ja nichts dafür, dass er seit dem Winter eine Wampe mit sich herumtrug und das normale Gewicht eines Berner Sennenhunds deutlich überschritten hatte.

Als ich Motte jetzt vor seinem Napf sitzen sah, tat er mir so leid, dass ich nicht anders konnte, als zum Kühlschrank zu gehen, um ihm eine Portion seines vorgekochten Hundefutters zu spendieren. Ich wärmte das Futter kurz in der Mikrowelle an und kippte ihm die Portion in seinen Napf.

Ganz Diva, ignorierte der Dicke das Versöhnungsdinner. Erst als ich die Küche verlassen hatte und in der Diele stand, hörte ich das vertraute klimpernde Geräusch, das Mottes Halsband verursacht, wenn er seine Schnauze tief im Napf vergräbt.

Auch wenn das alte Kapitänshaus, in dem ich seit ein paar Jahren wohne, aus massiven Backsteinen gebaut und aufgrund der Bauweise im Sommer angenehm kühl ist, hatte ich das Gefühl, dass auch in der Küche die Luft wie in einer Sauna stand. Ich unterdrückte den Impuls, die Fenster aufzureißen, weil ich ansonsten lediglich noch mehr Außenwärme ins Haus gelassen hätte.

Da sich laut Wetterbericht an den hochsommerlichen Temperaturen auch in den nächsten Tagen nichts ändern würde, hatte ich den Kühlschrank mit Getränken vollgestopft. Ich öffnete ihn und entnahm zwei Flaschen Bier. Mit dem Daumen drückte ich den Bügelverschluss einer Flasche nach vorn, die sich darauf mit dem charakteristischen Plopp öffnete. Ich legte den Kopf in den Nacken und ließ das eiskalte Bier, ohne Luft zu holen, meine Kehle hinunterlaufen, was mir prompt einen heftigen Schluckauf einbrachte. Ich stellte die leere Flasche auf die Spüle und öffnete die Hintertür, die sich neben dem Kühlschrank befand und auf direktem Wege in den Garten führte.

Ein prüfender Blick in den Bauerngarten, den ich im Frühjahr liebevoll angelegt hatte, zeigte mir, dass es den Blumen trotz der Hitze gut ging. Mir spukte schon lange die Idee von einem Bauerngarten durch den Kopf, und als der eisige Winter von den ersten Frühlingsstrahlen der Sonne vertrieben wurde, konnte ich diesen Plan endlich umsetzen.

Im hinteren Garten stand ein knorriger alter Baum, der zwar abgestorben war, aber, von Efeu überwachsen, noch immer einen stattlichen Eindruck machte: die ideale Hintergrundkulisse des Bauerngartens.

Ich machte einen Großeinkauf bei Ina, einer Freundin von Greta, die in Groß Midlum einen New-Cottage-Garden betrieb, der ganz nach meinem Geschmack war: üppig, verwunschen und wildromantisch. Für die Rückfahrt musste ich das Verdeck meines Käfers öffnen, da ich den Wagen mit einer Unzahl von Stauden, Stockrosen, Brombeer- und Himbeerbüschen beladen hatte. Nach einer wilden Pflanzorgie, die mir einen bösen Muskelkater einbrachte, zäunte ich den Garten mit einem typischen Staketenzaun ein, der dem Garten ein romantisches Aussehen verlieh.

Im Schatten der abgestorbenen Buche hatte ich meinen geliebten Strandkorb platziert, in den ich mich jetzt aufatmend fallen ließ.

»Was für ein Tag!«, dachte ich und drückte mir mit geschlossenen Augen die bauchige Bierflasche an die Stirn, die ich mir aus dem Kühlschrank geangelt hatte, nachdem mir das erste Bier wie ein Tropfen auf den heißen Stein vorgekommen war. Es gibt Tage, die sollte man tunlichst im Bett oder Strandkorb verbringen.

Nachdenklich und in kleinen Schlucken trank ich mein

Bier, von gelegentlichen kleinen Hicksern meines Schluckaufs begleitet.

Wer mochte der Tote sein? Mir war nicht bekannt, dass jemand bei uns in der Krummhörn vermisst wurde. Aber bei dem Toten musste es sich ja nicht zwangsläufig um einen Einheimischen handeln, es konnte genauso gut ein Feriengast sein.

Während ich noch über den Toten im Watt nachdachte, fielen mir die Augen zu.

Als Motte mir im Gesicht herumschnüffelte, war bereits die Nacht angebrochen. Ich schob den Dicken zur Seite und rappelte mich mit steifen Knochen auf. Schlaftrunken steuerte ich auf direktem Weg mein Bett im Obergeschoss an. Obwohl ich mich kaum bewegt hatte, brach mir der Schweiß aus. Die Wetterfrösche, zu deren Geschäft es offenbar gehört, jede noch so kleinste Wetteränderung mit großem Brimborium anzukündigen, schwadronierten schon seit Tagen über das zu erwartende, aber sich noch nicht abzeichnende Gewitter. Jetzt wurde es aber mal langsam Zeit, dass es tatsächlich auftauchte und Abkühlung in die Krummhörn brachte. Es war in den letzten Wochen so heiß gewesen, dass die Schäfer ihre Schafherden vom Deich holten und sie in Ställen unterbrachten, die sie mit Industriegebläsen auf Normaltemperatur herunterkühlten. Motte zuliebe hatte ich zu Beginn der Hitzeperiode im Wohnzimmer einen Ventilator laufen lassen, damit der Dicke sich abkühlen konnte. Er ignorierte aber den Ventilator und verzog sich lieber auf den kühlen Fliesenboden unter dem Küchentisch.

In meinem Schlafzimmer wälzte der Ventilator auch mehr die warme Luft um, als dass er Erfrischung brachte, weshalb ich mir die Mühe sparte, ihn zum Laufen zu bringen.

Ich streifte mir nur meine Kleidung ab, die ich achtlos zu Boden fallen ließ, und plumpste ins Bett; übergangslos fielen mir wieder die Augen zu.

5

Am nächsten Morgen wachte ich zeitig auf. Es war noch dämmrig; doch ich fühlte mich frisch und ausgeschlafen. Um diese frühe Morgenstunde sollte es eigentlich noch angenehm kühl sein – dachte ich. Die Gelegenheit für einen Morgenlauf wollte ich mir nicht entgehen lassen. Ich zog mir Laufschuhe und eine kurze Laufhose an und scheuchte den Dicken energisch von seiner Decke hoch. Er folgte mir nur widerwillig.

Draußen empfing mich statt einer frischen Morgenbrise die Schwüle einer russischen Dampfsauna. Mit halb geschlossenen Augen lief ich den Deich entlang und atmete die feuchtwarme Seeluft widerwillig ein. Ich hatte das Gefühl, dass der Luft der Sauerstoff fehlte und dass ich doppelt so schnell atmen musste, um meine Lungen ausreichend zu versorgen. Der Himmel trug heute einen graublauen, verwaschenen Overall, und ich hatte Mühe, den Himmel von der gleichfarbigen Wasseroberfläche zu unterscheiden.

Die ersten Möwen schwebten wie schwerelos über mir und erweckten sogar in Motte den Jagdinstinkt. Erstaunt drehte ich den Kopf und sah meinem Hund verblüfft hinterher, als er plötzlich mit aufgestellten Ohren den Möwen hinterherjagte und nach ein paar Metern den Deich hinunterlief, obwohl es dort außer einer grauen Nebelwand nichts zu sehen gab. Aber offenbar vermutete Motte zwischen den Nebelschleiern ein paar schmackhafte Deichhasen. Auf jeden Fall hatte der Nebel auf Motte eine inspirierende Wirkung, denn er lief trotz des schwülwarmen Wetters voller Begeisterung den Deich rauf und runter.

»He, Dicker!«, rief ich ihm hinterher, als er mit heraushängender Zunge an mir vorbeilief. »Übertreib's nicht; ich trag dich nicht nach Hause, wenn du nicht mehr kannst!«

Ich konnte Motte seinen Übermut nicht verdenken, mir ging es an diesem Morgen auch ausgesprochen gut. Der einzige Punkt, der mir die gute Laune verdarb, war der Umstand, dass Thyra in der vergangenen Nacht nicht nach Hause gekommen war. Aber gut; sie war erwachsen und mir keinerlei Rechenschaft darüber schuldig, wann und mit wem sie ihre Nächte verbrachte. Ich hätte es nur zu gerne gewusst. Ich meine... man macht sich ja Sorgen!

Auch wenn sich die Luft wie nach einem Saunaaufguss auf meine Atemwege legte, kam mein Kreislauf in Form, und meine Morgenmüdigkeit löste sich deutlich schneller auf als der Morgennebel. Mein Lauf auf dem Deich war anregender als eine ganze Kanne Espresso. Vor mir tauchte ein hölzernes Gatter auf, meine persönliche Wegmarke.

Ich schlug mit der Hand gegen das Holz und war stolz, die ersten drei Kilometer locker durchgelaufen zu sein. Auch den Rückweg packte ich in respektablem Tempo und übersprang mit einem langen Satz den auf dem Deichweg liegenden Motte, der ein Päuschen eingelegt hatte.

»Hoch, Motte!«, rief ich ihm im Weiterlaufen zu. »Nicht schlappmachen!«

Diese Bemerkung ließ Motte dann doch nicht auf sich sitzen. Mit einem Satz sprang er auf und jagte bellend hinter mir her.

Als wir zu Hause ankamen, waren wir beide ziemlich aus der Puste. Wir ließen uns vor dem Haus auf den Rasen fallen und japsten nach Luft. Nach einer ausgiebigen Dusche machte ich uns beiden Frühstück, das aus einer halben Portion Trockenfutter für den Dicken und einem Joghurt und schwarzem Kaffee für mich bestand.

Während ich mich in meinem Strandkorb lümmelte, löffelte ich meinen Joghurt und trank drei Tassen schwarzen Kaffee, denn auch wir in Ostfriesland trinken nicht den ganzen Tag über Tee. Der Morgennebel löste sich langsam auf, und der wolkenlose blaue Friesenhimmel kündigte einen weiteren heißen Tag an. Sollte der Volksmund recht behalten, der den Zeitraum vom 23. Juli bis zum 23. August, in den die heißesten Wochen des Jahres fallen, als Hundstage bezeichnet, hätte das Schwitzen in dieser mörderischen Hitze in knapp drei Wochen ein Ende. Wenn es nur heute nicht wieder so extrem schwül werden würde.

Ich sah zum Himmel.

Der morgendliche Friesenhimmel spannte sich wolkenlos und schier unendlich über das Land. Ich blinzelte mit halb geschlossenen Augen zur aufgehenden Sonne und verspürte ein tiefes Gefühl von Glück und Frieden in mir, denn ich verfügte über das wunderbare Privileg, am schönsten Flecken der Erde leben zu dürfen – Ostfriesland! Wenn es heute noch ein Gewitter geben würde, wäre mein Glück perfekt.

Wenn das Thermometer heute wieder fast bis zum Anschlag klettern würde, wäre der einzig vernünftige Aufenthaltsort, wo ich den Tag verbringen könnte, mein Strandkorb. Aus diesem Grunde hatte ich beschlossen, heute nicht zu arbeiten. Wobei ich mit Arbeit keine echte Vollzeitarbeit meine, der man gemeinhin zum Broterwerb nachgeht. Auch in diesem Punkt war ich mittlerweile privilegiert, denn ich konnte das tun, was mir Spaß machte: meinen Kumpel Uz beim Krabbenfischen begleiten, mich einfach auf den Deich legen, wo und wann ich Lust dazu hatte, oder Skizzen und Motive für Tattoos entwerfen, wenn ich Lust auf Kreatives hatte.

Wenn mir während meiner damaligen Studienzeit vor lauter Paragrafen und Juristerei der Kopf schwirrte, setzte ich mich als Ausgleich zu den trockenen Lehrbüchern an den Zeichenblock und entwarf Totenschädel, Engel, Kreuze und Gothic-Kram in allen möglichen Variationen. Nach meinem Ausstieg aus der juristischen Tretmühle nahm ich diesen kreativen Zeitvertreib wieder auf und machte mir unerwarteterweise einen gewissen Namen in der Szene. Vielleicht lag es auch daran, dass ich nur gelegentlich als Tattooartist ein paar Motive entwarf, denen man ihren eigenen Stil nicht absprechen konnte, dass die Tattoostudios mir die Entwürfe abkauften, noch während die Tusche trocknete. Leben konnte ich von der Zeichnerei natürlich nicht; es war mehr kreativer Ausgleich als Broterwerb. Diesen Ausgleich hatte ich vor ein paar Jahren dringend nötig, denn nachdem meine Ehe in die Brüche gegangen war, haute mich ein wohlverdientes Burn-out aus den Schuhen, und mein Arzt schüttelte angesichts meiner Blutwerte nur resigniert den Kopf. Ich tat das einzig Richtige und stieg aus der Tretmühle aus.

Das Scheitern meiner Ehe hatte ich erst bemerkt, als es zu spät war und meine Frau und ich hilflos und knietief inmitten des unkittbaren Scherbenhaufens unserer Beziehung standen. Zugegeben, es war eine eher rigorose als konsequente Entscheidung, meine Karriere als Strafverteidiger mit blendend laufender eigener Kanzlei und das Penthouse im angesagten Berliner Kiez Prenzlauer Berg aufzugeben, um in einem alten Kapitänshaus mitten in Ostfriesland gemeinsam mit einem gefühlslegasthenischen dicken Berner Sennenhund zu leben. Aber ich bin heute davon überzeugt, dass diese Entscheidung mein Leben gerettet hat. Denn hätte ich in diesem die Gesundheit ignorierenden Stil meiner sogenannten Karriere weitergemacht, wäre ich entweder in irgendeiner Privatklinik als psychiatrischer Langzeitpatient oder nach einem dritten Herzinfarkt als Bewohner eines Urnengrabs auf dem Sankt-Marien-und-Sankt-Nikolai-Friedhof im Prenzlauer Berg gelandet.

In die Krummhörn hatte es mich durch Zufall verschlagen. Eigentlich wollten wir nur raus aus der Stadt und rüber zu einer der Nordseeinseln, um uns an einem verlängerten Wochenende über unsere Ehe Gedanken zu machen. Dann wurde aus dem Fluchtwochenende ein Ausstieg aus meinem bisherigen Leben – für immer.

Meine Kanzlei mit mehreren fest angestellten Anwälten übergab ich an einen Juniorpartner. Ich hatte einen sehr guten Teilhabervertrag aufgesetzt und konnte von meiner stillen Teilhaberschaft zwar nicht luxuriös, aber sorgenfrei leben. Tattoos zu entwerfen hatte zunächst nur den Stellenwert einer Beschäftigungstherapie für mich, weil ich mit den plötzlich unendlich langen Tagen nichts anzufangen wusste. Ein gewisser Erfolg stellte sich erst später ein, als ich frei von Leistungsdruck und mit dem Bewusstsein, nicht von meiner Kunst leben zu müssen, das vergessene Talent aus lange zurückliegenden Studienzeiten neu entdeckte.

Aber wie es halt so ist: Plötzlich und unerwartet ergaben sich in den letzten Jahren dramatische Geschehnisse in der Krummhörn, die mich unversehens als Anwalt mitten in den Sog der Ereignisse hineinzogen; teils unbeteiligt, teils gegen mein Prinzip, nicht mehr als Anwalt aktiv sein zu wollen, und immer aus unverbesserlicher Gutmütigkeit.

Die Kraft der Sonne nahm an Intensität zu, mir wurde langsam warm. Ich streckte mich im Strandkorb aus, und während ich die Augen schloss, schob ich die Gedanken an die Geschehnisse im Watt zur Seite. Auch wenn dort ein schrecklicher Mord geschehen war, ging mich das rein gar nichts an.

Da ich beschlossen hatte, heute nicht mehr zu arbeiten, verbrachte ich den Tag bis zum frühen Abend genussvoll mit sündigem Nichtstun. Wenn ich nicht schlief, starrte ich Löcher in den blauen Friesenhimmel oder hörte mir schrecklich schöne melancholische Tangomusik übers Handy an. Nur sporadisch verließ ich den Strandkorb, um mir eine eisgekühlte Erfrischung aus dem Kühlschrank zu holen.

Als gegen Abend die Hitze des Tages etwas nachließ, beendete ich meinen Faulenzertag und kühlte mich unter der eiskalten Dusche ab. Mein Körper fühlte sich angenehm erfrischt, als ich nackt vor dem Kleiderschrank stand und meine Kleidung für den heutigen Abend auswählte. Ich entschied mich nach kurzer Überlegung für einen lässig geschnittenen schwarzen Leinenanzug, zu dem ich ein weißes Leinenhemd trug, dessen obere drei Knöpfe ich offen ließ.

Ich musterte mich kurz im Spiegel und war mit dem, was ich sah, zufrieden: nicht zu overdressed und doch dem Anlass entsprechend festlich. Schließlich fand heute Abend ein ganz besonderes Ereignis statt, auf das ich mich bereits seit Wochen freute: die Sommernachts-Milonga auf der Manningaburg in Pewsum.

Milonga werden Tanzveranstaltungen genannt, auf denen ausschließlich Argentinischer Tango getanzt wird. Nun wird man sich sicherlich fragen: Tango in Ostfriesland?

Ja! Wieso auch nicht? Auch wenn ich zugeben muss, dass die Tangoszene in Ostfriesland recht überschaubar ist. Es gibt eine Handvoll Tangoschulen in Aurich und Leer, die auch regelmäßig stattfindende Milongas veranstalten. Ich selber bin eher durch Zufall zum Tango gekommen: Vor einiger Zeit hatte mich meine berufliche Neugier in eine prekäre Lage gebracht, die ich nur dank meiner Tochter im allerletzten Moment überlebt hatte. Da ich reichlich lädiert von den Geschehnissen war, dauerte es rund ein halbes Jahr, inklusive eines mehrwöchigen Rehaaufenthalts, bis ich wieder weitestgehend genesen war. In der Kurklinik langweilte ich mich zu Tode und nahm daher an einem Kurs für Argentinischen Tango teil. Es dauerte nicht lange, und es hatte zwischen dem Tango Argentino und mir mächtig gefunkt.

Nachdem ich wieder weitestgehend fit war und ohne Gehstock laufen konnte, besuchte ich regelmäßig mit Traute den Tangokurs von Maximiliano Enduardo, der in Uphusen, einem östlichen Stadtteil Emdens, eine Schule für Argentinischen Tango betrieb. Da aber die Beziehung zu Traute durch eine tragische Entwicklung abrupt beendet wurde, wollte ich den Tango für mich schon zu den Akten legen; wenn da nicht die blonde Caro gewesen wäre, die ich im vergangenen Jahr im Rahmen meiner Recherchen in einem sehr speziellen Sadomasoklub kennengelernt hatte. Wir hatten in dem Klub eine sogenannte Tanda getanzt, eine Folge von drei argentinischen Musikstücken, wobei ich als Tangoanfänger mit der erfahrenen Tangotänzerin Caro zum ersten Mal ein echtes Tangogefühl hatte.

Als Caro mir dann Wochen später eine Nachricht aufs Handy schickte, in der sie mich fragte, ob ich Lust hätte, sie zu einer Milonga zu begleiten, sagte ich hocherfreut zu. Denn Caro war eine sehr gute Tänzerin mit einem eleganten Tanzstil, die mir die Führung sehr leicht machte und sensibel auf meine tänzerischen Impulse reagierte. Die attraktive Caro gab mir durch den gemeinsamen harmonischen Tanzflow stets das erfreuliche Gefühl, ein guter Tänzer zu sein.

An diesem Abend begleitete ich Caro also zur Sommernachts-Milonga auf die Manningaburg, die von dem Bremer Unternehmer Gisbert van Alst ausgerichtet wurde, der vor drei Jahren zum Entsetzen der konservativen Pewsumer Bürger das altehrwürdige Gebäude aus dem 15. Jahrhundert kaufte und begann, seine Tangoveranstaltungen im romantischen Burghof zu veranstalten. Das Entsetzen der Bürger war verständlich. Da aber van Alst in der Krummhörn mehrere Autohäuser und zwei große Verkaufsstellen mit angeschlossenen Werkstätten für Traktoren und Landmaschinen besaß, verfügte er über großen Einfluss bei den richtigen Leuten. Es war schon immer so – wer die Musik bezahlt, bestimmt, was aufgespielt wird.

Auch wenn sich mittlerweile die Wogen geglättet hatten, boykottierten die alteingesessenen Pewsumer fast ausnahmslos die Veranstaltungen in der Burg. Lediglich die hiesige Tangoszene traf sich zu den Veranstaltungen und natürlich zahlreiche Gäste, die aus dem gesamten Bundesgebiet angereist kamen, um in der historischen Manningaburg alljährlich einen rauschenden Sommernachtsball zu feiern. Die historische Wasserburg, einst Häuptlingssitz der ostfriesischen Familie Manninga, eignete sich hervorragend für einen stimmungsvollen Tanzabend.

Ich pfiff munter eine Tangomelodie vor mich hin, als ich mich von Motte verabschiedete und mein Käfer-Cabrio mit geöffnetem Verdeck Richtung Pewsum knattern ließ.

6

Caro wartete bereits am Rande des Marktplatzes vor der Manningaburg auf mich.

Die attraktive Blondine lehnte lässig an einer kleinen Mauer und sah in ihrem hochgeschlossenen schwarzen Kleid atemberaubend sexy aus. Bei dem Kleid handelte es sich um ein Tangokleid aus dünnem und extrem fließendem Stoff, das Caros schmale Taille und ihren wohlgeformten Busen ebenso wie ihre vom regelmäßigen Joggen durchtrainierten Beine beeindruckend zur Geltung brachte.

Wir begrüßten uns herzlich mit dem in der Tangoszene üblichen beidseitigen Wangenkuss.

»Du siehst fantastisch aus!«, seufzte ich lächelnd. »Alle werden mit dir tanzen wollen.«

»Du Charmeur«, winkte Caro verlegen ab, während ihre Augen vor Freude über das ehrlich gemeinte Kompliment leuchteten.

Im Grunde bin ich weder Charmeur noch Süßholzraspler, aber wenn ich einer attraktiven Frau gegenüberstehe, lasse ich es mir nicht nehmen, auch schon mal ein Kompliment zu machen, wenn ich wirklich beeindruckt bin. Wobei ich Attraktivität grundsätzlich weder ausschließlich an langen Beinen noch an üppigen Brüsten festmache. Mich beeindrucken eher intelligente und selbstbewusste Frauen, die mit beiden Beinen fest im Leben stehen und die sich kein X für ein U vormachen lassen.

»Na, mein Lieber?« Mit halb geschlossenen Lidern sah Caro mich an. »Geht's dir gut?«

»Wenn wir zum Tanzen verabredet sind, geht's mir doch immer gut!« Lächelnd bot ich ihr meinen rechten Arm an.

Caro erwiderte mein Lächeln und hakte sich bei mir unter.

»Was war denn gestern bei euch im Watt los?«, wollte sie wissen, während wir untergehakt den schmalen Weg entlanggingen, der vom Parkplatz zur Burg führte.

»Du meinst beim Schlickschlittenrennen?«, erwiderte ich.

»Klar«, nickte sie. »Die gesamte Krummhörn spricht im Moment von nichts anderem.«

Während Caro interessiert zuhörte, erzählte ich von den gestrigen Ereignissen am Uplewarder Trockenstrand.

»Jetzt warten natürlich alle auf nähere Informationen. Jeder will so schnell wie möglich wissen, wer der Tote ist«, beendete ich meinen Bericht.

»Mir ist nicht bekannt, dass hier bei uns jemand vermisst wird.« Caro sah mich nachdenklich an. »Vielleicht ein Urlauber?«

»Ich habe auch von niemandem gehört, der verschwunden wäre«, stimmte ich zu. »Wahrscheinlich liegst du mit deiner Vermutung richtig.«

»Wann, denkst du, erfährt man Näheres?«

»Der Pathologe hat mir gestern gesagt, dass er sich sofort an die Identifizierung macht.« Ich zuckte mit den Schultern. »Keine Ahnung, wann er seine Ergebnisse an die Kripo gibt. Dann beginnen ja erst die Ermittlungen.«

»Tillmann?« Caro sah mich fragend von der Seite an.

Ich nickte.

Caro kannte sich von Berufs wegen mit den Medizinern in der Krummhörn aus; sie betrieb seit Jahren eine eigene Apothekenkette mit mehreren Filialen in der Umgebung.

Mittlerweile hatten wir das Torhaus der Manningaburg

erreicht. Zwei mannshohe Fackeln, die links und rechts neben dem Torbogen im Boden verankert waren, begrüßten die Gäste mit ihrem flackernden Feuerschein.

Wir durchschritten den Torbogen und betraten den festlich beleuchteten Burghof der von einer breiten Graft umgebenen Wasserburg.

Eigentlich bin ich ja nicht der große Romantiker. Bei mir beschränkt sich die Romantik in der Regel auf ein Glas Rotwein vorm Kamin.

Aber seit ich den Tango kennengelernt habe, üben die leise Melancholie und melodische Wehmut der Musik eine starke Wirkung auf mich aus, über die ich mich selber wundere. Ein bekanntes Zitat des argentinischen Komponisten Enrique Santos Discépolo bringt das Wesen des Tangos auf den Punkt: »Der Tango ist ein trauriger Gedanke, den man tanzen kann.« Vielleicht war das im Moment genau mein wunder Punkt. Aber dann tanze ich lieber meine traurigen Gedanken, als dass ich meine Abende mit zu viel Rotwein vorm Kamin verbringe.

Heute Abend aber schob ich etwaige traurige Gedanken zur Seite. Zu beeindruckend war das Bild, das sich uns in der alten Burg bot; da brauchte ich kein großer Romantiker zu sein, die Atmosphäre war bestens geeignet, um auch den größten Pragmatiker in ihren Bann zu ziehen.

Der Burghof der Manningaburg wurde von den Fackeln in ein mystisches Licht getaucht. Über den Burgzinnen hing ein schwerer, kitschiger Vollmond. Da es im Burghof windgeschützt war, brannten die Dochte der Fackeln fast regungslos. Auch die unzähligen Kerzen, die in großen Leuchtern auf Mauervorsprüngen und Wandnischen standen, flackerten lediglich kurz im Windhauch, wenn ein Paar in sich versunken langsam an ihnen vorbeitanzte.

An der Stirnseite des Burghofs war auf einem langen Tisch, dessen weiße Tischdecken bis zum Boden reichten, ein üppiges

Büfett aufgebaut, dazwischen silberne Kerzenleuchter; sogar die ruhig vor sich hin brennenden Kerzen machten an diesem Abend einen entspannten Eindruck.

Links neben dem Büfett war eine kleine Bar aufgebaut, hinter der ein Barkeeper in schwarzem Hemd und Hose mit mehreren Flaschen hantierte. Als Vorbinder trug er eine ebenfalls schwarze Kellnerschürze, die ihm bis zu den Schuhspitzen reichte. Auch die beiden freundlich lächelnden Köche, die hinter dem Büfett standen und den Gästen Speisen anreichten, trugen trendige schwarze Kochkleidung mit langen Schürzen.

Auf der Tanzfläche tanzten bereits die ersten Paare. Männer wie Frauen trugen dem Anlass entsprechend festliche Kleidung, wobei die Männer es eher klassisch bevorzugten: schwarze Hose und schwarzes Hemd oder schwarzer Anzug mit weißem Hemd; wobei aber niemand eine Krawatte trug, sondern die meisten Tänzer die oberen Knöpfe ihrer Hemden lässig offen stehen ließen.

Die Damen trugen ausnahmslos Tangokleider, die zwar allesamt ausgesprochen elegant, aber auch farbenfroh waren. Einige der Tänzerinnen hatten sich für das kleine Schwarze entschieden, andere wiederum trugen rote, smaragdgrüne oder weiße Kleider. Alle Anwesenden machten einen gut gelaunten und entspannten Eindruck, was ein Nichttänzer bei den ernsten Gesichtern der Tanzpaare nicht unbedingt vermuten würde.

Argentinischer Tango ist zwar ein sozialer Tanz, aber kein lauter Gesellschaftstanz. Ein eng tanzendes Paar mit ernsten Mienen, wobei die Tänzerin oftmals ihre Augen geschlossen hat, und vier Beine, die sich zu wehmütigen Melodien von Geige und Bandoneon bewegen, können richtig viel Spaß haben, ohne dass es den Tänzern vom Gesicht abzulesen ist. Tango ist ein sehr intimer und naher Tanz.

Im Grunde eigentlich genau das Gegenteil von dem, was

ich mein Leben lang gewohnt war; ich hatte in der Vergangenheit mehr Wert auf Distanz und Förmlichkeit gelegt. Enges Tanzen kannte ich bislang nur, wenn ein gewisser Funke übergesprungen war.

Auf der offenen Seite des Burghofes, an der die Reste der Außenmauer eine malerische Kulisse bildeten, saß, von Kerzenleuchtern umrahmt, ein kleines Tangoorchester in klassischer Besetzung: Bandoneon, Piano, Gitarre, Violine und ein Sänger. Das Orchester stimmte gerade das melancholisch-melodische *Poema* des legendären Musikers Francisco Canaro an.

Wie beim Tango üblich, forderte ich Caro, die gebannt neben mir stand und die stimmungsvolle Atmosphäre in sich aufsog, mit einem stummen Blick auf. Zum Tanz fordert nur der Mann auf; keiner Tanguera käme es jemals in den Sinn, einen Mann aufzufordern. Da es aber für einen Tänzer nichts Peinlicheres gibt, als die Tanzfläche zu überqueren, um dann vor aller Augen einen Korb zu bekommen, erfolgt das Einverständnis zwischen Tänzer und Tänzerin über Augenkontakt.

So signalisierte auch Caro mir mit ihren Augen, dass sie mit mir tanzen wollte. Sie legte ihren Arm um mich und schmiegte sich mit ihrem Körper an mich. Ihre Wange berührte meine Wange. Unsere Körper suchten sich, und als die Violine ihr sehnsuchtsvolles Spiel begann, wurden wir von der einschmeichelnden Melodie in den Tanzfluss gesogen. Mit dem Einsetzen der Musik vergaß ich die Welt um mich. Ich hatte nicht mehr das Gefühl, mich in Ostfriesland zu befinden, sondern in einer schummrigen Bar in Buenos Aires oder einer Spelunke in der Lissabonner Altstadt. Wer würde auch schon vermuten, dass bei uns in Ostfriesland Argentinischer Tango getanzt wird, geschweige denn, dass auf der ehrwürdigen Manningaburg im beschaulichen Pewsum stimmungsvolle argentinische Sommernachtsbälle gefeiert werden?

Wir beendeten die Tanda, wie eine Folge von drei bis vier

Musikstücken genannt wird, und lösten uns voneinander. Ich führte Caro zu einer Tischgruppe, die aus sechs kleinen, runden Metalltischen bestand. Während Caro entspannt ihre langen Beine übereinanderschlug, ging ich zur Bar und holte zwei Gläser Champagner.

Mit den Champagnergläsern kehrte ich zu Caro an unseren Tisch zurück, wo wir auf den heutigen Abend anstießen. Caro war wirklich eine ausgezeichnete Tänzerin, von der ich seit der Trennung von Traute im Verlauf des letzten Jahres sehr viel gelernt hatte. Caro verstand die körperlichen Impulse, die ich als Führender gab, ohne Worte, und anstatt ständig auf Tanztechniken zu achten, improvisierten wir, und unsere Körper folgten wie von selbst der Musik.

Auch wenn sich unsere Körper in der engen und intimen Berührung des Tangos außerordentlich gut verstanden, blieben wir außerhalb der Tanzfläche auf Distanz. Wir mochten uns zwar sehr, und zwischen uns hatte sich eine ziemlich vertraute Beziehung entwickelt, aber an sexuelle Abenteuer dachten wir nicht; wobei wir nicht über das Thema sprachen und ich davon ausging, dass Caro meinen Liebeskummer über die Trennung von Traute mit ihren sensiblen Antennen wahrnahm und verstand.

Wir saßen eine Weile am Tisch und genossen die Milde der Sommernacht, während wir den Tanzenden zuschauten.

In diesem Moment näherte sich Gisbert van Alst unserem Tisch und begrüßte uns mit einem charmanten Lächeln. Der schlanke Mittvierziger trug seine schwarzen Haare kurz und machte in seiner weißen Leinenhose mit den breiten Hosenträgern und dem offen stehenden, ebenfalls weißen, Leinenhemd einen sehr lässig-eleganten Eindruck.

»Herzlich willkommen auf der Manningaburg.« Van Alst beugte sich zu Caro hinunter und begrüßte sie mit dem sceneüblichen Begrüßungskuss.

Auch wenn es nicht unüblich ist, dass die Tänzer sich ebenfalls mit einem Wangenkuss begrüßen, streckte ich dem Gastgeber des heutigen Abends lediglich die Hand entgegen; ich hatte nicht die Absicht, van Alst zu küssen.

Wir tauschten ein paar Freundlichkeiten aus, wobei ich ausdrücklich die stilvolle Ausgestaltung des Burghofs lobte. Als das Orchester die nächste Tanda anstimmte, verabschiedete sich der Unternehmer freundlich von uns und wünschte uns einen schönen Abend. Er steuerte zielstrebig eine brünette Tänzerin in einem tief dekolletierten malvenfarbenen Kleid an, die er bereits mit den Augen aufgefordert hatte, als er sich noch mit uns unterhielt.

Auch wir erhoben uns und gingen zur Tanzfläche. Caro schmiegte sich eng an meinen Oberkörper und legte ihren linken Arm um meine Schulter, während sie ihre rechte Hand in meine Handfläche legte, die ich ihr anbot, wie es beim Tango Argentino üblich ist. Als Gegenpol zur vorherigen melancholischen Musik erklang die schnelle und rhythmische *Milonga de mis amores*, die in diesem Fall vom Orchester Pedro Laurenz stammte. Mit dem Begriff »Milonga« kann eine Tanzveranstaltung ebenso wie eine Tanzform oder ein Musikstil gemeint sein. In unserem Fall also tanzten wir auf einer Milonga eine flotte und feurige Milonga; niemand hat behauptet, dass Argentinischer Tango einfach sei!

Da eine Tanda stets aus einer Abfolge von Musikstücken besteht, waren die nachfolgenden Stücke ebenfalls schnell, was zur Folge hatte, dass mir langsam sehr warm wurde und erste Schweißperlen auf meine Stirn traten. Nach dem vierten Stück folgte eine Tanzpause, die sogenannte Cortina, in der ich Caro zu unserem Tisch führte.

Wie in Tanzpausen üblich, leerte sich die Tanzfläche, und es erhob sich ein ausgelassenes Stimmengewirr der anwesenden Gäste. Ich ging zur Bar, um uns Getränke zu besorgen, und nutzte die Gelegenheit, um mir unauffällig mit einer Serviette die Stirn zu trocknen.

Caro empfing mich mit einem strahlenden Lächeln, als ich ein paar Minuten später mit zwei hohen Gläsern an den Tisch zurückkehrte, in denen Champagner perlte.

»Cheers«, sagte Caro lächelnd und ergriff das Glas, das ich ihr reichte.

Unsere Gläser gaben einen dezenten Klang von sich, als wir miteinander anstießen.

In dem Moment, als ich das Champagnerglas an meine Lippen setzte und einen Schluck nahm, hörte ich einen Schrei und sah aus den Augenwinkeln einen schemenhaften Schatten herabstürzen.

Reflexartig umklammerte ich das Glas, das in meiner Hand zerbrach. Ich verspürte weder Schmerz noch den Champagner, der sich mit dem Blut aus den Schnittwunden meiner Handfläche mischte und zu Boden tropfte.

7

Der Körper schlug nicht auf dem Boden des Innenhofes auf! Der Strick, der dem Mann um den Hals geschlungen war, brach dem Unglücklichen in dem Moment das Genick, als sich das Seil mit einem scharfen Knall spannte und die Füße des Mannes sich noch knapp einen halben Meter über dem Kopfsteinpflaster des Burghofes befanden.

Das Splittern der Halswirbel des Mannes und der peitschende Knall des gespannten Seils waren so laut, dass es das Stimmengewirr und Gelächter der ausgelassenen Ballgäste übertönte.

Schlagartig verstummten alle Gespräche, nur das Lachen einer Frau war noch zu hören, das abrupt erstarb, als sich die Köpfe aller Anwesenden dem Toten zuwandten, der mit weit aufgerissenen und blutunterlaufenen Augen auf die noch eben ausgelassen feiernden Tänzerinnen und Tänzer herunterzustarren schien, während er langsam an seinem Seil wie ein Pendel von links nach rechts über den Burghof schwang.

Der Gehenkte baumelte an einem Hanfseil, das von seiner abgeknickten Halswirbelsäule hoch zur Regenrinne lief, um von dort straff gespannt das Dach an einer der im Halbdunkel liegenden Burgzinnen zu enden. Wahrscheinlich war das Seil genau berechnet um die Zinne geschlungen worden, um den Sturz des Mannes vor dem Aufprall auf den Boden zu beenden.

Beim Schwingen über die Tanzfläche drehte der Tote sich

mehrmals um die eigene Achse, wobei die Anwesenden seine auf dem Rücken gefesselten Hände sehen konnten. Das Seil mit dem Toten pendelte langsam aus, und der Leichnam drehte sich in unsere Richtung, sodass wir dem Gehenkten frontal gegenüberstanden. Das löste den nächsten Schock aus. Denn obwohl das Gesicht des Mannes im Todeskampf entsetzlich verzerrt war und ihm das Blut, das ihm aus dem Mund strömte, zusätzlich den unteren Teil seines Gesichtes verschmierte, erkannte ich ihn sofort.

Der Tote war Dominik Stein, einer der Tanzlehrer, bei dem ich einige Male Unterricht gehabt hatte. Dominik, den ich auf Ende zwanzig schätzte, war keiner der fest angestellten Tanzlehrer, sondern eine ambitionierte Honorarkraft, der in Maximiliano Enduardos Tanzschule in Uphusen Basiskurse unterrichtete.

Ich starrte den toten Tangolehrer entgeistert an und spürte kaum, dass sich Caros rot lackierte lange Fingernägel vor Entsetzen tief in meinen Arm eingruben. Auch sie kannte Dominik und war ebenso schockiert wie ich.

Das Szenario hatte etwas Unwirkliches an sich, gleichzeitig hatte ich das sehr reale Gefühl, Augenzeuge einer Hinrichtung geworden zu sein.

Mein Blick folgte dem Blut, das dem Toten in Rinnsalen über die Brust lief, um von dort auf den Tanzboden zu tropfen – den Gisbert van Alst extra für den heutigen Abend im Burghof hatte verlegen lassen –, und blieb dann an einem dunkelroten Klumpen hängen, der unter den im Halbkreis hin und her schwingenden Füßen des Gehenkten auf dem seidig schimmernden Parkett lag. Als ich erkannte, um was es sich bei dem unförmigen Klumpen handelte, der im Kerzenlicht feucht schimmerte, stöhnte ich unterdrückt auf.

Vor uns auf dem Tanzboden lag die Zunge des Toten. Als das Körpergewicht des Tanzlehrers das Seil mit brachialer

Wucht straffte und den Sturz des Unseligen brutal beendete, hatte der Tote sich beim Aufprall die Zunge abgebissen.

Eine Schrecksekunde später überschlugen sich die Ereignisse.

Als die Anwesenden den vor ihren Augen schwebenden Toten realisierten, brauste aufgeregtes Stimmengewirr auf, in dem sich vereinzelte Schreckensschreie der Anwesenden mischten.

»Da!«, kreischte eine weibliche Stimme voller Panik.

Ich zuckte zusammen; gleichzeitig ruckte mein Kopf hoch, und mein Blick folgte dem ausgestreckten Arm der Frau, die mit weit offen stehendem Mund zu den Burgzinnen hinaufwies.

»Niki!«, gellte gleichzeitig ein Schrei über den Hof.

Eine schwarzhaarige junge Frau, mit festlich hochgesteckten Haaren und einem kurzen dunkelroten Tangokleid bekleidet, betrat die Tanzfläche. Wie in Trance ging sie mit langsamen Schritten auf den Toten zu. Offenbar stand die Frau, die ich auf Mitte zwanzig schätzte, unter Schock, denn sie nahm keinen der anwesenden Ballbesucher wahr und rempelte nacheinander einige der regungslos nach oben starrenden Gäste an.

»Niki.« Die Stimme der Frau war zu einem kaum hörbaren Flüstern geworden. »Mein lieber, lieber Niki...«

Noch immer rührte sich keiner der Ballgäste; auch ich stand wie versteinert neben Caro, die noch immer ihre Fingernägel in meinen Arm krallte, und sah wie gebannt auf die Frau, die jetzt den Toten erreicht hatte.

Stumm sah sie zu dem Toten hoch, dessen weit aufgerissene Augen sie anzustarren schienen, obwohl aus ihnen jegliches Leben gewichen war. Wie in Zeitlupe sank die junge Frau vor dem Toten auf die Knie und umschlang mit beiden Armen seine Beine.

Ihre Schultern begannen unkontrolliert zu beben, als sie lautlos zu schluchzen begann.

Caro löste ihre Hand von meinem Arm und ging schweigend zu der Frau hinüber. Ihre hochhackigen Absätze klackerten leise auf dem Tanzboden. Sie kniete sich ebenfalls zu Füßen des Toten nieder und legte ihre Arme tröstend von hinten um die junge Frau.

Es war ein herzzerreißender Anblick, wie die junge Frau mit bebenden Schultern und lautlos weinend die leblosen Beine des Toten umklammerte.

»Da!«, ertönte es erneut. Diesmal war es ein Mann, der aufgeregt rief: »Da oben ist jemand!«

Mein Kopf ruckte hoch. Tatsächlich!

Ich kniff meine Augen zusammen und erkannte einen dunklen Schatten, der im Halbdunkel der Burgzinne kaum auszumachen war. Im gleichen Moment, als ich den Umriss eines Menschen neben der Zinne erkannte, die der vermutliche Tatort war, ertönte von dort ein unterdrückter Fluch, der von hektischem Fußscharren begleitet wurde. Offenbar kämpfte der Unbekannte bei dem Versuch, sich vor den Blicken der Gäste zu verbergen, um sein Gleichgewicht.

»Das ist der Mörder!«, schrie eine Frau mit gellender Stimme.

»Jemand muss die Polizei rufen!«, rief eine andere.

In dem Moment, als das Stimmengewirr anschwoll und Leben in die Menge kam, flammten die ersten Blitzlichter vereinzelter Handys auf, die geistesgegenwärtige Gäste über die Köpfe der Anwesenden Richtung Burgzinnen richteten. Leider waren die Blitze nicht hell genug, um die Umrisse des mutmaßlichen Mörders, der noch immer um sein Gleichgewicht kämpfte, aus dem Dunkeln zu reißen.

Als Unternehmer war Gisbert van Alst es gewohnt, schnell und umsichtig zu handeln; so auch heute. Mit schnellen Schritten durchquerte unser Gastgeber den Burghof; in der rechten Hand hielt er eine große Stabtaschenlampe. Van Alst blieb breitbeinig mitten im Innenhof stehen und richtete die Taschenlampe Richtung Burgzinnen.

Ein erbarmungslos gleißender Lichtstrahl zerriss die Dunkelheit und traf die dunkle Gestalt, die panisch mit den Füßen zu strampeln begann, als der grelle Halogenstrahl den Unbekannten traf.

»Da! Da ist er!«, rief einer der Gäste.

»Komm runter, du verdammter Mörder!«, erklang der nächste Ruf.

Die Gestalt strampelte vor Panik immer stärker mit den Beinen, und ich rechnete schon mit einem zweiten Toten, denn es sah einen lähmend langen Moment so aus, als würde der Unbekannte das Gleichgewicht vollends verlieren und kopfüber in den Burghof stürzen.

Aber der Mann hatte Glück. Ich meinte zu sehen, dass er mit seinem rechten Fuß einen Vorsprung fand, denn er stieß sich reflexartig ab und hatte erkennbar einen stabileren Halt.

Hätte der Unbekannte in diesem Moment seinen Vorteil genutzt und wäre hinter der Zinne verschwunden, hätten wir wahrscheinlich bis heute nicht gewusst, um wen es sich bei dem mutmaßlichen Mörder des Tanzlehrers handelte. Aber genau das tat die schattenhafte Gestalt nicht: Sie hatte nichts Besseres zu tun, als ihren Oberkörper herumzudrehen und über die Schulter nach unten in die Menge zu schauen.

Genau in dem Moment, als der Unbekannte den Kopf neigte, erfasste ihn der gleißend helle Strahl von van Alsts Halogenlampe und traf ihn mitten ins Gesicht.

Mich durchfuhr ein eisiger Schreck, als ich in das bleiche, schmale Gesicht des mutmaßlichen Mörders sah. Ich kannte es nur zu gut; auch jetzt, wo auf dem Gesicht ein gehetzter Ausdruck lag, der aussah, als könnte er jeden Moment in Panik umschlagen.

Ungläubig starrte ich zu dem vermeintlichen Mörder hoch,

der auf brutalste Art und Weise vor den Augen der entspannt feiernden Ballgäste einen Mann getötet hatte.

Onno! Es war Onno!

Mein Gehirn konnte nicht so schnell das Unfassbare verarbeiten, das meine Augen sahen. Zu groß war der Schock, Onno als potenziellen Mörder zwischen den Burgzinnen herumturnen zu sehen.

Während rund um mich das Stimmengewirr zunahm und die Rufe nach der Polizei lauter wurden, brachte ich keinen Ton hervor. Starr vor Schreck, blickte ich zu Onno hoch, dessen rechtes Auge von einem blutunterlaufenen Veilchen umrahmt war, was ich nur zu gut kannte. Noch bevor ich den Mund zuklappen oder sonst in irgendeiner Form reagieren konnte, verschwand Onno, während die Blitzlichter der ersten Handykameras aufleuchteten, voller Panik hinter den Burgzinnen, als sei ihm der Klabautermann persönlich auf den Fersen.

Ohne zu überlegen, setzte ich mich in Bewegung und spurtete über den Burghof Richtung Eingangsportal. Im letzten Jahr hatte ich schon einmal den Sommernachtsball auf der Manningaburg besucht und wusste von diesem Besuch her, dass hinter dem weit offen stehenden Portal die kleine Halle lag, von der ein Gang zu den Räumen des ehemaligen Standesamts führte, in denen der neue Eigentümer van Alst sein repräsentatives Arbeitszimmer eingerichtet hatte. Gleich rechts am Eingang der Halle befand sich eine original erhaltene massive Holztür, hinter der die Toiletten lagen. Auf der gegenüberliegenden Gangseite war eine weitere Holztür, die ebenfalls einen massiven Eindruck machte und von der ein Gang hoch in den Burgturm führte.

Im Laufschritt durchquerte ich die Halle.

Da ich dem Anlass entsprechend Tanzschuhe trug, verursachten sie keinen Laut auf den dunklen Steinfliesen, mit der die Halle ausgelegt war. Im gleichen Moment, als ich meine

Hand nach der gusseisernen Türklinke ausstreckte, wurde die Tür mit einem gewaltigen Schwung aufgestoßen und schlug mir mit einem trockenen Knall vor die Stirn. Ich fiel der Länge nach rücklings auf den steinernen Fußboden.

Noch während des Fallens nahm ich aus dem Augenwinkel eine vorbeihuschende Gestalt wahr, die sich blitzschnell durch die Eingangstür drückte und deren Gesicht ich trotz des Kerzenlichts nicht erkennen konnte, deren Statur und Bewegungen mir aber sehr bekannt vorkamen: Onno!

Ich war schmerzhaft mit dem Hinterkopf auf die Fliesen geknallt und hörte das scharfe Klacken, mit denen meine Zähne aufeinanderschlugen; meine Zunge blieb im Gegensatz zu der des Toten unversehrt. Mühsam setzte ich mich auf und hielt mir benommen den Kopf.

»Was machen Sie denn auch?« Die Stimme unseres Gastgebers Gisbert van Alst klang vorwurfsvoll, als er sich neben mich kniete und seine Hand auf meine Schulter legte. »Alles in Ordnung mit Ihnen?«

Ich nickte benommen.

»Sie könnten tot sein!«, behauptete er. »Wieso spielen Sie denn hier den Helden?«

Mir dröhnte der Schädel, und ich wusste überhaupt nicht, wieso van Alst sich so aufspielte. Unwillig brummte ich.

»Oder kennen Sie vielleicht den Mörder?« Seine Stimme bekam einen lauernden Unterton.

Jetzt reichte es mir! Ich wischte seine Hand, die noch immer auf meiner Schulter lag, zur Seite.

»Na, na, na!«, zischte er. »Da habe ich wohl einen wunden Punkt getroffen?«

Ich fuhr herum: »Was wollen Sie von mir?«

»Nicht so unfreundlich, mein Freund!«, sagte er tadelnd.

»Ich bin nicht Ihr Freund!«, sagte ich grantig. In diesem Punkt bin ich kleinlich.

»Wenn Sie sich weiter so benehmen, werden Sie es auch nicht!« Van Alst hatte sich wieder aufgerichtet und sah spöttisch auf mich herab.

»Auf eine Freundschaft mit Ihnen lege ich auch keinen gesteigerten Wert«, knurrte ich und rappelte mich auf.

Die Grenzen zwischen uns beiden waren jetzt erst einmal abgesteckt.

»Haben Sie den Mörder erkannt?«, fragte er provozierend.

»Halten Sie sich für Inspektor Clouseau?«, entgegnete ich.

»Ein Freund von Ihnen?«

Der Typ ließ nicht locker. Ich drehte ihm wortlos den Rücken zu und ging zurück Richtung Eingangsportal, vor dem in diesem Moment Blaulichter aufleuchteten. Die Kavallerie war da!

Im Vorbeigehen angelte ich zwei Flaschen Bier aus der mit Crushed Ice gefüllten Edelstahlwanne, die neben der Bar stand. Nach Champagner stand mir momentan nicht der Sinn.

Ich presste mir eine eiskalte Bierflasche an die Stirn, während ich zurück zu Caro ging. Mir brummte gewaltig der Schädel. Direkt auf der Stirn bildete sich bereits eine mittelprächtige Beule.

Caro stand abseits der Tanzfläche und hielt die junge Frau im Arm, der jemand ein Jackett übergehängt hatte.

»Das ist Lina«, sagte Caro leise und deutete in Richtung des Toten. »Die Freundin.«

Ich nickte und reichte ihr ein Bier.

Wir lehnten uns mit dem Rücken an die kühlen Quader der mächtigen Burgmauer; Caro behielt Lina im Arm, die ihre Augen geschlossen hatte und keinen Laut von sich gab.

Während Caro ihr Bier undamenhaft direkt aus der Flasche trank, rollte ich mir die dunkelgrüne Bierflasche über die Stirn. Noch immer konnte ich nicht fassen, was meine Augen meinten gesehen zu haben. Zu brutal und vollkommen absurd waren die Geschehnisse der letzten Viertelstunde: das im Todeskampf verzerrte Gesicht des gehenkten Dominik Stein, dessen lebloser Körper an seinem Henkerstrick vor unseren Augen langsam wie ein Pendel hin und her schwang. Onnos bleiches Gesicht und seine panisch weit aufgerissenen Augen; wobei man bei dem rechten Auge nicht wirklich von »weit aufgerissen« sprechen konnte; dafür war es zu sehr zugeschwollen gewesen.

»Trink etwas, Jan!«, forderte Caro mich auf. »Kühl dir mit dem Bier nicht nur den Kopf, dann ist es gleich wieder warm.«

Ich brummte etwas Unverständliches und presste mir die Flasche weiter gegen die Stirn.

Rings um uns lehnten sich ebenfalls Gäste an die Mauer oder hatten sich, ungeachtet ihrer eleganten Abendgarderobe, einfach auf den gepflasterten Burghof gesetzt. Während die Männer ihre Jacketts ablegten, streiften die Frauen ihre hochhackigen Tangoschuhe ab; die meisten der Tänzerinnen saßen barfuß auf den Pflastersteinen, die noch ausreichend Hitze des Tages gespeichert hatten.

Niemand hatte Lust, sich auf die Stühle in Nähe der Polizeiabsperrung zu setzen, die von den vor ein paar Minuten eingetroffenen Beamten mit einem fluoreszierenden Absperrband gezogen worden war. Bislang war nur ein Streifenwagen mit zwei Beamten eingetroffen, die den Tatort sicherten und den Anwesenden untersagten, sich zu entfernen. Gleichermaßen ungeduldig warteten Beamte und Gäste auf das Eintreffen der Kripo und weiterer Polizisten.

Es war still im Burghof der Manningaburg. Unterhaltungen fanden nur im gedämpften Ton statt. Die Anwesenden vermieden es, den Toten anzuschauen, und die meisten der Gäste hatten dem Gehenkten den Rücken zugewandt.

Der Tote hatte sich ausgependelt und hing noch immer reglos an seinem Seil. Der halb geöffnete Mund des leblosen

Tangolehrers war eine schwarze Höhle, in der das Blut trocknete und eine Kruste bildete. Auch das Blut, das dem Toten in breiten Bächen über die Brust gelaufen war, war bereits angetrocknet und zeichnete ein bizarres Muster auf das weiße Hemd, das dieser zu einer schwarzen Smokinghose trug. An den Füßen hatte der Mann einen schwarzen Lackschuh, der andere Schuh war ihm abhandengekommen; der Fuß steckte in einem schwarzen Socken, an dessen Ferse die Haut durchschimmerte, weil die Wolle durchgescheuert war.

Gewaltsam riss ich meinen Blick von den Füßen der Leiche los. Mir würde schlecht werden, wenn ich weiter auf die blutigen Fußspitzen des toten Tanzlehrers starrte; niemals mehr würden diese Füße Tango tanzen; niemals mehr einen Ocho führen; niemals mehr seiner Tanzpartnerin mit einer eleganten Sacada die Gelegenheit zum verführerischen Spiel mit dem Tanzbein geben.

Ich kannte Dominik Stein als einen stets gut gelaunten jungen Mann, der über ein außerordentliches Tanztalent verfügte und dessen Kurse stets gut besucht waren. Auch ich hatte in mehreren Abendstunden bei Dominik das für den Tango typische rhythmische Gehen erlernt. Mir war Dominik in den Tanzstunden immer wie ein Glückskind vorgekommen: gut gelaunt, witzig und beneidenswert charmant. Wenn der schlanke, groß gewachsene Tänzer mit halb geschlossenen Augen Elke, seine Tanzpartnerin und Mitlehrerin, über die Tanzfläche führte, war es für uns Schüler immer ein schier unerreichbares Ziel: sich nach gefühlten drei Millionen Tanzstunden ebenso elegant wie Dominik und Elke zu bewegen.

Und jetzt baumelte der arme Kerl mit zerborstenen Halswirbeln einen Meter über dem Boden vor den Augen seiner Freundin, von Schülern und den übrigen anwesenden Gästen.

»Wer konnte Dominik so etwas Bestialisches antun?« Im gleichen Moment, als mir der Gedanke kam, tauchte Onnos veilchenverziertes Gesicht vor meinem geistigen Auge auf, und ich zuckte, wie von einem nächtlichen Muskelzucken im Schlaf überrascht, reflexartig zusammen.

»Blöde Frage!«

Die Frage nach dem »Wer« stellt sich in diesem Fall nach Lage der Dinge nicht; es war Onno gewesen, der auf dem Dach der Burg herumgeturnt war.

War Onno der Mörder des Tangolehrers Dominik Stein?

Ich spürte Caros Hand auf meinem Unterarm. »Jan!« Behutsam drückte sie meinen Arm. »Es wird sich alles aufklären. Es ist nicht automatisch derjenige der Täter, der am Tatort gesehen wurde.«

Offenbar war Caro mein heftiges Zusammenzucken aufgefallen, auch wenn ich versuchte, meine emotionalen Körperreaktionen zu überspielen, indem ich die Bierflasche öffnete, meinen Kopf in den Nacken legte und das herbe Bier in mich hineingluckern ließ.

»Dominik«, sagte sie mehr zu sich selber als zu mir. »Warum ausgerechnet Dominik?«

Caro kannte Dominik ebenfalls; die Tangoszene in Ostfriesland ist überschaubar, es kennt so ziemlich jeder jeden.

Ich entgegnete nichts. Was hätte ich auch erwidern sollen?

Auch wenn der tote Tanzlehrer mein aufrichtiges Mitgefühl hatte und mich natürlich auch brennend interessierte, ob wir Zeuge eines Mordes oder eines Selbstmordes geworden waren, kreisten meine Gedanken um das Unglaubliche – Onno.

»Du kleines Arschloch!«, fluchte ich lautlos in mich hinein. »Was hattest du da oben zu suchen?«

Konnte es sein? War es tatsächlich möglich, dass Onno jemanden umgebracht hatte?

Ich schüttelte energisch den Kopf. Nein! Nicht Onno!

»Hältst du es für möglich…?«, begann Caro, wurde aber von mir brüsk unterbrochen.

»Nein!«, sagte ich bestimmt und richtete mich mit der Bierflasche in der Hand zu voller Körpergröße auf. »Nein! Nicht Onno!«

»Ich glaub's ja auch nicht.« Caro schüttelte ebenso vehement den Kopf wie ich zuvor. »Aber er war nun mal da oben auf dem Dach.«

»Nein! Ich meine ja…« Ich gestikulierte mit der Bierflasche. »Ich meine…«

»Ich weiß, was du meinst.« Caro legte mir beruhigend ihre schlanke Hand auf den Unterarm. »Onno muss es nicht gewesen sein, der Dominik mit einem Strick um den Hals vom Dach geworfen hat. Wir wissen ja noch nicht einmal, ob es nicht ein Selbstmord war.«

Caro hatte recht. Wir wussten rein gar nichts.

Natürlich lehrt einen das Leben, dass auch das Unmögliche möglich sein kann, aber dass Onno jemandem einen Strick um den Hals legt und ihn vom Dach einer Burg stößt, erschien mir so absurd, als hätte irgendein Krimiautor sich etwas aus den Fingern gesogen, weil ihm nichts Besseres eingefallen war. Eines war allerdings real und unumstößlich: Vor unseren Augen baumelte der tote Tanzlehrer Dominik Stein.

8

Endlich trafen zwei Streifenwagen ein, dicht gefolgt von zwei Notarztwagen mit blitzendem Blaulicht.

Türen klappten, und Kommandos wurden gerufen. Während die Polizisten den Tatort noch weiträumiger absperrten und große Sichtschutzplanen aufzubauen begannen, um den Toten vor den Blicken der Anwesenden zu schützen, machten Notarzt und Rettungssanitäter die Runde, um sich um hilfebedürftige Personen zu kümmern. Es dauerte nicht lange, und ein Arzt stand mit zwei Rettungssanitätern vor uns und nahm sich der unter Schock stehenden Lina an.

Während sich der Arzt mit einem Sanitäter um die junge Frau kümmerte, sah mich der zweite Sanitäter aufmerksam an.

»Geht's Ihnen gut?«

»Ja, klar«, antwortete ich automatisch und nicht ganz wahrheitsgemäß, weil sich mein Kopf anfühlte, als hätte Bob der Baumeister gerade die Abrissbirne in Betrieb genommen und würde mit einer riesigen Stahlkugel gegen meine Schädeldecke wummern.

»Sicher?«, fragte der Sanitäter und leuchtete mir mit einer kleinen Stabtaschenlampe direkt ins rechte Auge.

Reflexartig kniff ich die Augen zusammen: »Wieso fragen Sie?«

Statt einer Antwort drückte er mit dem Zeigefinger, der in einem Schutzhandschuh steckte, gegen meine Stirn. Ein heftiger stechender Schmerz trieb mir Tränen in die Augen.

»Tut's weh?«

»Scheiße ja!«, raunzte ich ihn an.

»Sie bekommen eine mächtige Beule«, stellte der Sanitäter fest. »Wie ist das passiert?«

»Ich habe 'ne Tür vor den Kopf bekommen«, gab ich zu. »Ist aber nichts Schlimmes passiert.«

»Die Beurteilung überlassen Sie mal getrost mir«, entgegnete mein Gegenüber, umfasste mit beiden Händen meinen Kopf und begann ihn routiniert abzutasten. Geschickt tastete und klopfte der Sanitäter an mir herum, um dann festzustellen, dass mir im Grunde nichts fehle, er mir aber einen Besuch bei meinem Hausarzt empfehlen würde.

»Alles in Ordnung!«, schloss er nach einer Weile seine Untersuchung ab. »Alle knöchernen Anteile sind unauffällig; also keine Fraktur. Ich denke auch nicht, dass es eine Gehirnerschütterung ist. Sie haben einen harten Schädel. Ein bisschen was wird noch anschwellen und sich verfärben, ansonsten ist alles okay. Am besten legen Sie sich zu Hause mit einer Eisblase auf dem Kopf hin. Sie werden morgen eine prächtige Beule haben.«

Ich nickte ergeben und bedankte mich, obwohl mir die Untersuchung vor allen Leuten ziemlich unangenehm war.

Einer der uniformierten Beamten stand im Halbschatten am Heck des Rettungswagens und sah schon eine ganze Weile regungslos zu mir herüber. Ich kniff die Augen zusammen, um meine Sehschärfe zu fokussieren, konnte aber nicht mehr als die Uniform erkennen. Das Gesicht des Polizisten blieb im Halbschatten verborgen. Ich wunderte mich, dass sich der Beamte nicht um die aufgeregten Zeugen kümmerte, die in kleinen Gruppen herumstanden und das Geschehen mit gedämpften Stimmen besprachen.

In diesem Moment traf die Kripo gemeinsam mit der Spurensicherung ein, und ich richtete meine Aufmerksamkeit auf die Neuankömmlinge, die zwei Mannschaftsbusse mit Bereitschaftspolizei im Schlepptau hatten. Die Frauen und Männer der Spurensicherung trugen ihre weißen Schutzoveralls und hatten auch ihre Kapuzen aufgesetzt, sodass keine Kontamination des Tatorts durch herabfallende Haare, Gewebe der Ermittler oder einfach nur durch Schmutz erfolgen konnte. Natürlich war auch Tillmann als diensthabender Gerichtspathologe mit von der Partie. Sein karottenfarbiges Haar erwies sich als äußerst widerspenstig und lugte zum Großteil unter seiner Kapuze hervor.

»Das gibt ein mächtiges Horn!«, feixte er zur Begrüßung, blieb aber nicht bei mir stehen, sondern begab sich sofort zum Opfer.

Erleichtert atmete ich auf. Auch wenn ich den Doc gut leiden konnte, stand mir heute nicht mehr der Sinn nach Konversation.

»Na, musst du ins Bett, du Armer?« Caro schob ihren Arm sanft unter meinen.

»Hm«, machte ich. »Ist nur 'ne Beule.«

Caro schmunzelte, als sie meine Stirn musterte: »Morgen siehst du aus wie das letzte Einhorn.«

Während wir noch im gedämpften Ton ein paar belanglose Worte miteinander wechselten, tauchte Mackensen mit seinem jungen Kollegen im Torbogen des Innenhofs auf. Auch heute verzichtete Mackensen auf einen großen Auftritt, mit dem er für gewöhnlich die Bühne der Ermittlungen betrat. Er war auch nicht, wie üblich, besonders elegant und modisch gekleidet, sondern trug ein schlichtes blaues Leinenjackett mit weißem Shirt zu ausgeblichenen Jeans. Ich konnte noch nicht so richtig einordnen, was es mit Mackensens äußerlicher Verwandlung und seinem höflich-korrekten Auftreten auf sich hatte.

Auch heute Abend verhielt er sich unauffällig und normal;

kein Herumgegockel, keine lauten pseudowichtigen Telefonate mit dem Handy und keine Show mit seiner überdimensionierten Dienstwaffe. Mackensen verblüffte mich heute Abend aufs Neue. Ich beobachtete, wie er mit seinem Kollegen, dem jungen Kommissar Freud, den toten Tanzlehrer in Augenschein nahm und die Beamten von der Spurensicherung in Ruhe ihre Arbeit machen ließ, während er sich vollkommen unaufgeregt mit seinem Kollegen unterhielt. Nach ein paar Minuten ging Freud zu den uniformierten Beamten und erteilte ihnen ein paar knappe Anweisungen, worauf diese in Zweiergruppen ausschwärmten und die Ballbesucher aus dem Innenhof komplimentierten.

Zwei uniformierte Polizisten steuerten auf uns zu und baten uns freundlich, aber bestimmt, uns den übrigen Gästen anzuschließen und uns vor die Burg zu begeben. Wir taten, wie uns geheißen wurde, und durchquerten den Burghof, wo gerade die Beamten der Spurensicherung den Toten vom Seil abnahmen.

Ich war hin und her gerissen. Zwar hatte ich Onno auf dem Dach erkannt, konnte mir aber nicht vorstellen, dass mein Freund ein Mörder sein sollte. Was sollte ich jetzt der Polizei sagen? Am besten erst einmal tief durchatmen und dann die Vernehmung auf mich zukommen lassen, denn die Polizei würde die anwesenden Gäste mit Sicherheit als Zeugen vernehmen.

Seitlich der Zufahrt zur Burg parkten zwei große Einsatzbusse der Polizei, in denen je ein Vernehmungsteam saß, das die Gäste des heutigen Abends als Tatzeugen vernahm. Vor beiden Bussen hatten sich Schlangen gebildet; wir stellten uns an der kürzeren Schlange an.

Die Vernehmung der Gäste ging zügig vonstatten, und es dauerte nicht lange, bis wir an die Reihe kamen. Caro stieg vor mir in den Bus, und ich beobachtete, wie sie vor dem kleinen Klapptisch Platz nahm, an dem zwei Polizisten saßen. Mir kam es von außen durch die Scheibe vor, als hätten die Beamten lediglich ihre Personalien aufgenommen, so schnell stand sie wieder vor mir.

Bei mir verhielt es sich anders.

Kaum hatte ich meinen Namen genannt, nachdem ich den Polizeibus bestiegen hatte, sprach einer der beiden Beamten kurz in sein Funksprechgerät, und noch während meine Personalien aufgenommen wurden, öffnete sich die Seitentür des Busses, und Kommissar Freud stieg ein. Er lehnte sich von innen gegen die Tür und musterte mich aufmerksam.

»Guten Abend, Herr de Fires«, begrüßte er mich förmlich.

»Moin«, entgegnete ich mürrisch. »De Fries heißt das!«

Freud sah mich kurz irritiert an, und ein Lächeln blitzte auf, als er sich entschuldigte: »Tut mir leid, Herr de Fries. Entschuldigen Sie bitte.«

Ich nickte kurz, um ihm zu signalisieren, dass ich die Entschuldigung annahm.

»Was macht eigentlich Ihr Kopf?« Der junge Kommissar beugte sich interessiert vor und begutachtete voller Anteilnahme meine Stirn.

Statt ihm eine Antwort zu geben, brummte ich nur etwas Unverständliches.

»Da waren Sie aber sehr in Eile.« Freud verzog keine Miene, als er fortfuhr: »Haben Sie denn Ihren Freund noch erwischt?«

Ich hob den Kopf und sah ihn überrascht an. »Wen?«, stellte ich mich vorsichtshalber dumm, um Zeit für eine passende Antwort zu finden.

»Ihren Freund, Kumpel, Schlickschlittenpartner oder was weiß ich«, zählte er auf und gab dem Uniformierten, der mir gegenübersaß, einen Wink, der daraufhin das vor ihm stehende Notebook zu mir herumdrehte.

Mir war schon klar gewesen, dass es nur eine Frage der

Zeit war, bis die Polizei anhand der Handyfotos, die einige der Gäste geistesgegenwärtig geschossen hatten, Onno als mutmaßlichen Täter ermittelt hätte. Dass die Polizei aber so schnell auf Onno gekommen war, verblüffte mich dann doch.

»Onno Clasen! Das ist er doch?«, fragte Freud und zeigte auf den Monitor des Notebooks.

Ich starrte in Onnos bleiches Gesicht, als er vom Dach der Burg zu uns in den Innenhof sah. Es ist schon sehr erstaunlich, welch gestochen scharfe Fotos Handykameras machen.

Als Onno an den Burgzinnen um sein Gleichgewicht kämpfte, hatten einige der Gäste ihre Handys gezückt und Fotos geschossen; hier sah ich das Ergebnis. Ich spürte, wie mir vor Sorge um Onno übel wurde.

»Verfluchter Idiot!«, fluchte ich in mich hinein. »Welcher Teufel hat dich bloß geritten, Onno?«

»Herr de Fries!«

Ich zuckte zusammen und wendete meine Aufmerksamkeit wieder dem jungen Kommissar zu. »Ja?«

»Können Sie den Mann hier auf dem Bild als Onno Clasen identifizieren?«, nahm Freud mich in die Zange.

Jetzt war mir richtig übel!

Ich überlegte krampfhaft. Es war natürlich keine Frage, dass ich eine wahrheitsgemäße Aussage machen musste. Die Sache war glasklar. Jemand hatte dem Tangolehrer eine Schlinge um den Hals gelegt und von den Zinnen der Manningaburg gestoßen. Egal, wie eindeutig die Situation war, ich konnte mir Onno nicht als Mörder vorstellen. Aber ich befürchtete, dass der Polizei meine Meinung ziemlich gleichgültig war.

»Nun, Herr de Fries?«, hakte Freud nach. »Haben Sie ihn erkannt?«

Ich nickte langsam und starrte noch immer auf den Bildschirm.

»Würden Sie bitte die Frage laut beantworten?«, forderte der Kommissar mich auf. »Ein Nicken reicht mir in diesem Fall nicht.«

Ich kam mir vor wie Judas, der seine dreißig Silberlinge in Empfang nahm, als ich kaum hörbar sagte: »Ja, ich kenne diesen Mann.«

»Bestätigen Sie mir bitte, dass es sich auf dem Foto um den Matrosen Onno Clasen handelt!«, forderte der Kripobeamte mich auf.

Es war totenstill im Bus, während ich überlegte, was ich sagen sollte.

Eins war vollkommen klar: Ich würde keine Falschaussage machen. Mein berufliches Gewissen und moralisches Empfinden verboten mir grundsätzlich einen solch klaren Rechtsbruch. Auch wenn ich mitunter dazu neige, in beruflichen Verfahrensfragen den kurzen und direkten Weg zu nehmen und Regeln kreativ und freizügig zu interpretieren, um es mal moderat zu formulieren, käme eine Falschaussage für mich nicht infrage, zumal ein solch falsch verstandener Freundschaftsdienst Onno auch nicht weiterhelfen würde. Schließlich hatte Freud gestern im Watt mit unserem gesamten Rennteam gesprochen. Auch mit Onno! Deshalb hatte er ihn so schnell wiedererkannt.

Im Grunde benötigte Freud mich gar nicht, um Onno zu identifizieren. Es machte sich später nur einfach besser vor Gericht, wenn der Hauptverdächtige durch einen Tatzeugen identifiziert worden war.

»Herr de Fries!« Freuds Stimme hatte einen harten Ton angenommen.

»Verfluchte Scheiße!«, dachte ich und knirschte mit den Zähnen.

»Ja.« Ein bitterer Geschmack kroch mir die Kehle hinauf. »Ja, es ist Onno Clasen, Matrose bei Käpt'n Jansen.«

»Nehmen Sie bitte zu Protokoll, dass Herr Jan de Fries als Tatzeuge des heutigen Abends den Matrosen Onno Clasen als Tatverdächtigen identifiziert hat«, wies der junge Kommissar erstaunlich routiniert den seitlich von mir an einem ausgeklappten Tisch sitzenden Beamten an, der kurz nickte und eifrig auf die Tasten seines Notebooks einhämmerte.

»Sehen Sie einen Zusammenhang zwischen der Leiche, die Sie gestern im Watt gefunden haben, und dem Toten heute Abend?« Die Stimme des Kommissars hatte wieder einen neutralen Ton angenommen.

»Sehen Sie einen?«, erwiderte ich kurz angebunden.

Freud sah mich schweigend an. So leicht ließ er sich nicht aus der Ruhe bringen.

Wir schwiegen wieder.

Ich sah keinerlei Veranlassung für mich, seine Frage zu beantworten, was ich ohnehin nicht konnte, da ich mir über einen Zusammenhang zwischen den beiden Morden noch überhaupt keine Gedanken gemacht hatte.

»Kennen Sie den Toten?« Ohne Vorwarnung schoss Freud seine nächste Frage ab, die mich zusammenzucken ließ.

Freud wäre kein Polizist, wenn es ihm nicht verdächtig vorgekommen wäre, dass ein Herr de Fries gemeinsam mit seinem Kumpel Onno Clasen im Watt über eine zerstückelte Leiche stolpert und beide am darauffolgenden Tag bei einem zweiten Toten angetroffen werden: der eine als Haupttatverdächtiger und der andere als Tatzeuge. Wobei der Zeuge vom Tatverdächtigen mit einer massiven Holztür niedergestreckt wurde.

Spätestens da witterte jeder Kriminalist einen Zusammenhang. Kam nun obendrein hinzu, dass ich den Toten persönlich kannte, konnte ich mir zur Aufnahme in den Kreis der Tatverdächtigen gratulieren.

Aber ich konnte es nun drehen oder wenden, wie ich

wollte: Es war unmöglich, die Tatsache zu verschweigen, dass ich Dominik Stein kannte.

Wieder nickte ich schweigend.

Kommissar Freud hatte mich mit seinen Fragen innerhalb kürzester Zeit festgenagelt.

»Nicht schlecht für einen Jungspund!«, gab ich insgeheim zu.

Ich sagte also wahrheitsgemäß aus, dass ich Dominik Stein kannte, beschränkte mich aber in meiner Aussage darauf, dass ich bei dem Tangolehrer lediglich ein paar Tanzstunden gehabt hatte und ihn ansonsten privat nicht kannte. Eine Aussage, die nicht ganz so stimmte, da ich mich mit Dominik zu dessen Lebzeiten gut verstanden hatte; logischerweise sprach man dann auch über private Dinge. Aber genau das wollte ich dem smarten Kommissar nicht auf die Nase binden! Für meinen Geschmack zeigte ich mich seit gestern bereits ausreichend kooperativ gegenüber der Polizei. Wieso sollte ich mich zusätzlich belasten?

Die Tür zum Bus öffnete sich, und Mackensen steckte seinen Kopf zur Tür herein.

»Fertig?«, fragte er Richtung Freud, während er mir einen prüfenden Blick zuwarf.

Freud nickte. »Wir sind soweit.«

Mackensen kletterte in den Bus und nahm Freuds Platz ein, der sich seitlich neben den Klapptisch stellte.

Es war still im Bus. Nur der protokollierende Beamte klapperte mit der Tastatur seines Notebooks, während er das Protokoll erstellte.

»Das hätte ich von Ihrem Freund nicht gedacht«, unterbrach Mackensen das Schweigen.

»Was hätten Sie nicht gedacht?«, entgegnete ich.

Mackensen sah mich schweigend an. Ich erwiderte gelassen seinen Blick.

Nachdem wir uns ausreichend lange angeschwiegen und angestarrt hatten, unterbrach ich das Schweigen: »Wenn's das war, würde ich jetzt ganz gerne heimgehen.«

»Hätten Sie das von Ihrem Freund gedacht?«, legte Mackensen nach.

Ich dachte nicht daran, mit Mackensen Räuber und Gendarm zu spielen, und ignorierte seine Frage.

In die Stille hinein begann der kleine Drucker zu rattern, der neben dem Laptop des uniformierten Beamten stand und aus dessen Papierschacht langsam das mit mir geführte Protokoll erschien.

Freud streckte die Hand aus und ergriff das Papier. Nachdem er das Protokoll durchgelesen hatte, legte er das Formular vor mir auf die zerkratzte Tischplatte des Klapptisches.

Ich sah erst das Stück Papier an, dann den Kommissar.

Freud verstand meinen fragenden Blick und legte wortlos einen Kugelschreiber neben das Protokoll.

In aller Seelenruhe las ich das Protokoll durch. Es war von dem Uniformierten alles korrekt aufgenommen worden. Ich griff nach dem Kugelschreiber und setzte meinen Namen auf die gestrichelte Linie. Wortlos stand ich auf und stellte mich vor Mackensen, der noch immer in der Tür stand und mir den Weg versperrte.

Er ließ ein paar Sekunden verstreichen, wie um seine Macht zu demonstrieren, trat dann ebenso wortlos zur Seite und gab die Tür frei.

Ohne mich zu verabschieden, verließ ich den Polizeibus und ging zu Caro, die ein paar Meter vom Bus entfernt auf mich wartete. Ich legte wortlos den Arm um ihre Schulter, und wir gingen schweigend zum Parkplatz.

»Sollen wir mit einem Wagen fahren?«, fragte Caro mit sanfter Stimme, als wir unsere Autos erreicht hatten.

Verdutzt sah ich sie an: »Mit einem Auto? Wohin?«

»Zu mir.«

Oh! Der Abend steckte voller Überraschungen.

»Ich... äh...«, suchte ich nach Worten.

Caros Angebot, sofern es denn überhaupt eins war und ich sie gerade nicht gänzlich missverstand, kam für mich so unerwartet, dass ich nicht wusste, was ich antworten sollte. Ich wusste ja noch nicht einmal, was ich wollte!

Zweifellos war Caro eine sehr attraktive Frau, und wir verstanden uns blendend, aber ich liebte sie nicht. Ich bin nicht nur ein alter Knochen. Nein! Ich bin obendrein auch noch ein konservativer, wenn nicht sogar langweiliger alter Knochen. One-Night-Stands waren so gar nicht mein Ding, und ich befürchtete, dass, wenn Caro und ich die Grenze überschritten, es mit unserer wunderbaren Freundschaft unweigerlich vorbei wäre. Ich halte es nämlich mit »Harry«, der seiner »Sally« im gleichnamigen Film erklärt, dass Männer und Frauen niemals miteinander befreundet sein können, weil ihnen immer der Sex dazwischenkommt.

»Schlaf gut, Jan.« Ich spürte Caros Lippen, wie sie meine Wange küsste, und setzte an, um meinen angefangenen Satz zu beenden.

»Caro, wir sollten...«

»Lass gut sein, Jan.« Ich spürte ihren warmen Atem am Ohr, als sie die Lippen von mir löste. »Ich hab schon verstanden.«

Mit einer eleganten Drehbewegung machte sie auf dem Absatz kehrt und ging mit wiegenden Hüften zu ihrem Wagen. Der Blick, den Caro mir auf ihre langen Beine gewährte, als ihr Kleid beim Einsteigen bis zum Oberschenkel hochrutschte, ließ mich für einen Sekundenbruchteil erheblich an meinem Verstand zweifeln.

Caro warf mir im Vorbeifahren einen Luftkuss zu, und ich sah den Rücklichtern ihres Wagens hinterher, als dieser vom Parkplatz rollte.

»Puh...«, seufzte ich und atmete tief aus.

Abgesehen von meinen grundsätzlichen Vorstellungen zu Liebesdingen, war Traute für mich noch immer so präsent, als würde sie zu Hause auf mich warten.

Ich seufzte erneut und machte mich auf den Weg; allerdings nicht nach Hause.

9

Die Kleinbahnstraße, in der Onno wohnte, lag friedlich vor mir.

Mittlerweile war es zwar weit nach Mitternacht, aber an Schlaf war heute nicht zu denken. Zu sehr brannte mir die Frage unter den Nägeln, was Onno mit dem Tod von Dominik Stein zu tun hatte.

Ich parkte meinen Käfer am Straßenrand und stieg aus. Ein prüfender Blick in die Runde zeigte mir, dass sich niemand sonst auf der Straße aufhielt. Onnos Haus lag erwartungsgemäß im Dunkeln. Das Mondlicht wirkte geisterhaft und spendete genug Licht, sodass ich die schwere Taschenlampe, die ich üblicherweise unter meinem Fahrersitz aufbewahre, nicht einzuschalten brauchte und ohne Probleme den Weg zu Onnos Wohnung erkennen konnte.

Meine Gedanken kreisten um Onno. Da ich Onno zwar viel Verrücktes, aber niemals einen Mord zutrauen würde, stellte sich die Frage, was er oben auf dem Dach der Manningaburg getrieben hatte und wieso er einfach abgehauen war, wenn er nichts mit dem Mord zu tun hatte. Wie würde Onno sich im Moment fühlen? Er wusste, dass er fotografiert worden war und dass die Polizei über kurz oder lang herausfinden würde, wer er war und wo er wohnte.

Mir war klar, dass Polizei oder Kripo sehr schnell bei seiner Wohnung auftauchen würden. Erfahrungsgemäß dauert es eine Weile, bis der zuständige Richter den notwendigen

Durchsuchungsbeschluss und Haftbefehl genehmigt, sodass ich darauf setzte, dass mein zeitlicher Vorsprung reichen würde, um Onno vor seiner Festnahme zu sprechen. Ich war mir ziemlich sicher, Onno anzutreffen. Denn an Onnos Stelle würde ich als Erstes nach Hause fahren, um mich mit Geld, Lebensmitteln und Klamotten für eine Flucht einzudecken. Dass er auch weiterhin untertauchen würde, war für mich, ohne mit ihm gesprochen zu haben, völlig klar. Ich wusste zwar nicht, wieso Onno sich aus dem Staub gemacht hatte, aber es musste einen triftigen Grund für sein Verhalten auf dem Dach gegeben haben.

Onnos Hauseingang lag im Dunkeln. Weder aus den kleinen Fenstern, die sich links und rechts neben der Wohnungstür befanden, noch aus dem daumendicken Spalt unter der Eingangstür drang Licht. Wenn er nicht wie ein Maulwurf im Bau in seiner Wohnung herumlief, sprach alles dafür, dass Onno nicht zu Hause war.

Vorsichtig legte ich meine Hand auf die Türklinke, die sich noch warm von der Tageshitze anfühlte.

Verblüfft starrte ich ins Halbdunkel der Wohnung, als sich die Tür völlig unproblematisch öffnen ließ und weit aufschwang, nachdem ich die Türklinke betätigt hatte.

Regungslos blieb ich auf der Türschwelle stehen und horchte in die dunkle Wohnung hinein. Bis auf das Ticken einer Kaminuhr, die Onno auf einem Regal im Flur stehen hatte, war nichts zu hören.

»Onno!«, rief ich im Flüsterton in die Wohnung hinein.
Es war kein Laut zu hören.
»Onno!«, rief ich abermals. »Hier ist Jan. Bist du da?«
Nichts!
Ich betrat die Diele und drückte die Eingangstür vorsichtig, ohne einen Laut zu verursachen, ins Schloss. Nun stand ich völlig im Dunkeln. Ich ließ die Taschenlampe kurz zur Orien-

tierung aufleuchten. Da ich keinerlei Veranlassung sah, mich wie ein Einbrecher im Dunkeln durch die Wohnung zu stehlen, schaltete ich die Deckenbeleuchtung ein.

Nichts regte sich.

Ich warf einen Blick in die kleine Küche, die sich direkt neben der Diele befand. Außer einem kleinen grünen Signallicht am Kühlschrank lag die Küche im Dunkeln. Vorsichtig drehte ich mich um und bemühte mich, keine Geräusche zu machen. Mit gemischten Gefühlen betrat ich Onnos Wohnzimmer und ließ meinen Blick durch den Raum streifen. Es war nichts Ungewöhnliches zu sehen. Die Wohnung zeigte noch immer das gewohnt unaufgeräumte Bild, welches durch ein wildes Sammelsurium an originellen Dingen und Souvenirs sehr einladend und gemütlich wirkte.

Mein Blick fiel auf die Wand hinter Onnos Sofa, die er von oben bis unten mit einem Mix an vollkommen unterschiedlichen Fotos in allen erdenklichen Formen von Bilderrahmen behängt hatte. Da gab es alte goldene Rahmen in verschiedenen Größen, schwarze Aluminiumrahmen, hochglanzpolierte Edelstahlrahmen, alte Silberrahmen und noch viele mehr. Onno hatte über Jahre und Jahrzehnte hinweg die unterschiedlichsten Bilderrahmen gesammelt und zusammengetragen. In den Rahmen befanden sich Familienbilder, Porträtfotos und alte Postkarten. Die Rahmen hatte Onno dicht an dicht gehängt, mit nie mehr als wenigen Zentimetern Abstand. Kein Wunder also, dass mir die beiden leeren Stellen an der Wand ins Auge sprangen. Dass dort zwei Bilderrahmen gehangen hatten, war deutlich an den hellen Flecken mit den dunklen Rändern und den Nägeln, die noch in der Wand steckten, zu erkennen.

Nun wusste ich natürlich nicht, wann und warum Onno die Bilderrahmen abgenommen hatte. Auch wenn ich Onno in der Vergangenheit schon oft besucht hatte, waren mir weder Fotos noch Rahmen in bleibender Erinnerung geblieben; ich hatte keine Ahnung, was dort an der Wand gehangen hatte.

Aus einem Bauchgefühl heraus zog ich mein Handy hervor und machte ein paar Fotos von den leeren Stellen an der Wand. Wer wusste schon, wofür das noch gut sein mochte?

Ich durchquerte das Wohnzimmer und blieb an der Schwelle zum Schlafzimmer stehen, in das noch ein Teil der Wohnzimmerbeleuchtung fiel, sodass der Raum im Halbdunkel lag. Onnos Schlafzimmer war ebenso gemütlich wie unaufgeräumt.

»Onno!«, rief ich halblaut, obwohl ich mir nicht vorstellen konnte, dass Onno sich in seinem eigenen Kleiderschrank versteckt haben könnte.

Andererseits befand sich Onno auf der Flucht, und was lag näher, als sich auf vertrautes und damit vermutlich sicheres Terrain zurückzuziehen?

Keine Antwort. Nichts rührte sich.

Ich wollte mich schon umdrehen und zurück ins Wohnzimmer gehen, als ich ein Geräusch aus Richtung Wohnungstür vernahm. Vielleicht kehrte Onno tatsächlich gerade heim.

Da ich mir aber nicht sicher war, ob es Onno war, den ich an der Wohnungstür hantieren hörte, ging ich auf Nummer sicher, huschte schnell durchs Wohnzimmer zurück und löschte das Licht.

Regungslos blieb ich stehen und blickte auf die Innenseite der Wohnungstür.

Ich hielt den Atem an und zählte in Gedanken bis zehn. Wenn es demjenigen, der von außen an der Tür hantierte, nicht gelang, innerhalb von zehn Sekunden die Wohnungstür zu öffnen, war es nicht Onno. Dann war es jemand, der keinen Wohnungsschlüssel hatte und versuchte, sich Zugang zu Onnos Wohnung zu verschaffen. Und nach den Geschehnissen der letzten achtundvierzig Stunden konnte ein ungebetener Besucher mörderische Absichten haben. Keine Ahnung, warum und wieso; aber ich hatte nicht vor, es heute Nacht herauszufinden.

Draußen vor der Tür stand nicht Onno.

Ich machte auf dem Absatz kehrt und schlich zurück Richtung Schlafzimmer. An meinen Magenwänden kroch das längst vergessen geglaubte Gefühl aus Kindertagen hoch, wenn man beim Versteckspielen kurz davor war, entdeckt zu werden. Man wollte fliehen, konnte sich aber entweder nicht rühren, oder es fiel einem kein einziger Fluchtweg ein.

Mir kam gerade kein Fluchtweg in den Sinn.

Draußen fiel etwas mit einem metallisch scheppernden Laut zu Boden.

Wenn mir nicht sofort etwas einfiel, war gleich das Versteckspiel vorbei.

Das Klo!

»Ha!«, triumphierte ich lautlos. Onnos Klo hatte ein Außenfenster.

Lautlos huschte ich an der Schlafzimmertür vorbei Richtung Bad. Gerade als ich die Türklinke herunterdrücken wollte, knarrte Onnos Eingangstür in den Angeln.

Der unbekannte Eindringling hatte es geschafft, das Schloss zu knacken, und öffnete langsam die knarrende Eingangstür.

Ich drückte ebenso lautlos die Klinke der Badezimmertür hinunter und öffnete die Tür, um eine Sekunde später durch den Spalt ins Badezimmer zu schlüpfen. Nicht zu spät, denn ich sah im gleichen Moment eine Taschenlampe aufblitzen, als ich die Badezimmertür lautlos ins Schloss drückte.

Erst jetzt fiel mir auf, dass mein Herz vor Aufregung bis zum Hals schlug. Ich atmete zwei-, dreimal tief durch und ging schnell zum Fenster. Hastig räumte ich ein paar Badezimmerutensilien von der Fensterbank und drehte den Fenstergriff nach rechts, dann öffnete ich erstaunlich lautlos das zum Garten hinausführende Fenster.

Ich hob mein Bein und schwang es über die Fensterbank. Schwungvoll zog ich mich am Rahmen ins Freie und zog das Fenster hinter mir zu.

Erleichtert atmete ich auf; ich war entwischt.

Mir blieb keine Zeit, mich über mein erfolgreiches Versteckspiel zu freuen. In gebückter Haltung huschte ich über den Rasen, der nach ein paar Metern an einen wilden Garten grenzte, von dem Onno stets behauptete, dass der Wildwuchs seiner Pflanzen einem bestimmten Plan folgt.

Vor mir erhob sich Onnos Urwald scherenschnittartig gegen den Nachthimmel. Mit einem Satz verschwand ich zwischen den fast zwei Meter hohen Sonnenblumen und tauchte in einem Meer blühender Stockrosen unter. Ich ging in die Hocke und linste durch die üppig wuchernden Pflanzen. Der Vollmond war unterdessen ein Stück weitergewandert und tauchte den Garten in geisterhaftes, mondhelles Licht.

Es war kein Lichtschein einer Taschenlampe zu sehen und kein Laut zu hören. Trotzdem blieb ich auf der Hut. Ich vergewisserte mich, dass ich von den Pflanzen gut gegen Blicke geschützt war, und blieb geduldig hocken. Ich atmete lautlos und horchte angestrengt in die Stille, aber außer dem Zirpen einiger Nachtschwärmer unter den Grillen war nicht der geringste Laut zu hören. Eine Vorsichtsmaßnahme, die sich auszahlte.

Ich sah die Gestalt in dem Moment, als sie um die Hausecke bog.

Der leicht vornübergebeugte Gang, die Halbglatze, die im Mondlicht bleich schimmerte, und der dürre Hals, auf dem der kantige Schädel saß, waren unverkennbar, und ich erkannte den ungebetenen Besucher auf den ersten Blick: Es war der Gänsegeier!

Im gleichen Moment, als ich den Polizisten Kleinschmidt erkannte, ließ er den Lichtstrahl seiner Taschenlampe durch den Garten streifen. Schnell legte ich mich flach auf den Bauch und drückte mein Gesicht in den Rasen. Gras kitzelte mich in der Nase, und ich drehte den Kopf zur Seite. Ein Niesen würde mir jetzt gerade noch fehlen.

Glücklicherweise erfreuten sich Onnos Pflanzen eines üppig blühenden Daseins und standen so dicht und undurchdringlich beieinander, dass ich inmitten der Pflanzen gänzlich unsichtbar war.

Die Polizei war diesmal wirklich schnell; für meinen Geschmack schon zu schnell. Aber nachdem sie Onno dank meiner Aussage offiziell identifiziert hatten, stand einer Fahndung nichts mehr im Wege. Da brauchte ich mich nicht zu wundern, dass sie binnen kürzester Zeit bei Onno zu Hause auftauchten.

Natürlich hätte ich mich jetzt zu erkennen geben können, aber wozu?

Weitere Verhöre und endlose Fragen. Vielleicht auch eine Nacht in Untersuchungshaft. Zu alldem hatte ich keine Lust.

Aus diesem Grund drückte ich mein Gesicht in die Grasnarbe und wartete darauf, dass der Gänsegeier wieder von der Bildfläche verschwand.

Die Minuten, die ich auf dem Bauch liegend in Onnos Garten verbrachte, zogen sich wie Kaugummi.

»Hau ab, verdammter Geier!«, schimpfte ich in mich hinein.

Der Lichtschein der Taschenlampe kam langsam näher. Ich drückte mich noch tiefer ins Gras und verschmolz fast mit dem Boden.

»Wo ist eigentlich der zweite Polizist?«, schoss es mir durch den Kopf. Kleinschmidt war sicherlich nicht alleine im Einsatz.

In diesem Moment begann der Gänsegeier zu husten und spuckte seinen Bronchialschleim geräuschvoll in die Botanik. Ein glitschiger Schleimbrocken klatschte direkt neben meinem Gesicht ins Gras. Ich schüttelte mich lautlos vor Ekel und wäre am liebsten aufgesprungen und hätte dem Widerling eine gepfeffert.

Kleinschmidt hustete einen weiteren Schleimbrocken ab und spuckte ihn im hohen Bogen aus; glücklicherweise verfehlte mich das Ekelgeschoss auch diesmal.

Erleichtert beobachtete ich, wie sich der Schein der Taschenlampe langsam von meinem Standort entfernte; der Gänsegeier machte den Abflug. Ich wartete noch eine Minute und hob vorsichtig den Kopf, und tatsächlich: Kleinschmidt verschwand hinter der Hausecke.

Vorsichtshalber blieb ich noch ein paar Minuten inmitten der Pflanzen liegen und lauschte Kleinschmidt hinterher. Als ich sicher war, dass der Polizist endlich verschwunden war, erhob ich mich und reckte vorsichtig den Hals.

Alles blieb ruhig.

Lautlos schlich ich über den Rasen zur Hausecke und linste um die Mauer. Es war niemand mehr zu sehen. Der Polizist schien seinen Wagen vorne an der Straße abgestellt zu haben, verdeckt von den großen Büschen, die beidseits den Weg Richtung Straße säumten. Wahrscheinlich wartete auch dort der zweite Polizist.

Entweder sah die Polizei in Onno keine nennenswerte Gefahr, oder die beiden Beamten waren gleich davon ausgegangen, dass Onno ausgeflogen war, und sahen keine Notwendigkeit, zu zweit Onnos Abwesenheit zu überprüfen.

Da alles ruhig blieb und ich sicher war, dass die Polizei verschwunden war, ging ich zurück zu dem Fenster, aus dem ich mich vorhin aus dem Staub gemacht hatte. Prüfend drückte ich gegen den Rahmen und freute mich diebisch, als das Fenster nach innen aufschwang. Ich zog mich an dem Fensterbrett hoch und schwang meine Beine zurück ins Badezimmer.

In der Wohnung hatte sich nichts verändert; die Zimmer lagen noch immer im Halbdunkel der Wohnzimmerleuchte. Im Vorbeigehen warf ich einen Blick ins Schlafzimmer und blieb irritiert stehen. Als ich bei meinem ersten Rundgang hineingeblickt hatte, war mir der schwarze Rucksack nicht aufgefallen, der am Fußende des Bettes stand. Vielleicht hatte ich ihn nur nicht gesehen, weil ich aus Richtung Wohnzimmer gekommen war und nicht wie eben aus dem Bad.

Ich streckte die Hand aus und hob den Rucksack an; er war leicht, sehr leicht. Misstrauisch zog ich den Reißverschluss auf und griff vorsichtig hinein. Meine Fingerspitzen ertasteten ein mitteldickes Seil, das ich vorsichtig herauszog, wobei ich die Sachen mit einem Zipfel der Bettdecke anfasste, um keine Fingerabdrücke zu hinterlassen. Das Seil sah gebraucht aus und war nicht sonderlich lang, vielleicht eineinhalb Meter. Ich griff noch einmal in den Rucksack und zog einen dunklen Pullover heraus. Die genaue Farbe konnte ich bei der dämmerigen Beleuchtung nicht erkennen. Da der Rucksack nun leer erschien, schüttelte ich ihn leicht. Als es im Innern klapperte, griff ich nochmals hinein und spürte zwischen meinen Fingern ein Schlüsselbund. Als ich es hervorzog, fiel mein Blick sofort auf das glänzende BMW-Emblem des Autoschlüssels. Onno hatte kein Auto, und soweit mir bekannt war, besaß er noch nicht einmal einen Führerschein. Was also wollte er mit dem Autoschlüssel?

Als ich weiter in dem Rucksack kramte, ertasteten meine Fingerspitzen weiches Leder: eine Geldbörse. Noch bevor ich meinen Fund hervorzog, beschlich mich eine düstere Vorahnung. Als ich die Geldbörse aufklappte, stach mir auf den ersten Blick die Kante einer Ausweiskarte ins Auge, die in einem der Kartenschlitze des Leders steckte. Mit spitzen Fingern zog ich die Karte hervor und fühlte, wie mich die Erkenntnis meines Fundes wie eine tollwütige Ratte ansprang.

Ich hielt Ausweis und Geldbörse des Toten in der Hand.

Wie betäubt starrte ich auf meinen Fund. »Das kann doch nicht sein!«, dachte ich fassungslos. »Das kann doch einfach nicht wahr sein!«

Was hatte die Geldbörse von Dominik Stein in einem Rucksack zu suchen, der in Onnos Schlafzimmer am Fuße seines Bettes stand?

War es möglich, konnte es wirklich sein – hatte Onno tatsächlich einen Menschen umgebracht? Auch wenn ich Onno auf dem Dach gesehen hatte und einiges von ihm an Verrücktheiten gewohnt war, konnte ich ihn mir beim besten Willen nicht als vorsätzlichen Mörder vorstellen.

»Absurd!« Ich schüttelte ungläubig den Kopf; das konnte nicht sein. »Nicht Onno!«

Auch wenn, oder gerade weil, ich mir Onno nicht als Täter vorstellen konnte, drängte sich mir im gleichen Moment die Frage auf, was ich mit dem Rucksack und dessen Inhalt machen sollte?

Der Inhalt war auf jeden Fall hochgradig belastend für Onno. Sollte ich ihn schützen, indem ich die belastenden Fundstücke verschwinden ließ?

Ganz abgesehen davon, dass ich mich einer Unterschlagung von Beweismitteln schuldig machen würde, war ich mir sicher, dass eine solche Aktion Onno auch nicht schützen würde.

Auch wenn ich es mir nicht vorstellen konnte, dass Onno ein Mörder ist, musste es einen Grund dafür geben, dass vor mir ein Rucksack mit dem Eigentum des toten Tanzlehrers lag. Wenn es einen Zusammenhang zwischen Onno und Dominik Stein gab, würde die Kripo diese Verbindung ziemlich schnell herausfinden. Da würde es nicht im Geringsten helfen, wenn ich den Rucksack verschwinden lassen würde. Davon abgesehen kam für mich eine Manipulation von Beweismitteln aus Prinzip nicht infrage.

So schmerzlich der Gedanke auch sein mochte, wenn Onno tatsächlich der Täter sein sollte, würde er auch die Verantwortung übernehmen müssen. Aber auch in diesem Fall, den ich im Grunde meines Herzens für völlig ausgeschlossen hielt, würde ich Onno nicht die Freundschaft kündigen und ihn auch als Anwalt mit allen meinen Kräften verteidigen. Aber einen Mord würde ich bei aller Freundschaft weder vertuschen noch decken.

Nachdenklich starrte ich auf die Geldbörse und klappte sie wieder zu. Seit wann stand der Rucksack hier? Und warum? Wenn Onno den Rucksack vor dem Tod des Tanzlehrers bei sich abgestellt hatte, stellte sich die Frage, wieso dessen Autoschlüssel sich hier befinden konnten, wenn das Auto an der Manningaburg abgestellt war. Aber – war es das? Ich hatte keine Ahnung, welches Auto der Tanzlehrer fuhr. Es war also zu klären, ob der Wagen des Toten an der Manningaburg geparkt war, denn war das der Fall, hatte jemand den Rucksack nach dessen Tod hier bei Onno abgestellt. In diesem Fall lag der Verdacht nahe, dass Onno den Rucksack bei seiner Flucht mitgenommen und hier im Schlafzimmer abgestellt hatte. Das hieße aber, dass Onno hier gewesen war. Wo aber war dann Onno jetzt, und warum hatte er den belastenden Rucksack hier stehen lassen?

Ich konnte es drehen und wenden, einen Sinn ergab das alles nicht.

Es sei denn... ich hob langsam den Kopf und ließ meinen Blick nervös durch den im Dämmerlicht liegenden Raum schweifen. Es sei denn – der Mörder hatte den Rucksack hier deponiert.

In diesem Fall bestand durchaus die Möglichkeit, dass

er sich noch am Haus oder im Garten herumtreiben könnte. Onnos Wohnung schloss ich aus, da sie viel zu klein war, als dass sich ein Mensch irgendwo hätte verstecken können.

Da für weitreichende Schlussfolgerungen im Moment ohnehin nicht der geeignete Zeitpunkt war, verschwand ich am besten auf der Stelle. Onno befand sich auf der Flucht, und da es lediglich eine Frage der Zeit war, bis er der Polizei irgendwo und irgendwie ins Netz ging, konnte ich mir später noch genug Gedanken machen.

Ich packte Seil, Geldbörse und Schlüssel zurück in den Rucksack. Einem spontanen Impuls folgend, schob ich den Rucksack kurz entschlossen unters Bett, was im Grunde weder sinnvoll noch originell oder hilfreich war. Aber ich hatte auch nie behauptet, originell zu sein.

Dann machte ich mich daran, zu verschwinden.

10

Obwohl es mitten in der Nacht war, wählte ich mit der einen Hand die Rufnummer von Uz, während ich mit der anderen Hand meinen Käfer bereits Richtung Alter Deich steuerte.

»Moin!«

Obwohl ich wusste, dass Uz auch nach ein paar Jahren im Ruhestand noch immer wie ein diensthabender Bereitschaftsarzt reagierte, verblüffte mein Freund mich immer wieder aufs Neue, wenn er sich zu jeder Tages- oder Nachtzeit nach dem ersten Klingeln so munter meldete, als hätte er auf genau diesen Anruf gewartet.

Mit knappen Sätzen informierte ich Uz über die Geschehnisse des Abends und den unglaublichen Tatverdacht, unter dem Onno stand.

Auch wenn Uz unzweifelhaft von dieser Neuigkeit schockiert sein musste, stellte er keine Fragen, sondern beschränkte sich friesisch knapp aufs Wesentliche: »Ich setz Tee auf!«

Wir in Ostfriesland halten uns nicht gerne mit unnötigem Gerede auf, sondern kommen lieber direkt auf den Punkt und sparen uns die Worte, wenn sowieso alles klar ist.

Und dass ich mich trotz der nächtlichen Stunde auf direktem Weg zu Uz befand, war uns beiden klar. Worüber sollten wir also noch reden?

Uz erwartete mich bereits in der offenen Haustür. Wir schüttelten uns kurz die Hände, und ich folgte ihm in die Küche, nachdem ich mir in der Diele die Schuhe abgestreift hatte.

»Moin, Jan!«, begrüßte mich Claudia.

Da Uz' Tochter Claudia die Nachfolge ihres Vaters als Landärztin angetreten und dessen Praxis übernommen hatte, war sie an nächtliche Störungen gewöhnt. Viele ihrer Patienten kamen schon seit Jahren in die Landarztpraxis und waren es gewohnt, im Notfall auch nachts schnelle ärztliche Hilfe zu bekommen. Natürlich gab es auch einen ärztlichen Bereitschaftsdienst in der Krummhörn, aber Claudia wollte an Uz' Gepflogenheiten nichts ändern. Ihre Patienten liebten sie dafür.

»Moin, Claudi«, begrüßte ich sie und beugte mich zu der im Rollstuhl Sitzenden hinunter, um sie mit einem Kuss auf die Wange zu begrüßen. »Hast du noch Patienten gehabt?«

Claudia nickte und griff nach der Teekanne, die auf einem Stövchen auf dem Küchentisch stand, um mir einzugießen. »Ja, ein kleiner Junge mit Keuchhusten. Die Mutter war ganz aufgeregt. Aber dem Kleinen geht's wieder gut. Und die Mutter hat sich auch wieder beruhigt.«

Ich ließ mich auf meinen angestammten Küchenstuhl fallen und nahm Claudia dankend die dünnwandige Teetasse ab, die sie mir entgegenhielt. Mit der Zuckerzange fischte ich aus der Zuckerdose ein großes Stück Kandis und sah zu, wie Claudia den dampfenden Tee eingoss. Das am Boden der Tasse liegende Stück Kluntje knisterte vernehmlich. Dem ostfriesischen Teeritual zufolge gab ich mit einem kleinen silbernen Sahnelöffel eine gute Portion flüssiger Sahne in den Tee, indem ich mit dem Löffel einen Kreis innen an der Teetasse beschrieb und dabei kreisförmig die Sahne in den aromatisch duftenden Tee einfließen ließ.

Eine gute Koppke Tee zeichnet sich durch ihren malzig würzigen Geschmack aus. Die eingeflossene Sahne steigt vom Grund der Teetasse auf und bildet in dem bernsteinfarbenen Tee sahnige Wölkchen, die sogenannten Wulkje.

Uz griff ebenfalls nach seiner Teetasse, die Claudia ihm hinhielt und in der ebenso wie in meiner Tasse ein Kluntje laut knisterte. Erst nachdem wir jeder einen Schluck Tee getrunken hatten, sahen wir uns über die dampfenden Teetassen hinweg an.

Ich hatte nicht vor, die beiden unnötig lange auf die Folter zu spannen, und berichtete ausführlich von den Ereignissen des Abends bis zu der Szene, in der Onno mir die schwere Holztür vor die Stirn geknallt hatte.

Mein Bericht war starker Tobak, weshalb ich den beiden Zeit gab, das Gehörte zu verarbeiten.

Für ein paar Minuten herrschte tiefes Schweigen am Tisch.

Ich nahm einen Schluck Tee und überlegte, wo Onno sich in diesem Moment versteckt hielt und wie wir ihm helfen könnten.

Uz brach das Schweigen: »Weißt du, wo Onno sich aufhält?«

Ich schüttelte den Kopf: »Zu Hause ist er jedenfalls nicht.«

»Hast du bei ihm nachgeschaut?«, wollte Claudia wissen.

Ich nickte bestätigend.

Wir schwiegen wieder.

»Ich kannte Dominik«, sagte Uz leise, und seiner Stimme war die Traurigkeit über das Schicksal des jungen Mannes anzuhören. »Als Kind habe ich bei ihm alle Schutzimpfungen vorgenommen. Später sind dann die Eltern in den Nachbarort gezogen, und ein anderer Arzt wurde sein Hausarzt.«

Uz war über ein Vierteljahrhundert als niedergelassener Landarzt in der Krummhörn tätig gewesen und kannte so ziemlich jeden bei uns in der Region. Viele seiner ehemaligen Patienten hatte er als komplette Familien von der Urgroßmutter bis zum Urenkel betreut.

»Und du hast wirklich Onno auf dem Dach erkannt?«

Claudias Stimme klang noch immer ungläubig. »Irrtum ausgeschlossen?«

Ich nickte schweigend und fühlte mich beklommen, als ich sah, wie Claudias Augen einen feuchten Schimmer bekamen, was kein Wunder war; schließlich kannten wir alle Onno seit Jahren. Wir vertrauten ihm und hätten die Hand für ihn ins Feuer gelegt.

»Ja, Claudia«, bestätigte ich widerwillig ihre Frage. »Irrtum ausgeschlossen. Es war Onno!«

»Zumindest auf dem Dach«, warf Uz ein.

Wieder nickte ich. »An diesen Punkt klammere ich mich auch. Niemand hat gesehen, dass Onno Dominik umbrachte. Alle haben Onno erst auf dem Dach gesehen, als er versuchte, sich aus dem Staub zu machen. Derjenige, der am Tatort gesehen wird, muss nicht auch zwangsläufig der Mörder sein«, wiederholte ich Caros Worte.

»Stimmt genau«, bestätigte Uz. »Ich kann mir Onno nicht als Mörder vorstellen. Ich kenne den Jungen auch seit seiner Geburt. Er war schon immer ein Hallodri und ein ausgemachtes Schlitzohr, aber immer ehrlich und fair.«

Meine jahrzehntelange Erfahrung als Strafverteidiger hatte mich gelehrt, dass in den wenigsten Fällen ein Mörder aussieht, wie man sich einen Mörder vorstellt. Die meisten Täter wirken unauffällig und unscheinbar. Wird ein Mörder überführt, hatten gerade die engsten Familienangehörigen, Freunde und Bekannte des Täters weder einen Verdacht gehabt noch Argwohn gehegt. Es hatte schon Ehefrauen gegeben, die jahrelang vollkommen arglos mit einem brutalen Serienmörder zusammengelebt hatten und erst vom Doppelleben ihres Partners erfuhren, als die Polizei den Ehemann und Familienvater verhaftete.

»Wirst du Onno juristisch vertreten?«, stellte Uz die Frage, die unweigerlich kommen musste.

Da es für mich keine Frage ist, einem Freund, der in der Klemme steckt, zu helfen, brauchte ich nicht erst zu überlegen und nickte: »Ja, das werde ich wohl.«

Offenbar ging Uz ebenfalls davon aus, dass Onno über kurz oder lang von der Polizei geschnappt werden würde.

Claudia legte mir ihre Hand auf den Arm und lächelte mir wortlos zu.

Niemand von uns würde einen Freund hängen lassen; wobei mir der Begriff in Anbetracht der nächtlichen Ereignisse ziemlich makaber erschien.

Schweigend und in Gedanken versunken tranken wir unseren Tee. Erst als mir die Augen vor Müdigkeit zuzufallen drohten, verabschiedete ich mich von meinen Freunden.

In der Tür drehte ich mich noch einmal um und sagte mit mehr Hoffnung als Überzeugung: »Vielleicht hat Onno den oder die Täter ja gesehen.«

»Wäre er dann weggelaufen?«, antwortete Uz.

Ich seufzte. Das hatte ich mir auch schon überlegt. Naheliegender wäre es gewesen, wenn Onno um Hilfe gerufen hätte.

»Die Hoffnung stirbt zuletzt«, sagte Claudia mit leiser Stimme.

Die ganze Heimfahrt über kämpfte ich mit meinen immer schwerer werdenden Augenlidern. Als ich am Hamswehrumer Altendeich abbog und die Zufahrt zu meinem alten Kapitänshaus hochfuhr, atmete ich erleichtert auf. Ich verspürte nur noch den Wunsch, ins Bett zu fallen.

Der Vollmond stand genau über dem Dachfirst des Reetdachhauses und tauchte Haus und Garten in sein bleiches Licht. Der Mond hing so fett und tief über dem Haus, dass mir unwillkürlich das Märchen von dem alten Mann mit dem Reisigbündel in den Sinn kam, der sich auf den Mond verirrt hatte. Heute stand der Mond so tief, da hätte er nur einen Schritt zu machen brauchen, um wieder auf der Erde zu stehen.

Ich drückte die Haustür hinter mir ins Schloss und holte mir als Erstes eine eisgekühlte Flasche Bier aus dem Kühlschrank. Als ich zwischen zwei Schlucken Luft holte, fiel mein Blick auf einen Zettel, der auf dem Küchentisch lag.

»Hi, Paps!«, las ich. »Warte bitte nicht auf mich! Ich bin zum Essen verabredet, es kann spät werden. Kuss, Thyra.«

Missbilligend legte ich die Stirn in Falten.

Verabredet? Zum Essen? Mit wem?!

Nicht, dass es mich etwas anging; denn Thyra war erwachsen und konnte ihre Abende mit wem auch immer verbringen. Trotzdem hätte ich allzu gerne gewusst, mit wem sie unterwegs war.

Die Nachricht sprach gegen eine Verabredung mit dem Pathologen, denn der war genau wie ich ein begeisterter Hobbykoch und kochte meist, wenn Thyra bei ihm war. In dem Fall hätte es geheißen: »Komme später, Tilli kocht!«

Da die Nachricht aber lautete, dass sie zum Essen verabredet sei, sprach das für ein Date mit einem fremden Mann. Wenn ich dann an das gestrige Blickduell in Upleward dachte, war mir klar, mit wem Thyra heute zum Essen verabredet war – mit dem smarten Kommissar Freud.

Ich war zu müde, um mich mitten in der Nacht noch über die Verabredungen meiner Tochter aufzuregen. Die leere Flasche stellte ich achtlos zur Seite und öffnete erneut den Kühlschrank, um mich auf die Suche nach dem Kühlpad zu machen, mit dem ich im letzten Jahr zwei Wespenstiche gekühlt hatte. Im Tiefkühlfach wurde ich fündig und fischte das verbeulte Pad zwischen einer eisgekühlten Flasche Aquavit und einer verschollen geglaubten Gänsekeule mit längst abgelaufenem Verfallsdatum hervor.

Im Schlafzimmer riss ich das Fenster weit auf, um die sich

etwas abkühlende Nachtluft hineinzulassen, warf meine Kleidung über den alten Schaukelstuhl, der am Fenster stand, und ließ mich rücklings nackt aufs Bett fallen.

Motte hatte sich schon zur Nachtruhe begeben und lag vor meinem Bett. Wie üblich hatte er lediglich mit dem kurzen Öffnen eines seiner Augen auf mein Heimkommen reagiert und unbeeindruckt weitergepennt. Jeder andere Hund hätte mich bereits beim Betreten des Hauses schwanzwedelnd und mit freudigem Bellen begrüßt – nicht Motte!

Ein leises Knurren ertönte und erstarb fast im gleichen Moment, als ich es hörte.

Da niemand anders als Motte das Geräusch verursachen konnte, ließ ich die Augen geschlossen, horchte aber genau hin, ob mit dem Dicken alles in Ordnung war.

Wieder erklang das dumpfe Knurren. Diesmal hörte es sich schon fast grollend an. Ich drehte meinen Kopf in Mottes Richtung, wo dieser gerade die Lautstärke erhöhte. Ich spürte Unruhe in mir aufsteigen und richtete mich halb auf. Mit dem Ellbogen stützte ich mich auf der Matratze ab.

Wieder grollte es. Nun war ich besorgt und quälte mich aus dem Bett. Ich kniete mich neben meinen dicken Hund, und beim nächsten Grollen war mir klar, dass das grollende Knurren nicht aus Mottes Kehle kam, sondern sein Ursprung ganz woanders lag: Dem Dicken knurrte der Magen!

Das einsetzende Schuldgefühl konnte ich nicht mit der logischen Argumentation besänftigen, dass wir beide dringend abnehmen mussten. Dafür tat mir der Dicke zu leid. Also machte ich mich im Halbschlaf auf den Weg in die Küche und öffnete ihm eine Extraportion Hundefutter. Mit gut gefülltem Futternapf tapste ich die Treppe hoch zum Schlafzimmer, wo ich ihm den Napf direkt vor seine Nase stellte. Motte brauchte jetzt nur noch seine Schnauze hineinzustecken.

Es brauchte nur wenige Sekunden, bis der Duft des Hundefutters im Bewusstsein des friedlich vor sich hin schlummernden Motte angekommen war. Er öffnete schlagartig beide Augen und starrte schlaftrunken zuerst seinen Futternapf und dann mich an.

Ich zuckte schuldbewusst mit den Schultern: »Lass es dir schmecken, Dicker. Sollst auch nicht leben wie ein Hund.«

Aber Motte hatte auch seinen Stolz. Er ignorierte den Futternapf und ließ sich in seine Schlafstellung zurückplumpsen. Bevor er seine Augen wieder zuklappte, schien er mir einen spöttischen Blick zuzuwerfen, der wohl sagen sollte: »So leicht kriegst du mich nicht!«

»Blöder Hund!«, lachte ich. »Morgen früh ist der Napf sowieso leer.«

Ich ließ mich aufs Bett fallen und schloss ebenfalls die Augen. Sofort tauchte Onnos verängstigtes Gesicht auf, wie er von den Zinnen der Manningaburg aus in die Menge blickte.

»Blöder Hund!«, dachte ich erneut, meinte aber nicht den armen Motte, sondern Onno, der so selten dämlich abgehauen war. Diesmal war mir nicht zum Lachen zumute.

Obwohl ich todmüde war, lag ich noch eine ganze Zeit lang wach. Erst als es schon zu dämmern begann, übermannte mich der Schlaf.

11

Schweißnass und mit klopfenden Kopfschmerzen wachte ich irgendwann am Vormittag auf. Die Sonne stach mir schmerzhaft in die Augen. Ich hatte vergessen, die Vorhänge zuzuziehen, bevor ich mich schlafen gelegt hatte. Ein Versäumnis, das sich jetzt unangenehm rächte.

Müde schlurfte ich unter die Dusche und ließ lauwarmes Wasser auf mich herabprasseln. Nachdem ich ausgiebig geduscht und mir Shorts und Shirt angezogen hatte, fühlte ich mich wieder halbwegs fit.

Als ich die Küche betrat, empfing mich eine unausgeschlafen aussehende Thyra, die vor einer dampfenden Kaffeetasse saß und in sie hinein starrte. Ich ging zum Hängeschrank und holte einen Kaffeebecher hervor, den ich ebenfalls mit der schwarzen Brühe aus der Kaffeemaschine füllte.

»Moin«, begrüßte ich sie und hockte mich ihr gegenüber an den Küchentisch. »Lange Nacht gehabt?«

Thyra ließ eine Minute vergehen, bevor sie antwortete: »So wie du aussiehst, könnte ich dich das Gleiche fragen.«

»Dann tu's doch!«, entgegnete ich.

»Lange Nacht gehabt?«

Ich nickte schweigend.

Wieder verging eine Minute, bevor Thyra fragte: »Wegen Onno?«

Offenbar war Thyra über die Ereignisse der vergangenen Nacht informiert. Kein Wunder. So übernächtigt, wie sie aussah, hatte sie die Nacht wohl direkt an oder mit einer Informationsquelle verbracht, dachte ich grimmig.

Wieder nickte ich.

»Denkst du, dass er es war?«

»Nein!« Energisch schüttelte ich den Kopf. »Nein!«

»Ich kann's mir ja auch nicht vorstellen.« Thyra fuhr sich mit der Hand durch ihr kurzes Stoppelhaar. »Es kann sich niemand vorstellen, der Onno kennt. Trotzdem sucht die Polizei ihn.«

»Woher weißt du das?«, wollte ich wissen.

Thyra hob den Blick von ihrer Kaffeetasse und sah mich mit müdem Blick an: »Die Leute sprechen über nichts anderes.«

Ich hätte mir auch selber denken können, dass die Ereignisse der letzten Nacht sich wie ein Lauffeuer in der Krummhörn herumgesprochen hatten. Es war also nicht gesagt, dass Thyra tatsächlich die vergangene Nacht mit dem jungen Kommissar verbracht hatte.

»Weißt du, wo Onno sich aufhält?«

Ich schüttelte den Kopf. »Nein! Woher sollte ich das wissen?«

»Hätte ja sein können.«

Ich entgegnete nichts.

»Onno muss sich der Polizei stellen.«

»Wieso sagst du mir das?«, fragte ich argwöhnisch.

»Vielleicht siehst du ihn ja in der nächsten Zeit.«

»Wie kommst du denn darauf?« Ich spürte, wie ich ärgerlich wurde. Sie hörte sich ja fast so an, als hätte ihr Kommissar Freud eine Botschaft für mich mit auf den Weg gegeben.

Statt einer Antwort schob Thyra ihren Stuhl geräuschvoll nach hinten und stand auf: »Ich leg mich noch mal 'ne Stunde hin«, murmelte sie.

»Schlaf gut«, erwiderte ich und sah ihr misstrauisch hinterher, als sie durch die Küchentür verschwand.

Unser Gespräch hinterließ einen schalen Nachgeschmack bei mir. Ich hatte den Verdacht, dass Thyra die Nacht mit Kommissar Freud verbracht und er ihr den Floh ins Ohr gesetzt hatte, dass ich nicht nur Zeuge des nächtlichen Geschehens war, sondern auch wüsste, wo Onno sich derzeit aufhielt.

Dass der Kommissar so dachte, war nicht weiter schlimm. Es war ja schließlich sein Job, alles und jeden zu verdächtigen. Aber dass Thyra sich vor seinen Karren spannen ließ und unterschwellig versuchte, mir etwas einzuflüstern, fand ich schon sehr befremdlich. Obwohl ich mir wiederum nicht vorstellen konnte, dass Thyra mir gegenüber illoyal sein könnte. Schließlich hatten wir unbedingtes Vertrauen zueinander.

Andererseits...

Mit einem Ruck schob ich die Kaffeetasse mit der lauwarmen Plörre beiseite und stand auf. Warum trank ich dieses Gesöff eigentlich gerade? Ich stellte den Wasserkessel auf und kippte die braune Brühe in den Ausguss. Dann bereitete ich mir eine ehrliche Kanne Ostfriesentee zu: Ich wählte aus meinem Teedosensortiment einen Ostfriesischen Sonntagstee aus und löffelte die lose Blattmischung in ein Teesieb, nachdem ich meine geliebte dickbauchige Teekanne mit kochendem Wasser ein paar Minuten angewärmt hatte. Während der Tee seine angestandenen fünf Minuten zog, stellte ich eine Bratpfanne auf den Herd und gab etwas Butter hinein. Ein Blick in die Speisekammer zeigte mir, dass von dem geräucherten Landschinken nur noch ein kläglicher Rest ausharrte. Ich würfelte den Schinken und gab ihn in die Pfanne. Sofort verbreitete sich ein wunderbarer Duft, und ich rührte schnell drei Eier ineinander, um sie dann in die Pfanne zu gießen. Der Tee war mittlerweile fertig, und ich stellte die bauchige Kanne auf ein Stövchen, in dem ein Teelicht dafür sorgte, dass der Tee heiß blieb. Auch im Kühlschrank herrschte Ebbe, und ich riss die

Verpackung der letzten Packung Krabben auf, die sich in der hintersten Ecke des Kühlschranks versteckt hielt.

Auch wenn Motte noch immer sehr verstimmt aussah, ließ er es sich doch nicht nehmen und sah in der Küche nach dem Rechten; der Duft des Schinkens war aber auch zu verführerisch. Ich kniete mich zu meinem Hund auf den Dielenboden und wuschelte ihm mit beiden Händen durchs Fell. Auch wenn der Dicke sich bemühte, weiterhin beleidigt zu sein, zeigten die Streicheleinheiten ihre Wirkung: Er ließ sich auf die Seite fallen und drehte mir den Bauch zu, um mir zu zeigen, wo er gerne gekrault werden würde.

Nachdem ich Mottes Wunsch nachgekommen war und ihm ausgiebig den Bauch gekrault hatte, schüttelte ich ihm zum Abschluss unserer morgendlichen Kuschelrunde beide Vorderpfoten, die er weit von sich gestreckt hielt.

»So, Dicker. Schluss jetzt; es gibt Frühstück!«

Während Motte wohlig brummend auf dem Rücken liegen blieb und alle viere von sich streckte, bereitete ich auch ihm ein ausgiebiges Frühstück vor. Sein Futter lag immer vorportioniert im Kühlschrank, und ich wählte zum Ausgleich für die gestrige Diät, und um mein schlechtes Gewissen über das nächtliche Magenknurren zu beruhigen, eine große Portion Hühnerfleisch mit einer Gemüsepampe aus, die er sehr liebte. Ich stellte die Plastikschüssel in die Mikrowelle und ließ Mottes Frühstück kurz warm werden.

Einträchtig frühstückten wir gemeinsam: Motte vor seinem Napf auf dem Dielenboden und ich am Küchentisch. Da wir beide ziemlichen Appetit hatten, waren wir mit dem Frühstück schnell fertig. Ich schob den Teller zur Seite und griff nach der Morgenzeitung, die Thyra auf dem Tisch liegen gelassen hatte.

Mord im Watt! lautete die Schlagzeile. Schnell überflog ich den Artikel, der den Leichenfund in Uphusen beschrieb, der zum vorzeitigen Ende der diesjährigen Wattweltmeisterschaft geführt hatte. Erfreulicherweise hatte der Redakteur der *OZ*, der *Ostfriesen-Zeitung*, auf reißerische Einzelheiten des Leichenfunds verzichtet und beschränkte sich auf eine sachliche Darstellung der Ereignisse. Über den nächtlichen Vorfall in der Manningaburg wurde noch nichts berichtet. Wahrscheinlich war die Morgenausgabe bereits gedruckt, als der Mord geschah.

Nachdem ich das Geschirr abgeräumt hatte, machte ich mich an die Gartenarbeit. Es war noch früh genug, um den Rasen zu sprengen, und die Sonne stand noch nicht so hoch, als dass sie die Wassertropfen als Brenngläser nutzen konnte. Meinem Bauerngarten schenkte ich die größte Aufmerksamkeit und goss alle Pflanzen mit akribischer Sorgfalt. Insbesondere den kleinen Apfelbaum, den ich im vergangenen Herbst in die Mitte des Bauerngartens gepflanzt hatte, goss ich ausgiebig. Der kleine Baum hatte im Frühjahr zum ersten Mal geblüht, und ich achtete wie eine Amme darauf, dass der Kleine genug Wasser bekam.

Im Grunde bin ich kein Vorzeigegärtner und lasse die Pflanzen in meinem Garten natürlich und unkultiviert wachsen und gedeihen. Eigentlich. Aber die Gartenarbeit macht mir so viel Freude, dass ich doch mehr gärtnere, als ich es eigentlich will. Trotzdem achte ich darauf, dass mein Garten seinen Charakter eines wild gewachsenen Naturgartens nicht verliert.

Als die Sonne immer höher stieg, beendete ich meine Gartenarbeit und holte mir eine eisgekühlte Flasche stilles Wasser aus dem Kühlschrank, die ich im Stehen in wenigen Zügen fast bis zur Hälfte leerte. Ich hatte mich gerade in meinen Strandkorb fallen lassen, als Uz anrief.

»Moin, Jan«, begrüßte er mich. »Gibt's etwas Neues?«
»Ne«, antwortete ich. »Hast du etwas von Onno gehört?«
»Ne. Du?«
»Ne.«

Ostfriesische Dialoge können mitunter sehr einsilbig sein; insbesondere, wenn die Gesprächspartner Männer sind, die ihre Gefühle nicht in die richtigen Worte packen können. Eigentlich wollten wir uns sagen, dass wir in großer Sorge um Onno waren, aber wir beschränkten uns wie gewohnt auf das Unausgesprochene.

Wir wechselten noch ein paar belanglose Worte miteinander und beendeten dann unser Gespräch. Ich kannte Uz lange genug, um zu wissen, dass er ebenso wie ich in großer Sorge um Onno war.

Ich drehte den Schraubverschluss der Wasserflasche auf und leerte den Rest in wenigen Schlucken, als Uz erneut anrief. Ich setzte die leere Flasche ab und fuhr mir mit dem Arm über den Mund, um mir ein paar Wassertropfen abzuwischen. Dann griff ich nach meinem Handy.

»Hast du was vergessen?«, fragte ich ihn.

»Jan«, flüsterte eine Stimme.

Augenblicklich saß ich aufrecht in meinem Strandkorb. Meine Hand umklammerte das Handy mit festem Griff: »Wer spricht dort?«

»Du musst mir helfen!«

Obwohl die Stimme kaum hörbar meinen Namen geflüstert hatte, wusste ich, wer sich am anderen Ende der Leitung befand: Es war Onno!

»Onno?«, fragte ich trotzdem. »Onno, bist du das?«

»Ja«, flüsterte er.

Obwohl es helllichter Tag war und weit und breit kein Mensch zu sehen war, der mithören konnte, verfiel ich automatisch ebenfalls in einen Flüsterton: »Wo bist du, Onno?«

»Du warst auch da«, stellte Onno fest, ohne auf meine Frage einzugehen.

»Du meinst gestern Abend?«, erwiderte ich, weil mir sofort klar war, was er meinte.

»Warst du da?«

»Ja, Onno«, bestätigte ich. »Ich war gestern Abend auch auf der Burg.«

»Ich war es nicht!«, flüsterte Onno eindringlich.

»Ich habe dich gesehen!« Meine Stimme nahm einen härteren Klang an, als mir bewusst war. »Du warst oben bei den Zinnen, als Dominik starb.«

»Ich war es nicht!«, wiederholte Onno, und seine Stimme nahm einen beschwörenden Ton an. »Jan. Du musst mir glauben!«

»Viel wichtiger ist die Frage, ob die Polizei dir glaubt!«

»Nein, Jan«, wisperte er, und ich glaubte einen Hauch von Bitterkeit in seiner Stimme zu hören. »Nein. Es ist nicht wichtig, ob die Polizei mir glaubt. Es ist wichtig, ob ein Freund mir glaubt.«

Ich entgegnete nichts. Was unsere Freundschaft anbelangte, hatte Onno natürlich recht. Es war in der Tat wichtiger, was ich glaubte als die Polizei. Aber was das Strafrecht anging, war es sehr viel wichtiger, was die Polizei glaubte als ich. Denn wenn auch im Moment nichts von den Geschehnissen der vergangenen Nacht in der Zeitung berichtet wurde, ging ich davon aus, dass die Fahndung nach Onno bereits auf Hochtouren lief.

»Ich war es nicht«, sagte Onno erneut, als würde er ein Mantra wiederholen.

Auch wenn ich Onno am Tatort der Manningaburg im unmittelbaren Zusammenhang mit der öffentlichen Hinrichtung von Dominik Stein gesehen hatte, konnte ich mir Onno beim besten Willen nicht als Mörder vorstellen.

»Jan!«, fragte er ungeduldig. »Glaubst du mir?«

Wieder sah ich den toten Dominik Stein vor mir und sah, wie er mit weit aufgerissenen Augen einen Meter über dem Boden quer über den Burghof schwang.

Auch wenn ich mir mit der Antwort Zeit ließ, weil bereits automatisch synchron in meinem Kopf das juristische Prozedere des Strafprozesses ablief, bei dem ich Onno zur Seite stehen würde, antwortete ich entschieden: »Ja, Onno, ich glaube dir! Und ja, ich helfe dir!«

Onno atmete hörbar erleichtert auf: »Danke, Jan, das bedeutet mir sehr viel, ich meine, dass du...«

»Schon okay«, unterbrach ich ihn und wollte stattdessen wissen, wo er sich befand. »Wie geht's dir und wo bist du?«

»Geht so«, behauptete er ausweichend.

»Wo bist du?«

Statt einer Antwort schniefte Onno nur kurz auf. Offenbar wollte er mir nicht antworten.

»Wo bist du im Moment?« Hartnäckig wiederholte ich meine Frage.

Wieder antwortete Onno nicht.

»Mensch Onno!«, fuhr ich ihn an. »Ich denke, ich soll dir helfen. Dann musst du mir schon vertrauen!«

Obwohl nichts zu hören war, spürte ich förmlich, wie Onno mit sich rang. Ich war mir sicher, dass er mir vertraute, schließlich waren wir seit Jahren gute Freunde. Aber ich spürte auch Onnos Angst.

»Wie kann ich dir helfen?«, wechselte ich das Thema, weil ich ihn nicht unter Druck setzen wollte.

»Na jaaa...«, antwortete er gedehnt, »... als Anwalt eben.«

»Schon klar, Onno«, entgegnete ich ironisch. »Dass ich keine Blumen streuen soll, hatte ich mir schon gedacht.«

Er seufzte kurz, und ich spürte, wie er sich einen Ruck gab: »Nicht für mich.«

Ich runzelte irritiert die Stirn. Was meinte Onno denn wohl, wen ich vertreten soll?

»Onno«, sagte ich geduldig. »*Du* warst auf dem Dach. *Dich* sucht die Polizei. Wen soll ich denn vertreten, wenn nicht dich?«

»Ich war's nicht!«

»Das sagtest du bereits«, erwiderte ich trocken. »Wer war's dann?«

»Ich ... ich weiß nicht.«

Obwohl ich als Jurist natürlich wusste, dass Caro mit ihren Worten recht hatte, als sie meinte, dass nicht zwangsläufig derjenige der Täter ist, der zum Tatzeitpunkt am Tatort gesehen wird, sagte ich eindringlich zu Onno: »Die Polizei sucht dich. Es gibt rund einhundert Zeugen, die dich auf dem Dach gesehen haben.«

»Ich war's trotzdem nicht!«, erwiderte er trotzig.

»Okay, okay«, lenkte ich ein. »Wen soll ich denn vertreten, wenn nicht dich?«

Wieder antwortete er nicht.

Bei allem Verständnis für Onnos Ängste platzte mir nun aber der Kragen, und ich fluchte: »Verdammt noch mal, Onno! Du warst auf diesem verdammten Dach, als Dominik sich den Hals brach! Zig Leute haben dich auf dem Dach herumstolpern sehen.« Ich holte kurz Luft und bemühte mich, ruhig zu bleiben, weil ich Onno zwar eine klare Ansage, aber keine zusätzliche Angst machen wollte. »Die Polizei sucht dich, und du bist untergetaucht. Rede mit mir! Sag mir endlich, wo du bist, und dann schauen wir, wie ich dir helfen kann!«

Wieder seufzte Onno tief.

»Rede!«

»Max«, murmelte Onno so leise, dass ich Schwierigkeiten hatte, ihn zu verstehen. »Ich habe Max gesucht.«

»Max?«, echote ich verständnislos.

Im Geiste ließ ich alle mir bekannten Gesichter vorbeiziehen, die Max hießen, und stellte erstaunt fest, dass dies nicht gerade wenige waren. Offenbar war Max eine Zeit lang ein sehr beliebter Name gewesen. Dann fiel bei mir der Groschen.

»Max ... *der* Max?«, fragte ich und verstand nur Bahnhof.

Natürlich konnte ich mich an Onnos Kumpel Max erinnern. Als ich vor einiger Zeit die Hintergründe im Zusammenhang mit der Wasserleiche untersucht hatte, die Uz bei einer gemeinsamen Fangfahrt mit der *Sirius* aufgefischt hatte, hatte ich mit Max zu tun gehabt. Mir fiel zwar gerade nicht sein Nachname ein, aber ich konnte mich sehr gut an den jungen Mann mit den purpurfarbenen Brillenhämatomen und dem Metallgestell aus Edelstahl, das seinen Kiefer fixierte, erinnern: das Resultat einer Begegnung mit zwei bösartigen Killern, denen er in die Quere gekommen war und die ihn krankenhausreif geschlagen hatten. Auf Bitten von Onno, der meinte, dass man die Täter nicht so einfach davonkommen lassen könne, hatte ich seinerzeit Max im Krankenhaus besucht. Ich hatte ihm zwar nicht direkt helfen können, aber dank eines Tipps – doch das ist eine andere Geschichte.

»Meinst du wirklich deinen Kumpel Max?«

»Du erinnerst dich an …«

»Na klar!«, unterbrach ich Onno, während mir in diesem Moment Max' Nachname einfiel: »Bornemann. Max Bornemann!«

»Jo«, bestätigte Onno.

»Du hast Max auf dem Dach gesucht?«, fragte ich verständnislos.

»Ich kann dir das schlecht am Telefon erklären«, druckste Onno herum.

»Dann erklär's mir persönlich! Wo bist du?«

Erneutes Seufzen.

»Onno!« Meine Stimme nahm einen scharfen Ton an.

»Im Hafen«, entgegnete er.

»In welchem Hafen?«

»Norddeich.«

»Menschenskind!«, fuhr ich ihn an. »Nun lass dir doch nicht jedes Wort einzeln aus der Nase ziehen!«

»Jahaa«, antwortete er wie ein nörgelndes Kind. »Ich bin in Norddeich; im Jachthafen.«

»Wo da?«

»Unten an der Mole, am *Yacht-Zentrum*.«

Ich kannte das *Yacht-Zentrum Störtebeker* in Norddeich. Nicht, dass ich mir eine Jacht hätte leisten können, aber Uz ankerte öfters mit seiner *Sirius* gegenüber im gewerblichen Bereich des Hafens, und ich hatte schon mehr als einmal die schicken und unerschwinglich teuren Hochseejachten bewundert. Das Zentrum lag am Ende des Hafens in einem kurzen Seitenarm. Die Mole lief von da aus bis hoch zur Hafenausfahrt, von wo man rüber nach Juist und Norderney schauen konnte.

»Wo genau?«, wollte ich wissen.

»Ganz oben; dort, wo die Mole zu Ende ist.«

»Und wo steckst du da genau?«, fragte ich, denn wenn ich mich nicht täuschte, gab es an diesem Teil der Mole weder Gebäude noch Sträucher oder sonst irgendeine Möglichkeit, sich zu verstecken.

»Da steht am Rand der Mole ein blauer Müllcontainer«, flüsterte Onno. »In dem stecke ich drin.«

»Im Müll?«, entfuhr es mir.

Onno kicherte unterdrückt: »Keine Sorge, der ist leer. Da sind nur ein paar Eisenstangen drin.«

»Okay, Onno«, sagte ich. »Ich hole dich gleich ab...«

»Ne, ne!«, unterbrach Onno mich. »Wenn es dunkel ist, muss ich los – Max suchen. Ich dachte, du kommst mit mir mit und hilfst mir, ihn zu finden.«

»Onno, du musst dich stellen!«

Onno schnaubte verächtlich: »Stellen? Wem denn, diesem Lackaffen von der Kripo vielleicht?«

»Ich weiß, dass du Mackensen nicht leiden kannst«, entgegnete ich. »Geht mir ja nicht viel anders. Aber hier geht's nicht um Sympathien.«

»Ach, ne?« Onnos Verachtung war unüberhörbar.

»Nein, Onno«, sagte ich knapp. »Es geht um Mord!«

Auf diese Feststellung erwiderte Onno nichts mehr.

Erst nach einer ganzen Weile flüsterte er dieselben Worte wie zu Beginn unseres Telefonats: »Hilfst du mir?«

Ich seufzte unhörbar und nickte lakonisch wie im Selbstgespräch. »Wie ist dein Plan? Wo und vor allem warum willst du Max suchen?«

»Sorry, Jan«, erwiderte er. »Das erzähle ich dir später.«

»Was heißt für dich ›später‹?«

»Wenn es dunkel wird.«

»Onno, wir haben Hochsommer und Vollmond«, entgegnete ich. »Es wird im Moment nicht richtig dunkel.«

»Um Mitternacht.«

Da mir im Moment auch nichts anderes einfiel, um Onno zu helfen, stimmte ich seinem Vorschlag zu; wohl wissend, dass ich mich genau in diesem Moment strafbar machte. Ich wusste im Moment auch als Jurist nicht genau, in welchen Punkten, aber Onno war Hauptverdächtiger in einem Mordfall. Ihm zu helfen war Beihilfe zu was auch immer. Ich schob den Gedanken kurzerhand beiseite, denn ich hatte keinen Bock, mir die Strafprozessordnung ins Bewusstsein zu beamen.

»In Ordnung«, stimmte ich zu. »Ich bin um Mitternacht bei dir. Hast du etwas gegessen seit gestern Abend?«, fragte ich besorgt.

»Nicht viel, nur ein paar Kekse«, antwortete er ausweichend.

Wie ich befürchtet hatte, war meine Sorge nicht unbegründet. Ich wusste, dass Onno, der ohnehin kein großer Esser ist, bei Stress dazu neigte, Essen und Trinken vollkommen zu vergessen. Und da Onno sich gerade auf der Flucht befand, würde er, wie ich ihn kannte, als Letztes ans Essen denken. Sicherlich verhungert man nicht innerhalb von achtundvierzig Stunden, aber Onno war ohnehin spitteldürr und hatte mit einem Gesamtgewicht von rund neunundvierzig Kilogramm nicht viel zuzusetzen.

»Ich bring dir etwas zum Essen mit«, erklärte ich.

»Musst du nicht«, widersprach Onno.

Da ich keine Lust auf fruchtlose Diskussionen hatte, ignorierte ich seinen Einwand. »Bis später, Onno«, verabschiedete ich mich.

Onno wisperte noch ein »Danke! Das werde ich dir nie vergessen!« und beendete das Gespräch.

Ich ließ das Handy achtlos auf die Sitzbank meines Strandkorbs fallen und lehnte mich zurück. Während ich tief Luft holte, fuhr ich mir mit beiden Händen durchs Gesicht.

»Mensch, Onno!«, sagte ich laut zu mir selber. »Was hast du bloß angestellt? Was zum Teufel hattest du da oben auf dem Dach zu suchen?«

Zum x-ten Mal schüttelte ich verständnislos den Kopf. Onno – ein Mörder? Niemals! Aber was hatte er auf dem Dach gemacht, und wie kam Max plötzlich ins Spiel?

»Du wirst mir einiges erklären müssen, verdammter Kerl!«, knurrte ich und stapfte zum Haus.

In der Küche stand meine Tochter und trank im Stehen aus einer vom Kondenswasser beschlagenen Flasche Orangensaft.

»Nimm dir ein Glas«, rutschte es mir heraus, und ich hätte mir im gleichen Augenblick am liebsten auf die Zunge gebissen; Thyra war ja schließlich kein kleines Kind mehr.

Thyra sah mich über die Flasche hinweg an und verzichtete auf eine Antwort. Mit einem lang gezogenen Seufzer setzte sie die Saftflasche ab und stellte sie geräuschvoll auf die Arbeitsplatte neben sich. Ihre seegrünen Augen musterten mich durchdringend ohne einen Wimpernschlag. Ich kannte diesen Blick, der einer Katze ähnlich war, kurz bevor diese ihre Krallen ausfährt.

Auch wenn sie nichts sagte, wusste ich doch, dass etwas zwischen uns stand, was sonst nicht der Fall war – ein Anflug von Misstrauen. Wahrscheinlich fragte Thyra sich, ob ich schon etwas von Onno gehört hatte, und ich fragte mich, ob ich mit meiner Vermutung richtig lag, dass Kommissar Freud ihr aufgetragen hatte, mich über Onnos Aufenthaltsort auszuhorchen. Wenn dem so war, würde ich ihn enttäuschen müssen, denn ich hatte nicht vor, irgendetwas über Onnos Anruf zu sagen.

Dieses Misstrauen meiner eigenen Tochter gegenüber drückte mir schwer auf den Magen. Wir hatten uns stets alles gesagt und hatten keine Geheimnisse voreinander, auch wenn wir uns nicht immer alles erzählten; was ich aber auch für normal halte. Jetzt lag die Sache anders. Ein Funke Misstrauen glomm zwischen uns, und ich hätte den smarten Kommissar quer durchs Watt prügeln können, weil er diesen Keil zwischen uns getrieben hatte.

»Ich bin dann mal weg«, teilte Thyra mir mit und legte die leere Saftflasche in den Getränkekorb.

Ich nickte schweigend und verkniff mir jegliche Fragen. Dabei setzte ich ein betont desinteressiertes Gesicht auf, so als würde es mich überhaupt nicht interessieren, wo sie die vergangene Nacht verbracht hatte, und als sei es mir völlig wurscht, wo sie jetzt schon wieder hinfuhr.

Sie warf mir noch einen musternden Blick zu, in dem ein Anflug von Traurigkeit mitschwang, und wandte sich der Küchentür zu. Ich sah ihr schweigend nach und verspürte einen schmerzhaften Stich, als sie in der Diele verschwand. Einen kurzen Moment später schlug die Tür zu, und einen weiteren Moment später hörte ich den Motor ihres Mini-Cooper aufheulen, den sie im vergangenen Jahr, sehr zu meinem Bedauern, gegen ihren Oldtimer, einen VW-Käfer Ovali, eingetauscht hatte, weil sie sich den Luxus eines Oldtimers nicht mehr leisten konnte. Denn Thyra hatte vor ein paar Monaten beschlossen, ihren Job als Nachtmoderatorin beim NDR aufzugeben, um sich redaktionellen Themen zuzuwenden, die sie inhaltlich ansprachen; recherchieren, analysieren und sich investigativ mit Themen auseinandersetzen war genau das, was sie wollte. Der Preis dafür waren allerdings der Tausch ihres geliebten Oldtimers gegen eine »alte Gurke«, einen betagten, aber technisch tadellosen Mini-Cooper, und die Auflösung ihrer schicken Wohnung. Aus den »paar Tagen«, die sie in der ersten Zeit bei mir wohnen wollte, um eine preisgünstige Wohnung in Greetsiel zu finden, waren ein paar Monate geworden, und ich hätte nichts dagegen, wenn dies auch so bliebe.

Ich trat ärgerlich gegen den Kühlschrank, der protestierend die Flaschen in seinem Inneren klappern ließ.

Mir war jegliche Lust aufs Sonnen vergangen. Missmutig hockte ich mich an meinen Arbeitstisch und kritzelte auf meinem Skizzenblock herum.

Ich verbrachte den Rest des Tages damit, schlechte und misslungene Tattooskizzen zu Papier zu bringen und mir über Onno und die Frage, wieso er Max auf dem Dach der Manningaburg gesucht hatte, den Kopf zu zerbrechen. Da im Kühlschrank gähnende Leere herrschte und ich weder Onno noch mich verhungern lassen wollte, nutzte ich den Nachmittag, um mich im nahe gelegenen Dorfladen mit den nötigsten Lebensmitteln einzudecken. Nachdem ich die Einkäufe verstaut hatte, hockte ich mich wieder an meinen Zeichenblock, sah ungeduldig alle fünf Minuten auf meine Armbanduhr und war heilfroh, als ich endlich gegen dreiundzwanzig Uhr den Motor meines Käfer starten und nach Norddeich aufbrechen konnte.

Neben mir auf dem Beifahrersitz stand ein vollgepackter Rucksack mit belegten Broten, hartgekochten Eiern, Äpfeln, einer großen luftgetrockneten Salami, diversen Schokoriegeln und einer großen Thermoskanne Tee. Auch wenn Onno meinte, nichts essen zu müssen, hatte ich ihm eine Wochenration Lebensmittel eingepackt. Schließlich wusste ich nicht, für wie lange er gedachte unterzutauchen und ob es mir gelang, ihn davon zu überzeugen, sich zu stellen. Sicher ist sicher.

12

Da der Vollmond auch heute Nacht wieder wie ein riesiger Lampion am Himmel hing, lag der Norddeicher Hafen in einem diffusen, bleichen Licht vor mir. Das Mondlicht war hell genug, um sogar über das Hafenbecken hinweg Einzelheiten am Oberdeck der *Frisia*-Fähre zu erkennen, die an ihrem Liegeplatz am Norddeich-Pier lag.

Kurz bevor ich am *Yacht-Zentrum Störtebeker* vorbeikam, hatte ich die Scheinwerfer meines VW-Käfer ausgeschaltet. Im Schritttempo ließ ich ihn die Mole entlangrollen. Da es auch heute Nacht noch immer extrem warm war und mir mein Polohemd am Körper klebte, hatte ich das Verdeck meines Cabrios wie an den gesamten letzten Hochsommertagen heruntergeklappt.

Mit einem Schlenker wich ich der Slipanlage des *Yacht-Zentrums* aus, die von der Mole aus leicht abgeschrägt ins Wasser führte, sodass Fahrzeuge mit einem Bootstrailer die Schräge rückwärts bis zum Wasser befahren und auch schwere Boote bequem zu Wasser lassen können.

Nachdem ich noch ein Baggerschiff und ein Werkstattboot passiert hatte, erreichte ich eine Grünfläche, die das Ende der Mole markierte. Fast hätte ich den blauen Müllcontainer übersehen, der im Schatten des Werkstattboots am Rand der Mole abgestellt war.

Ich stellte den Motor aus. Die Luft war noch immer oder schon wieder drückend schwül. Kein Windhauch ging, keine

Welle schwappte gegen die Hafenmauer. Die Stille, die mich umfing, war fast körperlich spürbar.

Da es nicht nur schwülwarm, sondern auch windstill war, lag das Wasser des Hafenbeckens wie eine Eisfläche vor mir: Es zeigte sich nicht die kleinste Kräuselung der Wasseroberfläche.

Ich griff nach dem Rucksack mit den Lebensmitteln und stieg aus. Da es totenstill im Hafen war, ließ ich die Fahrertür offen stehen, um kein Geräusch zu verursachen. Was natürlich ausgemachter Quatsch war. Zum einen war weit und breit keine Menschenseele zu sehen oder zu hören, und zum anderen war das Knattern des Käfer-Motors sicherlich im ganzen Hafen zu hören gewesen.

Als ich leise mit den Fingerknöcheln gegen den Müllcontainer klopfte, kam ich mir reichlich bescheuert vor, und wenn der Anlass meines nächtlichen Hafenbesuchs nicht einen mörderischen Hintergrund gehabt hätte, wäre die Situation zum Lachen gewesen. So aber kam bei mir nicht der leiseste humoristische Hauch auf.

»Onno!«, fragte ich im Flüsterton. »Ich bin's, Jan.«

Das Innere des Containers erwachte leise raschelnd zum Leben. Millimeterweise hob sich dessen Metalldeckel. Ein Augenpaar tauchte auf und scannte mit einem ängstlichen Rundumblick die Umgebung, bevor es mich ansah.

»Bist du alleine?«, wisperte es.

»Na klar!«, beruhigte ich Onno. »Komm raus.«

Mit leisem Quietschen hob sich der Deckel zentimeterweise. Ich ergriff den Rand des Metalls und ließ die Klappe vorsichtig nach hinten absinken.

»Hast du das Ding?«, vergewisserte Onno sich ängstlich.

»Ja, ja«, antwortete ich beruhigend und legte den Metalldeckel geräuschlos ab. »Kannst rauskommen.«

Umständlich krabbelte Onno aus dem Müllcontainer und verzog schmerzhaft das Gesicht, als er über den Rand stieg.

»Du bist ja ganz schön eingerostet«, stellte ich besorgt fest.

»Oh Scheiße, ja«, stöhnte er leise und streckte Arme und Beine so weit von sich, dass es nur so in seinen Gelenken knackte. »Ich hock ja auch schon den ganzen Tag und die halbe Nacht in dem Ding drin. Bewegen ging nicht, es waren ständig die Matrosen auf dem Bauschiff zugange. Die Spätschicht hatte erst vor einer Stunde Feierabend, und ich hab mich nicht getraut, Lärm zu machen.«

Ich freute mich, Onno wohlbehalten zu sehen, und klopfte ihm herzlich auf die Schulter.

»Bevor wir jetzt irgendetwas tun oder bereden«, sagte ich bestimmt und zog den Reißverschluss des Rucksacks auf, »wirst du als Erstes einen Tee trinken und etwas essen!«

»Ein Tee wäre jetzt gut«, stimmte Onno zu.

Wir setzten uns Seite an Seite auf den noch immer warmen Steinboden und lehnten uns mit den Rücken an den Müllcontainer. Ich packte die Lebensmittel aus, und nachdem ich Onno einen dampfenden Becher Ostfriesentee eingegossen hatte, drückte ich ihm eine dicke Käsestulle in die andere Hand.

»Iss!«, forderte ich ihn mit einem Blick auf, der keine Widerrede zuließ.

Der erste Bissen erinnerte Onnos Magen offensichtlich daran, dass es so etwas wie Nahrung gibt, denn er umklammerte die Stulle mit beiden Händen und biss herzhaft so große Happen aus dem Brot, dass es in null Komma nix verschwunden war. Der ersten Stulle folgte die zweite, und nach drei Schokoriegeln und zwei Äpfeln schnappte Onno nach Luft: »Mannomann, war das gut! Ich bin pappsatt.«

Ich gönnte Onno eine kurze Verschnaufpause und forderte ihn dann auf, mir seine Geschichte zu erzählen.

Onno riss einen vierten Schokoriegel auf und biss herzhaft die Hälfte ab.

»Im Grund gibt's da eigentlich nicht viel zu erzählen«, sagte er undeutlich, während er kaute. »Max rief mich an und erzählte mir, dass er Schiss hat, weil er verfolgt wird.«

»Verfolgt?«, fragte ich skeptisch. »Von wem?«

»Keine Ahnung.« Onno zuckte mit den Achseln. »Hat er mir nicht gesagt. Er rief mich lediglich an und erzählte, dass er verfolgt wird, und fragte, ob ich ihm helfen könne. Da habe ich natürlich Ja gesagt.«

»Wann rief Max dich an?«, wollte ich wissen.

Onno runzelte die Stirn: »So genau kann ich dir das gar nicht sagen; irgendwann gestern am späten Nachmittag.«

»Was genau wollte er, und wie solltest du ihm helfen?«

»Habe ich auch gefragt«, nickte Onno. »Aber Max wollte nicht so wirklich raus mit der Sprache. Er meinte nur, dass er auf der Burg noch unbedingt mit jemandem sprechen müsse.«

»Mit wem?«, hakte ich sofort nach.

»Hat er nicht gesagt.« Onno schüttelte den Kopf. »Er hat nur gesagt, dass es wahnsinnig wichtig sei und dass er jemanden treffen und sprechen müsse. Später würde er mir dann alles in Ruhe erzählen. Er sagte, dass er eine Stunde später bei mir vorbeikommen würde und dann erst einmal für ein paar Nächte einen Platz zum Pennen bräuchte.«

»Und wieso warst du dann auf der Burg?«, fragte ich und füllte seinen Teebecher nach.

»Na ja, ich hab über zwei Stunden darauf gewartet, dass Max bei mir auftaucht«, erzählte Onno und steckte sich eine selbst gedrehte Zigarette an, deren Glut er geschickt in seiner hohlen Hand verbarg. »Als es dunkel wurde und er immer noch nicht auftauchte, habe ich ihn angerufen. Es sprang aber nur seine Mailbox an.«

»Und dann bist du zur Manningaburg gefahren«, stellte ich fest.

»Genau.« Onno nickte wieder. »Aber da war doch dieses

Fest, und die hatten schon alles aufgebaut. Ich wusste gar nicht, wo ich Max suchen sollte. Ich habe dann einen von den Kellnern gefragt, der gerade die Bar einräumte. Der hat aber nur mit den Schultern gezuckt und gemeint, das sei eine geschlossene Veranstaltung, und ich solle gefälligst verschwinden.«

»Bist du aber nicht!«

»Nicht wirklich.« Onno grinste kurz. »Der Seiteneingang stand offen, weil die Kellner noch Tische und Stühle reingeschleppt haben. Da habe ich dann die ganze Zeit gewartet, ob Max auftauchen würde.«

»Und?« Ich sah Onno fragend an.

»Tat er aber nicht. Mittlerweile waren jede Menge Leute eingetrudelt, und die Musik fing an zu spielen. Ich habe noch immer gewartet.« Onno drehte den Kopf und sah mich fragend an: »Du warst doch auch da, oder?«

Ich nickte. »Ja, zum Tango; mit Caro.«

»Oh, die scharfe Blondine?«, sagte Onno begeistert. »Ist da... ich meine, zwischen...«

»Du hältst jetzt besser die Klappe!«, fuhr ich ihn an. »Du hast andere Sorgen, als dir über Blondinen den Kopf zu zerbrechen!«

Onno ähnelte frappierend einer Schildkröte, als er schuldbewusst den Kopf zwischen den Schultern versinken ließ. »Sorry, war nicht so gemeint.«

Im gleichen Moment, als ich ihn anfuhr, tat er mir schon wieder leid. Er konnte ja schließlich auch nichts dafür, dass ich seit der Geschichte mit Traute überempfindlich war, was Frauen anging.

»Vergiss es«, winkte ich ab. »Erzähl mir jetzt lieber, warum du so lange auf Max gewartet hast. Ich meine, er wollte schließlich zu *dir* kommen, wieso suchst du ihn stundenlang auf der Burg?«

»Weil Max ein Kumpel ist!«, sagte Onno wie aus der Pistole geschossen. »Wir kennen uns von klein auf und sind schon durch dick und dünn gegangen. Wenn Max um Hilfe bittet, macht er das nicht einfach so. Da steckt dann schon wirklich etwas Wichtiges dahinter. Und wenn er nicht wie verabredet auftaucht, hat das seinen Grund. Ich hatte Angst, dass ihm etwas passiert ist. Deshalb habe ich ihn gesucht, auch wenn's die ganze Nacht gedauert hätte. Das hättest du mit Sicherheit auch getan.«

Natürlich hatte Onno recht; ich hätte einen Freund auch so lange gesucht, bis ich ihn gefunden hätte.

»Hast recht, Freunde tun so etwas!«, stimmte ich zu. »Und was ist dann passiert?«

»Die Kellner hatten die Tür nicht abgeschlossen, nur ins Schloss gezogen. Im Burghof war alles voller Leute, die getanzt haben. Ich bin dann durch eine Seitentür in die Halle. Na, und dann bin ich die Treppe zum Turm hoch.«

»Wieso?«, wollte ich wissen. »Hast du gedacht, Max sei oben?«

Onno zuckte wieder mit den Schultern. »Nö, nicht direkt. Ich wollte bloß überall nachschauen und hab gedacht, dass ich ihn schon irgendwo finden würde.«

»Und statt Max hast du dann Dominik gefunden!«, sagte ich.

»Oh ja.« Onno zog eine Grimasse. »Das war voll krass! Zuerst habe ich ihn nicht gesehen, weil er zwischen zwei Zinnen lag. Der Typ rührte sich nicht, und zuerst dachte ich, er sei tot. Aber als ich ihn anfasste, merkte ich, dass er noch warm war. Ich habe dann auch gemerkt, dass er atmete; ganz flach, aber regelmäßig. Als ich ihn ansprach, hat er sich nicht gerührt, und als ich ihn rütteln wollte, habe ich erst gesehen, dass er an Händen und Füßen gefesselt war.«

Ich merkte, dass sich bei der Erinnerung an die vergangene Nacht die Härchen an meinen Armen hochstellten, was ja auch kein Wunder war. Mir saß noch immer der Schreck von dem Moment in den Knochen, als Dominik Stein vor unseren Augen mit einem Strick um den Hals vom Dach fiel und seine Nackenwirbel laut knackend zerbarsten, als hätte man trockene Äste über dem Knie zerbrochen.

»Was hast du dann gemacht?«, fragte ich Onno. »Warum hast du ihn nicht losgebunden?«

Onno verzog das Gesicht. »Weil die Stricke so sehr festgezurrt waren, bekam ich sie nicht aufgeknüpft. Ich bin dann zurück, weil ich unten an der Seitentür gesehen hatte, wie die Kellner dort Sachen abgestellt hatten: Gläser, Messer und so'n Zeugs. Da wollte ich mir eines von den Messern holen.«

»Hat dich jemand gesehen?«, wollte ich wissen.

»Nö.« Onno schüttelte den Kopf. »Ich hab mir nur schnell eins von den Messern geschnappt und bin wieder in den Turm hoch. Als ich oben ankam, sah ich, wie sich jemand über den Typen beugte und ihn zwischen den Zinnen übers Dach hinausschob.«

»Hast du ihn erkannt?«, fragte ich wie elektrisiert. Ich hatte gehofft, dass Onno den Täter möglicherweise gesehen hatte.

Onno schüttelte den Kopf. »Ne, konnte ich nicht erkennen. Es war zu düster. Das spielte sich alles im Schatten der Zinnen ab. Ich hab nur kurz vor Schreck geschrien, als ich den Typen zwischen den Zinnen hab durchrutschen sehen.«

Ich erinnerte mich sehr gut an den Schrei, den ich im gleichen Moment gehört hatte, als Caro und ich unsere Champagnergläser klingen ließen und ich den ersten Schluck nahm. Unwillkürlich griff ich nach meiner Hand mit der Schnittwunde, die mit einem wasserdichten Wundpflaster versorgt war und die ich mir zugezogen hatte, als ich mein Glas vor Schreck in der Hand zerbrochen hatte.

»Der andere Typ hat sich dann herumgedreht und ein Messer gezogen. So ein Ding war das!«, sagte Onno aufgebracht und deutete mit beiden Händen die Größe des Messers an, demzufolge es sich mindestens um eine Machete gehandelt haben musste. »Ich hab mir vor Angst fast in die Hose gemacht und bin abgehauen, als sei der Leibhaftige hinter mir her. Und dann hat mir ein Idiot mit seiner Halogenleuchte von unten direkt ins Gesicht geleuchtet, und alle haben ›Mörder, Mörder!‹ gerufen.«

Auf Onnos Gesicht spiegelten sich die Schrecken der Nacht wieder, und während er sich eine weitere Zigarette anzündete, sah ich, dass seine Hände zitterten, was nicht an der Temperatur liegen konnte, die noch immer über zwanzig Grad war.

Wir schwiegen eine Weile und hingen jeder den eigenen Erinnerungen an die vergangene Nacht nach.

»Was ist nun mit Max?«, kam ich auf den ursprünglichen Grund unseres nächtlichen Treffens zurück.

»Der hat sich bis jetzt nicht mehr gemeldet. Ich bin aber sicher, dass es ihm gut geht!«, sagte Onno und machte ein zuversichtliches Gesicht.

»Wie kommst du darauf?«, wollte ich wissen.

»Kann ich nicht genau sagen.« Er zuckte mit den Schultern. »Ist so ein Gefühl. Ich kenne Max lange genug und weiß, wie er tickt. Er ist mit Sicherheit rechtzeitig untergetaucht.«

»Und wieso hat er sich nicht bei dir gemeldet?« Skeptisch sah ich ihn an.

»Weil er mein altes Handy hat. Und das funktioniert nicht immer. Ich habe es ihm geschenkt, als ich mein neues Smartphone bekam«, antwortete Onno nachdenklich und schaute angestrengt zur Hafenausfahrt. »Und weil er dort draußen ohnehin keinen guten Empfang haben wird.«

Mir war es ein Rätsel, wieso die Kripo nicht längst eine Ortung von Onnos Handy eingeleitet hatte. Aber wahrscheinlich ging Mackensen davon aus, dass ihm Onno im Rahmen der üblichen Fahndung ohnehin schnell ins Netz gehen würde und sich der Aufwand nicht lohnte.

»Wo draußen meinst du?« Ich sah Onno fragend von der Seite an.

Onno streckte den Arm aus und wies zur Hafenausfahrt.

»Dort draußen – auf Lütje Hörn.«

»Lütje Hörn?«, fragte ich erstaunt. »Die Vogelschutzinsel?«

Onno nickte. »Genau die.«

»Aber Lütje Hörn ist Vogelschutzgebiet. Da ist kein Haus, kein Baum – nichts, außer jede Menge Vögel«, wandte ich ein. »Wieso sollte Max sich denn dort verstecken wollen? Das hält der keine drei Tage aus.«

Persönlich war ich noch nie auf der Vogelschutzinsel gewesen. Ich hatte die kleine Insel, die südöstlich vor Borkum liegt und im Grunde nichts anderes als eine Wanderdüne ist, schon unzählige Male gesehen, wenn ich mit Uz zum Krabbenfischen rausfuhr, denn auf Fangfahrt legte Uz meist einen südöstlichen Kurs an und lenkte die *Sirius* die Osterems hinauf, die zwischen Borkum und Juist verläuft. In diesen Nächten auf See genoss ich es, vorn am Bug des Krabbenkutters zu stehen und mein Gesicht in den Südostwind zu halten. Weil wir morgens meist gegen drei Uhr losfuhren und es um diese Uhrzeit naturgemäß noch sehr frisch ist, war mein Gesicht je nach Jahreszeit innerhalb kürzester Zeit taub vor Kälte. Aber das machte nichts: Ich liebe die steife Brise im Gesicht: Es gibt keine schönere Gelegenheit, sich das Gehirn richtig durchpusten zu lassen, als morgens um drei Uhr am Bug eines Krabbenkutters mitten auf der Nordsee. Wenn ich dann am Bug stand, konnte ich mit dem linken Auge Borkum und mit dem rechten Auge Juist sehen.

Lütje Hörn war winzig, vielleicht gerade mal sechs Hektar groß, was ungefähr der Größe von sechs Fußballfeldern entspricht; wobei der Vergleich leicht hinkt, da ein Fußballfeld meist etwas kleiner ausfällt. Die Insel wandert mit einer durchschnittlichen Geschwindigkeit von rund fünfzehn Metern pro Jahr in südöstliche Richtung, wobei sie ständig an Größe verliert.

13

Außer Möwen und jeder Menge anderer Vögel gab es auf Lütje Hörn nur Dünengras und vereinzelte Flecken mit Salzwiesen. Ich glaube, das größte Gewächs auf der Insel ist ein Holunderstrauch, den ich einige Male bei der Vorbeifahrt mit Uz' Fernglas betrachtet hatte.

»Der Vater von Max ist dort«, sagte Onno.

»Auf Lütje Hörn?«, fragte ich ungläubig. »Was will er denn dort, den Möwen beim Schieten zugucken?«

»Genau!«, grinste Onno. »Max' Vater ist Vogelwart und zählt Wattvögel.«

»Ach«, staunte ich. »Und davon kann man leben?«

»Keine Ahnung. Wahrscheinlich schon, wenn man beim Nationalpark angestellt ist. Aber Max' Vater macht das ehrenamtlich, soviel ich weiß.«

»Und wie muss ich mir das vorstellen? Fährt er da täglich raus, oder wohnt Max' Vater dort?«

»Max hat mir erzählt, dass die Vögel möglichst nicht gestört werden dürfen. Sein Vater zählt die Vögel bei Hochwasser, weil sie sich dann auf den Salzwiesen versammeln. Er fährt immer freitagmorgens mit dem Schlauchboot rüber nach Lütje Hörn und sonntagabends wieder zurück. Er pennt das Wochenende über in einem kleinen Einmannzelt«, erzählte Onno mir, während er seinen Blick prüfend über den Hafen schweifen ließ.

»Und da will Max sich verstecken?«, fragte ich skeptisch.

»Na ja. Warm genug ist es ja. Aber wie lange will er das aushalten, ohne Wasser und die Möglichkeit, ein Lagerfeuer zu machen? Selbst die kleinste Flamme sieht man bei klarer Sicht meilenweit.«

»Weiß ich auch nicht. Vielleicht ist er ja auch gar nicht rübergefahren; war ja nur eine Idee von mir.« Onno zuckte traurig mit den Achseln. »Ich wüsste aber nicht, wo ich ihn sonst suchen sollte.«

»Vielleicht hast du ja recht«, versuchte ich ihn aufzumuntern. »Der Gedanke ist schon naheliegend, dass er auf Lütje Hörn für ein paar Tage untertaucht. Auf die Idee, ihn dort zu suchen, würde wohl kaum jemand kommen.«

»Wenn sich die Morgennebel verzogen haben, könnte Max auch sofort jeden sehen, der zur Insel will«, sagte Onno nachdenklich. »Bei guter Sicht könnte sich niemand unbemerkt nähern.«

»Tja, und dann?«, dachte ich bei mir, ohne meinen Gedanken auszusprechen, denn ich wollte Onno nicht zusätzlich in Sorge versetzen. »Was dann? Was würde Max tun. Wie könnte er sich vor etwaigen Verfolgern schützen oder wehren?«

Wenn Max versuchen würde, sich aus dem Staub zu machen, würde er von diesem Jemand ebenso gesehen werden, wie dieser von Max bemerkt worden war. Dann hätte Max wahrscheinlich die schlechteren Karten.

»Denkst du, Max hat etwas mit dem Tod von Dominik zu tun?«, fragte ich geradeheraus. Es half schließlich nichts, um den heißen Brei herumzureden.

Onno antwortete nicht direkt, sondern ließ sich mit seiner Antwort Zeit.

Endlich erwiderte er mit leiser Stimme: »Ich befürchte, in irgendeiner Form schon. Nicht, dass er den Typen vom Dach geworfen hat, das nicht! Aber er weiß etwas, und irgendwie hängt er mit drin.«

Ich kannte Onno nun schon eine Weile, und er war ein echter Freund für mich geworden, dessen schnörkellose und mitunter schonungslose Ehrlichkeit ich sehr schätzte. Auch wenn es ihm sichtbar an die Nieren ging, dass sein Kumpel Max untergetaucht und möglicherweise in einen brutalen Mordfall verstrickt war, redete Onno nichts schön und drückte sich nicht vor der unangenehmen Realität.

»Wir werden Max nicht hängen lassen«, versprach ich und klopfte ihm freundschaftlich auf die Schulter. »Wir finden ihn, und...«, ich zögerte einen Moment, denn ich war gerade dabei, gegen meine Prinzipien zu verstoßen, »... ich werde ihm als Anwalt helfen.«

Nun war es mal wieder so weit. Ich musste über mich selber den Kopf schütteln. Aber was hätte ich denn in diesem Moment machen sollen? Vielleicht Onno einen guten Abend und ihm und seinem Kumpel Max ein gutes Leben und viel Glück bei der Lösung ihrer Probleme wünschen sollen?

Einem guten Freund nicht aus der Klemme helfen zu wollen, unabhängig davon, ob man helfen konnte oder nicht, war eines der Dinge, die überhaupt nicht gehen. Alleine der Versuch war jede Hilfe wert.

»Ehrlich?« Schüchtern sah Onno mich an, um sich zu vergewissern, ob ich es mit meinem Hilfsangebot so ernst meinte, wie ich es sagte. Sein Blick signalisierte mir, dass er mir glaubte. Er wusste genau, wie ernst mir eine Freundschaft ist.

Ich nickte ihm nur kurz zu. Manchmal sind Worte überflüssig.

Nach einer Weile und einem weiteren Becher Tee sah ich Onno, der auf den Fersen hockte und den Eindruck machte, als würde er auf etwas warten, von der Seite an. »Und – was hast du nun vor?«, fragte ich betont beiläufig und ahnte bereits, was er mir antworten würde.

»Rüberfahren«, lautete, wie erwartet, Onnos Antwort.

»Nach Lütje Hörn!«, stellte ich fest, da sich eine Frage erübrigte.

Onno nickte entschlossen.

»Und womit willst du rüberfahren?«, fragte ich misstrauisch. »Doch wohl nicht mit der *Sirius*?«

»I wo!« Onno sah mich entsetzt an. »Der Käpt'n würde mich kielholen.« Onno zerdrückte die fast erloschene Glut seiner Zigarettenkippe zwischen den Fingerspitzen und deutete entschlossen auf das nur wenige Meter von uns entfernt ankernde Werkstattschiff: »Damit!«

»Mit dem Pott?« Jetzt war es an mir, ihn entsetzt anzustarren. »Damit kommst du doch nicht einmal aus dem Hafen raus, da hat dich der Hafenmeister schon am Kanthaken.«

»Ne, ne. Nicht mit dem dicken Pott.« Onno gluckste leise vor Lachen. »Komm! Ich zeig's dir.«

Ohne meine Antwort abzuwarten, erhob sich Onno aus der Hocke und ließ einen vorsichtigen Blick über das Hafengelände kreisen, während er in halb gebückter Haltung zu dem riesenhaften Schiff schlich, das an der Mole mit armdicken Stahlseilen vertäut war.

Seufzend erhob ich mich und folgte Onno. »Was ist das für ein Schiff?«, fragte ich, als ich neben ihm stand, meinen Kopf in den Nacken legte und zu dem Koloss hochsah.

»Das ist die *Nordsee*«, antwortete Onno mit der andächtigen Stimme eines kleinen Jungen, der zum ersten Mal in seinem Leben eine Dampfmaschine sieht. »Das ist ein Saugbagger.«

»Aha«, entgegnete ich leicht amüsiert. »Und was saugbaggert der so?«

»Na, die Fahrrinne der Fähren.« Onno warf mir einen Blick zu, als könne er nicht verstehen, wieso ich dieses Ding nicht kannte.

»Wegen des heißen Sommers und der Trockenheit sind die Wasserstände in den letzten Wochen nicht so hoch wie sonst. Da muss dann der Bagger ran und die Rinnen frei machen.«

Als Onno die Fahrrinnen erwähnte, fiel mir der Artikel ein, den ich in der vergangenen Woche in der *Ostfriesen-Zeitung* über den sogenannten Jahrhundertsommer gelesen hatte. Unter anderem berichtete die *OZ* darüber, was Onno gerade erzählt hatte, nämlich dass der Fährbetrieb zu den Inseln aufgrund des anhaltenden Niedrigwassers gefährdet sei und man nach Lösungen suchte, um den Fährbetrieb aufrechtzuerhalten. Offenbar war der riesige Bagger eine der Lösungen.

»Die Saugrohre haben einen Durchmesser von jeweils einem Meter«, sagte Onno andächtig und starrte das Schiff bewundernd an. »Der baggert fast bis zu dreißig Meter Tiefe; was eigentlich viel zu tief für unsere Rinnen hier ist. Aber wahrscheinlich ist die *Nordsee* das einzige Baggerschiff, das momentan frei ist. Das letzte Mal hat die *Hegemann II* die Fahrrinne nach Norderney ausgebaggert. Aber soweit ich weiß, sind im Moment die anderen Schiffe langfristig ausgebucht oder für *Meyer* eingesetzt.«

Ich wusste, dass Onno mit *Meyer* die rund achtzig Kilometer entfernte *Meyer Werft* in Papenburg meinte. Wahrscheinlich stand in der *Meyer Werft* wieder die Überführung eines ihrer Luxusliner auf dem Programm, deren Kurs nach dem Stapellauf in Papenburg die Ems entlang über Leer bis nach Emden führt: die sogenannte Emsüberführung. Aufgrund der lang anhaltenden hochsommerlichen Temperaturen hatte wahrscheinlich auch die Ems einen niedrigen Wasserstand, was den Einsatz von Baggerschiffen notwendig machte. Schließlich sollte keins der bis zu über dreihundert Meter langen und über vierzig Meter breiten millionenteuren Kreuzfahrtschiffe mitten in Ostfriesland auf der Ems auf Grund laufen.

»Die haben die *Nordsee* extra aus Wilhelmshaven kommen lassen«, schwärmte Onno noch immer. »Den Pott nehmen sie auch nach Havarien oder Tankerunglücken, wenn Öl ausläuft.«

»Ja, super, Onno!«, unterbrach ich seine Schwärmerei ungeduldig. »Und wie willst du jetzt zur Vogelschutzinsel übersetzen?«

Onno streckte den Arm aus und zeigte zum Heck der *Nordsee*: »Damit!«

Ich kniff angestrengt die Augen zusammen und starrte zum Heck des Riesenschiffs. Als ich das Schlauchboot erkannte, wurde mir schlagartig klar, was Onno vorhatte.

»Du weißt aber schon, dass das verboten ist?«, fragte ich süffisant, da mir klar war, dass Onno natürlich wusste, dass alles, was er gerade vorhatte, illegal ist.

»Hm«, machte der nur.

»Onno«, sagte ich im ruhigen Ton und mit der Gewissheit, dass ich mir im Grunde jedwede Erklärung sparen konnte, denn wenn Onno sich etwas in den Kopf gesetzt hatte, war er sturer als der viel zitierte Maulesel. »Das ist Diebstahl!«

»Hm«, machte es zum zweiten Mal, diesmal deutlich gelangweilter als beim ersten Mal.

»Und wenn du ohne Sondergenehmigung mit einem Schlauchboot mit Außenborder durch ein ausgewiesenes Naturschutzgebiet fährst und erwischt wirst, hast du zusätzlich eine Anzeige am Hals, und die wird richtig teuer.«

»Mach dir keine Sorgen, Jan«, versuchte er meine Bedenken zu zerstreuen. »Die erwischen mich nicht. Bevor die Morgenschicht kommt, bin ich zurück, und das Schlauchboot liegt wieder an Ort und Stelle. Niemand wird merken, dass ich mir das Teil ausgeliehen habe.«

»Es bleibt trotzdem Diebstahl«, stellte ich fest. »Das kannst du drehen und wenden, wie du willst, oder meinetwegen auch schönreden – es ist Diebstahl und wird dir mit Sicherheit eine Anzeige einbringen.«

Onno ignorierte meine Warnung und wandte sich zu mir um. Verlegen knuffte er mir gegen die Schulter.

»Ich danke dir, Jan! Aber du brauchst dir wirklich keine Sorgen zu machen. Es wird alles gut laufen.« Seine Stimme klang ein bisschen wackelig; so, als sei er sich selber noch nicht sicher mit dem, was er vorhatte, und müsse sich selbst Mut zusprechen.

Onno nickte mir kurz zum Abschied zu und drehte sich zu dem Baggerschiff um.

Ich hielt ihn am Arm fest: »Wann willst du los?«

Ohne sich umzudrehen, antwortete Onno mir über die Schulter: »In ein paar Stunden soll ein Gewitter aufziehen, dann ist mit Nebel zu rechnen. Dann fahr ich los.«

»Du willst bei Gewitter rausfahren?«, fragte ich entgeistert. »Hast du sie noch alle?«

»Das ist kein großes Ding«, wehrte Onno meinen Einwand mit einer lässigen Handbewegung ab.

»Woher weißt du denn überhaupt, dass ausgerechnet heute Nacht ein Gewitter aufzieht?«, wollte ich wissen. »Es ist doch schon seit gestern drückend schwül, und nix ist passiert. Keinen Tropfen hat es geregnet.«

»Spür ich im Holzbein«, behauptete er und grinste vielsagend.

»Klugschnacker!«, gab ich zurück.

Onnos Grinsen wurde noch breiter: »Das haben die im Wetterbericht angesagt.«

»Wo hast du denn hier in der Mülltonne Radio gehört?«, fragte ich argwöhnisch, weil ich nicht wusste, ob Onno mich auf den Arm nehmen wollte.

»Hab ich auch nicht.« Onno deutete zum Baggerschiff hinüber. »Die Matrosen drüben lassen den ganzen Tag das Radio dudeln.«

Obwohl Onno ein bewusst gleichmütiges Gesicht aufgesetzt hatte, als sei es etwas Selbstverständliches, bei aufziehendem Gewitter mit einem Schlauchboot auf die Nordsee rauszufahren, hörte ich aus seiner Stimme ein gewisses Unbehagen heraus. Denn dafür kannte ich Onno einfach zu gut, als dass ich ihm abgenommen hätte, dass der Ausflug nach Lütje Hörn vollkommen ungefährlich sei. Ich hatte zwar keinen Wetterbericht gehört, aber mir war schon den ganzen Nachmittag über die feuchte Schwüle unangenehm aufgefallen, und ich hatte auch auf ein Gewitter gehofft. Wenn in den Nachtstunden bei aufziehender Gewitterlage die Wassertemperatur um ein paar Grad sinkt und schwülwarme, mit Feuchtigkeit gesättigte Luft über die abgekühlte Wasserfläche streicht, entsteht Seenebel, und der kann verdammt gefährlich werden – lebensgefährlich!

»Onno, du bist verrückt!«, sagte ich scharf. »Sogar ich als Landratte weiß, wie gefährlich Seenebel werden kann. Was ist, wenn du Lütje Hörn um ein paar Meter verfehlst?«

»Dann trink ich meinen nächsten Tee mit der Queen«, lachte mich Onno über die Schulter hinweg an. »Mach dir keinen Kopp, Jan! Rüber nach Lütje Hörn ist doch nur ein Möwenschiet weit; außerdem habe ich natürlich einen Kompass mit.«

Onno hatte recht, zur Vogelschutzinsel waren es wirklich nur ein paar Minuten. Wer sich im Watt gut auskennt, könnte fast zu Fuß nach Lütje Hörn rüberlaufen; was allerdings aufgrund des schnell auflaufenden Wassers und der Priele mit ihren starken Strömungen auch durchtrainierten Sportlern nicht möglich ist.

»Warte!«, sagte ich knapp.

Onno drehte sich zu mir um und sah mich fragend an.

»Ich komme mit!«, sagte ich in einem Ton, der keinen Widerspruch zuließ. »Und ich werde nicht mit dir darüber diskutieren.«

Onno machte zunächst ein verblüfftes Gesicht, das aber einem breiten Grinsen wich, als er kapierte, dass ich mitkommen wollte.

»Wie ist dein Plan?«, fragte ich und ergänzte nach kurzem Überlegen: »Hast du überhaupt einen Plan?«

»Nicht wirklich.« Onno grinste noch breiter: »Ich meine ... wozu brauch ich einen großen Plan? Ich wollte jetzt schon mal das Schlauchboot zu Wasser lassen, weil es später zwar nicht total finster, aber deutlich dunkler wird. Dann noch zwei Stunden warten, und wenn wirklich Nebel aufzieht, mit dem aufziehenden Seenebel übersetzen, damit mich diejenigen nicht sehen, die Max auf den Fersen sind. Ich will ja schließlich niemanden zu Max lotsen; sofern er wirklich auf Lütje Hörn ist.«

»Und du meinst wirklich, trotz Nebel findest du hin und wieder zurück? Und wie willst du bei dem Nebel Max auf der Insel finden?« Skeptisch sah ich Onno an.

»Mit meinem Kompass ist das wirklich kein Problem«, antwortete Onno zuversichtlich. »Wir hatten schon draußen mit der *Sirius* oft eine echte Nebelsuppe und haben immer wieder heimgefunden. Das ist wirklich kein Problem.«

»Und wie willst du Max finden?«, wiederholte ich meine Frage.

Onno ging in die Hocke und fegte mit beiden Händen etwas Sand zusammen, den er in die rechte Hand nahm, die er dann zur Faust schloss. Mit seiner Hand beschrieb er leichte Kreise über dem Asphalt und ließ den Sand langsam aus seiner Faust herausrieseln. Mit etwas Fantasie war die Kontur der Vogelschutzinsel zu erkennen. Die Kontur von Lütje Hörn ähnelte von oben gesehen *Pacman*, dem punktefressenden Monster aus dem kultigen Computerspiel der Achtzigerjahre.

»Hier«, sagte Onno und deutete auf den Mundspalt des *Pacman*. »Hier landen wir an, und dort hat Max' Vater sein

Zelt aufgebaut.« Onno ließ ein paar Steinchen in den Innenkreis des *Pacman* fallen. »Das sind die Salzwiesen, das Gras ist teilweise kniehoch, sodass das Zelt nicht herausragt. Ich weiß aber, wo es steht, und außerdem ist die Insel nicht groß, da fallen wir quasi über Max.«

»Wenn er überhaupt da ist«, warf ich ein. »Und wenn der Nebel zu dicht ist, was machen wir dann?«

Onno schüttelte den Kopf. »Wird er nicht; zumindest nicht so stark, dass wir nichts sehen können. Seenebel bildet sich über der Wasseroberfläche, wenn das Wasser kalt und die Luft feuchtwarm ist. Lütje Hörn ist ja nur 'ne große Sandbank, und der Sand speichert Wärme, also kann sich kein Nebel bilden; höchstens über See reinziehen, und der dürfte nicht so dicht ausfallen, dass wir nix mehr sehen können.«

»Und da bist du dir sicher?«

Onno nickte und flachste grinsend. »Sicher bin ich mir sicher.«

»Na denn.« Ich erhob mich aus der Hocke, in die ich mich begeben hatte, um Onnos Sandmalkünste besser beobachten zu können. »Auf geht's!«

»Und da bist du dir jetzt auch sicher?« Nun war es an Onno, mich skeptisch zu mustern.

»Sicher bin ich mir sicher!«, behauptete ich und setzte ein schmallippiges Grinsen auf, denn ich war mir keinesfalls sicher, dass die ganze Sache eine gute Idee war. Denn das, was ich gerade zu tun beabsichtigte, war eindeutig nicht das, was ein Anwalt tun sollte: Einbruch und Diebstahl.

Aber was hätte ich sonst tun sollen? Onno von seinem Plan abzuhalten wäre mir nicht gelungen; dafür war er einfach zu starrköpfig. Das Einzige, was ich hätte tun können, wäre gewesen, die Polizei anzurufen und Onno verhaften zu lassen, was für mich niemals infrage gekommen wäre. Denn die Polizei zu rufen hätte geheißen, einen Freund zu verraten.

Wir gingen ans Werk und standen ein paar Schritte später an der Reling der *Nordsee*, die mit einer Länge von über einhundertdreißig Metern das mit Abstand größte Schiff im Norddeicher Hafen war und mir für die Baggerarbeiten an den Fahrrinnen als viel zu groß erschien. Ich konnte mich noch gut daran erinnern, in der Zeitung gelesen zu haben, dass die Baggerei der *Hegemann II* damals rund vierhunderttausend Euro gekostet hatte. Aber wenn die *Nordsee* eine größere Kapazität hatte, würde sie auch schneller mit der Arbeit fertig sein.

Ich wischte meine Überlegungen weg. Was interessierte ich mich für die Probleme der *Frisia*-Reederei? Ich hatte gerade genug eigene Probleme.

Eins der Probleme bestand darin, die steile Leiter, die an die Reling des Baggerschiffs angelegt war, heil zu erklimmen.

»Wieso nehmen wir nicht einfach die Gangway?«, fragte ich schnaufend und schwang mein Bein über die Reling.

»Die ist gesichert«, raunte Onno mit gesenkter Stimme. »Mit 'ner Videokamera.«

»Wie bitte?«, fuhr ich erschrocken zusammen.

»Ja, was denkst du denn?« Wieder grinste Onno breit. »Es gibt ja schließlich Einbrecher.«

Ich merkte, wie mir bei Onnos flapsiger Bemerkung der Schweiß ausbrach. Was tat ich hier eigentlich?

Nervös suchten meine Augen die Aufbauten des Baggerschiffs ab und befürchteten, jede Sekunde in das Auge einer Überwachungskamera zu blicken.

»Hilf mir mal!«, hörte ich Onno mit unterdrückter Stimme rufen.

Ich warf einen letzten aufmerksamen Kontrollblick in die Runde und schlich mich dann in halb gebückter Haltung Richtung Onno, der sich an einem der röhrenförmigen orangefarbenen Behälter zu schaffen machte, in denen ich die Rettungsflöße der *Nordsee* vermutete.

Onno hatte die Verriegelung eines der Behälter gelöst und hob den Deckel an. Während er den Kopf in den Behälter steckte, um dessen Inhalt zu inspizieren, schlich ich mich zum Heck des Baggerschiffs. Denn ich meinte von der Mole aus die Umrisse eines Beiboots gesehen zu haben, war mir aber aufgrund der Dunkelheit nicht sicher.

Ich warf einen Blick über die Heckreling: und richtig! Unter mir dümpelte ein schwarz-gelbes Schlauchboot, an dessen Heck eine Plane verzurrt war, unter der ich einen Außenbordmotor vermutete. Schnell schlich ich mich zurück zu Onno und konnte ihn gerade noch davon abhalten, das Rettungsfloß über Bord zu werfen, wo es sich beim Auftreffen auf die Wasseroberfläche zu voller Pracht entfaltet hätte. Soweit mir bekannt war, verfügen Rettungsboote oder -flöße standardmäßig über Peilsender, die beim Auftreffen auf die Wasseroberfläche automatisch beginnen, ein Notrufsignal zu senden.

»Da hätte ich ja direkt die Wasserschutzpolizei anrufen können«, dachte ich erschrocken und schüttelte ungläubig den Kopf, weil Onno nicht so weit gedacht hatte; schließlich war er doch Matrose und ich die Landratte.

Als ich Onno auf den Peilsender aufmerksam gemacht hatte, klappte er schnell den Deckel der Rettungsbox zu und machte ein erschrockenes Gesicht.

»Danke, Jan«, flüsterte er. »Gut, dass du mitgekommen bist. Sonst wäre mein Ausflug hier schon zu Ende gewesen.«

Gemeinsam schlichen wir zum Heck der *Nordsee*, und nachdem wir einen Blick nach unten geworfen hatten, reckte Onno triumphierend den Daumen in die Höhe.

»Bingo!«, strahlte er.

Wir kletterten nacheinander die schmale Leiter hinunter, die zu dem Beiboot führte, und setzten vorsichtig unsere Füße auf den Holzboden des Bootes. Sachte schaukelte es unter unseren Bewegungen.

Onno inspizierte kurz die Plane: »Perfekt, ein 15 PS Yamaha!«

Auch ich war fündig geworden und löste die Kunststoffpaddel aus ihrer Befestigung an der seitlichen Innenwand. »Hiermit werden wir paddeln!«, sagte ich und hielt eins der Paddel hoch. »Der Motor macht viel zu viel Lärm. Den hörst du nachts kilometerweit.«

Ein Blick auf meine Armbanduhr zeigte, dass es noch zu früh zum Aufbruch war, und ich nutzte die Zeit, um zum Käfer zurückzulaufen und das Verdeck zu schließen, sonst hätte ich nach dem Gewitter eine Badewanne auf vier Rädern hier stehen. Wir legten uns nebeneinander auf den Boden des Bootes und sahen zum Sternenhimmel hoch, an dem allerdings aufgrund der aufziehenden Gewitterfront nur ein paar vereinzelte Lichter funkelten.

Während ich noch überlegte, dass dies eigentlich eine sehr romantische Nacht sein könnte, wenn nicht unbedingt Onno neben mir in einem Schlauchboot liegen würde, das wir gerade im Begriff waren zu stehlen, fielen mir die Augen zu.

Als Onno mich mit dem Ellbogen in die Seite stieß, wachte ich erschrocken auf und dachte, Motte hätte mich getreten.

»Was'n?«, nuschelte ich und setzte mich schlaftrunken auf.

»Wir müssen los!«, sagte Onno und drückte mir eins der Paddel in die Hand.

Während ich noch meine Gedanken sortierte, drückte ich mich mit dem Paddel ab. Schnell fanden wir uns in einem Rhythmus, der das Schlauchboot flott über das Wasser gleiten ließ. Erst als meine Augen die Hafenlichter vergebens suchten, fiel mir die dicke Nebelsuppe auf, die sich über die Nordsee gelegt hatte. Gleichzeitig hörte ich es in der Ferne donnern, und kurz danach leuchtete es am Horizont kurz auf.

»Das Gewitter ist noch weit weg«, hörte ich Onno sagen. »Scheint aber schnell näher zu kommen.«

Ich warf einen Blick zum Himmel, konnte aber in dem Nebel nicht weiter als nur wenige Meter sehen.

Uns umgab eine kompakte Nebelwand, die nur ab und zu etwas lichter zu sein schien. Die dichten Schwaden verschluckten die letzten Geräusche der ohnehin stillen Nacht. Sogar das Plätschern unserer Paddel schien von dem Nebel aufgesaugt und absorbiert zu werden. Unwillkürlich musste ich an den alten Horrorschinken mit dem Titel *The Fog – Nebel des Grauens* aus den Achtzigerjahren denken, in dem die untoten Seelen ertrunkener Leprakranker ihren nassen Gräbern entsteigen und in schaurigen Nebelbänken die Nachfahren der Siedler der Stadt Antonio Bay in Kalifornien heimsuchten, um sich an ihnen für die schändliche Tat ihrer Vorfahren zu rächen. Die hatten mit einem falschen Leuchtfeuer ein Schiff auf ein Riff bei Spyvey Point gelenkt, um die Errichtung einer Leprakolonie zu verhindern. Ich warf Onno, der aufmerksam in den Nebel starrte, einen Blick zu. Vielleicht wartete er ja auch gerade auf die knochige Hand eines ertrunkenen Seeräubers.

Wir paddelten eine knappe halbe Stunde, in der Onno alle paar Minuten mit dem kleinen Kompass, den er auf den Holzboden des Bootes gelegt hatte, unseren Kurs kontrollierte.

Als ich gerade überlegte, wie weit es noch bis zur Vogelschutzinsel sein mochte, setzte das Schlauchboot sanft auf den Sand von Lütje Hörn auf.

»Geschafft!«, sagte Onno erleichtert. »Wir sind da.«

Ich legte das Paddel auf den Boden und stieg über die Wand des Schlauchboots ins Wasser.

»Ah!«, entfuhr es mir. »Das Wasser ist saukalt!«

»Jo, deshalb der Nebel«, meinte Onno.

Wir staksten an Land und zogen das Schlauchboot ein paar Meter durch den Sand hinter uns her. Als wir der Meinung waren, dass wir das Boot weit genug hochgezogen hatten, ließen wir die Seile los, mit denen wir es hinter uns her gezogen hatten, und sahen uns um. Es gab genauso wenig zu sehen wie vorher. Der Nebel umgab uns nach wie vor dicht wie eine Watteschicht.

»Und nun?« Ich zog die Schultern fragend hoch und sah Onno an.

»Tja.« Onno schürzte die Lippen und starrte in die Nebelwand. »Frag ich mich jetzt auch. So dick hatte ich mir die Suppe an Land nicht vorgestellt.«

Ich ging in die Hocke. Mit dem Zeigefinger malte ich die Umrisse des *Pacman* in den Sand. »Wo sind wir genau?«, fragte ich und zeigte auf die Zeichnung, welche die Insel darstellen sollte.

Onno hockte sich neben mich in den Sand und piekte mit dem Zeigefinger in die Zeichnung: »Hier.«

»Okay«, sagte ich. »Und wo hat Max' Vater deiner Meinung nach sein Zelt aufgebaut?«

Onno piekte ein zweites Mal seinen Zeigefinger in den Sand. Die beiden kleinen Löcher lagen eine Handbreit auseinander.

»Wie weit ist das von uns?«

»Hm...«, machte Onno, »... na ja, ich schätze, so zweihundert Meter, mehr nicht.«

»Na denn!«, forderte ich ihn auf und erhob mich. »Worauf warten wir? Leg deinen Kompass an, und auf geht's!«

Onno machte keinen begeisterten Eindruck, erhob sich aber folgsam und begann, mit seinem Kompass zu hantieren.

Seine mangelnde Begeisterung konnte ich gut verstehen. Es war nicht richtig finster, eher dunkelschattig, erfand ich eine neue Bezeichnung für die momentanen Sichtverhältnisse. Die Luftfeuchtigkeit hätte man in Scheiben schneiden und verkaufen können. Es war schwülwarm auf Lütje Hörn, und trotzdem fröstelte ich, eine ganz merkwürdige Mischung, die mir so gar nicht zusagte. Irgendwie fand ich nicht nur das Klima, sondern auch die gesamte Stimmung hier auf der Insel beklemmend und hatte das Gefühl, als lege sich die feuchtwarme Luft wie ein nasses altes Handtuch auf meine Lungenbläschen, die eins nach dem anderen ihren Geist aufgaben.

»Scheiß Nebel!«, brachte Onno die Situation auf den Punkt und deutete auf die dunkelgraue Nebelwand vor uns. »Da lang.«

In diesem Moment flackerte es in der Nebeldecke, die über unseren Köpfen hing, zweimal kurz hintereinander auf. Dem Flackern folgte ein dumpfes und bedrohliches Grollen. Es würde nicht mehr lange dauern, und das Gewitter war direkt über uns.

Wir setzten uns eilig in Bewegung. Bereits nach wenigen Schritten hatte ich die Orientierung verloren. Ich hatte keine Ahnung, wie weit wir gelaufen oder wie oft wir über wilde Grasbüschel gestolpert und in Sandlöcher getreten waren, als mir die großartige Idee kam, unsere Schritte zu zählen. Nach knapp fünfzig gezählten Schritten fiel mir dann ein, wie sinnlos mein Unterfangen war, da ich die vorherigen Schritte nicht gezählt hatte.

Im gleichen Moment, als ich die zurückgelegte Entfernung zu schätzen versuchte, blieb ich mit einem Fuß hängen und fiel der Länge nach hin. Etwas Spitzes bohrte sich derart schmerzhaft in meine Rippen, dass mir die Luft wegblieb und ich mich am Boden zusammenkrümmte. Ein heißer Schmerz raubte mir die ohnehin knappe Luft, und ich griff mir stöhnend an den linken Rippenbogen.

»Verdammte Scheiße!«, stöhnte ich und musste blinzeln, weil mir vor Schmerz Tränen in die Augen schossen.

»Mensch Jan!«, rief Onno und kniete sich neben mir in den Sand. »Was ist denn passiert?«

»Bin gestolpert«, quetschte ich mühsam zwischen den Zähnen hervor und versuchte mich wieder aufzurichten, was mir nur langsam und unter Schmerzen gelang.

Onno half mir beim Aufstehen und stützte mich, als er plötzlich überrascht rief: »Oh, Mist! Da ist ja Blut!«

Er hielt seine Hand hoch, die blutverschmiert war. »Mensch, Jan!«, rief er entsetzt aus. »Du blutest ja!«

Automatisch hob ich die Hand, die ich mir an meine schmerzenden Rippen gepresst hatte – kein Blut! Ich sah an mir herunter, und richtig, ich blutete offenbar am Bein, denn sowohl der Rand meiner Shorts als auch mein linkes Knie und der Unterschenkel waren blutverschmiert. Vorsichtig tastete ich mein Bein ab. Zu meiner Überraschung tat mir nichts weh. Ich konnte auch keine Schnitt- oder Schürfwunde feststellen. Nachdem ich beide Beine untersucht hatte, zog ich mir mein Hemd hoch, um weiter nach der Ursache des Blutes zu suchen.

»Uii!«, machte Onno und pfiff durch die Zähne. »Das wird aber ein verdammt übler blauer Fleck.«

Ich tastete vorsichtig und mit vor Schmerz zusammengepressten Lippen mit den Fingerspitzen den unteren Rand meines Rippenbogens ab, wo sich bereits ein handtellergroßes Hämatom zu bilden begann.

Verdutzt hob ich den Kopf und sah Onno an. »Keine Wunde, zumindest keine, die blutet.«

Ich zog mein Hemd wieder hinunter und sah zu Boden, wo sich eine weiße Nylonschnur spannte, an der ich hängen geblieben war. Gleich daneben lag eine blutverschmierte Plastikplane, die ich für ein zertrampeltes Einmannzelt hielt. Ich ging in die Hocke, wedelte etwas Sand beiseite und zog eine abgeknickte Zeltstange aus dem Sand, deren Spitze ich mir in die Rippen gerammt hatte.

»Da hast du aber verdammtes Glück gehabt!«, staunte Onno, als er die Zeltstange sah.

»Das dürfte das Zelt von Max' Vater sein«, sagte ich und deutete auf die Plane.

Onno ging neben mir in die Hocke. Gemeinsam zogen wir die Plane auseinander und versuchten es zu vermeiden, in das Blut zu greifen.

Ein paar Handgriffe später bestätigte sich meine Vermutung. Bei der Plane handelte es sich eindeutig um ein Igluzelt, was deutlich zu erkennen war, auch wenn sie in der Mitte mit einem Messer zerteilt worden war. Nachdenklich fuhr ich mit den Fingern über die sauber zerteilte Kante der Zeltbahn. Offenbar hatte jemand die Plane in der Mitte zerteilt, weil die vor uns liegende Seite der Plane blutverschmiert war. Keine Ahnung, was derjenige, der die Plane zerschnitten hatte, mit der anderen Hälfte vorhatte.

»Das ist frisches Blut«, stellte ich fest und zog die Plane glatt. »Keine Stunde alt, sonst wäre es schon eingetrocknet.«

»Was machen wir denn jetzt?«, fragte Onno tonlos. »Das Blut stammt sicher von Max oder seinem Vater.«

»Das weiß ich auch noch nicht so genau, aber mich würde brennend interessieren, wieso hier überhaupt Blut geflossen ist und wer der oder die Verletzten sind«, erwiderte ich, während ich an der Plane herumzupfte und laut weiterdachte: »Wieso ist das Zelt zertrampelt, und wo ist der Verletzte?«

»Wir müssen die Insel absuchen!«, sagte Onno mit sorgenvollem Gesicht. »Die Frage ist nur – wo? Wohin kann der Verletzte in dieser Nebelsuppe verschwunden sein?«

»Mich interessiert eher die Frage, wieso der Verletzte verschwunden ist.« Langsam löste ich den Blick von der blutverschmierten Zeltplane und hob den Kopf. »Wir sind nicht alleine auf der Insel«, sagte ich mit düsterer Vorahnung.

Wie um meine Worte zu unterstreichen, donnerte es in diesem Moment theatralisch über unseren Köpfen, als würde Petrus auf eine Riesenpauke einschlagen.

Onno und ich sahen uns argwöhnisch an, während wir dem grollenden Donner zuhörten.

Langsam schüttelte er den Kopf. »Das Gewitter ist schon über uns hinweg. Deshalb haben wir die Blitze nicht gesehen.«

Onno schien recht zu haben, denn in diesem Moment setzte heftig prasselnder Regen ein. In Sekundenbruchteilen waren wir bis auf die Haut durchnässt, was aber aufgrund unserer leichten, hochsommerlichen Kleidung auch kein Wunder war.

Wir griffen im gleichen Moment gemeinsam nach der blutverschmierten Zeltplane und zogen uns die durchweichte und mit Sand panierte Plane über den Kopf, wobei wir darauf achteten, dass die blutige Seite nach oben zeigte. Über Spurensicherung brauchten wir uns bei dem sintflutartigen Wolkenbruch, der über uns niederging, keine Gedanken zu machen. Der prasselnde Regen hatte schon jetzt alle Spuren abgewaschen und etwaige Hinweise auf Opfer oder Täter vernichtet.

Uns blieb nichts anders übrig, als mit dem Hintern im nassen Sand sitzen zu bleiben und uns notdürftig vor den Wassermassen zu schützen, die wie ein nicht enden wollender Wasserfall vom Himmel stürzten.

14

Langsam ließ der Regen nach, und es wurde heller. Ich hatte aber das Gefühl, dass sich die undurchdringliche Nebelwand trotz zunehmender Helligkeit nicht wesentlich aufgelöst hatte.

»Es dämmert«, stellte ich überflüssigerweise fest.

Onno hob schlaftrunken den Kopf, der ihm auf die Brust gesunken war, und blinzelte in die sich langsam auflösende Nebelwand.

»Jo«, sagte er wortkarg. »Es klart auf.«

Wir warteten noch ein paar Minuten, bis der Regen aufhörte. Als die letzten Tropfen vom Himmel fielen, erhoben wir uns umständlich vom nassen Sandboden.

Ich fühlte mich eklig! Mir war saukalt; wir waren total ausgekühlt. Der Sand war mir in jede Körperritze gedrungen und klebte widerlich hartnäckig an mir wie die Panade an einem Convenience-Schnitzel. Mit mäßigem Erfolg klopfte ich mir den Sand von meiner durchweichten Kleidung, was ich aber auch getrost sein lassen konnte.

»Wir können los.« Ich deutete mit dem Kinn in Richtung der Nebelschwaden, die vor uns wie eine kompakte graue Wattewand aufragten.

Onnos Laune und sein Enthusiasmus hatten nach dem Unwetter deutlich gelitten. Er sah vollkommen durchgefroren und aufgeweicht aus. Seine dünnen Haare klebten ihm am Kopf, und unter seinen Augen lagen dunkle Schatten.

Meine Motivation hielt sich ebenfalls in Grenzen. Schließlich wussten wir weder genau, wen wir suchten, noch, wen oder was wir finden würden. Seit wir den ersten Fuß auf Lütje Hörn gesetzt hatten, verspürte ich das unbestimmte Gefühl einer Bedrohung. Unbestimmt und diffus zwar, aber unheimlich, weil wir die Bedrohung, die sich möglicherweise in der Nebelsuppe verbarg, nicht erkennen konnten. Nun aber klarte es auf, und ich befürchtete, dass nichts Gutes auf uns zukam.

Wir starrten missmutig auf die kompakte Nebelwand.

»Los!«, sagte ich schlecht gelaunt. Der Nebel drückte mir gewaltig auf die Stimmung.

Während Onno mit seinem Kompass herumhantierte, kramte ich mein Handy aus der Seitentasche meiner Cargoshorts hervor. Die Schutzhülle hatte nicht verhindern können, dass mein Smartphone ebenfalls wie ein paniertes Schnitzel aussah. Vorsichtig versuchte ich, das gute Stück vom Sand zu befreien, was sich als nicht einfach erwies, da ich selber vollkommen versandet war. Missmutig vor mich hin grummelnd, klopfte ich meine Hände aneinander, um wenigstens den gröbsten Sand abzuklopfen.

Als ich endlich das Display des Handys halbwegs sandfrei bekommen hatte, atmete ich erleichtert auf: Der Bildschirm erwachte auf Knopfdruck zum Leben. Offenbar hatte das Gerät keinen Schaden genommen.

»Mist!«, fluchte ich im gleichen Moment, als ich anstatt der erhofften Empfangsbalken nur den Hinweis *Kein Netz* sah.

»Was'n?«, fragte Onno über seine Schulter hinweg.

»Kein Empfang«, antworte ich.

»Hätte mich auch gewundert«, meinte Onno. »Hier draußen gibt's keinen Empfang; und schon gar nicht bei der Suppe.«

Ich steckte gerade das Handy in meine hintere Hosentasche, als wie aus dem Nichts eine Hand aus einer Sandverwehung neben meinen Füßen hervorschnellte und meinen Fußknöchel umklammerte.

Mein Herzschlag setzte vor Schreck für ein paar Schläge aus. Ich schrie auf und versuchte entsetzt, die Hand abzuschütteln.

»Schhh!«, zischte es halblaut aus dem Sand.

Onno wirbelte in die Richtung herum, aus der das Zischen ertönt war, und riss erschrocken die Augen auf.

Ebenso schnell, wie sich die Hand um meinen Knöchel gekrallt hatte, ließ sie mich auch wieder los. Hektisch machte ich zwei Schritte rückwärts und stürzte der Länge nach über ein Hindernis auf den Boden. Hart schlug ich auf den nassen Sand auf.

Der Schmerz, der mir wie ein glühendes Eisen von den Rippen bis unter die Hirnschale schoss, raubte mir die Stimme, sodass nur ein schmerzvolles Stöhnen aus meinem Mund kam. Während ich heftig nach Luft schnappte, wälzte ich mich mühsam auf die Seite und blickte direkt in das leblose, sandverkrustete Gesicht eines Mannes, das sich nur einen Wimpernschlag von meinem Gesicht entfernt befand: das mit einer Sandschicht überzogene Gesicht eines Toten. Er sah maskenhaft aus, was an der bleichen Gesichtsfarbe lag, die unter der Sandschicht hervorschimmerte. Die farblosen Lippen waren schmal und gerade, wie mit einem Keil eingeschlagen. In den langen Wimpern hatten sich ebenso Sandkörner gefangen, wie sie sich auch in den Augenwinkeln eingegraben hatten.

In diesem Moment schlug der vermeintlich Tote die mit Sand verkrusteten Augen auf und sah mich mit starrem Blick an. Als ein Schrei meine Kehle verlassen wollte, legte sich eine sandige Hand auf meinen Mund: »Pst! Nicht schreien, Herr de Fries!«, zischte eine heisere Stimme, die mir irgendwie bekannt vorkam. »Ich bin's, Max.«

Als Max' Name fiel, erinnerte ich mich an die Stimme des jungen Mannes, die ich zuletzt im Krankenhaus gehört hatte und aus dessen Kiefer orthopädische Metalldrähte ragten, die zur Fixierung seines doppelten Kieferbruchs von den Chirurgen eingesetzt worden waren.

»Max?«, krächzte ich ungläubig und spuckte eine Ladung Sand aus. »Max Bornemann?«

»Ja!«, zischte er. »Runter jetzt!«

»Witzbold!«, fuhr ich ihn an. »Ich bin unten! Tiefer geht's nicht!«

»Ich meine nicht Sie«, entgegnete Max. »Ich meine Onno.«

Schwer ließ Onno sich neben uns in den Sand fallen: »Mensch Max! Bin ich froh, dass wir dich gefunden haben!« Er strahlte.

»Freu dich nicht zu früh«, antwortete Max. »Wir müssen hier erst einmal heil rauskommen.«

Ich schloss für einen kurzen Moment die Augen und versuchte mich zu beruhigen, indem ich betont tief durchatmete. Als ich das Gefühl hatte, dass mein Herzschlag nicht mehr wie ein durchgegangenes Pferd mit seinen Hufen gegen meine Brustwand donnerte, öffnete ich in Zeitlupe meine Augen und blinzelte mir ein paar Sandkörner weg.

Die Person, die da bis zur Hüfte im Sand steckte, hätte ich erst beim dritten Hinsehen als Max Bornemann erkannt. Onnos Kumpel hatte sich wie eine Sandviper flach in eine Bodensenke der Dünen eingegraben. Neben ihm lag ein Rucksack mit Camouflagemuster und der fehlende Teil der Zeltplane, die Max wie eine Bettdecke zur Seite geworfen hatte. Offenbar hatte er sich mit der Zeltplane zugedeckt und diese wiederum mit Sand zugeschaufelt, sodass er gänzlich unsichtbar mit der Düne verschmolzen war. Unweigerlich kam mir Sylvester Stallone in den Sinn, der in seinem ersten *Rambo*-Film einen ähnlichen Trick angewandt hatte, um seinen Häschern zu entkommen.

Max machte einen mitgenommenen Eindruck, was ja kein Wunder war. Schließlich befand er sich schon seit zwei Tagen auf der Flucht; da dürfte er nur wenig Schlaf gefunden haben. Sein Gesicht war mit Sand gepudert und erinnerte mich an Gretas Sonntagswaffeln, die sie stets mit feinem Puderzucker bestreute. In Max' Augenwinkeln klebte verkrusteter Sand. Zwei Bahnen getrockneter Tränen waren schwach erkennbar.

Ich warf einen schnellen Seitenblick zu dem vermeintlich Toten neben mir, der seine Augen wieder geschlossen hatte und noch toter als zuvor aussah. »Was ist mit ihm?«

Ich deutete auf den leblosen Mann, während Onno im gleichen Moment fragte: »Was ist los, Max?«

»Der Teufel ist los!«, entgegnete Max flüsternd, während seine Unterlippe leicht zitterte. »Hier schleicht ein Killer herum.«

»Ein Killer? Was für ein Killer?«, fragte ich wie elektrisiert.

In diesem Moment stöhnte der »Tote« leise auf.

»Papa!«, rief Max unterdrückt und verließ sein Sandversteck, indem er auf dem Bauch auf uns zu gerobbt kam. »Wie geht's dir, Papa?« Zärtlich strich Max seinem Vater Sandkörner aus dem Gesicht, als er ihn erreicht hatte. »Bleib ruhig liegen«, flüsterte Max. »Du darfst dich nicht bewegen, sonst fängt es wieder an zu bluten.«

»Was ist passiert?«, wollte ich wissen. »Welchen Killer meinst du?«

Max setzte ein abweisendes Gesicht auf und sah plötzlich unter seiner Sandmaske nicht mehr sehr gesprächsbereit aus.

»Der Mörder von der Manningaburg?«, hakte ich nach. »Ist der Typ hinter dir her, der Dominik Stein vom Dach der Burg gestoßen hat?«

Max warf Onno einen scharfen Blick zu.

»Ich habe Jan alles erzählt«, sagte Onno und zuckte schuldbewusst mit den Schultern. »Ich weiß ja, dass du keine Hilfe wolltest, weil du der Meinung bist, du schaffst das alleine.«

»Schaffe ich auch!«, zischte Max wütend.

»Sehe ich«, entgegnete Onno trocken und deutete eine vage Handbewegung an. »Du vergräbst dich hier im Sand wie ein Plattfisch, und dort draußen läuft ein Killer herum.«

»Nun mal ganz ruhig, das Wichtigste zuerst!«, ermahnte ich die beiden. »Was ist mit deinem Vater, Max?«

Max' Vater, den ich für tot gehalten hatte und der tatsächlich mehr tot als lebendig aussah, war offensichtlich schwer verletzt. Wenn das der Killer gewesen war, der hier nach Max' Aussage herumschleichen sollte, waren wir in höchster Gefahr. Mit aufklarendem Wetter lagen wir auf Lütje Hörn so gut sichtbar wie Kegelrobben auf einer Sandbank.

»Der Scheißkerl hat auf uns geschossen! Er hat Papa an der Hüfte erwischt«, stieß Max zwischen den Zähnen hervor.

»Welcher Scheißkerl?«, fragte ich scharf. »Geht's vielleicht ein bisschen genauer? Meinst du den Mörder von der Manningaburg?«

»Wird wohl so sein«, antwortete Max bockig.

»Jetzt hör mal zu, Max!«, fuhr ich ihn an. »Wir sind hier, um dir zu helfen! Das Mindeste, was wir von dir erwarten können, wäre ja wohl, dass du uns erzählst, was hier los ist.«

Max kniff die Lippen zusammen und strich seinem Vater über die Stirn. »Fieber!«, stellte er fest, anstatt mir zu antworten. »Papa muss ins Krankenhaus.«

»Da spricht nichts dagegen«, antwortete ich und machte Anstalten aufzustehen. »Auf zum Festland!«

»Nein!« Max griff nach meinem Arm. »Nicht aufstehen!«

»Wir können hier nicht ewig herumliegen«, widersprach ich. »Dein Vater braucht dringend einen Arzt.«

Ich hatte nicht ernsthaft vorgehabt, aufzustehen, ohne sicher zu sein, dass nicht irgendwo auf der Insel ein Killer mit einer Waffe auf uns lauerte. Aber wir konnten auch nicht hier im Sand liegen bleiben, denn Max' Vater sah nicht gut aus. Außerdem hatten wir nicht ausreichend Wasser, um über den

Tag zu kommen, wenn es heute wieder so heiß wie in den vergangenen Wochen werden würde.

»Verdammt noch mal!«, fluchte ich und griff nach dem Handgelenk von Max' Vater und suchte seinen Pulsschlag, den ich nicht auf Anhieb fand, weil er so schwach war.

Auch wenn meine medizinischen Kenntnisse gerade mal ausreichten, um den Inhalt einer Haushaltsapotheke weitestgehend anwenden zu können, wusste ich dennoch, dass man niemanden bewegen sollte, dessen Puls man nicht mehr tasten kann. Und das war im Fall von Max' Vater noch nicht ganz, aber ziemlich bald der Fall.

»Wie heißt dein Vater eigentlich?«, fragte ich Richtung Max, ohne den Blick vom Sekundenzeiger meiner Armbanduhr zu nehmen.

»Martin«, antworte Max leise, während er mich aufmerksam beobachtete.

»Martin. Moin, Martin!«, sprach ich den Mann leise, aber eindringlich an. »Kannst du mich hören?«

Ich hatte Martins Puls eine Minute durchgezählt, obwohl man eigentlich nur fünfzehn Sekunden zählt und den Wert dann mit dem Faktor Vier multipliziert. Aber der Puls war so flach gewesen, dass ich Angst hatte, Pulsschläge zu verpassen, wenn ich nicht lange genug zählte. Nicht, dass das etwas ausgemacht hätte, aber ich wollte mir zumindest halbwegs sicher sein, dass wir Martin nicht in einen Schockzustand versetzten, wenn wir versuchen würden, ihn auf die Beine zu bekommen.

Martins Augenlider flatterten leicht, dann öffnete Max' Vater langsam seine Augen. »Trinken«, krächzte er mühsam.

»Hier, Papa.« Max griff nach einer halb vollen Plastikflasche, die neben ihm lag, und drehte den Schraubverschluss auf.

Mit einer Hand griff Max unter den Nacken seines Vaters und hob dessen Kopf so weit an, dass dieser in kleinen Schlucken trinken konnte. Mit jedem Schluck schien mehr Leben in den Verletzten zurückzukehren.

Als Martin zum Zeichen, dass er genug getrunken hatte, den Kopf schüttelte, setzte Max die Wasserflasche ab und sah seinen Vater liebevoll an. »Moin, Papa.«

Martin Bornemann erwiderte den Blick seines Sohnes und drehte dann seinen Kopf in meine Richtung.

»Wie geht's dir?«, fragte ich besorgt.

»Wer bist du?«

»Jan«, antwortete ich. »Ein Freund von Onno.«

Martin Bornemann löste seinen Blick von mir und sah sich suchend um, bis er Onno erblickte, der ihn besorgt anschaute.

»Danke dir, Onno«, lächelte Martin schwach und sah dann wieder mich an: »Ich danke euch allen. Hier läuft gerade etwas höllisch schief.«

»Wie ich das sehe, ist ein Killer Max auf den Fersen und hat ihn hier auf Lütje Hörn erfolgreich aufgestöbert«, brachte ich ohne Umschweife die Situation auf den Punkt.

Max sah mich finster an, was mich aber nicht weiter störte. Schließlich ging es nicht mehr nur um Max' Befindlichkeiten, denn wenn sich der Mörder von Dominik noch immer auf der Insel herumtrieb, befanden wir uns alle in tödlicher Gefahr.

»Die Frage ist im Moment nur, ob sich der Typ, der geschossen hat, hier noch herumtreibt. Und wenn ja, wie kommen wir am schnellsten von hier weg?«, sagte ich deshalb und versuchte den noch immer ziemlich dichten Nebel mit meinem Blick zu durchdringen.

Obwohl es immer heller wurde, war der Nebel hartnäckig und lichtete sich nur teilweise.

Die Luft legte sich schwülwarm um meine Lungenbläschen und fühlte sich an wie eins dieser feuchten heißen Handtücher, die man gereicht bekommt, um sich die Hände zu reinigen, wenn man Sushi gegessen hat.

»Der Typ ist noch auf der Insel«, sagte Max leise. »Ich habe ihn vor einer Stunde noch hier herumschleichen hören. Er hat uns nur nicht erwischt, weil ich uns eingegraben habe.«

Ich ersparte mir, darauf hinzuweisen, dass wir schnellstens verschwinden sollten, da dies jedem der Anwesenden klar sein dürfte, und fragte deshalb Martin nur knapp: »Denkst du, dass du laufen kannst?«

Max' Vater verzog das Gesicht angesichts dessen, was ihn erwartete, nickte aber. »Ich kann.«

Ich musterte ihn abschätzend und kam zu dem Schluss, dass er mit unserer Hilfe den Weg zum Schlauchboot schaffen würde.

»Okay. Lasst uns keine Zeit verlieren«, sagte ich. »Onno, gehst du bitte vor? Du hast den Kompass.«

Ohne lange zu überlegen, hatte ich das Kommando übernommen. Aber wem hätte ich es auch sonst überlassen können?

Max und ich griffen Martin Bornemann gleichzeitig beidseits unter die Arme und zogen ihn vorsichtig hoch, sodass er langsam sein Gewicht auf seine Beine verlagern konnte.

»Puh«, machte der. »Ich fühl mich schlapp wie ein Spinnaker bei Flaute.«

Auch als Landratte wusste ich, dass Martin mit Spinnaker ein besonders bauchig geschnittenes Segel meinte und mit dieser Bemerkung auf seine ansehnliche Plauze anspielte.

Er machte mit unserer Unterstützung ein paar vorsichtige Schritte und verzog schmerzvoll das Gesicht.

»Geht's?«, fragte ich besorgt und musterte seine Hüfte, die von Max notdürftig mit einer Binde versorgt worden war und an der blutiger Sand klebte.

Martin Bornemann nickte mit zusammengebissenen Zähnen und zog eine Grimasse.

»Es ist nicht weit bis zum Schlauchboot«, beruhigte ich ihn, »nur ein paar Hundert Meter.«

»Wo ist denn eigentlich dein Boot?«, fragte Onno, der mit dem Kompass vor uns herging, über die Schulter hinweg an Max gewandt.

»Abgetrieben«, lautete dessen wortkarge Antwort.

»Wie – abgetrieben?«, hakte Onno verdutzt nach.

Ich warf Max einen prüfenden Seitenblick zu. Der machte keine Anstalten, Onnos Nachfrage zu beantworten. Was diesen Killer anbelangte, der ihm auf den Fersen war, zeigte sich Max äußerst verschlossen, und es kam mir so vor, als würde Max nur mit dem herausrücken, was so offensichtlich war, dass er es nicht verschweigen konnte.

»Hat der Typ das Boot abtreiben lassen?«, fragte ich mit böser Vorahnung.

Max bestätigte meinen Verdacht, indem er schweigend nickte.

Mir wurde mulmiger, als mir ohnehin schon war, und ich spürte eine immer stärker werdende tödliche Bedrohung, die ein dumpfes Angstgefühl in mir aufsteigen ließ.

Wir befanden uns in einer undurchsichtigen Nebelsuppe auf einer unbewohnten Vogelschutzinsel mit einem Schwerverletzten und wurden mit an Sicherheit grenzender Wahrscheinlichkeit von einem Killer belauert, der bereits den Tanzlehrer Dominik Stein auf besonders grausame Art und Weise in aller Öffentlichkeit umgebracht hatte.

Ich hatte allen Grund dazu, Angst zu bekommen.

In diesem Moment riss der Nebel vor uns auf und gestattete uns einen Blick auf den Strand. Onnos Kompass und nicht zuletzt unser Orientierungssinn hatten uns in die richtige Richtung geführt. Rund fünfzig Meter vor uns erkannte ich durch den Nebel hindurch die Umrisse unseres Schlauchboots, das wir auf den Strand gezogen hatten.

Ich atmete erleichtert auf. Auch wenn im Moment Ebbe war, konnten wir ohne Probleme den verletzten Martin Bornemann ins Boot legen und uns zu Fuß durch das Watt bis zum nächsten Priel durchschlagen. An dem Priel konnten wir aufs auflaufende Wasser warten, um auf direktem Weg zum Festland zu gelangen, oder schlimmstenfalls den Priel entlangfahren, der sich Richtung Küste schlängelte. Da wir einen Verletzten dabei hatten, der dringend ärztliche Hilfe benötigte, sah ich diesmal keinen Grund, auf den Außenbordmotor zu verzichten.

Als ein Schuss durch den Nebel peitschte, spritzte gleichzeitig neben mir eine Sandfontäne hoch, die mich erschrocken zusammenzucken ließ.

»Runter!«, schrie ich und zog den laut aufschreienden Martin Bornemann mit zu Boden.

Zu spät! Noch im Fallen verspürte ich einen Schlag, als ein zweiter Schuss Max' Vater traf. Noch während ich den Verletzten mit zu Boden riss, hatte der unsichtbare Schütze ein zweites Mal geschossen und diesmal auch getroffen. Makabrerweise wieder den Vater von Max.

Schwer fiel der Getroffene auf mich, und ich spürte, wie mir Blut ins Gesicht spritzte, als ich reflexartig die Augen zusammenkniff.

»Papa!« Gellend schrie Max nach seinem Vater.

Ein weiterer Schuss peitschte auf, und ich drückte mein Gesicht tief in den Sand, der mir in Mund und Nase drang. Ich drehte den Kopf zur Seite und spuckte Sand und kleine Stücke von Muschelschalen aus. Mit dem Ärmel wischte ich mir den blutklumpigen Sand aus dem Gesicht.

»Martin! Hey, Martin!«, rief ich und rüttelte Bornemann an der Schulter, der mich angsterfüllt mit weit aufgerissenen Augen anstarrte. »Kannst du mich hören?«

Der Verletzte machte eine Kopfbewegung, die ich als Nicken deutete.

»Ruhig liegen bleiben«, sagte ich überflüssigerweise. Was hätten wir auch sonst machen können?

Keuchend warf Max sich neben uns. Helle Panik leuchtete in seinen Augen. »Papa, was ist los? Der Scheißkerl hat dich schon wieder getroffen!«

»Diesmal ist es das Schulterblatt«, stellte ich im gleichen Moment fest, als ich meine Hand von Bornemann löste, mit der ich ihn gerüttelt hatte.

»Wir müssen hier weg!« Max' Stimme klang genauso panisch, wie er aussah.

»Der Rucksack«, krächzte Martin Bornemann undeutlich, und fast durchsichtige blutige Bläschen bildeten sich in seinen Mundwinkeln.

»Was ist mit dem Rucksack?«, fragte ich und versuchte meine eigene Angst nicht aus ihrem Käfig zu lassen.

»... Pistole ...« Mühsam versuchte Bornemann, mir etwas zu erklären.

Ich glaubte zu verstehen, drehte Max, der neben mir lag, auf die Seite, und öffnete den Rucksack, den er sich auf den Rücken geschnallt hatte, bevor wir aufbrachen. Nachdem ich ungeduldig den Verschluss aufgefummelt bekommen hatte, durchwühlte ich schnell den Inhalt und ignorierte Max' Bemühungen, mich abzuschütteln.

In diesem Moment peitschte ein weiterer Schuss durch den Nebel, und Onno schrie laut auf.

»Onno!«, rief ich entsetzt und reckte unvorsichtigerweise den Kopf, als es wieder knallte und ein kraftvoller heißer Luftzug über meine Glatze fuhr.

Wieder fraß ich Sand, als ich mein Gesicht neben Max in den Boden von Lütje Hörn grub.

»Dieses Arschloch!«, rief Onno. »Er hat mir fast eins auf den Pelz gebrannt! Ist aber noch mal gut gegangen.«

Diesmal aber wurde ich nicht von Angst, sondern von heißer Wut erfasst. Dieser Schweinehund hatte erst Dominik umgebracht und lag jetzt mit der Waffe im Anschlag irgendwo zwischen den Seegrasbüscheln und versuchte uns kaltblütig einen nach dem anderen abzuknallen.

»Verdammtes Arschloch!«, zischte ich wutentbrannt. »Mit mir nicht, du Dreckskerl! Mit mir nicht!«

Hastig rappelte ich mich auf und begann erneut in Max' Rucksack herumzukramen. Nachdem ich den Erste-Hilfe-Kasten, mit dem Max die Hüftwunde seines Vaters versorgt hatte, aus dem Rucksack gefischt hatte, ertasteten meine Fingerspitzen kaltes Metall.

Mein Herz machte vor Freude einen Luftsprung, als ich eine natogrün lackierte Signalpistole hervorzog. Da Uz mich regelmäßig mit den Seenotrettungsgerätschaften vertraut machte, wenn ich ihn auf seinen Fangfahrten begleitete, war die Handhabung der großkalibrigen Leuchtpistole kein Problem für mich. Mit einem sicheren Handgriff klappte ich den Lauf nach vorn und sah zu meiner Erleichterung, dass die Pistole geladen war. Nachdem ich den Lauf wieder arretiert hatte, griff ich erneut in den Rucksack, denn ein Schuss bleibt halt nur ein Schuss, und in Anbetracht unserer bedrohlichen Lage erschien mir das als eindeutig zu wenig. Meine Suche beförderte eine Pappschachtel zutage, und ich hätte jubilieren können, als ich eine volle Packung Signalmunition erkannte.

Erneut fiel ein Schuss!

Ich duckte mich reflexartig. Diesmal aber hatte ich rechts von uns ein Mündungsfeuer aufleuchten sehen.

»Köpfe runter!«, befahl ich knapp und legte die Signalpistole an.

Es erschien mir wie in einer Zeitlupenaufnahme, als ich meinen rechten Arm auf Max' Rucksack abstützte und die Pistole in Anschlag brachte. Mit der linken Hand umfasste ich, wie Uz es mir beigebracht hatte, mein rechtes Handgelenk zur Unterstützung und Stabilisierung der Schusshand. Ich kniff das rechte Auge zusammen und visierte über Kimme und Korn die Stelle an, wo ich das Mündungsfeuer hatte aufflammen sehen. Als ich den anvisierten Zielpunkt auf der Visierlinie hatte aufliegen lassen, hob ich den Lauf der Signalpistole um eine Handbreit und drückte ab.

Jäger und Berufsschützen wissen um die Feinheiten der ballistischen Lehre; nämlich, dass auf jeden abgeschossenen Körper, egal, ob Kugel, Pfeil oder Bolzen, physikalische Kräfte wie Luftwiderstand, Wind und natürlich die Erdanziehungskraft einwirken. Je weiter das anvisierte Ziel entfernt und das Geschoss großkalibrig ist, sollten Schützen die Grundlagen der Ballistik beachten, um sicher ihr Ziel zu treffen. Da es sich bei meiner Signalpistole um das in Deutschland übliche Kaliber vier handelte, was dem vierfachen Durchmesser einer Bleikugel entspricht, musste ich besonders auf die ballistische Flugbahn achten, weshalb ich die Pistole vorsichtshalber eine Handbreit über dem Ziel anlegte.

Laut zischend durchschnitt das Leuchtgeschoss den Nebel und zog auf seiner Flugbahn einen roten Schweif hinter sich her. Mit einem dumpfen Plopp zerbarst es im Sand, der für einen Moment signalrot aufleuchtete.

Unzufrieden schnalzte ich mit der Zunge. Ich hatte zu hoch gehalten, und das Geschoss hatte das Ziel um ein paar Meter überflogen. Schnell lud ich nach und jagte ein zweites Signalgeschoss auf die Stelle, wo ich den unsichtbaren Schützen vermutete.

Während wir flach auf dem Boden lagen und ich drei weitere Geschosse in den Sandboden von Lütje Hörn jagte, hatte sich der Nebel erneut verdichtet und kam – wie dicke graue, gepolsterte Wände einer Gummizelle – immer näher. Ich jagte ein letztes Geschoss in die Nebelwand, die sich wie ein rotes Wetterleuchten erhellte. Ob ich mit meinem Geballere den Schützen vertrieben oder sogar getroffen hatte, konnte ich nicht sagen. Aber ich hatte zumindest erreicht, dass auf uns nicht mehr gefeuert wurde.

»Wir müssen verschwinden!«, mahnte ich und steckte mir die Signalpistole wie der Revolverheld aus einem schlechten Krimi hinten in den Hosenbund; aber nicht ohne mich vorher zweimal zu vergewissern, dass sie gesichert war.

»Ich will mir ja schließlich nicht den Bürzel abschießen«, feixte ich in mich hinein.

Als ich Martin Bornemann untersuchte, der mit schmerzverzerrtem Gesicht auf dem Rücken lag, wurde ich automatisch wieder ernst. Die Kugel hatte den Ornithologen ins linke Schulterblatt getroffen, wo sie offenbar stecken geblieben war. Aus der Einschussöffnung war nur ein dünnes Rinnsal Blut geflossen und direkt vom verkrusteten Sand aufgesogen worden. Max riss eine weitere Mullbinde aus dem Erste-Hilfe-Kasten auf und verarztete seinen Vater, der leise vor Schmerzen aufstöhnte.

»Zäher Bursche«, dachte ich anerkennend. Ich hätte deutlich lauter geschrien, wenn mir jemand in den Rücken geschossen hätte.

»Wir haben ein Problem!«, sagte Onno, der zu mir rübergerobbt kam.

»Nur eins?«, entgegnete ich trocken. »Dann haben wir's ja gleich nach Hause geschafft.«

»Eben nicht!« Onno deutete zuerst auf seinen Kompass und dann in die Richtung, in die ich geschossen hatte. »Dort liegt vermutlich der Schütze?«

Ich nickte betont langsam, denn im gleichen Moment, als Onno mich darauf aufmerksam machte, traf mich die Erkenntnis wie eine Ladung Eiswürfel der *Icebucket-Challenge* – unser Schlauchboot lag genau in der gleichen Richtung. Vielleicht fünf, sechs Meter von der Stelle entfernt, wo ich den Schützen vermutete, aber nur einen Möwenschiss weit für einen Gewehrschützen. Ich war nicht völlig sicher, dass es sich um ein

Gewehr handelte, mit dem wir unter Feuer genommen wurden, aber nach meinem Geschmack war der Schuss zu präzise für eine Pistole oder einen Revolver gewesen.

»Ihr… ihr meint…« Bei Max war gerade ebenfalls der Groschen gefallen; er sah uns entsetzt an.

Onno und ich nickten betroffen.

»Ja, der Scheißkerl hat uns den Weg abgeschnitten.«

»Oh mein Gott!« Max wurde aschfahl unter seiner Sandpatina. »Und was jetzt?«

Für einen Moment schwiegen wir und dachten nach. Nur Martin Bornemann atmete schwer.

Onno unterbrach das Schweigen und sprach aus, worauf auch wir in der ersten Minute des Überlegens bereits gekommen waren: »Wir laufen.«

»Du spinnst«, entgegnete ich lahm und wohl wissend, dass Onno recht hatte; wir hatten keine andere Wahl.

»Und Papa? Sollen wir meinen Vater etwa hierlassen?«, fuhr Max Onno an. »Und außerdem haben wir sowieso keine Chance, das Festland zu erreichen.«

»Das will ich ja auch gar nicht!«, entgegnete Onno ruhig.

Ich wusste, was Onno im Sinn hatte.

Nordöstlich von Lütje Hörn lag Juist und vorgelagert die Insel Memmert sowie der unbewohnte Hochsand, die rund sieben Kilometer entfernte Kachelotplatte. Aber westlich lag nur etwas über drei Kilometer entfernt die Ostspitze von Borkum. Wobei jeder Wattführer den Begriff »nur« im Watt als höchst gefährlich einstufen würde. Es gab nur das Problem der Osterems, von der Lütje Hörn umgeben war. Wenn man schnell war und einen nördlichen Schlenker laufen würde, könnte man einen tiefen Ausläufer umgehen und Borkum zu Fuß erreichen. Wenn alles gut lief!

»Wie viel Zeit haben wir?«, fragte ich Onno ohne große Umschweife.

»Ich schätze mal, wir haben etwas über vier Stunden, bis die Flut aufläuft«, sagte Onno, nachdem er ausgiebig seine Armbanduhr studiert hatte.

»Das ist Selbstmord!« Max setzte sich aufrecht hin und funkelte uns zornig an. »Es ist dichter Nebel...«

»Wir haben einen Kompass«, warf Onno ein.

»... Papa ist schwer verletzt...«

»Wir legen ihn auf die Zeltplane und ziehen ihn wie auf einem Schlitten hinter uns her.«

»... auf elf Uhr ist ein Ausläufer der Osterems...«

»... den wir auf sieben Uhr mit einem Schlenker umlaufen.«

In diesem Moment fuhr ein Schuss wie ein Peitschenhieb mitten in das Wortgefecht von Onno und Max und ließ eine Sandfontäne aufspritzen.

»Runter!«, schrie ich erneut.

Wir warfen uns wieder flach wie die Plattfische zu Boden und sahen uns gehetzt an.

»Und eine andere Chance haben wir ohnehin nicht!«, beendete Onno die Diskussion über unsere Flucht durch das Wattenmeer und deutete in die Nebelwand links von uns: »Da geht's lang!«

15

Ich hatte keine Ahnung, wie lange wir mittlerweile unterwegs waren. Mir kam das Stapfen durch das Wattenmeer inmitten des Nebels wie die Vorhölle vor. Das Atmen fiel mir mit jedem Schritt schwerer, und ich hatte das Gefühl, dass meine Lunge nicht mehr in der Lage war, Sauerstoff aus dem Nebel herauszufiltern. Die Wassersättigung der Luft war so hoch, dass unsere Gesichter vor Feuchtigkeit glänzten und ich mich fragte, wieso wir eigentlich noch nicht während des Laufens ertrunken waren.

Obwohl die Nebelwand alle Geräusche verschluckte und wir vor uns her stapften, als seien wir die letzten Lebewesen auf dem Planeten, wurde ich das Gefühl nicht los, dass uns jemand belauerte.

Nachdem der Schuss des Killers uns die Entscheidung über Sinn oder Unsinn einer Flucht zu Fuß durch das Wattenmeer abgenommen hatte, waren wir Onno gefolgt, der seinen Kompass am ausgestreckten Arm wie eine Wünschelrute vor uns her trug. Zunächst hatte ich mir Martin Bornemann auf meine Schultern geladen, damit wir möglichst schnell aus der Gefahrenzone verschwinden konnten. Als wir aber nach ein paar Minuten das Watt erreichten, war ich heilfroh, den Ornithologen abladen zu können. Schwer atmend hockte ich mich in den Schlick und versuchte Sauerstoff in meine Lungen zu pumpen, während mir der Schweiß in Sturzbächen über das Gesicht lief.

Als ich wieder halbwegs zu Atem gekommen war, rollten Max und ich die Plane aus und strichen sie glatt. Dann betteten wir vorsichtig den Verletzten auf die Plane und ergriffen jeder eine Ecke. Langsam stapften wir durch den Schlick und zogen den verletzten Martin Bornemann hinter uns her, der sich flach atmend und mit geschlossenen Augen über den Schlick ziehen ließ.

Nach einiger Zeit hatte ich jegliches Gefühl für Richtung und Entfernung verloren, und ich wusste weder, wie weit wir bereits gelaufen waren, noch, ob wir die ganze Zeit im Kreis herumliefen. Meiner Uhr nach waren wir bereits knappe drei Stunden unterwegs. Die Zeit wurde knapp.

»Onno!«, rief ich. »Wie weit noch?«

»Nicht mehr weit!«, lautete die Antwort aus dem Nebel vor mir.

Onno lief bereits die ganze Zeit wie ein Vorstehhund vor uns her. Der einzige Unterschied war sein Kompass.

»Wir werden alle sterben«, sagte Max leise mehr zu sich selber, als an mich gerichtet.

»Das werden wir. Wir werden alle irgendwann sterben«, stimmte ich ihm zu. Ich warf Max einen Blick zu und sah dann zu seinem Vater, der auf der Plane durch Pfützen und über Unebenheiten des Meeresbodens glitt. »Aber nicht heute!«, fügte ich entschlossen hinzu und reckte mein Kinn kampfeslustiger, als ich mich fühlte, nach vorne.

»Onno!«, rief ich erneut. »Bleib mal stehen!«

Onno tat, wie ihm geheißen, und tauchte nach ein paar weiteren Schritten vor uns aus dem Nebel auf, wo er auf uns wartete.

»Wie weit ist es noch?«, fragte ich erneut.

Onno zuckte mit den Schultern: »Schwer zu sagen.«

»Dann schätz einfach«, forderte ich ihn auf.

Bedächtig wiegte Onno seinen Kopf hin und her, bis er

meinte: »Hm... vielleicht noch einen Kilometer. Es können auch achthundert Meter sein.«

Ich warf einen Blick auf die Uhr: »Das wird knapp.«

»Seh ich auch so«, nickte Onno und machte ein ebenso verdrießliches Gesicht wie Max und ich.

»Vielleicht haben wir ja diesmal Glück«, hoffte ich, griff mit meiner schlammverkrusteten Hand in die Hosentasche und fischte mein Handy heraus.

Der Blick aufs Display war enttäuschend. Statt Empfangsbalken leuchtete mir nur wieder der Hinweis entgegen, dass kein Netz verfügbar sei. Mittlerweile nahm ich meinem Handy diese permanente Mitteilung persönlich übel.

Frustriert steckte ich es ein. »Weiter geht's!«

Onno trabte los und war schon nach wenigen Metern wieder vor uns in der Nebelwand verschwunden.

Es schmerzte mich sehr, dass Onno sich in der gleichen Klemme befand wie seine Schwester vor ein paar Jahren. Stefanie war gerade mal siebzehn Jahre alt und frisch verliebt. Ihr Freund hatte sie besucht, und gut gelaunt und übermütig waren die beiden jungen Leute zu einer Wattwanderung losgezogen. Ihre Leichen fand man ein paar Tage später vor Borkum treibend in der Nordsee.

Bei dem Gedanken lief mir trotz der drückenden schwülen Hitze ein eiskalter Schauer den Rücken hinunter, und die Härchen an meinen Unterarmen stellten sich auf.

»Das ist hier dieselbe Stelle wie damals, wo die Küstenwache die beiden Toten gefunden hat«, schoss es mir im gleichen Moment durch den Kopf, als ich merkte, wie die ersten Ausläufer des auflaufenden Wassers meine Füße umspülten. Die Flut kam!

»Onno!«, rief ich wieder. »Die Flut kommt!«

Obwohl Onno nur mit einem knappen »Jo« antwortete, glaubte ich ein leichtes Zittern in seiner Stimme wahrgenommen zu haben. Was ja auch kein Wunder war, denn ich war mir sicher, dass Onno ganz genau wusste, dass an dieser Stelle, wo wir uns gerade befanden, seine Schwester tot aufgefunden worden war.

Eigentlich bin ich nicht abergläubisch und habe fürs Spökenkieken nicht viel übrig, aber jetzt wurde mir doch mulmig.

Max sagte nichts und stapfte mit gesenktem Kopf weiter. Ich warf Martin Bornemann einen Blick zu und machte Max ein Zeichen, dass wir die Plane während des Ziehens ein Stück anheben mussten, damit wir den Kopf des Verletzten über Wasser hielten.

Es dauerte nicht lange, und das Wasser umspülte bereits unsere Knöchel, was bedeutete, dass wir Max' Vater ab sofort tragen mussten. Ich beugte mich zu dem Ornithologen hinunter und klopfte ihm leicht auf die Wange. Seine Augenlider begannen zu flattern, um sich dann langsam zu heben. Sein Blick irrte einen Moment lang herum, bis Bornemann mich erkannte.

»Du musst jetzt versuchen aufzustehen«, sagte ich behutsam und erklärte ihm, warum wir ihn nicht mehr ziehen konnten.

Bornemann nickte langsam; er hatte den Ernst der Lage verstanden.

Gemeinsam halfen Max und ich seinem Vater auf die Beine und legten uns jeder einen seiner Arme um den Nacken. Das Vorwärtskommen wurde immer mühseliger, je höher das Wasser stieg. Wir mussten jeden Schritt gegen den Widerstand des auflaufenden Wassers setzen, was uns kontinuierlich Kraft kostete, die wir ohnehin nicht mehr im Überfluss hatten.

Als das Wasser mir bis zur Hüfte reichte und mir das Kreuz langsam durchzubrechen schien, blieb mir nichts anderes übrig, als mir Max' Vater Huckepack zu nehmen. Der Verletzte war so schwach, dass er kaum mit seinen Beinen meine Hüften umklammern konnte.

»Lass mich los. Einfach loslassen...«, flüsterte Martin Bornemann mir leise ins Ohr. »Mit mir habt ihr überhaupt keine Chance, an Land zu kommen. Lass mich los.«

»Erzähl nicht solch einen Unsinn!«, entgegnete ich ungehalten.

Mühsam kämpften wir uns immer weiter, bis Onno auf uns wartete, dass wir zu ihm aufschlossen.

»Ich bin mir nicht sicher«, sagte er und starrte wie gebannt auf seinen Kompass, »aber ich hoffe, dass wir gerade den Ausläufer der Osterems umgangen haben. Wenn das der Fall ist, haben wir es nicht mehr weit.«

»Wie weit?«, keuchte ich außer Atem.

»Weiß ich nicht genau.« Onno zuckte mit den Schultern. »Ich schätze mal... so sechshundert oder achthundert Meter.«

»Das hast du vorhin doch schon gesagt!« Max' Stimme drohte vor Aufregung zu kippen. »Wieso sagst du...?«

»Wir haben keine Zeit zum Diskutieren«, unterbrach ich Max und befahl kurz angebunden: »Weiter!«

Ich drehte mich um, und da ich den rechten Arm seines Vaters um meinen Hals liegen hatte, zwang ich Max, mir zu folgen, weil er den anderen Arm seines Vaters umgelegt hatte.

Nach zwei Schritten trat ich ins Bodenlose.

Seewasser drang mir in Mund und Nase. Wild strampelnd versuchte ich festen Boden unter meine Füße zu bekommen – vergebens. Panisch machte ich verzweifelte Schwimmbewegungen und hatte mit meinen unkoordinierten Bemühungen Erfolg. Mein Kopf tauchte aus den Fluten auf, und gierig schnappte ich nach Luft, um gleich wieder mit dem Kopf unterzutauchen. Aber auch diesmal brachten mich meine hektischen Schwimmbewegungen wieder an die Wasseroberfläche, und ich sog die Luft tief in meine Lungen.

»Jan!«, hörte ich eine Stimme rufen. »Hier! Halt dich fest!«

Ich riss die Augen auf und drehte den Kopf in die Richtung, aus der die Stimme kam. Es war Onno, der rief. Er hatte die Zeltbahn, die er sich unter den Arm geklemmt hatte, als wir Martin Bornemann tragen mussten, in meine Richtung ausgeworfen und hielt ein Ende umklammert.

»Halt dich fest, ich zieh dich rüber!«

Das andere Ende der Zeltbahn schaukelte einen Meter von mir entfernt auf der Wasseroberfläche. Ich machte zwei Schwimmzüge und griff mit zitternden Händen nach der Plane.

Während Onno mich mithilfe der Plane zu sich heranzog, drehte ich mich um und sah Max, der sich verzweifelt bemühte, den Kopf seines Vaters über Wasser zu halten.

»Max!«, schrie ich gellend. »Ich komme!«

Mit einer kräftigen Drehung schnellte ich herum, während ich die Plane losließ. Hektisch machte ich ein paar Schwimmzüge auf Max zu, in dessen Augen Todesangst flackerte. Ohne einen Ton von sich zu geben, strampelte er verzweifelt mit den Beinen, während er den Kopf seines Vaters über Wasser hielt.

Ich war nur noch einen knappen Meter von ihm entfernt, als die Köpfe von Max und seinem Vater von der Strömung unter Wasser gesogen wurden.

»Max!«, gellte Onnos Schrei über das Wasser.

Ohne zu überlegen, holte ich tief Luft und tauchte ebenfalls unter.

Obwohl das Wasser vom aufgewühlten Schlick trübe war, erkannte ich die Umrisse von Max direkt vor mir. Ich streckte eine Hand aus und bekam Max an seinem Hemd zu fassen. Während ich an ihm zog, erblickte ich unter ihm die Silhouette seines Vaters, der langsam und unerbittlich in die Tiefe versank. Für einen Moment glaubte ich zu sehen, wie der Ornithologe seinen Arm hob, um mir zum Abschied zuzuwinken.

Auch Max hatte den Ornithologen im Blick und versuchte sich aus meinem Griff zu befreien, um zu seinem in der Tiefe versinkenden Vater zu gelangen. Für einen Sekundenbruchteil verspürte ich den Impuls, Max loszulassen. Mit welchem Recht entschied ich über das Schicksal seines Vaters, der gerade ertrank, indem ich Max daran hinderte, in die Tiefe hinabzutauchen, um ihn zu retten?

Weil es für Max' Vater keine Rettung gab!

Die Strömung war einfach zu gewaltig, als dass Max es hätte schaffen können, den leblosen Körper seines Vaters an die Wasseroberfläche zu ziehen.

Mit unnachgiebigem Griff hielt ich Max' Hemd umklammert und zog ihn zu mir heran. Gemeinsam tauchten wir auf.

Mit weit aufgerissenem Mund sog ich die herrliche Luft gierig ein. Im gleichen Moment traf mich die Faust von Max gewaltig wie der Tritt eines Pferdes mitten ins Gesicht.

Vor meinen Augen explodierte ein Feuerwerk von Sternen. Vor Schmerz und Wut schrie ich laut auf!

Während ich wie wild Wasser trat und mit den Armen ruderte, löste sich der Sternenregen langsam vor meinen Augen auf. Es dauerte einen Moment, bis ich die graue Wasseroberfläche, die vor meiner Nase schaukelte, wieder erkennen konnte.

Mein Kopf fuhr herum. Hektisch suchten meine Augen die Wasserfläche ab – vergeblich!

Max war verschwunden.

Mein rationales Denken war ausgeschaltet. Ich handelte instinktiv und tauchte erneut unter, nachdem ich tief Luft geholt hatte. Nach wenigen Schwimmzügen versank ich in der Tiefe.

Noch bevor ich in Panik geraten konnte, verspürte ich eine Bewegung am Rücken. Erschrocken legte ich mich auf die Seite und sah Max an mir voran in die Tiefe treiben. Sofort griff ich zu und bekam ihn an seinen Haaren zu fassen. Ich verkrallte meine Hand in seinem Haar, das etwas länger war, als ich es in Erinnerung hatte, und zog ihn zu mir heran.

Später konnte ich mich nicht mehr an die Einzelheiten erinnern, wie ich es tatsächlich geschafft hatte, mit Max wieder aus der Tiefe aufzutauchen und mich von Onno auffischen zu lassen. Ich weiß von diesem Vorfall nur noch, dass ich mit Max im Schlepptau die Zeltplane zu fassen bekam und Onno mich zu sich heranzog, sodass ich wieder halbwegs festen Boden unter die Füße bekam. Wobei sich fester Boden eindeutig anders anfühlt als der rutschige Schlickboden unter mir, zumal die Strömung des auflaufenden Wassers mit aller Kraft versuchte, mich von meinen wackeligen Beinen zu ziehen. Das Wasser reichte uns stehend bis zum Brustbein, wobei es Onno in des Wortes doppelter Bedeutung bis zum Hals stand, da er einen Kopf kleiner war als ich.

Onno und ich hielten Max umklammert, weil wir befürchteten, dass er wieder zurück zu seinem Vater in die mörderische Strömung wollte, sobald er halbwegs klar war.

Ich sah Onno ratlos an: »Was machen wir jetzt? An Land schaffen wir es nicht mehr.«

Onno sah mich ebenso hilflos an, wie ich mich gerade fühlte.

Mir kam ein Gedanke. »Halt Max gut fest«, wies ich Onno an und begann unter Wasser in meinen Hosentaschen nach meinem Handy zu suchen. Meine durch die Kälte fast gefühllos gewordenen Finger ertasteten das Gerät, das ich vorsichtig aus der Tasche zog, damit es nicht in der Tiefe versank.

»Ja!«, schrie ich begeistert auf, als ich auf dem Handy drei Balken erkannte.

Mit zitternden Fingern tippte ich den Freigabecode ein.
Ohne Erfolg.

Erneut tippte ich den Code ein. Wieder nichts. Das Seewasser hatte dem Gerät nicht gutgetan.

»Bitte!«, flehte ich das Gerät wortlos an: »Bitte, geh an!«

Das Mistding dachte überhaupt nicht daran, meinem Flehen eine elektronische Bedeutung zu schenken, und verharrte in seinem gesperrten Modus.

»Jan!«, brüllte Onno mich unvermittelt an und ließ mich vor lauter Schreck herumfahren: »DA!«

Mein Blick folgte seinem ausgestreckten Arm, in dessen Hand er seinen Kompass umklammerte.

Ich sah das rote Licht sofort, allerdings konnte mein Gehirn die Information nicht zuordnen, sodass ich Onno fragen musste: »Was oder wer ist das?«

»Die *Frisia*!«, schrie Onno mir so laut ins Ohr, dass ich befürchtete, auf der Stelle durch einen Trommelfellriss taub zu werden. »Da ist die Fähre! Sie kommt von Borkum.«

Ich erkannte in der *Frisia* unsere einzige Chance, lebend aus dieser Nummer hier herauszukommen, und steckte mit der einen Hand mein Handy in den Hosenbund, während ich mir mit der anderen Hand hinten in den Hosenbund griff.

Und richtig. Da war sie. Meine Hand umklammerte die Leuchtpistole, die sich unerklärlicherweise noch immer an ihrem Platz befand.

Mit einem Ruck zog ich die Signalpistole heraus und hielt sie in die Höhe.

»Das sollten sie sehen!«, verkündete ich mit grimmigem Gesichtsausdruck.

Onno nickt zustimmend: »Das werden sie. Die sind ja direkt vor unserer Nase.«

Onno hatte mal wieder recht. Die *Frisia* hielt fast direkt auf uns zu, was daran lag, dass wir am Rand des Fahrwassers standen, das nur einen Steinwurf von uns entfernt verlief.

Ich hob den Arm mit der Signalpistole, schickte ein kurzes Stoßgebet, wohin auch immer, und drückte ab.

Mit einem lauten Zischen schoss die Leuchtmunition rot glühend in den grauen Nebelhimmel über uns und zog einen leuchtend roten Streifen hinter sich her.

Erstaunt nahm ich erst jetzt zur Kenntnis, dass sich der dichte Nebel in der Zeit, in der ich um das Leben von Max und Martin und nicht zuletzt mein eigenes gekämpft hatte, offenbar dazu entschlossen hatte, sich aufzulösen.

Die Leuchtpatrone zerplatzte in einem rot leuchtenden Stern und ließ die grauen Nebelwolken über uns erglühen.

Da ein roter Stern, der mit einer Signalpistole abgeschossen wird, ein allgemein übliches Seenotsignal ist, dauerte es nicht lange, bis die Fähre uns ein Rettungsboot in Form eines Schlauchboots zu Hilfe sandte. Das Schlauchboot hatte aufgrund seines flachen Bodens keinen nennenswerten Tiefgang und konnte uns direkt ansteuern.

»Was bin ich froh, euch zu sehen!«, rief Onno den beiden Matrosen zu, die sich uns schnell näherten.

Als das Boot uns erreichte, hoben wir, bis zur Brust im Wasser stehend, als Erstes den noch immer stark desorientierten und sich wehrenden Max ins Boot.

»Was ist mit dem los?«, wollte einer der Matrosen wissen. »Wattkoller?«

»Wir hatten gerade einen Unglücksfall«, erwiderte ich und wählte bewusst den neutralen Begriff »Unglück«, der alles bedeuten konnte. Denn zum einen wollte ich im Moment nicht im Beisein von Max davon sprechen, dass sein Vater ertrunken war. Zum anderen wollte ich die Matrosen nicht über die Schießerei informieren, denn das hätte Fragen zur Folge gehabt, die ich nicht beantworten konnte oder wollte. Außerdem wäre der Käpt'n der Fähre gezwungen gewesen, die Polizei zu alarmieren und uns wahrscheinlich bis zu deren Eintreffen in Arrest zu nehmen. Den ganzen Vorgang wollte ich vermeiden. Zuerst musste Max wieder ansprechbar sein, wobei ich hoffte, ihn nicht wegen eines Schockzustands in die Klinik bringen zu müssen. Außerdem wollte ich ausführlich mit Onno sprechen, bevor der von der Polizei verhaftet wurde, was mit Sicherheit der Fall wäre, wenn er irgendwo in Erscheinung träte.

Die Mienen der beiden *Frisia*-Matrosen drückten Mitgefühl aus, als sie uns an Bord des Schlauchboots zogen. Ich legte den Arm um Max, der damit aufgehört hatte, über Bord springen zu wollen, und stattdessen wie versteinert auf dem Boden des Schlauchboots saß und sich von einem der Matrosen eine Decke überlegen ließ.

Seinen Blick hatte er starr auf die Wasseroberfläche geheftet, und er bewegte noch nicht einmal eine Wimper, als das Schlauchboot Fahrt aufnahm und uns der Fahrtwind ins Gesicht wehte.

16

»Da habt ihr mächtig Glück gehabt!«, sagte der Matrose und öffnete seine Sanitätstasche.

Nach unserer Rettung fanden wir uns im Mannschaftsraum der *Frisia*-Fähre wieder, wo uns ein Mitglied der Mannschaft mit trockener Kleidung und trotz der hochsommerlichen Temperaturen mit heißem Tee versorgte. Der Aufenthalt im brusthohen Seewasser hatte unsere Körper stärker ausgekühlt, als uns bewusst war. Wir bekamen alle blaue T-Shirts und Shorts mit dem Werbeaufdruck der Reederei in die Hand gedrückt. Ich entleerte die Taschen meiner Cargohose und steckte mir Handy, Autoschlüssel und einen feuchten Klumpen Papiergeld in die Taschen der Shorts.

»Soweit ist alles in Ordnung«, stellte der Matrose, der an Bord auch als Rettungssanitäter fungierte, fest und musterte meine Wange, während er seine Blutdruckmanschette zusammenrollte. »Und wie ist das passiert?«

»Och«, machte ich und griff mir automatisch an den Wangenknochen, der sich heiß und geschwollen anfühlte. »Das ist wohl irgendwie im Durcheinander geschehen.« Ich machte eine vage Bewegung mit den Schultern.

Da der Matrose wusste, dass einer unserer Begleiter ertrunken war und vermisst wurde, nickte er nur schweigend und stellte keine weiteren Fragen, obwohl ihm deutlich anzusehen war, dass ihm einige auf der Zunge lagen. Er konnte sich denken, dass sich im Watt ein Drama abgespielt haben musste.

Mit geschickten Handbewegungen desinfizierte er die Hautabschürfung in meinem Gesicht und trug eine kühle Heilsalbe auf.

»Da machen wir mal lieber kein Pflaster drauf«, riet er und legte den Holzspatel, mit dem er die Salbe aufgetragen hatte, in eine Abwurfschale aus Pappe. »Das heilt die Seeluft von alleine.«

Der Matrose wühlte in seinem Sanitätskoffer und beförderte eine Packung Schmerztabletten hervor. Er drückte für jeden von uns zwei der weißen Tabletten aus der silbernen Verpackung heraus und reichte sie uns. »Falls der Schädel brummt«, meinte er gutmütig und begann, seine Utensilien zusammenzupacken.

Sein Blick fiel erneut auf Onnos Veilchen, welches aufgrund seiner blauvioletten Verfärbung nicht frisch und somit nicht im Watt entstanden sein konnte. Obwohl ihm Neugier ins Gesicht geschrieben stand, verkniff der Matrose sich jegliche weitere Frage und verabschiedete sich lediglich mit einem vielsagenden Blick.

Schweigend umklammerten wir die Becher mit dem heißen Tee und stierten vor uns auf den Boden der Kabine. Ich spürte, wie sich eine bleierne Müdigkeit in meinem Körper ausbreitete und mir langsam, aber sicher die Augen zufielen.

Ein paar Minuten später öffnete sich erneut die Tür des Mannschaftsraums, und wir schreckten hoch, wobei sich das »wir« auf Onno und mich bezog. Max rührte sich nach wie vor nicht.

»Moin zusammen!« Aufmerksam musterte uns der Kapitän der *Frisia*. »Was hat euch denn ins Watt verschlagen?«

Dankbar nahm ich zur Kenntnis, dass der Kapitän der Fähre auf eine Gardinenpredigt verzichtete, obwohl er dazu allen Grund gehabt hätte. Denn aus seiner Sicht hatten wir uns sicherlich wie die dümmsten Landratten angestellt, indem wir bei den morgendlichen Sichtverhältnissen im Watt herumliefen.

Auch wenn der Kapitän nicht älter als Ende zwanzig war und sein Vollbart eher einer schlechten Rasur als einem Bart ähnelte, hatte ich nicht den Eindruck, dass es sich bei ihm um einen Anfänger handelte. Seine Augen wirkten abgeklärter und reifer als sein schlaksiger Körper, der in seiner Uniform fast versank, obwohl sie ihm nicht zu groß schien. Es gibt halt einfach Menschen, an denen wirkt jede Uniform fehl am Platz. Kapitän Miroc, wie ihn das silbrig glänzende Namensschild an seinem weißen Halbarmhemd auswies, gehörte ganz offensichtlich zu dieser Kategorie.

»Moin«, grüßten Onno und ich.

»Haben Sie herzlichen Dank, Käpt'n!«, sagte ich dankbar. »Sie kamen im absolut richtigen Moment. Ohne Sie…« Ich ließ den angefangenen Satz unvollendet im Raum stehen.

»Kein Ding«, winkte Kapitän Miroc verlegen ab. »Aber ihr hattet großes Glück! Normalerweise fahren wir nicht so weit östlich. Aber wegen der großen Hitze sind die Wasserstände so niedrig, dass wir im Moment einen bogenförmigen Kurs halten.«

Auch wenn er unsere Rettung mit einer Handbewegung abtat, als sei es das Natürlichste der Welt, dem Ertrinkungstod von der Schippe gesprungen zu sein, bedankten Onno und ich uns mit Handschlag bei ihm. Max rührte sich nicht, und wir ließen ihn einfach in Ruhe.

»Aber erzählt doch mal«, kam Kapitän Miroc auf seine Frage zurück, als wir uns wieder hingesetzt hatten. »Was habt ihr denn hier im Watt getrieben? Das war doch keine Wattwanderung.«

Es hätte mir widerstrebt, unserem Lebensretter ins Gesicht zu lügen, aber die Wahrheit wollte ich ihm auch nicht auf die Nase binden. Deshalb machte ich ihm ein unauffälliges Zeichen, mir vor die Kabine zu folgen, und deutete mit dem Kinn auf Max, der regungslos auf einem Stuhl hockte und den Tee in seinem Becher anstarrte, ohne einen Schluck zu trinken.

Der Kapitän sah mich kurz an und nickte unmerklich.

Wir verließen die Kabine.

»Nun?« Abwartend schaute Kapitän Miroc mich an.

»Wir waren auf Lütje Hörn, um Max abzuholen, der seinen Vater besucht hat«, erklärte ich, wobei ich mich bei der Beantwortung seiner Frage für eine Halbwahrheit entschieden hatte. »Mit dem Boot war etwas nicht in Ordnung, sodass wir zu diesem Fußmarsch durchs Watt nach Borkum gezwungen waren. Dabei sind wir in eine Untiefe geraten, wobei der Vater von Max ertrunken ist.«

Ich vermied den direkten Augenkontakt mit Kapitän Miroc, weil ich ein unsäglich schlechtes Gewissen hatte, unseren Retter anzulügen, und befürchtete, dass mir das schlechte Gewissen vom Gesicht abzulesen war.

»So, so«, brummte er, und mir war klar, dass er mir kein Wort glaubte. »Und Funk gab's nicht?«

Ich schüttelte den Kopf. »Soweit ich weiß, nicht. Der Vater von Max ist... war Ornithologe und hat am Wochenende auf Lütje Hörn Vogelzählungen vorgenommen. Ich glaube, er hatte nur ein Handy bei...«

»... was hier draußen nicht funktioniert«, beendete der Kapitän meinen Satz.

»Genau!«, bestätigte ich.

Wir schwiegen beide einen kurzen Moment, und ich war heilfroh, als wir durch den Ersten Offizier unterbrochen wurden, der in diesem Moment um die Ecke bog und mit einem Blatt Papier wedelte.

Kapitän Miroc ergriff das Papier und überflog kurz den Text, der nur aus ein paar Sätzen bestand, wie ich mit einem unauffälligen Blick sehen konnte.

»Wenn wir gleich anlegen, sollten Sie die Fähre nicht verlassen«, sagte der Kapitän und sah von dem Blatt Papier hoch. »Sie haben eine Verabredung mit der Polizei.«

Ich seufzte resigniert. »Von wegen in Ruhe mit Max und Onno reden«, dachte ich verdrossen.

Das war's ja dann wohl. Max würde ohnehin nichts sagen, und Onno würde die Kripo gleich als mutmaßlichen Mörder von Dominik Stein wegschließen. An Onno käme ich nur wieder als Anwalt heran, was einen formellen Weg vorschrieb, der zusätzlich unnütze Zeit kosten würde.

»Okay«, sagte ich und nickte dem Kapitän zu. »Und nochmals vielen Dank für alles.«

Ich zog mir die Decke enger um meine Schultern und ging zurück in den Mannschaftsraum, wo Onno mich neugierig ansah.

»Und – was wollte er?«

»Mir sagen, dass die Polizei in Emden auf uns wartet«, antwortete ich.

»War ja klar«, erwiderte Onno spöttisch. »Dann kriegen die heute noch ihr Erfolgserlebnis.«

»Onno, du weißt – mein Angebot steht!«, erinnerte ich ihn an unser Gespräch der letzten Nacht, die mir vorkam, als läge sie schon Wochen zurück.

»Ich weiß«, feixte er in Anspielung an die berühmte Filmszene aus Coppolas Klassiker *Der Pate*: »Du hast mir ein Angebot gemacht, welches ich nicht ablehnen kann.«

»So in etwa«, erwiderte ich trocken. »Es sei denn, du hast in den nächsten zwanzig Jahren nichts anderes vor – während du im Knast sitzt.«

Onno verzog das Gesicht zu einem schiefen Grinsen. »Dann kannst du mir ja einen Kuchen mit 'ner eingebackenen Feile in die Zelle schicken.«

Da wir noch vollkommen unter dem Eindruck des Todes

von Max' Vater standen, hatte niemand von uns Lust zu reden. Schweigend hingen wir unseren Gedanken nach.

Ich war noch immer vom Tod des Ornithologen schockiert. Es war alles so schnell gegangen.

Als die Fähre in Emden anlegte, blieben wir geduldig auf unseren Stühlen sitzen.

»Also, wie besprochen«, instruierte ich Onno und Max ein letztes Mal, wobei ich das Gefühl hatte, dass Max mir überhaupt nicht zuhörte. »Max wird man befragen und dann laufen lassen. Du wartest bitte draußen an der Mole auf mich, Max! Onno wird man verhaften und mit zum Revier nehmen.«

»Das können die ja gerne machen, aber ohne meinen Anwalt sage ich nix!«, sagte Onno trotzig.

»Genau. Du machst keine Aussage und verlangst nach deinem Anwalt.« Ich senkte meine Stimme und raunte ihm mit einem Seitenblick auf Max leise zu: »Wir sprechen dann später in aller Ruhe miteinander.«

Zu Max gewandt, sagte ich dann in normaler Lautstärke: »Wie gesagt, Max. Du wartest auf mich. Dann fahren wir zu mir, und wir reden über alles. Wir wollen ja schließlich Onno so schnell wie möglich wieder rausholen.«

In diesem Moment öffnete sich die Tür des Mannschaftsraums, ohne dass jemand es für nötig befunden hätte anzuklopfen. Zwei Uniformierte marschierten herein.

»Moin«, sagte der linke der beiden Polizisten, die wie Brüder aussahen. Beide waren mit schätzungsweise einem Meter neunzig ziemlich groß, ungemein sportlich aussehend und glatt rasiert. Ihre Gesichter hatten nichts Markantes, und ich ertappte mich dabei, wie mir der Begriff »nichtssagend« durch den Kopf fuhr. Beide waren nicht älter als Mitte zwanzig, und ich fühlte mich angesichts ihres jung-dynamischen Auftritts mehr denn je wie ein altes Fossil.

Noch während Onno und ich freundlich grüßten, stieß der

rechte Polizist seinen Kollegen an und wies auf Onno: »Das ist ja 'n Ding; da sitzt die Fahndung.«

Noch bevor wir etwas erwidern konnten, hatten die beiden Sportskanonen Onno von beiden Seiten gepackt und ihm die Hände stilecht mit Handschellen auf den Rücken gefesselt.

»Sie sind vorläufig festgenommen«, belehrte einer der beiden Polizisten Onno knapp.

»Ich verlange meinen Anwalt!«, rief Onno aufgebracht.

»Das sagen sie alle«, lautete die rotzige Antwort.

»Stimmt«, pflichtete ich den Uniformierten zu. »Tadaa! Und da bin ich auch schon!«

Ungläubig beäugten mich die beiden unter ihren achteckigen Uniformmützen hervor.

»Mein Name ist Jan de Fries, und ich bin der Rechtsbeistand von Onno Clasen«, stellte ich klar.

»Und der bin ja nun mal ich!«, rief Onno aufmüpfig.

Die beiden blau uniformierten Sportskanonen sahen erst Onno, dann mich und zum Schluss sich gegenseitig an, um zu dem Schluss zu kommen, dass es wahrscheinlich sinnvoll wäre, meinen Worten Glauben zu schenken.

In den nächsten Minuten klärten wir gemeinsam, wer nun wer war, worauf die beiden Uniformierten uns kurzerhand alle zusammen mit auf die Wache nahmen. Der Grund war ziemlich profan: Niemand von uns hatte einen Ausweis dabei.

So viel zu meinem Plan, mit Max in aller Ruhe sprechen zu wollen.

17

In der Polizeidirektion lief es so ab, wie ich es vorhergesehen hatte. Onno wurde festgenommen und verschwand auf direktem Wege in einem der Vernehmungszimmer. Obwohl ich darauf hingewiesen hatte, dass ich Onnos Anwalt bin, musste ich auf einer unbequemen Holzbank auf dem Flur warten, während Onno bereits befragt wurde. Als Angehöriger des Verunglückten wurde Max vor mir in einem zweiten Vernehmungszimmer befragt.

Als ich an der Reihe war, wies ich erneut darauf hin, dass ich Onnos Anwalt sei. Der uniformierte Polizist nahm das zur Kenntnis und erklärte mir, dass dies ja durchaus der Fall sein könne, ich aber trotzdem zuerst meine Aussage machen müsse.

Der Polizist hatte recht. Ich genoss ja keinerlei juristische Immunität und musste meine Zeugenaussage machen. Onno als Tatverdächtiger konnte ja seine Aussage verweigern, solange ich nicht bei ihm war; so wie ich ihm in weiser Voraussicht geraten hatte.

Bei meiner Vernehmung hielt ich keinerlei Informationen zu den Geschehnissen auf Lütje Hörn zurück und begann mit meiner Aussage bei dem Diebstahl des Schlauchboots im Norddeicher Hafen. Ich setzte darauf, dass der Eigner des Werkstattschiffs auf eine Anzeige verzichten würde, wenn ich ihm den Grund für unser »Ausleihen« erklären und den Schaden bar auf den Tisch legen würde, womit die Anzeige schon einmal vom Tisch wäre.

Auch bei der restlichen Schilderung der Ereignisse hielt ich mich an die Tatsachen und ließ nichts aus. Nachdem ich mein Protokoll unterschrieben hatte, verbrachte ich eine weitere Viertelstunde auf der Holzbank auf dem Flur und wartete darauf, dass ich zu Onno gelassen wurde.

Endlich öffnete sich die Tür des Vernehmungszimmers, und Onno wurde von einem der jungen Polizeibeamten herausgeführt, die uns festgenommen hatten. Onno und ich wechselten einen kurzen Blick. Gleich hinter Onno tauchten Mackensen und Freud auf. Die beiden Kommissare sprachen leise miteinander. Als Freud mich entdeckte, machte er Mackensen ein Zeichen und steuerte mich an.

Statt einer Begrüßung sah er mich finster an. »Sie sind sich im Klaren darüber, dass Sie einem dringend Tatverdächtigen geholfen haben, einen Diebstahl zu begehen?«, fragte er, wobei ich bezweifelte, dass er eine ernsthafte Antwort erwartete.

»Sie meinen sicherlich die Geschichte mit dem Schlauchboot?«, erwiderte ich und ignorierte, dass er Onno als Tatverdächtigen bezeichnete.

Was hätte ich auch erwidern sollen? Er hatte ja recht.

»Ihre Aktion auf Lütje Hörn hat einen weiteren Menschen das Leben gekostet«, sagte er in hartem Tonfall, ohne auf meine Antwort einzugehen.

»Und was wollen Sie mir damit sagen?«, entgegnete ich barsch.

»Dass der Tote vielleicht noch am Leben wäre, wenn Sie nicht wie ein Cowboy auf der Insel herumgeballert hätten!« Freud sah mich feindselig an.

»Wenn wir uns nicht mit der Signalpistole gewehrt hätten, wären wir wahrscheinlich alle von dem wahnsinnigen Killer erschossen worden«, gab ich zurück.

»Wenn jeder mit einer Waffe herumfuchteln würde, der sich bedroht fühlt, hätten wir Wildwest in Deutschland!«, sagte

Freud nachdrücklich und fügte mit ernster Stimme hinzu, dass ich eine Anzeige wegen unerlaubten Führens einer Waffe zu erwarten habe, da man für das Führen einer Gas- oder Signalpistole außerhalb des eigenen Grundstücks einen sogenannten »kleinen Waffenschein« benötigt – und den hatte ich ja nun mal nicht.

»Wo wir gerade darüber sprechen«, ignorierte ich Kommissar Freuds Belehrung und entgegnete, »was gedenken Sie hinsichtlich des Schützen zu tun? Ich habe gerade bei Ihrem Kollegen meine Aussage gemacht.« Mit dem Daumen zeigte ich auf den uniformierten Polizisten, der mein Protokoll aufgenommen hatte. »Ich habe auch ausgesagt, dass der Killer Jagd auf Max Bornemann gemacht hat und dass dieser das eigentliche Ziel des Todesschützen war und vermutlich noch ist! Sie müssen Max Bornemann schützen, er befindet sich in akuter Gefahr.«

»Sie brauchen uns nicht zu belehren.« Kommissar Freud sah mich kühl an. »Wir wissen, was wir tun.«

Mackensen hatte die ganze Zeit mit unbewegtem Gesicht neben seinem Kollegen gestanden und unserem Wortgeplänkel zugehört. Nun ergriff er gelassen das Wort.

»Wir haben Herrn Bornemann ausdrücklich zu den Geschehnissen befragt, und…«, er legte den Kopf schief und sah mich, ohne eine Miene zu verziehen, an, bevor er fortfuhr: »… Herr Bornemann hat nichts dergleichen gesagt. Wenn es jemand auf ihn abgesehen haben sollte, wie Sie behaupten, Herr de Fries – wieso sagt Bornemann dann nichts, wenn wir ihn ausdrücklich befragen?«

Ungläubig sah ich Mackensen an. Max sollte nichts gesagt haben? Wieso?

Ich fuhr zu Onno herum.

Bevor ich etwas sagen konnte, fuhr Mackensen mit seiner Erklärung fort: »Wir haben Herrn Clasen gerade darüber informiert, dass er für uns tatverdächtig ist, Dominik Stein getötet zu haben. Und wir haben ihn zu den Vorgängen draußen im Watt befragt. Herr Clasen bestreitet natürlich den Tatvorwurf bezüglich Dominik Stein. Aber dazu werden wir ihn als Beschuldigten in den nächsten Tagen ausführlich vernehmen. Und ja, wir wissen natürlich auch, dass Sie der Anwalt von Herrn Clasen sind. Bei den nächsten Vernehmungen haben Sie das Recht, als sein Anwalt dabei zu sein.«

Ich nickte nur, denn mein Erstaunen wuchs mit jedem Satz, den Mackensen sagte. Er war nicht nur ruhig und sachlich, sondern auch korrekt und kooperativ. Fast war ich schon geneigt, damit anzufangen, ihn zu mögen, schob diesen Impuls dann aber doch lieber weit von mir. Noch hatte Mackensen jede Gelegenheit, sich als das Arschloch zu zeigen, als das ich ihn kannte. Eine Schwalbe macht noch keinen Sommer.

»Und was Max Bornemann angeht, werden wir natürlich unabhängig von dem, was er uns ausgesagt hat, ermitteln«, führte Mackensen weiter aus. »Schließlich haben wir es mit einem Mord zu tun. Ein Mann wurde angeschossen, und der Schütze läuft noch weiter herum. Ob Martin Bornemann an der Schussverletzung gestorben ist oder durch einen Unglücksfall ertrunken ist, steht noch überhaupt nicht fest.«

»Ertrunken«, sagte ich mit spröder Stimme. »Es war ein Unglück. Max' Vater ist ertrunken. Ich bin in eine Untiefe getreten, und Martin Bornemann ist mir von der Schulter gerutscht.« Die Erinnerung an das tragische Unglück sprang mich unvermittelt an, und ich spürte, wie erneut Wut auf den Killer, der uns durch das Watt gejagt hatte, und Entsetzen über Martin Bornemanns Tod in mir hochstiegen.

Unvermittelt hatte ich das Gefühl, dass ich keinen Boden mehr unter den Füßen hatte und sich unter mir die Untiefe wie im Wattenmeer auftat. Für einen Moment wurde mir bei der Erinnerung schwindlig, und ich musste die Augen schließen.

»Ist alles in Ordnung mit Ihnen?«, drang Mackensens

Stimme wie durch Watte an mein Ohr, und ich öffnete mühsam meine Augen.

Mackensen sah mich an, und – oh Wunder! – in seinem Gesicht zeichnete sich sogar so etwas wie Sorge ab.

»Hm«, machte ich. »Alles klar. Mir war nur... es ist alles in Ordnung.«

Mackensen warf mir noch einen musternden Blick zu und fuhr fort: »Natürlich werden wir in alle Richtungen ermitteln und auch genau untersuchen, welche Rolle der Sohn des Toten in dem ganzen Geschehen spielt. Aber erst müssen wir den Toten finden. Wer weiß, wann und wo er angespült wird; wenn überhaupt.«

Ich konnte es kaum glauben. Statt mich wie gewohnt anzufeinden oder Sprüche zu klopfen, blieb Mackensen nach wie vor vorbildlich ruhig und sachlich? Ich verstand die Welt nicht mehr. Eigentlich war er doch derjenige, der einem das Leben schwer machte, wo er nur konnte. Langsam wurde mir »Mackes« Wandlung vom Saulus zum Paulus fast schon unheimlich.

»Ich hoffe, Sie werden auch eine mögliche Verbindung zwischen Dominik Stein, dem Toten von der Manningaburg, und dem Schützen von Lütje Hörn untersuchen.«

»Vielen Dank für Ihre Anregungen«, unterbrach Kommissar Freud mich mit säuerlichem Lächeln und deutete auf seine Uhr am Handgelenk. »Wir müssen los. Der Haftrichter wartet!«

Mackensen legte Onno seine Hand auf die Schulter und nickte mir auffordernd zu, während er Onno Richtung Gang bugsierte: »Kommen Sie mit, Herr de Fries. Sie sind doch der Anwalt von Herrn Claasen.«

Auch wenn mich Kommissar Mackensens vorbildliches Verhalten irritierte, ließ ich mich nicht zweimal bitten und folgte den beiden Kripobeamten.

Der Besuch beim Haftrichter im gegenüberliegenden

Gebäude war nur kurz, da der diensthabende Richter bei Onno Fluchtgefahr sah, die er damit begründete, dass Onno in der Tatnacht vom Dach der Manningaburg abgehauen war, und er wandelte die vorläufige Festnahme in eine Untersuchungshaft um.

Einen Widerspruch einzulegen sparte ich mir, da dieser ohnehin keine Aussicht auf Erfolg gehabt hätte. Dafür war der Tatverdacht zu konkret, und die Fluchtgefahr konnte ich nicht wegdiskutieren, weil Onno vor den Augen mehrerer Dutzend Zeugen verduftet war.

Nachdem Onno nun offizieller Untersuchungshäftling war, wurde er wieder zurück zur Polizeidirektion geführt. Während wir den Vorplatz überquerten, hielt ich Ausschau nach Max, von dem keine Spur zu sehen war. Vielleicht hatte er sich ja an ein schattiges Plätzchen zurückgezogen, wo er auf mich wartete; was ich allerdings bezweifelte.

Die Polizisten übergaben den noch immer mit Handschellen gefesselten Onno an Mackensen und Freud, die ihn in die Räume der Kriminalpolizei führten, wo bereits der Staatsanwalt auf uns wartete. Der mittelgroße schlanke Mann, der einen modischen grauen Anzug trug, stellte sich freundlich als Staatsanwalt Güll vor.

Ich verspürte einen schmerzhaften Stich, als ich ihm die Hand schüttelte. Wenn hier in Emden von einem Staatsanwalt die Rede war, hatte ich immer Staatsanwältin Lenzen vor Augen – meine Traute.

Aber nach den Geschehnissen des letzten Winters gab es Traute nicht mehr für mich; nicht als Staatsanwältin in Emden und nicht als die Frau, die mich morgens schlaftrunken und mit verwuschelten Haaren liebevoll »Schnarchsack« nannte.

Ich holte tief Luft und seufzte leise. Die Trennung von Traute hatte ich noch immer nicht verwunden – auch wenn sie bereits einige Monate zurücklag.

Auch wenn es mir sehr schwer fiel, riss ich mich zusammen und konzentrierte mich auf die Vernehmung, die ruhig und sachlich verlief. Traute hätte es mit ihrem Nachfolger schlechter treffen können. Staatsanwalt Güll war groß, schlank und machte mit seinen schwarzen Locken und der aristokratischen Hakennase einen südländischen Eindruck. Güll sah nicht nur gut aus, sondern verhielt sich zudem sehr freundlich und professionell, sodass es für mich keinen Grund gab, irgendwelche Widersprüche einzulegen oder mich schützend vor Onno zu werfen.

Auch Onno verhielt sich vorbildlich und machte eine sachliche Aussage zu den Ereignissen auf dem Dach der Manningaburg. Die Tatvorwürfe wies ich formal als Onnos Anwalt ruhig und sachlich zurück und forderte Staatsanwaltschaft und Polizei zur Ermittlung des von Onno beschriebenen Unbekannten auf. Auch wenn Onno aufgrund seiner Anwesenheit am Tatort als Hauptverdächtiger galt, hatte ich das Gefühl, dass die Ermittler Onno auch nicht für den Täter hielten und für weitere Ermittlungen offen waren.

Nach Ende der Vernehmung nahm ich mein Recht in Anspruch, mit meinem Mandanten ungestört sprechen zu können, und bat Onno, mir noch mal ausführlich zu erzählen, was es mit dem Anruf von Max auf sich hatte.

»Er hat mir nur gesagt, dass er Schiss hat, weil er verfolgt wird, und wollte bei mir pennen«, wiederholte Onno, was er mir bereits im Norddeicher Hafen erzählt hatte.

»Und du hast keine Ahnung, worum es ging?«, bohrte ich nach. »Hast du denn nicht gefragt, wer ihn verfolgt und wieso?«

»Na klar hab ich das. Aber wenn Max nix sagen will, ist er stur«, antwortete Onno. »Dann bekommst du aus ihm nichts heraus.«

Dass Max nicht sehr gesprächig war, konnte ich aus eigener Erfahrung bestätigen.

»Hast du eine Ahnung, wo er sich versteckt haben könnte?«, wollte ich wissen.

Onno überlegte kurz und schüttelte dann den Kopf. »Keinen Schimmer. Ich hab mir doch schon vorher den Kopf zerbrochen, wo er untergetaucht sein könnte, und hatte keine Idee, bis mir eingefallen ist, dass Max mir mal von seinem Vater erzählt hat, der auf Lütje Hörn Vögel zählt.«

»Freunde, Arbeitskollegen, Familie oder vielleicht eine Freundin?«, zählte ich auf.

»Ne.« Wieder schüttelte Onno den Kopf. »Max ist da ein bisschen komisch. Der Einzige, den er als Familie hatte, war sein Vater. Die Eltern sind seit seiner Geburt geschieden; Max ist bei seinem Vater aufgewachsen. Die Mutter hat sich nie um ihn gekümmert.«

»Freund?«, wiederholte ich hartnäckig.

»Mit Freunden hat er es nicht so«, erwiderte Onno. »Wir sind ja alte Schulfreunde und haben mal 'ne Zeit lang zusammen bei der Fischereigenossenschaft gearbeitet. Dann hat Max im Hafen auf Juist angeheuert, und wir haben uns aus den Augen verloren – bis zu dem Vorfall damals.«

Onno spielte auf die beiden Killer an, denen Max vor zwei Jahren im Gewerbehof auf Juist in die Quere gekommen war.

»Damals hatte er noch ein paar Kumpels. Keine Ahnung, mit wem er sich herumtrieb. Ich weiß nur, dass es da wohl auch ein Mädchen gab. Dann gab's wohl aus irgendwelchen Gründen Zoff, und Max hat sich völlig zurückgezogen.« Onno zuckte mit den Schultern. »Er war ja noch nie wirklich gesellig, aber seitdem hat man ihn gar nicht mehr gesehen. Noch nicht mal zum Hafenfest oder so.«

Onno erzählte mir, dass Max eine kleine Wohnung in Greetsiel hatte. Ich notierte mir die Adresse und verabschiedete mich von ihm.

Nachdenklich verließ ich die Polizeidirektion.

Mit zusammengekniffenen Augen trat ich in die gleißende Nachmittagshitze hinaus. Der Vorplatz vor dem Backsteingebäude lag wie ausgestorben vor mir, was kein Wunder war: Wer ging schon bei den momentanen Temperaturen freiwillig ins Freie? Das Gewitter hatte den Himmel frisch gewaschen, der sich in einem strahlenden Friesischblau präsentierte. Die Sonne hatte zwar bereits den höchsten Punkt überschritten, brannte aber unverdrossen vom wolkenlosen Himmel herunter.

Mit in den Hosentaschen vergrabenen Händen schaute ich mich um und stellte, ohne wirklich überrascht zu sein, fest, dass sich meine Befürchtung bestätigte, die mir die ganze Zeit während meines Aufenthalts in der Polizeidirektion auf den Magen gedrückt hatte.

Max war tatsächlich verschwunden.

Er hatte nicht vor dem Gebäude gewartet, wie ich ihn gebeten hatte. Und er stand auch in keinem schattigen Seiteneingang, um auf mich zu warten. Auch wenn ich nicht wirklich überrascht war und durchaus verstehen konnte, dass Max sich aus dem Staub gemacht hatte, schüttelte ich mürrisch den Kopf. »Blödmann!«

Da mein Handy natürlich noch immer nicht funktionierte, ging ich zurück ins Gebäude und bat den diensthabenden Beamten in der Wache, mir ein Taxi zu rufen.

Während ich im Schatten des Eingangs der Emder Polizeiinspektion auf mein Taxi wartete, überlegte ich meine nächsten Schritte.

Im Grunde war mein Vorgehen sehr einfach. Da ich davon ausging, dass der unsichtbare Schütze, der uns auf Lütje Hörn gejagt hatte, auch derjenige war, vor dem Max sich versteckte, war mir klar, dass es sich bei dem Schützen auch um den Mörder von Dominik Stein handeln musste. Da Max wusste, wer ihn jagte, war ich mir sicher, dass er den Mörder des toten Tanzlehrers kannte. Wenn ich mit dieser Überlegung richtig lag, konnte Max den Mörder sofort benennen. Die Frage war nur: Warum schwieg Max?

Natürlich gab es auch die Möglichkeit, dass Max am Tag seines Anrufs bei Onno jemand völlig anderen auf der Manningaburg hatte treffen wollen und zufällig den Killer gesehen, aber nicht erkannt hatte und dieser ihn nun jagte, um Max als möglichen Zeugen aus dem Weg zu räumen. Vielleicht hatte Max ihn aber auch erkannt. Das wäre für den Killer der wesentliche Grund, ihn mundtot zu machen.

Es bestand aber auch die Möglichkeit, dass Max eine Verabredung mit Dominik Stein hatte und dieser wiederum ...

Verdammt! Ich wischte mir mit der Hand den Schweiß von der Glatze. Je länger ich über die Hintergründe nachdachte, weshalb Max Bornemann vor dem Unbekannten auf der Flucht sein könnte, desto mehr Varianten ergaben sich.

Aber egal, welche der Varianten nun auch die richtige sein mochte, für mich waren zwei Dinge glasklar: Erstens gab es eine Geschichte hinter der Geschichte, und zweitens konnte Max Bornemann den entscheidenden Hinweis auf den Mörder von Dominik Stein geben, in welcher Form auch immer. Warum er nicht einfach der Polizei gesagt hatte, wer ihn verfolgte, wusste ich nicht. Offenbar war die Antwort darauf die Geschichte hinter der Geschichte, und Max musste einen verdammt guten Grund haben, diese Antwort zu verschweigen.

Und genau diese Antwort wollte ich von Max haben. Also musste ich ihn finden und zum Reden bringen. Relativ einfach, wenn ich gewusst hätte, wo ich ihn suchen sollte.

»Hm ...« Gedankenverloren starrte ich die Straße in der Hoffnung hoch, dass endlich ein Taxi auftaucht, und sagte leise: »Wo bist du, Max?«

Da ich auf diese Frage keine Antwort wusste, musste ich mich dem Naheliegenden zuwenden – Dominik Stein.

Da sich in der überwiegenden Zahl von Mordfällen Opfer

und Täter kennen und in irgendeiner Form in Beziehung zueinander stehen, musste ich den Hintergrund von Dominik Stein ausleuchten und würde im günstigsten Fall eine Querverbindung zu seinem Mörder finden, den ich schon jetzt für den unsichtbaren Schützen hielt, der Jagd auf uns gemacht hatte.

Während ich noch darüber nachgrübelte, wie der Tote aus dem Watt in diese ganze Geschichte hineinpasste und ob er überhaupt etwas mit dem toten Tanzlehrer zu tun hatte, tauchte endlich das Taxi auf.

Erschöpft ließ ich mich auf die Rückbank fallen und zuckte erschrocken zusammen. Die Ledersitze waren glühend heiß, und ich hatte das Gefühl, mir an dem Leder die Oberschenkel zu verbrennen. Hastig zerrte ich an den Hosenbeinen meiner Shorts, um nicht komplett blanchiert zu werden, und atmete erleichtert auf, als mir der Fahrer eine Tageszeitung reichte, auf die ich mich setzte.

Ich nannte dem Fahrer die Adresse vom *Yacht-Zentrum Störtebeker*, wo ich in der vergangenen Nacht meinen Käfer geparkt hatte. Vorsichtig lehnte ich mich gegen das glühend heiße Leder. Mein Blick fiel auf eine Ecke der überregionalen Tageszeitung, die unter meinem Oberschenkel hervorsah. Obwohl ich mit meinem Bein das darunter hervorlugende Foto zum größten Teil verdeckte, erkannte ich auf den ersten Blick mein eigenes Konterfei. Ich zerrte die Zeitung unter meinem Hintern hervor und strich sie glatt.

Berliner Staranwalt verteidigt Ostfriesen-Henker!, prangte in Großbuchstaben auf der Rückseite des Revolverblatts. Für die Titelseite war die Geschichte dann doch nicht spektakulär genug.

Ich sah meinen Namen nicht zum ersten Mal in der Zeitung, und mein Erstaunen war größer als mein Entsetzen. In meiner aktiven Zeit als Strafverteidiger hatte meine Kanzlei oft spektakuläre Fälle vertreten, die weit über die Grenzen Berlins hinaus für Schlagzeilen gesorgt hatten. Ich würde zwar nicht behaupten, dass ich berühmt war, aber wenn jemand gut recherchieren konnte, stieß er unweigerlich auf meinen Namen. Das Internet vergisst nichts!

Der Artikel gab inhaltlich nicht viel her, beschrieb aber in krassen Farben, wie ein »Gehenkter« vom Dach einer ostfriesischen Wasserburg mitten in eine Tanzveranstaltung fiel und der ehemalige Berliner Strafverteidiger Jan de Fries den mutmaßlichen Mörder, einen hiesigen Matrosen, vertrat, der reißerisch als »Henker« bezeichnet wurde. Da es offenbar weder Fotos vom Tatort noch von Onno gab, hatte ein altes Pressefoto von mir herhalten müssen, welches der Redakteur aus dem Internet heruntergeladen hatte.

Dummerweise hatte der Redakteur ein älteres Foto von mir herausgekramt, das mich nach einem Auftaktkonzert zur Potsdamer Schlössernacht im Kollegenkreis zeigte. Ein Kollege hatte mich seinerzeit dazu überredet, mein Büro an diesem Abend vorzeitig zu verlassen, und mich zu einem Barockkonzert eingeladen, das im Neuen Palais von Schloss Sanssouci in Potsdam stattfand. Da ich zu diesem Zeitpunkt das klassische Verhalten eines Workaholics zeigte, fiel es meinem Kollegen nicht leicht, mich zum Besuch eines Klassikkonzerts zu bewegen, was ihm schlussendlich unter Androhung der Kündigung seiner Freundschaft gelang.

Irgendwie war ich zum Ende des Konzerts eingenickt, worüber sich die Frau meines Kollegen und deren Schwester köstlich amüsierten. Um mich wieder munter zu bekommen, drückte mir mein Kollege ein Glas Champagner in die Hand und beide tief dekolletierten Damen mir beidseits einen Kuss auf die Wangen. Genau in diesem Moment drückte ein Pressefotograf auf den Auslöser, wodurch mich fortan der Ruf eines Partyanwalts begleitete.

Mir war das Foto nicht nur sehr peinlich, sondern auch

in äußerst unangenehmer Erinnerung, da meine Frau es als Anlass zu einem handfesten Streit nahm. Die Ehe mit meiner Frau stand ohnehin schon auf der Kippe, weil wir beide uns mehr um unsere Karrieren gekümmert hatten als um unsere Beziehung. Wir trafen uns meist morgens mit dicken Augen in der Küche, um einen flüchtigen Kuss auszutauschen und uns unsere Morgendröhnung Koffein und Nikotin einzuverleiben. Von Genuss konnte keine Rede sein, eher von Suchtverhalten. Da ich außer Arbeit keinen anderen Lebensinhalt kannte und mich am besagten Abend ausnahmsweise einmal von einem Kollegen zu einem kulturellen Quickie hatte überreden lassen, grenzte es schon an blanke Ironie, dass meine Frau dies als Anlass zu einem Ehestreit nahm. Zugegeben – die Frauen, die mich küssten, waren sehr tief dekolletiert gewesen, und ich hatte deutlich mehr als ein Glas Champagner getrunken, aber war das ein Grund für einen Ehekrach? In einem Punkt hatte meine Frau allerdings recht; ich hätte sie vom Büro aus anrufen und fragen können, ob sie mich zum Konzert begleiten möchte. Das hatte ich versäumt. Natürlich hätte ich zu meiner Entschuldigung anführen können, dass wir schon seit Monaten nichts gemeinsam unternommen hatten, weil wir beide bis über beide Ohren in Terminen steckten. Und warum hätte es an diesem Abend anders sein sollen?

Ich verzichtete auf diese Ausrede – denn ich hatte schlichtweg nicht daran gedacht, sie zu fragen.

Wenige Monate nach der Potsdamer Schlössernacht ließen wir uns scheiden.

Obwohl mir die Sitze den Hintern zu verbrennen schienen und mich die Erinnerung an das Champagnerfoto mit den beiden Blondinen sehr ärgerte, fielen mir während der halbstündigen Fahrt die Augen zu.

Die Stimme des Fahrers weckte mich. »Da sind wir! Ist das Ihr Wagen?«, rief er mir über die Schulter zu.

Erschrocken fuhr ich zusammen und wusste im ersten Moment nicht, wo ich mich befand. Umständlich setzte ich mich auf und blinzelte ins helle Sonnenlicht. Als mein Blick auf meinen Käfer fiel, der seitlich am Rand der Mole geparkt war, setzte meine Erinnerung an die Ereignisse der letzten Tage schlagartig wieder ein.

»Ja, genau. Das isser!«, antwortete ich undeutlich mit pelziger Zunge und richtete mich zu einer halbwegs normalen sitzenden Position auf.

Ich drückte dem Fahrer die mittlerweile zu einem unförmigen Batzen getrockneten Geldscheine in die Hand und sagte: »Das müssten etwa sechzig Euro sein. Stimmt so. Sie müssen nur die Scheine auseinanderfummeln.«

Der Fahrer brummelte etwas in seinen Bart hinein, steckte aber den Papierklumpen in seine Geldbörse. Geld stinkt halt nicht; wobei ich mir in diesem Fall nicht sicher war.

Langsam stieg ich aus dem Taxi, sortierte erst einmal meine Knochen und streckte mich genüsslich. Der Fahrer streckte zum Abschied die Hand aus dem Fenster. Ich erwiderte den Gruß, indem ich kurz die Hand hob.

Ganz wohl war mir nicht bei dem Gedanken, was mich nun erwartete, und ich legte mir ein paar gute Argumente griffbereit. Wenig später stand ich an der Gangway der *Nordsee* und sah zu den Aufbauten des Baggerschiffs hoch. Ich gab mir einen Ruck und ging den metallenen Aufgang hinauf. Bereits nach zwei Metern entdeckte mich einer der Arbeiter und rief einem Kollegen etwas Unverständliches zu, der wenige Sekunden später an der Reling auftauchte, wo er mich erwartete. Ich bat den jungen Arbeiter, der einen Blaumann trug, dessen Ärmel und Beine er wegen der brütenden Hitze so weit, wie es ging, hochgekrempelt hatte, mich zum Kapitän zu bringen.

Was aber nicht nötig war, da der rundliche Kapitän der *Nordsee* bereits im Anmarsch war und mich beim Näherkommen misstrauisch beäugte. Nachdem wir uns mit dem üblichen »Moin« begrüßt hatten, erklärte ich ihm in knappen Worten, weshalb Onno und ich sein Schlauchboot geklaut hatten.

Noch während ich dem Kapitän den Einbruch beichtete, machte sich ein verständnisvolles Schmunzeln auf seinem bärtigen Gesicht breit. »Und da habt ihr euch mal so einfach das Beiboot geklemmt?«

Ich nickte schuldbewusst. »Ja, uns fiel nichts anderes ein.«

»Hätte ich auch gemacht!«, brummte er und zog mit der einen Hand eine Tüte *Red Man Plug* und mit der anderen ein kleines Taschenmesser hervor, dessen Klinge er routiniert mit den Zähnen öffnete. Sorgfältig schnitt der Kapitän zwei kleine Stücke von dem *Plug*, einem Riegel gepressten Kautabak, ab und bot mir ein Stück von dem hellbraunen Batzen an.

Mir stand zwar nicht der Sinn nach Kautabak, aber ich wollte die freundliche Geste des Käpt'n nicht ausschlagen; schließlich hatte ich sein Boot geklaut.

Der *Red Man Plug* schmeckte überraschend gut nach getrockneten Pflaumen und Rosinen. Während ich darauf herumkaute und mich bemühte, ihn nicht versehentlich hinunterzuschlucken, sah mich der Kapitän der *Nordsee* aufmerksam an.

»Ihr habt einen Mann verloren?«

Ich schob den Kautabak in meine Backentasche und nickte: »Ja, wir mussten auf dem Rückweg durchs Watt laufen, und dabei kam es zu einem Unglück. Aber woher wissen Sie das?«

»Wattfunk«, erwiderte er nur.

»Verstehe«, nickte ich. Wieso fragte ich denn überhaupt? Ich lebte lange genug in Ostfriesland, um zu wissen, dass sich alle Neuigkeiten mit rasanter Geschwindigkeit verbreiten, egal, ob etwas auf den Inseln oder dem Festland geschieht.

»Was ist mit dem Boot?«, wollte der Kapitän wissen.

»Als ich es zum letzten Mal sah, lag es unbeschädigt am Strand«, antwortete ich. »Wir haben es ziemlich weit hochgezogen. Wenn der Sturm es nicht weggeweht hat, müsste es noch dort liegen.«

»Dann schauen wir doch mal nach!«, sagte der Käpt'n und streckte mir mit breitem Grinsen seine Hand entgegen, die der Pranke eines Bären ähnelte. »Janssen. Mattes Janssen.«

Meine Hand verschwand fast in seiner Pranke, als ich einschlug: »De Fries. Jan de Fries.«

»Der Staranwalt. Ich weiß.« Käpt'n Janssens Grinsen wurde noch breiter.

18

Lütje Hörn tauchte vor uns auf. Heute war der Himmel blau und die Sicht klar, kein Nebel verbarg die Vogelschutzinsel.

Das Baggerschiff verfügte über ein etwas kleineres zweites Schlauchboot, welches Käpt'n Janssen kurzerhand zu Wasser gelassen hatte, um mit mir und einem der Arbeiter rüber nach Lütje Hörn zu fahren und das Schlauchboot zu bergen.

»Wo seid ihr an Land gegangen?«, rief Käpt'n Janssen mir über das Dröhnen des leistungsstarken Außenbordmotors zu.

Das war eine gute Frage, die ich nicht beantworten konnte. Zum einen konnten wir aufgrund der Nebelsuppe keine zwei Meter weit sehen. Und zum anderen hatte Onno die ganze Zeit mit dem Kompass herumhantiert.

Ich zuckte mit den Achseln. »Keine Ahnung. Es war neblig.«

Der Käpt'n machte eine gleichmütige Handbewegung, setzte ein kleines schwarzes Fernglas an die Augen und richtete seinen Blick nach vorn.

Die Gischt spritzte während der Fahrt leicht ins Boot, was ich bei der Hitze aber nicht als unangenehm, sondern in Verbindung mit dem Fahrtwind als sehr erfrischend empfand.

Das Schlauchboot hatte den Bug leicht aus dem Wasser gehoben und flitzte mit erstaunlicher Geschwindigkeit über die Wasseroberfläche. Es war eine angenehme Spritztour, wobei der Anlass alles andere als erfreulich war. Schließlich war es keine vierundzwanzig Stunden her, dass wir mit einem kaltblütigen Killer auf den Fersen um unser Überleben gekämpft hatten und Max' Vater auf schreckliche Weise ums Leben gekommen war.

»Da!«, rief Käpt'n Janssen und zeigte mit der einen Hand nach vorn, während er mit der anderen sein Fernglas an die Augen presste. »Mehr Backbord, Jens!«, wies er seinen Matrosen an.

Der Bug des Schlauchboots schwenkte einen Meter nach links, und eine halbe Minute später konnte auch ich mit bloßen Augen den dunklen Fleck am Strand erkennen, der immer größer wurde.

Es dauerte nicht lange, und unser Schlauchboot glitt sanft einen halben Meter auf den Sandstrand der kleinen Insel hinauf, die im Grunde lediglich eine etwas größere Düne war. Ich schwang die Beine über Bord und stand wieder bis zu den Knien im Wasser von Lütje Hörn.

Obwohl das Wasser nicht kalt war, empfand ich die erneute Begegnung damit wie einen Schock, der meinen gesamten Körper lähmte. In mir breitete sich ein kaltes, taubes Gefühl aus, wie ich es von der Betäubungsspritze beim Zahnarzt her kenne. Nur: in diesem Moment fühlte sich mein ganzer Körper wie betäubt an. Zu frisch waren die Erinnerungen an unseren Überlebenskampf. Für einen Moment hatte ich das Gefühl, wieder ins Leere zu treten und in der dunklen, bodenlosen See zu versinken. Mir wurde schwindlig, und ich begann nach Luft zu schnappen.

Eine mächtige Pranke legte sich auf meine Schulter: »Alles in Ordnung?«

In dem Moment, als ich Käpt'n Janssens Hand auf meiner Schulter spürte, riss ich die Augen auf und holte mit einem röchelnden Atemzug tief Luft.

»Geht wieder«, antwortete ich atemlos und spürte, wie mein Blut wieder in meinen Adern zu pulsieren begann.

Ich wusste, was ein PTSD ist, und hoffte, dass mir die Luft nur weggeblieben war, weil ich noch unter dem Eindruck der dramatischen Ereignisse der letzten vierundzwanzig Stunden stand, und nicht, weil ich mir ein posttraumatisches Stresssyndrom eingefangen hatte.

»Alles klar!« Entschlossen nickte ich Käpt'n Janssen zu. »Wir können.«

Gemeinsam ergriffen wir die Leine, die, von Schlaufen gehalten, einmal ums Boot herumlief, und zogen das Boot den Strand hinauf.

Nur wenige Meter von der Stelle, wo wir an Land gegangen waren, lag das Schlauchboot, mit dem Onno und ich am frühen Morgen angelandet waren.

Mit einem diffusen Gefühl des Unbehagens näherte ich mich dem Boot und warf einen Blick hinein. Der sintflutartige Regen hatte das Innere unter Wasser gesetzt, ansonsten sah das Boot absolut unbeschädigt aus.

»So, dann ist das Thema Boot hiermit erledigt«, brummte Käpt'n Janssen zufrieden. »Ich ziehe gleich morgen früh die Anzeige zurück.«

»Herzlichen Dank, Käpt'n.« Erleichtert sah ich ihn an. »Wenn Sie irgendwelche Kosten oder Auslagen hatten ...«

»Lass gut sein«, wehrte er mit einer Handbewegung ab. »Das ist nun erledigt. Jetzt müssen wir nur noch das Wasser rauskriegen, und dann fahren wir wieder zurück an Land. Wir machen das schon. Du kannst ja noch mal alleine eine Runde über die Insel drehen, das hilft manchmal.«

Es war bestimmt keine schlechte Idee von Käpt'n Janssen, dass ich mich möglichst schnell an Ort und Stelle mit den traumatisierenden Erlebnissen auseinandersetzen sollte. Da meine Hilfe im Augenblick nicht benötigt wurde, machte ich mich auf den Weg, wobei ich versuchte, ungefähr die gleiche Richtung wie in der Nacht einzuschlagen.

Verspürte ich noch bei den ersten Schritten ein beklemmendes Gefühl, ließ das Unbehagen nach ein paar Metern nach. Langsam und vorsichtig stapfte ich durch den Sand von Lütje Hörn, wobei ich meinen Blick ständig zu allen Seiten schweifen ließ. Ich rechnete nicht damit, dass sich der Killer noch auf der Insel aufhielt, wollte aber jegliches Risiko ausschließen. Wenn ich ehrlich zu mir selber war, musste ich zugeben, dass ich überhaupt kein Risiko ausschloss. Denn wenn der Killer sich tatsächlich noch auf der Insel aufhalten sollte, könnte er uns in aller Seelenruhe nacheinander abknallen. Niemand von uns hatte eine Waffe bei sich. Heute Morgen hatte ich zumindest eine Signalpistole, diesmal stand ich komplett mit leeren Händen da.

Ich straffte die Schultern und beruhigte mich, indem ich mir selber erklärte, dass der Killer keinen Grund mehr hatte, sich auf der Insel herumzutreiben. Was sollte er hier auch noch wollen? Andererseits – was tat ich denn noch hier auf Lütje Hörn?

Unwillkürlich beschleunigte ich meine Schritte, wobei ich darauf achtete, auch weiterhin ruhig zu atmen. Nach ein paar Metern kam ich zu der Stelle, an der ich über die Zeltplane gestolpert war und mich fast mit der Zeltstange gepfählt hatte. Automatisch griff ich mir mit der Hand an meine Rippen, stellte aber beruhigt fest, dass es nur wehtat, wenn ich gegen das Hämatom drückte.

Missmutig stöhnte ich auf. Die Geschichte hatte mir bereits diverse Blessuren, eine Nachtfahrt durch Nebelbänke und Gewitterstürme sowie eine Flucht auf Leben und Tod quer durchs Wattenmeer eingebracht. Was mochte noch alles kommen?

Langsam ging ich weiter und holte tief Luft, als ich zu der Stelle kam, an der Max sich und seinen Vater eingebuddelt hatte. Mein Herz war fast stehen geblieben, als die Hand von

Max wie aus dem Nichts unter dem Sand hervorgeschnellt und mich am Knöchel gepackt hatte.

Der Sandboden war zertreten, und wo Max mit seinem Vater gelegen hatte, erkannte ich zwei Mulden im Boden. Der Sand in einer der Vertiefungen wies dunkle Flecken auf – Blut.

Ein Stück silberner Folie im Sand weckte meine Aufmerksamkeit.

Schwerfällig bückte ich mich und zog eine zerdrückte Packung hervor. Obwohl das silberne Päckchen bis auf die drei Buchstaben *EPA* und einen Aufdruck, der auf das Verpackungsdatum und die Mindesthaltbarkeit hinwies, unbeschriftet war, erkannte ich die im Bundeswehrjargon so genannten Panzerplatten sofort. Die Aufschrift *EPA* stand für Einmannpackung der Bundeswehr. Diese Verpflegung erhielten die Soldaten im Einsatz.

Da Max' Vater hier auf Lütje Hörn seine Wochenenden mit dem Zählen von Brutvögeln verbrachte, lag es nahe, dass ihm die Hartkekse gehörten. Ich kannte die Kekse, die auch in der Trekkingszene sehr beliebt sind. Deren Fund brachte mich auf die Idee, noch einmal zurück zu der Stelle zu gehen, wo wir die blutverschmierte Zeltplane gefunden hatten. Wenn das der Lagerplatz des Ornithologen gewesen war, war zu vermuten, dass ich weitere Ausrüstungsgegenstände finden würde. Wo sollten seine Sachen sonst sein? Auf unserer Flucht ums nackte Leben hatten weder Max noch sein Vater Ausrüstungsgegenstände dabei gehabt.

Nachdenklich stocherte ich im Sand herum, wo ich den Lagerplatz des Vogelkundlers vermutete. Fehlanzeige. Bis auf die eine Packung Hartkekse der Bundeswehr war nichts zu finden. Kein Schlafsack, kein Kochgeschirr, keine Vorräte – nichts!

Ich erhob mich wieder und sah in die Runde. Die Insel war wirklich »Lüt«. Ein Rundblick, und ich hatte alles Sehenswerte gesehen: Sand und Gras, Gras und Sand. Sicherlich tat ich allen Vogelkundlern der Welt Unrecht, denn auf der Insel brüteten Schwärme von Vögeln, aber für mich Ignoranten war Lütje Hörn lediglich eine große Düne und ein geeigneter Ort, um mit sich und unzähligen Vögeln allein zu sein. Wobei »unzählig« wieder nicht stimmte, sonst hätte ich Max' Vater und seiner Wochenendbeschäftigung Unrecht getan.

Während ich die Kekse einsteckte, hörte ich Käpt'n Janssen rufen. Ich drehte mich um und verstand sein Winken als Zeichen zum Aufbruch. Da ich hier nicht mehr fündig werden konnte, machte ich mich auf direktem Wege in Richtung Schlauchboote.

Ich war erleichtert, Lütje Hörn verlassen zu können.

Auf der Rückfahrt zum Norddeicher Hafen genoss ich die Sonnenstrahlen auf meiner Haut, die vom milden Fahrtwind angenehm gekühlt wurde. Auf meinen Lippen schmeckte ich das Salz der Nordsee, und ich hätte den ganzen Tag lang ausgestreckt auf dem Boden des Schlauchboots liegen bleiben können. Erst als uns das unvermeidliche Möwengekreische am Hafeneingang begrüßte, setzte ich mich auf und blinzelte Richtung Festland. Am Fähranleger nach Juist wartete eine Schlange von Touristen, um an Bord gehen zu können, und auf einigen Jachten, die im Jachthafen ankerten, putzten die Freizeitkapitäne ihre Ausrüstung oder bereiteten sich auf ihren nächsten Törn vor. Eine wahrhaftige Urlaubsidylle begrüßte uns bei unserer Einfahrt in den Hafen.

Nachdem ich beim Vertäuen der Schlauchboote mit angepackt hatte, verabschiedeten Käpt'n Janssen und ich uns mit Handschlag voneinander, und ich bedankte mich nochmals ausdrücklich für sein Verständnis und seine Hilfe.

Während der Fahrt nach Hause klopfte ich zum virtuosen Spiel des Trompeters Till Brönner die Melodie seines Songs *Summer Breeze* mit den Fingerspitzen aufs Lenkrad. Trotz der aufwühlenden Ereignisse der vergangenen vierundzwanzig Stunden fühlte ich mich im Moment ziemlich entspannt, was ich auf die versöhnliche Fahrt mit Käpt'n Janssen zurückführte.

Als ich den holprigen Weg zu meinem Haus hochfuhr, sah ich schon von Weitem Motte vor der Haustür sitzen, der die Zufahrt beobachtete, was mich ein bisschen verwunderte. Normalerweise liegt der Dicke irgendwo im Haus herum, wobei der Platz vorm Kühlschrank im Sommer sein Favorit ist. Dass er vor der Haustür auf mich wartete, entsprach nicht seinen üblichen Gewohnheiten. Entweder freute Motte sich darüber, mich zu sehen, oder er hatte Kohldampf; wobei ich auf Letzteres tippte.

Ich stellte den Motor ab, der blubbernd erstarb, und öffnete die Tür, die Motte mit seinem breiten Kreuz sogleich ausfüllte, wobei er mir noch im Sitzen seinen großen Kopf auf die Oberschenkel legte.

»Na, Dicker!«, begrüßte ich ihn liebevoll. »Alles in Ordnung mit dir?«

Motte grunzte kurz zur Begrüßung und begann zufrieden zu brummen, als ich ihm sein dickes Fell kraulte. Normalerweise ist der Dicke mit Gefühlsäußerungen mehr als zurückhaltend, aber an diesem Tag war er ungewöhnlich anhänglich.

Unabhängig von Mottes Anhänglichkeit versorgte ich ihn mit einer großen Portion Hundefutter und legte ihm noch ein paar Leckerlis dazu. Ein Blick in den Kühlschrank führte mir durch gähnend leere Fächer meine nachlässige Haushaltsführung vor Augen. Neben einigen Flaschen Bier bot sich einzig eine aufgerissene Packung mit Nordseekrabben an, auf die ich allerdings verzichtete, weil sie mir nicht mehr allzu frisch erschien. Aber obwohl ich heute kaum etwas gegessen hatte, verspürte ich keinen Hunger. Heute reichte mir ein eisgekühltes Bier.

Ich angelte mir eine der Flaschen mit dem Schnappverschluss aus dem Kühlschrank und ging in den Garten, wo ich zielstrebig meinen Strandkorb ansteuerte, der in der äußersten Ecke des Gartens einladend im Schatten stand. Ich legte mich quer in den Strandkorb und ließ meine Beine über den seitlichen Rand baumeln.

Mit einem leisen Plopp ließ ich den Verschluss aufschnappen. Während ich das Bier genussvoll in kleinen Schlucken meine Kehle hinunterlaufen ließ, beschloss ich, gleich am nächsten Vormittag Maximiliano Enduardo in seiner Tanzschule in Uphusen einen Besuch abzustatten.

Dominik Stein war nicht nur ein ausgesprochen gut aussehender Tänzer gewesen, sondern auch ein charmanter Tanzpädagoge. Traute und ich hatten viel bei ihm gelernt. Er hatte den Charme eines großen Jungen gehabt, der nicht erwachsen werden will und nur Tanzen im Kopf hat – und natürlich Frauen. Wenn er uns Tangoelemente zeigte, bewegte er sich stets mit großer Eleganz, aber gleichzeitig mit einer ungestümen Fröhlichkeit. Die Schüler liebten ihn und seine unbekümmerte Art.

Auch wenn ich dabei gestanden hatte, als Dominik vom Dach fiel und sein Genick wie ein morscher Ast brach, ich das Blut aus seinem Mund über seine Brust hatte strömen sehen, konnte ich mir noch immer nicht vorstellen, dass Dominik uns nie wieder die Eleganz eines Gancho oder die Feinheiten einer überdrehten Ocho vorführen würde.

Während ich im Strandkorb lag und versuchte, meine aufgewühlten Gefühle ein paar Gänge runterzuschalten, fielen mir die Augen zu. Ich war bereits im Halbschlaf, als das Display meines Handys aufleuchtete, um mir mitzuteilen, dass mir jemand eine Nachricht geschickt hatte. Ich warf einen schlaftrunkenen Blick auf die Anzeige. Der Jemand war meine Tochter Thyra.

»Hi, Papa. Mach Dir keine Sorgen, bin noch unterwegs. Kann spät werden. Vielleicht übernachte ich bei Freunden. Nachti und Kuss. T.«

Bevor ich mir Gedanken darüber machen konnte, um wen es sich bei den sogenannten Freunden handeln konnte, fielen mir die Augen zu.

19

Als ich am nächsten Morgen die Küche betrat, riss ich als Erstes Fenster und die Tür zum Garten auf, um die angenehm kühle Morgenluft ins Haus zu lassen. Motte, der die Nacht vor meinem Bett verbracht hatte, war mir hinterhergetrottet und schob mich jetzt mit der Schulter zur Seite, um im Garten mit der Bewässerung der Blumenbeete zu beginnen.

Ich griff nach dem Wasserkessel. Heute Morgen stand mir der Sinn nach einer guten Tasse Ostfriesentee.

Während der Teekessel auf dem Herd zu summen begann, ging ich ums Haus herum, um mir aus dem Postkasten die morgendliche *Ostfriesen-Zeitung* zu holen. Ein Blick auf die Titelseite und die Rückseite der *OZ* beruhigte mich. Es stand nichts über den sogenannten »Staranwalt« de Fries in der Zeitung. In der Küche unterzog ich den Kühlschrank einer Tiefenanalyse und beförderte ein eingetrocknetes Glas Pflaumenmus und ein hart gekochtes Ei zutage. Aus dem hintersten Winkel des Vorratsschranks lockte ich eine Packung Knäckebrot hervor, welches sich seit ein paar Monaten erfolgreich hinter zwei Packungen *Luxury Christmas Pudding with Sweet Cider and Spanish Sherry* versteckt hielt. Thyra hatte sie von ihrem letzten Irlandbesuch mitgebracht, als sie für eine Woche auf der grünen Insel den Erinnerungen an Sean, die große Liebe ihres Lebens, nachhing. Sean war Soldat der irischen Marine und auf dem Patrouillenschiff *LÈ Aisling* auf Haulbowline Island, einem Hafenbezirk von Cork, stationiert gewesen. Kurz vor ihrer Heirat war Sean während eines Aufenthalts im Trockendock von einer Zange am Kopf getroffen worden und verstarb, nachdem er zwei Wochen im Koma gelegen hatte. Seans Tod hatte Thyra von der grünen Insel zurück nach Deutschland flüchten lassen, weil sie es zu diesem Zeitpunkt nicht ertrug, an dem Ort zu sein, wo sie mit ihrer Liebe so viele glückliche Stunden erlebt hatte. Erst nach und nach flog sie für kurze Zwei- oder Dreitagetrips nach Irland und arbeitete ihre Trauer auf.

Als der Tee ausreichend gezogen hatte, goss ich ihn in eine dünnwandige Porzellantasse, in die ich ein Stück Kluntje gelegt hatte, sodass es beim Eingießen verführerisch knisterte.

Ich setzte mich mit meiner Kanne Tee und meinem improvisierten Frühstück an den Küchentisch und schlug die *OZ* auf. Während ich an meinem Knäckebrot knabberte, stieß ich auf den Artikel, in dem über den Toten von der Manningaburg berichtet wurde. Der Bericht war im Gegensatz zum gestrigen reißerischen Artikel wohltuend unspektakulär und berichtete sachlich und umfassend über den *Tod des Tangolehrers Dominik S.* und darüber, dass ein mutmaßlicher Täter am Tatort gesehen wurde, der sich auf der Flucht befindet und nach dem bundesweit gefahndet wird.

Entweder hatte die Polizei Emden noch keine Pressemitteilung über Onnos Verhaftung herausgegeben, oder dies war erst nach Redaktionsschluss geschehen. Nach meinem Restefrühstück und dem festen Vorsatz, heute endlich einzukaufen, stellte ich das Geschirr in die Spüle und machte mich auf nach Uphusen, um mit Maximiliano Enduardo zu sprechen. Normalerweise verpennt Motte den Tag unterm Küchentisch oder an einem schattigen Plätzchen im Garten. Heute aber trottete er mir hinterher, als ich zum Käfer ging, und sah mich treuherzig an, weil er mich begleiten wollte.

»Mein Hund, das unbekannte Wesen«, dachte ich schmunzelnd und klappte den Fahrersitz nach vorn, damit Motte es sich auf dem Rücksitz bequem machen konnte.

Während ich bei strahlendem Sonnenschein meinen Käfer auf die A31 Richtung Emden lenkte, legte Motte seinen Kopf auf meine linke Schulter und hielt die Nase genüsslich in den Wind. Ich nahm die Abfahrt Emden-Wolthusen und bog am Ende der Abfahrt auf die Uphuser Straße, die ich bis auf Höhe der Deepfenne durchfuhr. Der kleine See, der einen Steinwurf von dem parallel verlaufenden Ems-Jade-Kanal lag, war mit einem schmalen Wasserlauf verbunden, der sich entlang des Kanals unterhalb der Autobahnbrücke der A31 schlängelte, um in das Alte Wolthuser Tief zu münden.

Maximiliano betrieb seine Schule für Argentinischen Tango namens *Temporada* in einem alten Backsteingebäude, an deren Rückfront eine kleine Remise angebaut war, die eine ehemalige Schlosserei und einen Hufschmied beherbergte. Die waren mit dem Neubau eines Gewerbegebiets am Rand von Emden überflüssig geworden, da dort neben einer Vielzahl von Gewerbebetrieben auch ein großer Metallbauer mit angeschlossener Schlosserei seinen Betrieb eröffnete. Seit es Maximiliano vor Jahren der Liebe wegen von Argentinien nach Deutschland verschlagen hatte, war es sein Wunsch gewesen, eine Tangoschule zu eröffnen. Dass er diesen Traum hier an der Küste auf dem platten Land in Ostfriesland verwirklichen würde, hatte er sich auch nicht vorstellen können. Maximiliano hatte viele Jahre im Volkswagen-Werk in Emden gearbeitet, bis er genug Geld gespart hatte, um seinen Traum gemeinsam mit seiner Freundin Aika in Uphusen zu verwirklichen. Die beiden kauften die historische Halle mit der hohen Decke und renovierten das alte Gemäuer von Grund auf.

Der Star des *Temporada* war der wunderbare Parkettboden aus Eichenholz, der von der verglasten Fensterfront, die über die gesamte Außenwand des Gebäudes verlief, hervorragend in Szene gesetzt wurde. Die Gäste des *Temporada* hatten während des Unterrichts oder einer der regelmäßig stattfindenden Milongas einen wunderbar romantischen Blick über den Ems-Jade-Kanal hinweg auf die endlosen Felder bis zum Horizont. Wenn dann zur »Blauen Stunde« der Himmel über der Krummhörn in den unbeschreiblichen Farben eines Sonnenuntergangs erglühte, lag ein ganz besonderer Zauber über der Tanzfläche, weshalb Maximiliano die wöchentlich stattfindende Milonga auch *Blue Light Romantic Milonga* genannt hatte.

Ich parkte meinen Käfer auf der schattigen Seite der Straße am Fahrbahnrand und hielt Motte die Tür auf. Gemeinsam überquerten wir die Fahrbahn und betraten das *Temporada*. Das Eichenparkett begrüßte mich mit seinem matt schimmernden Lächeln, und ich zeigte Motte im Eingangsbereich, wo ein mit rotem Samt bezogenes ausladendes Sofa stand, ein Plätzchen, wo er auf mich warten konnte, da ich vermeiden wollte, dass der Dicke mit seinen Krallen eine Signatur auf dem Parkett hinterließ. Motte schnüffelte kurz am Bezug des Sofas und ließ sich dann mit einem lauten Seufzer auf den Teppichboden fallen, mit dem der Eingangsbereich ausgelegt war.

Das *Temporada* lag im Halbdunkeln, da um diese Zeit außer Privatstunden noch kein Unterricht stattfand. Auf der rechten Seite des Innenraums befand sich ein aus roten Backsteinen gemauerter Tresen mit einer aus Antikholz belegten Platte, an dem sich die Gäste und Tanzschüler mit Getränken versorgen und in die jeweiligen Kurse einchecken konnten.

Die Rückseite des Tresens nahm eine große Schiefertafel ein, auf der die aktuellen Kurse mit den jeweiligen Themen und den durchführenden Tanzlehrern in schnörkeliger Schrift prangten. In einer Ecke der Schiefertafel war zudem eine kleine Getränkekarte mit Preisen aufgelistet.

Schräg hinter dem Tresen in der Nähe des Fensters stand ein kleiner antiker Sekretär mit einem aufgesetzten Schubladenschrank, auf dessen Arbeitsplatte stets ein modernes Hochleistungsnotebook stand. Als eingefleischter Trekkie, der alle *Star-Treck*-Filme in- und auswendig kannte, nannte Maximiliano diesen Arbeitsplatz seine Kommandobrücke. Von dieser »Kommandobrücke« aus legte er als DJ die Musik während seiner Milongas auf. Wobei im Zeitalter von Streaming und digitaler Musik »auflegen« ein eher romantischer Begriff ist, da von Vinyl meistens keine Spur zu sehen ist. Gleichzeitig vermarktete Maximiliano von seinem Arbeitsplatz aus die Unterrichtskurse, Workshops und Veranstaltungen über sein Netzwerk sozialer Medien. An der gegenüberliegenden Seite des Gebäudes führte eine Tür in den zweiten, etwas kleiner gehaltenen Tanzsaal, den Maximiliano im Zuge der Sanierung vom großen Saal abgetrennt hatte. Den kleinen Saal, das »Tango-Laboratorium«, nutzte Maximiliano für Workshops, die in kleinen Gruppen stattfanden, oder für Privatunterricht.

Sicherlich war Ostfriesland keine Hochburg des Argentinischen Tangos, aber die Gemeinde der Tangoliebhaber wuchs beständig, was auch an der großen Gästeschar auf der Manningaburg zu sehen war.

Meine Schritte verursachten auf dem Eichenparkett nur ein leises Klacken, weil ich wieder meine bequemen Schlappen trug. Kein Wunder also, dass der Mann, der heute in dem alten ledernen Drehsessel vor dem Sekretär saß und Dienst an der »Kommandobrücke« tat, vor lauter Schreck eine Hundertachtziggraddrehung mit seinem Drehsessel ausführte und in die Höhe sprang, als ich ihn von hinten ansprach.

»Moin, Lasse«, begrüßte ich ihn freundlich.

»Mensch! Hast du mich erschreckt!« Lasse Medina, einer der Tanzlehrer, die als Honorarkräfte im *Temporada* arbeiteten, starrte mich mit weit aufgerissenen Augen erschrocken an.

»Sorry, das wollte ich nicht«, entschuldigte ich mich. »Ist Maxi da?«

»Ich hab ja fast 'nen Herzinfarkt bekommen!«, ächzte Lasse, während er gleichzeitig den Kopf schüttelte und sich demonstrativ aufstöhnend zurück in den Ledersessel plumpsen ließ. »Nein, im Moment nicht.«

»Hm«, machte ich etwas ratlos, da ich davon ausgegangen war, Maximiliano anzutreffen.

»Kann aber nicht lange dauern, dann ist er wieder da«, erklärte Lasse. »Er hat nur ein paar Besorgungen zu machen. Brötchen und Frühstückskram.«

Ich sah Lasse grinsend an. »Frühstück? Macht ihr seit Neuestem auch noch Frühstücks-Milongas?«

»Ja, so ungefähr.« Er deutete mit dem Kinn zur gegenüberliegenden Tür des Laboratoriums, die einen Spalt offen stand.

Erst jetzt fiel mir die leise Tangomusik auf, die aus dem Laboratorium erklang.

»Gäste.« Lasse zuckte lässig mit den Schultern. »Übernachtungsgäste.«

»Übernachtungsgäste?«, wiederholte ich erstaunt. »Dann ist es wohl gestern spät geworden«, flachste ich in Anspielung auf die gestrige *Blue Light Romantic Milonga*.

»Kannst ja mal gucken«, sagte er. »Die beiden kennst du sicher auch.«

Während Lasse sich am Spülbecken zu schaffen machte, durchquerte ich, neugierig geworden, den Saal und warf einen Blick durch den Spalt der offen stehenden Tür.

Ich glaubte meinen Augen nicht zu trauen, wen ich sah.

Das kleine Laboratorium war ebenfalls mit einem wunderschönen edel glänzenden Parkettboden ausgelegt, und auch dieser Saal gab den Blick durch eine Glasfront bis zum Horizont frei. Gegenüber der Eingangstür stand ein weinrotes Biedermeiersofa, im Volksmund auch Loriot-Sofa genannt, auf dem ein paar zerdrückte Kissen und eine achtlos hingeworfene Wolldecke lagen. Auf dem Boden neben dem Sofa lagen ebenfalls Kissen und Wolldecken sowie Schuhe und Kleidungsstücke. Offensichtlich hatte dort jemand geschlafen.

In der Mitte des Laboratoriums tanzten zwei Frauen eng umschlungen und mit geschlossenen Augen zu den melancholischen Klängen des Liedes *Perdóname* von Osvaldo Fresedo – Thyra und Lina!

Tango Argentino ist ein sehr körperlicher Tanz, eine Begegnung zwischen zwei Menschen. Hier in Maximilianos Laboratorium waren sich meine Tochter und die Freundin des toten Tanzlehrers begegnet. Beim Tango Argentino ist eine enge Tanzhaltung genau das, was sie sein soll – eng.

Thyra und Lina tanzten langsam und – sehr eng.

Obwohl beide Frauen leicht bekleidet waren und barfuß tanzten – Thyra trug enge Jeans, die an den Oberschenkeln abgeschnitten waren, und ein dünnes Shirt mit fast unsichtbaren, fadendünnen Trägern; Lina tanzte in einem ähnlich dünnen Shirt und trug statt einer Hose lediglich knappe Pantyshorts –, hatte die Szene trotz aller Intimität keinen einzigen Funken Erotik.

Die beiden tanzenden Frauen vermittelten eher das Bild, als hätte ein Schutzengel ein verängstigtes Kind in den Arm genommen, um es zu trösten und ihm die Tränen zu trocknen. Wobei Lina, die offenbar eine gute Tangotänzerin war, meine Tochter führte, aber Thyra, obwohl sie sehr sensibel reagierte und der Führung folgte, offensichtlich Linas Schutzengel war.

Ich war mehr als erstaunt, Thyra hier im *Temporada* anzutreffen, obendrein mit der Freundin des Ermordeten Tango tanzend. Ich wusste ja noch nicht einmal, dass Thyra Tango mochte. Wir hatten bislang nicht über meine Affinität zum Tango gesprochen.

Da ich mir wie ein Eindringling vorkam und die verletzbare Intimität der Situation nicht stören wollte, zog ich mich langsam zurück.

Thyra schien meine Anwesenheit zu spüren. Langsam öffneten sich ihre Augenlider, und sie sah mich aus seegrünen Augen an. Mit den Augen gab sie mir zu verstehen, dass ich nicht gehen sollte. Ich nickte unmerklich.

Thyra verlangsamte ihr Tanztempo, bis sie nach einer kleinen Drehung elegant stehen blieb und ihrerseits die Tanzführung beim Tango übernahm. Solche Führungswechsel sind zwischen Tanzpartnern während des Tanzflusses durchaus üblich. Mich wunderte nur die Selbstverständlichkeit, mit der Thyra diesen Führungswechsel tanzte.

Während die letzten Klänge von *Perdóname* durch das Laboratorium zu schweben schienen, führte Thyra ihre Tanzpartnerin zum Sofa, und als der letzte Ton verstummte, ließ sie Lina aufs Sofa gleiten, die sich wie im Reflex in embryonaler Haltung in einer Ecke zusammenrollte. Thyra ergriff die Wolldecke und deckte Lina fürsorglich zu. Nach einer kurzen Umarmung drehte sie sich zu mir um und kam auf leisen Fußsohlen auf mich zu.

Schweigend umarmte sie mich und legte ihren Kopf an meine Brust. Ich erwiderte die Umarmung, und wir blieben einen Moment schweigend stehen. Nach einer Weile lösten wir unsere Umarmung; ich deutete mit dem Kopf Richtung großer Saal.

»Du tanzt Tango?« Geräuschlos drückte ich die Tür zum Laboratorium ins Schloss und sah sie fragend an.

»Seit zwei Tagen.« Thyra sah müde aus, als sie mich anlächelte.

»Magst du darüber reden?«

»Ja...« Sie machte eine kurze Pause, als suche sie nach den richtigen Worten, um dann fortzufahren: »... ich hatte dir doch eine Nachricht geschickt, dass ich woanders übernachte.«

Ich nickte und spürte, wie sich ein großer Stein vom Herzen löste.

»Seit zwei Nächten schlafe ich hier und kümmere mich um Lina.«

»Plumps« machte der Stein. »Nicht bei Freud?«, rutschte es mir heraus, und am liebsten hätte ich mir auf die Zunge gebissen. Ich musste Thyra ja nicht unbedingt auf die Nase binden, dass ich Männern gegenüber sehr kritisch war, die sich allzu offensichtlich für sie interessierten.

»Nicht bei Freud!«, lächelte sie und schien mir meine – nennen wir es mal Eifersucht – nicht übelzunehmen. »Nicht bei Freud und nicht bei jemand anders. Abgesehen von meiner moralischen Unterstützung bei Lina.«

»Entschuldige«, quetschte ich heraus und versuchte meine Gefühle, die ich mir selber nicht eingestehen mochte, in Worte zu fassen: »Ich war ... bin ... ich meine ...«

»Pst«, machte Thyra und stellte sich auf Zehenspitzen, um mir einen Kuss auf die Wange zu geben. »Alles gut. Du brauchst dich nicht zu entschuldigen. Papas sind so.«

Ich folgte dem Rat meiner Tochter und hielt die Klappe. Man musste wissen, wann man sich albern verhielt.

»Ich wollte vorgestern zu Tilli, weil ...«, begann sie und stockte kurz, »... ich mich im Watt ihm gegenüber ein bisschen blöd verhalten habe. Wegen ... weil ich ...«, wieder stockte sie und wand sich verlegen, »... ein bisschen mit dem jungen Kommissar geflirtet habe.«

»Ach was«, bemerkte ich trocken.

Thyra lachte verlegen auf und ließ ein kurzes »Pfft« ertönen, um dann mit ihrer Erklärung fortzufahren: »Aber Tilli war nicht da. Ich habe eine halbe Stunde vor seiner Haustür auf ihn gewartet, und als ich schon los wollte, tauchte dieser Kommissar auf, um Tilli daheim abzusetzen. Da hat er mich natürlich im Wagen sitzen sehen und angesprochen.«

»Was wollte er?«, fragte ich stirnrunzelnd.

»Zuerst nichts«, antwortete Thyra. »Er hat nur Guten

Abend gesagt. Dann haben wir zusammen… also ich meine zusammen mit Tilli und Freud über den Mord auf der Manningaburg gesprochen. Er hat dann erzählt, dass er dich vernommen hat, und wollte wissen, wie eng du mit Onno befreundet bist oder ob du ihn vielleicht siehst.«

Meine Stirn umwölkte sich.

»Du brauchst gar nicht so böse zu gucken«, ermahnte mich Thyra. »Er hat mich nicht auf dich angesetzt. Er hat nur gefragt, aber ich habe ihm keine Antwort gegeben. Als ich dich fragte, wollte ich das aus reinem Interesse wissen und nicht, weil mich jemand darum gebeten hatte.« Ihre seegrünen Augen begannen Funken zu sprühen. »Ich horche nicht meinen eigenen Vater aus.«

»Hab ich ja auch nicht ernsthaft geglaubt«, spielte ich meine Reaktion ihr gegenüber herunter und lenkte schnell vom Thema ab: »Was wollte er denn?«

Thyra tat so, als ob sie meine Verlegenheit nicht bemerkt hätte: »Tilli hatte von Lina gesprochen und gesagt, dass er sich Sorgen um sie macht, wenn sie aus dem Krankenhaus entlassen werden würde. Freud hat dann gesagt, dass dies gleich am nächsten Morgen der Fall sein würde. Dabei hat er mich so vielsagend angeschaut, dass mir klar war, was er wollte.« Thyra schüttelte kurz und energisch den Kopf. »Mir war eigentlich egal, was er wollte, aber Tilli sah so besorgt aus, und als er mir erzählte, wie Linas Freund vor aller Augen gehenkt worden war und sie alles mitansehen musste, habe ich mich spontan bereit erklärt, mich um Lina zu kümmern.«

»Bist du dann ins Krankenhaus gefahren?«, fragte ich.

Sie nickte. »Ja. Freud hat mich gefahren. Ich durfte dann auch gleich zu Lina in die Notaufnahme und bin dann die ganze Nacht bei ihr geblieben. Sie hat kein einziges Wort gesagt. Aber was ich noch viel schrecklicher fand – sie hat keine einzige Träne geweint.«

Ich kannte diese Form katatoner Erregungszustände aus meiner Zeit als Strafverteidiger und hatte schon verschiedenste Formen bei Opfern oder Zeugen von Gewalttaten gesehen.

»Und das Krankenhaus hat sie in diesem Zustand entlassen?«, fragte ich skeptisch.

»Ja. Es müssen doch alle sparen; Verweildauer und so«, antwortete Thyra spöttisch. »Sie ist aber zumindest von einem diensthabenden Psychologen untersucht worden, der hat ihr etwas zur Beruhigung gegeben. Dann haben sie Lina die Nacht über zur Beobachtung dabehalten und ihr eine Überweisung für ihren Hausarzt mitgegeben.«

»Und wieso seid ihr hier?«

»Als Lina dann am nächsten Morgen entlassen wurde, hab ich sie zunächst nach Hause gebracht. Freud hat mir ihre Adresse in Greetsiel gegeben, und ihren Hausschlüssel hatte sie in ihrer Handtasche«, erzählte Thyra. »Sie hat aber auch zu Hause kein Wort gesagt und immer noch nicht geweint. Sie hat nur die ganze Zeit regungslos aus dem Fenster gestarrt. Neben dem Fenster stand ihr Schreibtisch, und da lagen Fotos von ihr und Dominik herum: Urlaubsfotos, Selfies von den beiden und auch Schnappschüsse beim Tanzen. Tilli hatte mir ja erzählt, dass Linas Freund Tanzlehrer hier im *Temporada* war. Da habe ich sie einfach ins Auto gepackt und bin mit ihr hierhergefahren.«

»Und seitdem tanzt ihr Tango.« Ich nickte verstehend.

Auch wenn ich kein Psychologe bin, war für mich klar, dass Lina durch den Schock über Dominiks entsetzlichen Tod traumatisiert war und sich aus Selbstschutz in sich selber zurückgezogen hatte. Möglicherweise war das Tanzen hier im *Temporada* mit Thyra ein erster Schritt, der ihr half, ihr Trauma zu verarbeiten.

»Lasse hat mir erzählt, dass Lina Dominik hier im *Temporada* kennengelernt hat«, fuhr meine Tochter fort und deutete zu Lasse Medina, der gedankenverloren am Tresen herumhantierte. »Die beiden haben regelmäßig mehrmals die Woche gemeinsam hier trainiert. Am Anfang trainierte Lina bei Dominik im Kurs, später hat sie dann bei ihm Privatstunden genommen. Die beiden haben hier ihre schönsten Stunden miteinander verbracht.« Thyra deutete vielsagend auf die geschlossene Tür des Laboratoriums. »Auf dem roten Sofa.«

»Verstehe«, nickte ich und verspürte eine bittere Traurigkeit.

Ich hatte Dominik sehr gemocht und war sehr traurig darüber, dass der junge Mann auf diese brutale Art sterben musste und vor den Augen der Milonga-Gäste entwürdigt zur Schau gestellt worden war. »Aber möglicherweise hatte der Mörder genau das gewollt«, schoss es mir in den Sinn. Dann war der Tod von Dominik Stein eine regelrechte Hinrichtung gewesen.

Wenn der Mörder den Tod des Tanzlehrers tatsächlich als Hinrichtung inszeniert hatte, konnte dies ein entscheidender Hinweis auf das Motiv des Mörders sein.

»Ich bekomme Lina hier einfach nicht weg«, fuhr Thyra in ihrer Erzählung fort und machte ein ratloses Gesicht. »Sie spricht kein Wort, isst nichts, und ich bin froh, wenn ich ab und zu etwas Wasser in sie hineinbekomme.«

»Gibt es keine Verwandten?«

Thyra zuckte mit den Achseln. »Keine Ahnung. Sie sagt ja nichts. Langsam bin ich ratlos. Ich weiß gar nicht, was ich tun soll, außer mit ihr zu tanzen.«

Ich sah sie ebenso ratlos an wie sie mich. Mir fiel auch nichts ein.

»Ich kann sie doch nicht einfach hier auf dem Sofa liegen lassen und nach Hause fahren!« Thyras Stimme klang resigniert.

»Frühstück!«, erklang es plötzlich fröhlich vom Eingang her.

Wir wandten uns wie zwei Synchronschwimmer gleichzeitig um und sahen zu Maximiliano, der voll bepackt mit Tüten und Wasserflaschen auf uns zukam. Ein breites Lächeln leuchtete auf seinem Gesicht.

»Hola, Janus!«, begrüßte er mich fröhlich, und sein Lächeln wurde so breit, dass sich seine Mundwinkel fast bis hinter die Ohren zogen, als er Thyra sah: »Hola, Schönheit!«

Maximiliano sah genauso aus, wie sich Frauen einen argentinischen Tangolehrer vorstellen – groß, schlank, blitzende Augen und dunkle Locken, die ihm ein verwegenes Aussehen verliehen. Auch seine feurige Art, Komplimente zu machen, wirkte wie ein Klischee und war nicht jederfraus Sache. Gerade bei Thyra machte er trotz strahlenden Zahnpastalächelns keine Punkte.

»Halt den Ball flach«, entgegnete sie lässig und nahm Maximiliano den Sixpack mit Wasserflaschen ab.

»Hola, Maxi!«, begrüßte ich den Argentinier und griff nach der Brötchentüte.

Maximiliano stellte die Tüten ab und umarmte uns mit Begrüßungsküssen auf beide Wangen, wie es in der Tangoszene üblich ist. Egal, ob Mann oder Frau, zur Begrüßung gibt's was auf die Wangen. Da konnte Thyra noch so sperrig gucken, gegen Maximilianos Begrüßungsritual hatte sie keine Chance.

»Schläft sie?« Maximiliano deutete fragend zum Laboratorium.

Thyra nickte: »Ja, sie liegt auf dem Sofa.«

»Böse Sache«, sagte Maximiliano trübsinnig und legte sein Gesicht in Falten. »Vielleicht hat sie ja Hunger? Da sind belegte Brötchen drin.« Er zeigte auf die Tüte vom Bäcker, die ich in der Hand hielt.

»Du bist ein Held!«, behauptete ich und reichte die verführerisch duftende Tüte an Thyra weiter, die sich mit einem

Lächeln bei Maximiliano bedankte und ins Laboratorium verschwand.

»Eine ganz böse Sache«, wiederholte dieser und sah Thyra niedergeschlagen nach, als sie leise die Tür vom Laboratorium öffnete und durch den Türspalt schlüpfte.

»Kannst du mir etwas über Dominik erzählen?«, fragte ich ihn.

Maximiliano wandte seinen Blick von der Tür ab und sah mich achselzuckend an. »Was willst du wissen? Du kanntest ihn doch selber. Hattest du nicht auch bei ihm Unterricht?«

»Ja«, bestätigte ich. »Kursstunden und auch Einzelstunden.«

»Tut mir übrigens sehr leid.« Maximilianos Blick wurde noch trübsinniger, und er ähnelte einem dieser Hush-Puppies-Hunde mit dem traurigen Blick und den bis zu dem Boden reichenden Schlappohren. »Das mit deiner Freundin. Ihr wart ein tolles Paar.«

Ich schluckte diese Bemerkung kommentarlos, aber widerwillig wie ein Kandidat des Dschungelcamps eine besonders eklige Made.

»Mich interessiert, mit wem Dominik befreundet war«, überging ich seine Bemerkung. »Welchen Freundeskreis er hatte und ob er mit irgendjemandem Ärger oder Streit hatte.«

»Du redest wie einer von den *Tatort*-Kommissaren im Fernsehen.« Maximiliano sah mich mit hochgezogenen Augenbrauen an, als würde er mich zum ersten Mal sehen.

»Eher wie einer aus 'ner Anwaltsserie«, entgegnete ich lakonisch.

»DU bist Anwalt?« Maxi musterte mich mit großen Augen. »Ein Abogado?«, fragte er und benutzte den spanischen Begriff für Rechtsanwalt.

Auch wenn ich schon eine ganze Weile ins *Temporada* kam und auf Milongas nicht nur Tango getanzt, sondern auch mit Maximiliano so manches Glas Rotwein getrunken hatte, wusste er nichts von meiner beruflichen Vergangenheit. Wozu auch?

Ich nickte. »Si.«

In wenigen Sätzen, und ohne Einzelheiten zu erwähnen, erklärte ich ihm, dass ein Freund von mir als Verdächtiger in dem Mordfall galt und ich als dessen Anwalt versuchte, etwas über die Hintergründe herauszufinden, weil ich ihn für unschuldig hielt.

»Was soll das denn für ein Freund sein?«, wollte er wissen.

Ich sah ihn ernst an. »Jemand, dem ich sehr vertraue. Ein Freund, der keiner Fliege etwas zuleide tun könnte.«

Maximiliano nickte bedächtig. »Ich verstehe. Und dem hilfst du jetzt?«

Wieder nickte ich. »Ich versuche es. Und da ist es für mich natürlich naheliegend, als Erstes etwas über den Toten und seine Lebensumstände herauszufinden. Ob er möglicherweise in Schwierigkeiten steckte, und wenn, in welchen, oder ob er an einem Projekt arbeitete, mit wem er beruflich zu tun hatte und welche Freunde oder Feinde er hatte und so weiter«, erklärte ich meinen heutigen Besuch bei ihm.

Maximiliano hörte mir aufmerksam zu und hob demonstrativ beide Handflächen zur Decke. »Wo soll ich anfangen und wo aufhören? Niki war beliebt; besonders bei den Damen. Er war ein sehr talentierter Tänzer und ein guter Lehrer. Aber das weißt du ja aus eigener Erfahrung.«

»Ja, ich habe immer sehr gerne Unterricht bei ihm gehabt«, bestätigte ich.

»Genau!«, pflichtete Maximiliano mir bei. »Deshalb waren seine Kurse und Workshops auch immer proppenvoll. Ich kann dir nur ein paar Stammtänzer und -tänzerinnen nennen, die regelmäßig bei ihm Unterricht hatten. Von den anderen kenne ich nicht alle Namen und manche auch nur vom Sehen. Einige

Schüler waren auch nur einmal zur Schnupperstunde da und sind nie wieder gekommen. Du kennst das ja.«

Ich wusste, was Maximiliano meinte. In der Regel sind in der Tangoszene mehr Frauen als Männer anzutreffen. Was den Tango Argentino anbelangt, sind Frauen neugieriger als Männer; wobei meine Meinung nicht zwingend richtig sein muss. Aber bei mir ist es ja auch nicht anders. Wenn ich nicht zufällig in meiner Reha Tango als Therapieinstrument zum Wiedererlangen des Gleichgewichts kennengelernt hätte, hätte ich weder eine Tanzschule, geschweige denn jemals eine Milonga besucht. Deshalb ist es nicht ungewöhnlich, in den Einsteigerkursen männliche Artgenossen anzutreffen, die von ihren Frauen zum Tango – nun, sagen wir mal: motiviert wurden oder die Tangostunden als Geschenk zum Valentinstag geschenkt bekommen haben und nun tapfer mit mehr oder weniger Begeisterung ihr Geschenk abtanzten. Wenn allerdings jemand um des lieben Friedens willen oder als Überredeter zum Tango geht, wird sich ihm diese unvergleichlich tänzerische Form der Begegnung zwischen Mann und Frau nicht erschließen, und spätestens, wenn der Gutschein abgetanzt oder die Beziehung auf dem Prüfstand steht, ist es dann vorbei mit Tango.

»Ich weiß«, nickte ich und stellte Maximiliano natürlich als Erstes die Standardfrage, die zwangsläufig jeder Ermittler irgendwann stellt, wenn er auf der Suche nach Mörder oder Motiv ist: »Hatte er mit irgendjemandem Ärger?«

»Niki? Nein! Der doch nicht. Niki war Everybody's Darling«, entfuhr es Maximiliano, der im gleichen Atemzug zu zögern begann, als wenn ihn eine innere Stimme auf etwas längst Vergessenes hingewiesen hatte; um dann seine spontane Aussage etwas zu relativieren: »Obwohl ... ja – da war mal etwas. Vor ein paar Jahren hatte er wohl mal mit jemandem Ärger. Aber das war nur kurzfristig und hat sich seinerzeit irgendwie wieder eingerenkt. Aber seit diesem Zeitpunkt hatte ich immer das Gefühl, als ob ihm dieser Jemand ständig in die Quere kam.«

»Inwiefern?«

»Niki war immer gut drauf und hat viel gelacht«, beschrieb Maximiliano den Toten ebenso, wie ich ihn kannte. »Dann gab es Anrufe, die ihn sehr... wie soll ich sagen...«, er suchte nach dem richtigen Begriff, »... nicht richtig ängstlich, aber auch nicht richtig sauer gemacht haben. Er sah dann aus wie jemand, der beim Arzt war und sich vor der Diagnose fürchtet und dabei sauer auf sich selber ist, weil er Angst hat.«

»Hm...«, machte ich nachdenklich. »Hattest du das Gefühl, dass er etwas verbarg? Etwas, von dem er nicht wollte, dass es andere erfahren?«

»Das kann man wohl sagen!« Maximiliano nickte bestimmt. »Es kam zwar damals nicht oft vor, dass er angerufen wurde und so heftig reagierte. Aber wenn es der Fall war, dann ist er jedes Mal rausgelaufen, damit niemand etwas mitbekam. Wenn man ihn dann fragte, was denn los sei, beteuerte er, dass alles in Ordnung sei, und hat auch nichts erzählt oder so. Er hat aber zwei-, dreimal den Unterricht vorzeitig abgebrochen, weil er Hals über Kopf weg musste.«

»Worum es ging, weißt du aber nicht?« Auch wenn diese Frage überflüssig erschien, stellte ich sie trotzdem routinemäßig.

Maximiliano seufzte und sah mich an, als müsse er abwägen, was er mir anvertrauen konnte. Offenbar fiel seine Abwägung zu meinen Gunsten aus, denn er sah sich kurz um, und als noch immer niemand anderes als Lasse zu sehen war, der hinter dem Tresen mit den Vorbereitungen für die abendliche Milonga beschäftigt war, senkte er seine Stimme und flüsterte mir verschwörerisch zu: »Eine Frau.«

»Hä?«, machte ich und sah ihn irritiert an.

»Eine Frau. Es ging um eine Frau«, flüsterte Maximiliano und blickte erneut zum Tresen, wo Lasse gerade einen kleinen Gasbrenner entzündete und die grelle Stichflamme regulierte. »Ah!«, machte Maximiliano halblaut. »Lasse macht schon die Crème brulée für heute Abend.«

In der Kreation neuer Themen, unter die er seine Veranstaltungen stellte, war Maximiliano ein echtes Genie. Heute Abend stand die monatliche »Lisboa-Milonga« auf dem Veranstaltungsplan. Für die Gäste gab es zu dieser portugiesischen Milonga als kleine süße Snacks traditionell Queijadas, mit Zimt bestäubtes Eiergebäck, das zu den Grundnahrungsmitteln der kleinen portugiesischen Stadt Sintra gehört, und Crème brulée.

»Ja – und weiter?«, fragte ich mit zunehmender Ungeduld, da ich vermeiden wollte, dass Maximiliano in Vorfreude der Leckereien ins Schwärmen geriet.

Maximiliano riss sich vom Anblick der blau leuchtenden Flamme los, mit der Lasse den Zucker der Crème brulée karamellisierte, und fuhr flüsternd fort: »Ich glaube, die Frau, um die es ging, war schwanger. Als damals der erste Anruf kam, war Dominik sehr aufgebracht am Telefon. Ich bekam ein paar Wortfetzen mit. Er wollte wissen, in welchem Monat diejenige war, um die es am Telefon ging.«

»Und weiter?«, forderte ich ihn auf.

»Nix weiter«, sagte Maxi schulterzuckend. »Mehr weiß ich nicht.«

Maximilianos Hinweis konnte sich als sehr wichtig und wertvoll herausstellen, obwohl ich es im Moment als frustrierend empfand, dass Maxi mir nicht mehr sagen konnte. Ich unterdrückte meine Enttäuschung und versuchte trotzdem, noch etwas mehr aus Maximiliano herauszubekommen.

»Wie sah es mit Freunden aus?«, schoss ich eine weitere Standardfrage auf Maxi ab.

»Ha!«, machte der und breitete theatralisch seine Arme aus, als wolle er die Welt umarmen. »Fast tausend Facebook-Freunde.«

Auch wenn mir klar war, dass Dominik, der von Maximiliano als Everybody's Darling bezeichnet wurde, sehr viele Freunde haben dürfte, überraschte mich diese hohe Zahl dann aber doch. Wobei ich mir sicher war, dass Dominik diese »Freunde« nicht alle persönlich gekannt hatte. Das war bei virtuellen Freunden nicht üblich und auch in aller Regel nicht machbar.

»Na, die wird er ja wohl nicht alle gekannt haben«, sagte ich deshalb. »Was ist mit echten Freunden – Menschen aus Fleisch und Blut?«

Maximiliano sah mich betrübt an: »Kann ich dir nicht sagen. Ich weiß nur von seiner Freundin Lina und dass Niki öfter mal mit Lasse abgehangen hat.« Er deutete zum Tresen. »Und da ist da noch die Gruppe der Tanzlehrer. Die treffen sich immer mal in lockeren Abständen.«

»Kann man eigentlich von dem Honorar als Tanzlehrer leben?«, wollte ich wissen.

Max lachte: »Wieso, willst du dich bewerben?«

»Ich glaube nicht, dass deine Schüler sehr begeistert wären«, entgegnete ich und lachte ebenfalls. »Ich wollte nur wissen, ob Dominik noch einen anderen Job gehabt hatte.«

»Hatte er!«, bestätigte Maximiliano meine Vermutung. »Tanzlehrer bist du aus Leidenschaft. Davon alleine kannst du als Honorarkraft nicht leben. Da musst du schon eine Menge Workshops oder Showtanz zusätzlich machen. Dann klappt's vielleicht; aber eher in Berlin, nicht hier in Ostfriesland. Aber Shows waren nichts für Niki, außer seinem Unterricht und gelegentlichen Workshops hat er nichts dazuverdient. Ich weiß aber, dass er bei van Alst gearbeitet hat.«

»Ach, schau mal an!«, sagte ich interessiert. »Das wusste

ich noch gar nicht. Wo denn? Van Alst hat doch mehrere Betriebe.«

»Niki hat in Greetsiel gearbeitet«, antwortete Maximiliano. »Bei den Traktoren.«

Ich wusste, welchen Betrieb Maximiliano meinte. Von den bekannten Zwillingswindmühlen aus führt die Mühlenstraße Richtung Ortsausgang und geht in die Landstraße, die L 25, über, an der nach ein paar Hundert Metern das lang gestreckte Gebäude des smarten Unternehmers Gisbert van Alst lag, der sich als Vertragshändler der bekannten John-Deere-Traktoren aus den USA in Ostfriesland etabliert hatte.

Es wäre sicherlich eine gute Idee, dem Betrieb des Unternehmers einen Besuch abzustatten und sich mit Dominik Steins Arbeitskollegen zu unterhalten. Da mir Maximiliano nichts Wesentliches mehr erzählen konnte, bedankte ich mich bei ihm und drückte vorsichtig die Tür zum Laboratorium auf. Maximiliano stellte sich auf die Zehenspitzen, um einen Blick über meine Schulter werfen zu können.

Thyra hatte den Arm um Lina gelegt, die stocksteif auf der Sofakante saß, als hätte sie eine Wasserwaage hochkant verschluckt. Die belegten Brötchen lagen noch eingewickelt und unberührt neben ihr.

Während ich mit Thyra Blickkontakt aufnahm und mich mit den Augen verabschiedete, drückte sich mein dicker Hund so rücksichtslos an mir vorbei, dass ich das Gleichgewicht verlor und mich am Türrahmen festhalten musste. Dass Motte Essen über große Distanzen, mehrere Stockwerke und durch geschlossene Küchentüren witterte, war mir bekannt. Dass er eingewickelte Wurstsemmeln durch zwei Tanzsäle hindurch bis zu seinem Platz am Eingang wittern konnte, hätte ich nicht vermutet. Die Diät schien seine Sinne zusätzlich geschärft zu haben.

Auf samtweichen Pfoten, und ohne nur den Hauch eines

Kratzers zu hinterlassen, schritt Motte majestätisch wie der König der Löwen über die Tanzfläche auf Thyra und Lina zu. Abwartend blieb er vor den beiden jungen Frauen stehen, während seine schnuppernde Nase den Duft der Wurstsemmeln wie ein großer Industriestaubsauger einsog.

Mit einem tiefen Seufzer ließ er seinen großen Schädel in Thyras Schoß plumpsen und wischte dabei den Sabber, der ihm in langen Fäden aus dem Maul lief, an Thyras Hose ab.

»Iih!«, macht Thyra und schimpfte den Dicken aus. »Mensch, Motte! Pass doch auf!«

Unbeeindruckt von Thyras Aufforderung, schüttelte Motte seinen großen Schädel, sodass sein Sabber sich so gleichmäßig im Raum verteilte, als hätte jemand einen Rasensprenger angestellt. Seine wuscheligen großen Ohren machten laute Geräusche, als sie hin und her schlackerten.

»Du altes Ferkel!«, schimpfte Thyra und wischte sich mit dem Saum ihres Shirts den Sabber von Motte aus dem Gesicht, der wie hypnotisiert auf die Wurstsemmeln starrte.

»Du hast sicherlich Hunger, du armer Schatz.« Mit einer zärtlichen Handbewegung fuhr Lina, die bisher schweigend und regungslos auf der Sofakante gesessen hatte, Motte durchs braun-weiße Fell.

Verblüfft fuhren die Köpfe aller Anwesenden zu der jungen Frau herum und beobachteten mit großen Augen, wie Lina zu einer der Wurstsemmeln griff und diese Motte unter die Nase hielt.

Jeder andere übergewichtige Hund, der von seinem Besitzer auf Zwangsdiät gesetzt worden ist und dem plötzlich eine Wurstsemmel vor der Nase baumelt, hätte mit einem Happs zugeschnappt und sich das Maul geleckt.

Nicht so Motte.

Obwohl ihm sicherlich gerade wieder der Sabber im Maul zusammenlief, ignorierte er die Semmel und legte seine großen

Tatzen links und rechts neben Lina auf das Sofa und bettete seinen Kopf auf ihre Oberschenkel. Mit dumpfen Brummen forderte er Lina auf, ihm das Fell zu kraulen.

Mit dem unwiderstehlichen Charme seiner dunkelbraunen Augen hatte Motte bislang noch das dickste Eis zum Schmelzen gebracht. So gelang es ihm problemlos, den Blick der jungen Frau, der bereits wieder in die Ferne gerichtet war, einzufangen und zurück in ihr Bewusstsein zu bringen.

Ein weiches Lächeln schlich sich in Linas Züge. Erneut streckte sie langsam ihre Hand nach Motte aus. Als ihre Fingerspitzen Mottes weiches Fell berührten, hatte es den Anschein, als hätte eine unsichtbare Macht einen Hebel umgelegt und Linas Systeme wieder hochgefahren.

Lina begann zu zittern und stieß einen gellenden, markerschütternden Schrei aus.

Alle außer Motte fuhren wie von der Tarantel gestochen erschrocken zusammen.

Linas Mund stand weit offen, und sie atmete in flachen, röchelnden Atemzügen. In ihren Augen stand das blanke Entsetzen geschrieben.

Urplötzlich sackte sie wie eine Marionettenpuppe zusammen, deren Fäden von einem brutalen Puppenspieler mit einer Schere durchtrennt worden waren, und vergrub ihr Gesicht in Mottes Fell. Linas Oberkörper erzitterte unter ihrem lautlosen Schluchzen.

Hilflos standen wir da und starrten auf den bebenden Rücken der jungen Frau. Nach der ersten Schrecksekunde legte Thyra ihren Arm auf Linas Rücken und streichelte sie sanft. Ich wechselte einen kurzen Blick mit Thyra und zog mich dann zurück. Maximiliano, der wie gebannt auf die Szene im Laboratorium starrte, zog ich am Arm mit mir mit.

»Maxi«, sagte ich und lenkte seine Aufmerksamkeit auf mich. »Wenn Lina sich etwas beruhigt hat, sei bitte so nett und biete ihr an, dass sie mit Thyra und Motte gemeinsam zu uns nach Hause fährt.«

»Geht klar«, antwortete er und machte einen erleichterten Eindruck. »Ich wüsste sonst gar nicht, wo ich heute Abend meinen Unterricht durchführen sollte.«

Wir verabschiedeten uns mit einer Umarmung.

»Kommst du heute Abend auch zur Milonga?«, wollte Maximiliano wissen.

Ich schüttelte den Kopf. »Ich denke nicht, hab noch eine Menge zu tun.«

»Kann ich mir denken.« Vielsagend zog Maxi die Augenbrauen hoch. »Dann aber nächste Woche wieder zum Unterricht.«

Wir verabschiedeten uns kurz, und ich begab mich zu meinem Käfer, der im Schatten auf mich wartete.

Mir war klar, wohin ich als Nächstes fahren würde – zu Dominik Steins zweitem Arbeitsplatz, der Traktorenhalle von van Alst in Greetsiel.

20

Ich parkte vor dem roten L-förmigen Backsteingebäude, dessen lange Seite aus einer breiten Glasfront bestand, die zur Straße wies. An der kurzen Seite des Gebäudes verlief ein schmaler Weg, der zu der rückseitig am Gebäude befindlichen Traktorenhalle führte. In dem vor mir liegenden Hauptgebäude mit der durchgehenden Fensterfront hatte Unternehmer Gisbert van Alst seinen Showroom, in dem zwei amerikanische Traktoren als Ausstellungsstücke präsentiert wurden.

Weitere Traktoren sowie eine Auswahl riesiger Landmaschinen befanden sich in einer großen Traktorenhalle für Neu- und Gebrauchtfahrzeuge mit angeschlossener Werkstatt auf der rückwärtigen Seite des Gebäudes, welches ebenfalls einen schicken verglasten Verkaufsraum hatte. Als van Alst die Halle am Ortsrand von Greetsiel umbauen ließ, fürchteten viele Einwohner, dass die Landmaschinenhalle schlecht für den Tourismus sei; zu unromantisch und zu technisch. Aber das Gegenteil war der Fall. Van Alst legte bei der Sanierung des ursprünglichen Gebäudes und dem Anbau der angrenzenden Werkstätten und der Traktorenhalle großen Wert darauf, dass sich die Gebäude harmonisch ins Gesamtbild von Greetsiel einfügten, was ihm große Sympathien bei den alteingesessenen Bewohnern einbrachte. Hinzu kam, dass der Unternehmer neue Arbeitsplätze von der Buchhalterin bis zum Landmaschinentechniker schuf. Wenn man bedenkt, dass Arbeitnehmer in Ostfriesland täglich stundenlange Anfahrten zur *Meyer Werft* in Papenburg oder dem *Volkswagenwerk* in Emden in Kauf nehmen, um arbeiten zu können, waren die Arbeitsplätze, die Gisbert van Alst schuf, ein Segen für Greetsiel und die umliegenden Warftendörfer, die alle vom Unternehmergeist des Bremer Geschäftsmannes profitierten.

Außerdem war die Traktorenhalle, vor der die riesigen Ungetüme standen, ein echter Hingucker für Touristen. Denn wann sah ein Großstädter aus dem Ruhrpott oder ein Fahrradkurier aus Castrop-Rauxel schon mal solche Giganten?

Gisbert van Alst verkaufte als Exklusivhändler die in der ganzen Welt bekannten und legendären John-Deere-Traktoren des amerikanischen Herstellers aus Illinois, bei deren Anblick das Herz eines jeden Landwirts, egal, was er anbaute oder welche Flächen er bewirtschaftete, einen freudigen Hüpfer tat.

Die Auswahl an neuen und gebrauchten Traktoren, die sich auf dem Betriebsgelände kraftstrotzend präsentierten, reichte vom Kompakttraktor mit 55 PS bis zu den 500-PS-Giganten, wobei vor Letzteren alle großen und kleinen Jungs mit offenem Mund staunend stehen blieben. Welcher Junge spielt nicht gerne mit Treckern und buddelt Mutters Blumenkästen um? Und diese großen Maschinen waren schon sehr imposant, zumal bestimmte Baureihen dieser amerikanischen Traktoren wie Bulldozer auf großen Raupen standen und mit ihren Pferdestärken protzten.

Ich betrat den hell erleuchteten und in den typischen grüngelben Firmenfarben eingerichteten Verkaufsraum.

»Moin«, grüßte ich und trat an einen der zwei grün lackierten metallenen Schreibtische heran, vor denen jeweils zwei gelb gepolsterte Stühle standen.

Die Frau mit dem dunklen Lockenkopf, die ich für etwa gleichaltrig mit mir hielt, sah von ihrem Aktenordner hoch, in den sie gerade Tankbelege abheftete, und ließ ihren Blick einmal an mir rauf- und runterlaufen, bevor sie meinen Gruß freundlich, aber distanziert erwiderte: »Moin.«

Da die gelangweilt dreinschauende Frau mit deutlicher Neigung zum dritten Rettungsring im Hüftbereich keine Anstalten machte, sich zu erheben oder mir einen Stuhl anzubieten, zog ich den gelben Stuhl zu mir heran und setzte mich. »Danke.«

Die Hitze war in dem Verkaufsraum gut zu ertragen, wofür eine offenbar leistungsfähige Klimaanlage sorgte, deren leichter Lufthauch die Härchen auf meinen Unterarmen aus ihrer hitzebedingten Lethargie weckten, indem sie sich schüchtern aufstellten. Normalerweise erwartet man eine freundliche Nachfrage der Verkäuferin oder wem auch immer, sobald man als mutmaßlicher Kunde ein Geschäft betritt; hier wartete ich vergebens. Nach einer halben Minute, in der die Frau mit dem Lockenkopf und ich uns wortlos angestarrt hatten und darauf warteten, dass jeweils der Gegenübersitzende etwas sagt, verlor ich die Geduld.

»Ich hätte ein paar Fragen«, sagte ich mit der gebotenen Freundlichkeit, obwohl mich die Ignoranz des Lockenkopfs zu ärgern anfing.

Wir sahen uns weiter schweigend an. Der Lockenkopf machte keine Anstalten, etwas zu erwidern.

»Ähm...«, probierte ich mein Glück aufs Neue. »Ich habe ein paar Fragen. Darf ich Ihnen diese Fragen stellen?« Noch freundlicher geht's ja wohl nicht, dachte ich bei mir.

»Ja«, erwiderte die Frau. »Sie dürfen mir Fragen stellen.«

»Vielen Dank!«, erwiderte ich, erfreut darüber, dass ich eine Antwort bekam. Leider hielt die Freude nicht lange an.

»Erwarten Sie aber nicht, dass ich Ihnen Ihre Fragen auch beantworte.«

So viel Unfreundlichkeit verschlug mir für einen Moment die Stimme. Ich stierte den Lockenkopf an und suchte nach einer passenden Antwort, die mir aber gerade nicht einfiel.

Lockenköpfchen griff unter den Schreibtisch, zog ein mir bekanntes Revolverblatt hervor und legte es demonstrativ mit der aufgeklappten Rückseite vor mich auf die grün lackierte Schreibtischplatte, sodass ich freien Blick auf den »Staranwalt« hatte, der mit einem Champagnerglas in der Hand von zwei tief dekolletierten Blondinen geküsst wurde.

Ich stöhnte lautlos in mich hinein: »Nicht schon wieder!«

Dieses dämliche Pressefoto war der Grund dafür, dass mir eine Zeit lang ein gewisser Ruf als Promianwalt vorauseilte. Aufgrund des Eifersuchtsdrama, das meine damalige Frau inszenierte, neigte ich in der ersten Zeit nach Erscheinen des Fotos reflexartig dazu, dessen Entstehen zu erklären. Aber nach meiner Scheidung beschränkte ich mich darauf, das Foto amüsiert zur Kenntnis zu nehmen, wenn es mal wieder aus irgendeinem Anlass von einem einfallslosen Redakteur aus dem Archiv gekramt wurde. Zum Aufregen war es zu harmlos und zudem eine viel zu alte Kamelle.

Da Lockenköpfchen gerade demonstrativ ihre kräftigen Arme vor ihrem mächtigen Busen verschränkte, rechnete ich nicht damit, dass sie ihre Meinung geändert hatte und mir meine Fragen beantworten würde. Deshalb hielt ich mich auch nicht mit irgendwelchen Erklärungen auf, sondern fragte kurz angebunden: »Ist der Chef da?«

»Nein.«

»Wann kommt er wieder?«

»Keine Ahnung.«

Ich gab auf. Es war hoffnungslos, mit der Frau ins Gespräch kommen zu wollen.

Langsam stand ich auf und schob den Stuhl mit meinen Kniekehlen nach hinten, wo ich ihn stehen ließ. Wortlos wandte ich mich um und ging zur Tür, die ich mit einem gebrummelten »Moin« hinter mir zuzog. Bei uns in Ostfriesland macht man keinen Unterschied, ob morgens, mittags oder abends: Moin is Moin, und gut is.

Verärgert blieb ich einen Moment vor der Tür stehen und überlegte, ob ich einfach durch das offene Tor in die Traktorenhalle gehen sollte. Ein Blick über die Schulter zeigte mir, dass Lockenköpfchen mich genau im Auge behielt – was mir aber eigentlich egal war. Wenn die Angestellte aufgrund eines Zeitungsartikels beschlossen hat, mir gegenüber pampig zu sein, hatte das möglicherweise einen Grund. Aber der konnte mir egal sein. Schließlich war das hier ein Geschäft, und auch wenn ich nicht vorhatte, mir heute einen Trecker zu kaufen, hatte ich jegliches Recht eines Kunden, die Geschäftsräume zu betreten. Sollte der Lockenkopf doch ihren Chef anrufen. Ich brannte zwar nicht darauf, Gisbert van Alst persönlich zu sprechen, aber ich war hier, um Informationen über den toten Dominik Stein zu erhalten. Wenn nicht vom Lockenkopf, dann halt von ihrem Chef, dessen provokante Art mir von unserer letzten Begegnung auf der Manningaburg noch in lebhafter Erinnerung war.

Mit resoluten Schritten ging ich an der Glasfront vorbei und ignorierte die Frau hinter ihrem Schreibtisch, die mir finster hinterherstarrte. Ich passierte ein paar große Landmaschinen und hatte die Traktorenhalle nach ein paar Metern erreicht. Die Halle war ebenfalls aus Backsteinen gemauert, aber bei der Sanierung des Gebäudes war die Frontseite durch eine große Glasfront ersetzt worden, durch die Besucher einen guten Blick auf die grün-gelben US-Traktoren hatten, die durch eine entsprechende Innenbeleuchtung effektvoll in Szene gesetzt wurden. Im hinteren Bereich der Halle befand sich die Werkstatt, wo Traktoren und Landmaschinen gewartet und repariert wurden. Die beiden großen Tore, die zur Werkstatt führten, waren allerdings geschlossen. Seitlich der Traktorenhalle befand sich ein ebenfalls aus rotem Backstein gemauerter kleiner Schuppen mit einer grünen Holztür.

Während ich noch das Gebäude und die großen Landmaschinen betrachtete, die neben dem Eingangstor der Halle aufgebaut waren, beschlich mich das unangenehme Gefühl, als ob mich jemand beobachten würde. Langsam drehte ich mich um die eigene Achse und ließ meinen Blick über die Anlage streichen, wobei ich die Glasfront besonders intensiv musterte, weil ich dort den Beobachter vermutete. Da sich aber von meinem Standort aus gesehen der wolkenlose blaue Himmel in dem Glas spiegelte, konnte ich nicht erkennen, ob dort jemand stand.

Kurz entschlossen betrat ich die Halle.

Die große Traktorenhalle wirkte von innen weitaus größer, als ich es von außen vermutet hatte. Der Boden war mit einem grauen Kunststoffbelag ausgelegt, der ähnlich quietschte wie der Belag in manchen Parkhäusern, wenn beim Rangieren die Räder auf der Stelle drehen.

In der Halle standen mehrere sehr teuer aussehende Großtraktoren, die im Inneren der Fahrerkabine mit der Ausstattung eines Kleinwagens mithalten konnten. Viel Technik, kompliziert aussehende Arbeitsdisplays sowie große und übersichtliche Armaturen und stabile Schalthebel und gelbe Regler bestimmten das Bild.

Ich stieg vom Tritt auf der Fahrerseite hinunter, auf den ich mich gestellt hatte, um einen neugierigen Blick in das Innere eines dieser Monster zu werfen, als hinter mir eine Stimme ertönte: »Kann ich Ihnen helfen?«

Offenbar wurde man in diesem Betrieb doch als Kunde wahrgenommen – oder als Störenfried. Ich wandte mich ohne große Eile um und stand Gisbert van Alst gegenüber. Diesmal trug der smarte Unternehmer keine lässige Leinenkleidung, sondern ein formelles, aber sportliches blaues Leinensakko zu einer schilffarbenen Kakihose und sandfarbenen Wildlederslippern. Die obersten drei Knöpfe trug der Vierzigjährige offen, sodass seine glatte und vermutlich rasierte Brust dezent, aber dennoch gut zu sehen war. Mit einer lässigen Handbewegung fuhr er sich durch sein dichtes schwarzes Haar.

»Sie hier?«, fragte ich verblüfft, da er doch angeblich nicht im Haus sein sollte.

»Ja, natürlich. Wieso nicht?« Van Alst lachte amüsiert sein charmantes Lächeln, mit dem er Caro und mich an unserem Tisch auf dem Sommernachtsball auf der Manningaburg begrüßt hatte.

»Ach, ich dachte... schon gut«, winkte ich ab. »Ihre Mitarbeiterin vorn im Büro meinte, Sie seien nicht im Haus.«

»Dann sollte ich mich wohl besser bei Frau Schnorr zurückmelden, wenn ich von meinem Außentermin zurückkomme«, entgegnete van Alst verschmitzt und zwinkerte mir verschwörerisch zu, als er auf die noch immer sichtbare Blessur an meiner Stirn deutete: »Was macht denn eigentlich Ihre Beule?«

»Die habe ich unter der Rubrik ›Shit happens‹ verbucht«, antwortete ich lässig und machte keine Anstalten, näher auf den Vorfall einzugehen, was van Alst als Gelegenheit nutzte, unsere letzte Begegnung geschickt zu umschiffen.

»Aber was kann ich denn für Sie tun? Als Anwalt benötigen Sie doch sicherlich keinen John Deere«, wechselte er geschmeidig das Thema.

Offenbar hatte der Unternehmer auch die gestrige Zeitung gelesen, verzichtete aber bewusst auf die Bezeichnung »Staranwalt«.

»Da haben Sie recht. Obwohl diese Riesen ziemlich beeindruckend sind. Aber ich glaube, ich bekäme Probleme mit dem Einparken«, stimmte ich van Alst schmunzelnd zu, wurde aber im gleichen Moment wieder ernst, als ich das Thema wechselte und ohne Umschweife zum eigentlichen Grund meines

Besuchs kam: »Der Tote vom Sommernachtsball war Dominik Stein – ein Angestellter von Ihnen.«

Van Alsts Gesichtsausdruck veränderte sich ebenfalls und nahm einen betroffenen Ausdruck an. Auch wenn er vor einem Moment noch entspannt scherzte, nahm ich ihm seine Bestürzung ab, die sich auf seinem Gesicht abzeichnete.

»Ja, stimmt«, nickte er ernst. »Dominik hat bei mir gearbeitet. Und ich… ich kann noch gar nicht richtig realisieren, was sich an diesem Abend vor unseren Augen abgespielt hat.«

»Es braucht seine Zeit, bis man so etwas verarbeitet hat«, erwiderte ich. »Ich bekomme dieses Bild auch noch nicht aus meinem Kopf.«

Van Alst presste die Lippen zu einem schmalen Strich zusammen und nickte bedächtig, während er auf einen imaginären Punkt hinter meinem Rücken starrte.

»Was hat Dominik bei Ihnen gemacht?«, griff ich das Thema meines Besuchs wieder auf.

Der Unternehmer starrte noch ein paar Sekunden über meine Schulter in den Raum hinein, um dann seinen Blick wieder mir zuzuwenden. Dass van Alst betongraue Augen hatte, war mir bis zu diesem Zeitpunkt nicht aufgefallen.

»Dominik war im Verkauf tätig. Im Außendienst«, antwortet er. »Er war außerordentlich charmant und konnte einem Ostfriesen einen Ostfriesennerz verkaufen.« Er lachte kurz und humorlos auf. »Verzeihen Sie mir das blöde Wortspiel. Ich wollte sagen… Dominik war ein verdammt guter Verkäufer. Er wird uns fehlen.«

»Als Verkäufer?«, entgegnete ich und konnte mir einen ironischen Unterton nicht verkneifen, was van Alst gegenüber vielleicht auch etwas ungerecht war. Aber ein gewisses Maß an Provokation war bei Befragungen durchaus förderlich, verführten sie den Befragten oft dazu, mehr zu sagen, als er eigentlich beabsichtigte.

So auch bei van Alst.

»Nein! Nicht nur als Verkäufer!«, fuhr er mich empört an. »Niki war mehr als nur ein Verkäufer.«

Ich war mir ziemlich sicher, dass van Alst sich nicht zu dieser Aussage hätte hinreißen lassen, wäre er über meine ironische Fragestellung nicht wütend gewesen. Seine Antwort war natürlich für mich eine willkommene Vorlage: »Mehr als ein Verkäufer? Was war ›Niki‹ denn noch?«

Van Alst musterte mich mit bösem Blick, während er schlagfertig eine Antwort zusammenbastelte. »Dominik war auch ein sehr guter Tanzlehrer und Tanguero. Wir kannten uns auch aus der Tangoszene.«

Auch wenn diese Antwort aufgrund der Tangoaktivitäten beider Männer naheliegend war, denn bei uns in Ostfriesland war diese Welt tatsächlich ziemlich überschaubar, spürte ich, dass van Alst mir nicht die ganze Wahrheit erzählte. Irgendetwas war da noch, da war ich mir sicher. Und wenn es in einem Mordfall eine Geschichte hinter der Geschichte gab, wollte ich sie unbedingt in Erfahrung bringen.

»Hat Dominik deshalb einen Job bei Ihnen bekommen?«, wollte ich wissen.

Van Alst nickte bereitwillig, als er antwortete: »Ja, hat er, genau wie Lasse. Ich habe Dominik vor drei Jahren kennengelernt, als ich den Sommernachtsball auf der Manningaburg organisiert habe. Er war mir eine große Hilfe bei der Organisation und hat dafür gesorgt, dass der erste Ball ein großer Erfolg wurde. Niki kannte viele Leute und hat quasi die gesamte norddeutsche Tangoszene für den ersten Ball aktiviert. Dominik hatte es drauf.« Der Unternehmer fuhr sich mit der Hand durchs dichte schwarze Haar, das ihm trotz der Klimaanlage, die es auch in dieser großen Traktorenhalle gab, am Kopf zu kleben begann.

»Lasse?«, fragte ich erstaunt. »Lasse Medina?« Im ersten

Moment glaubte ich mich verhört zu haben, als van Alst beiläufig erwähnte, dass Lasse, den ich vor einer knappen Stunde noch im *Temporada* getroffen hatte, im selben Betrieb wie der Tote gearbeitet hatte.

Der Unternehmer nickte und fuhr sich erneut durchs Haar, während sich ein Schweißtropfen seinen Weg sucht und ihm in einem kleinen Rinnsal die Schläfe hinunterlief. Auch wenn die Hitze während der Hundstage bei uns in Greetsiel kaum auszuhalten war, empfand ich die Temperatur in der klimatisierten Halle als recht angenehm. Möglicherweise lag es nicht nur an den momentanen Temperaturen, dass van Alst gerade der Schweiß ausbrach.

»Ja. Dominik und Lasse sind... waren...«, eierte van Alst zwischen Vergangenheits- und Gegenwartsform hin und her. »Sie wissen, was ich meine. Dominik war und Lasse ist mein bester Außendienstmitarbeiter.«

Warum hatte Maximiliano mir vorhin nicht gesagt, dass Lasse und Dominik Kollegen waren? Hatte er es vergessen, oder war es ihm nicht wichtig genug, um diesen Umstand zu erwähnen? Ich nahm mir vor, ihn bei nächster Gelegenheit danach zu fragen. Jetzt interessierte mich aber zunächst einmal, ob van Alst noch etwas Interessantes zu Dominik Steins privatem oder beruflichem Hintergrund zu sagen hatte.

»Haben Sie die beiden gleichzeitig eingestellt?«, tastete ich mich vor.

»Nein. Zuerst nur Dominik«, antwortete der Unternehmer. »Ihm habe ich direkt nach dem ersten Sommernachtsball vor drei Jahren eine Stelle angeboten. Dominik hatte von Anfang an sehr gute Umsätze im Außendienst, obwohl er eigentlich keine große Ahnung von Traktoren und Landmaschinen hatte. Ich musste ihn erst einmal auf ein paar Schulungen schicken. Damals wollte ich den Außendienst erweitern und habe Dominik gefragt, ob er jemanden kennt, den er empfehlen könne. Er kannte doch Hans und Franz hier in der Gegend. Ja, und dann tauchte Lasse bei mir auf und bewarb sich für den Außendienst.«

»Und Sie haben ihn gleich eingestellt?«

»Ja. Er kam ja auf Dominiks Empfehlung.«

Es hatte möglicherweise überhaupt keine Bedeutung, dass Lasse und Dominik Kollegen waren. Schließlich kannten sich die beiden vom Tango, und es war naheliegend, dass man untereinander Empfehlungen aussprach oder sich berufliche Tipps gab, wenn man sich gut verstand.

Vielleicht war ich mittlerweile schon zu misstrauisch geworden und witterte überall Verstrickung und hörte das Gras wachsen, wo es überhaupt keins gab und wo es vollkommen normal war, wenn sich Leute kannten oder miteinander zu tun hatten.

»Vielleicht aber auch nicht!«, dachte ich; vielleicht hatte ich einfach nur einen guten Riecher.

Ich war entschlossen, genau das herauszufinden, und würde mich nach dem Gespräch mit van Alst auf direktem Weg zurück zum *Temporada* begeben, um mit Lasse zu sprechen. Dominik und Lasse hatten etwa das gleiche Alter und waren Kollegen im *Temporada* und im Außendienst bei van Alst. Da hatte man sich sicherlich mehr zu erzählen, als sie es ihrem Chef gegenüber getan hatten.

Aber noch hatte ich ein paar Fragen an van Alst, dem ein zweites Rinnsal übers Gesicht lief.

»Wie war denn Dominik so?«, fragte ich. »Ich meine, abgesehen davon, dass er Ihr Topverkäufer war?«

»Hm.« Van Alst zuckte mit den Schultern. »So genau kennt man als Chef seine Mitarbeiter ja auch nicht.«

»Aber Sie kannten sich doch auch vom Tango her«, entgegnete ich. »Da plaudert man doch miteinander und trifft sich in einem völlig anderen Rahmen.«

Van Alst wich aus: »Ja, bis zu einem gewissen Punkt schon. Man trifft sich auf Veranstaltungen, sagt Hallo und quatscht belangloses Zeug. Mehr nicht. Man geht ja schließlich zu einer Milonga, um zu tanzen, und in keinen Debattierklub. Das sollten Sie eigentlich wissen.«

Ich ging nicht auf seine Anspielung ein, sondern fragte weiter: »Und was war mit Lasse?«

»Genau das Gleiche«, behauptete er, während seine Miene zusehends ausdrucksloser wurde. »Warum sollte das mit ihm anders sein?«

»Das will ich ja gerade von Ihnen wissen«, entgegnete ich. »Was genau haben die beiden denn bei Ihnen im Außendienst gemacht – Traktoren verkauft?«

»Auch«, lautete die einsilbige Antwort des Unternehmers, während er die Arme vor seiner Brust verschränkte. Wenn ich seine Körpersprache richtig deutete, war unser Gespräch eigentlich hiermit beendet.

»Auch?«, wiederholte ich und ließ nicht locker, weil ich das Gefühl hatte, dass van Alst mir auswich. »Was genau haben die beiden für Sie gemacht?«

Mein penetrantes Nachfragen hatte die Laune des charmanten Unternehmers sichtlich verschlechtert, denn er musterte mich mit unfreundlichem Blick.

»Sie haben Neukunden akquiriert und Bestandskunden gepflegt. Gelegentlich haben Sie sich auch darum gekümmert, wenn Kunden spezielle Problemstellungen hatten und Beratungsbedarf bestand.«

Auch wenn van Alst mir gerade keine sensationellen Dinge erzählte, hatte ich das Gefühl, dass sich hinter dem, was er sagte, oder vielmehr, was er nicht sagte, mehr verbarg, als ich wissen sollte. Und das machte mich erst recht neugierig.

»Neukundengewinnung verstehe ich«, sagte ich bedächtig und stellte die nächste Frage bewusst provokanter: »Wie muss ich mir das vorstellen? Sind die beiden über Land gefahren und haben an die Türen von Bauernhöfen geklopft wie Staubsaugervertreter?«

Van Alst bedachte mich mit einem bösen Blick. Sein Charme befand sich im Moment auf Landgang. »Natürlich nicht! Ich bitte Sie – wir verkaufen John-Deere-Traktoren und nicht irgendwelchen asiatischen Krempelkram, den wir Leuten an der Haustür andrehen müssen. Unsere Kunden treten mit einer Anfrage an uns heran, weil sie sich für eine unserer Maschinen interessieren, und unser Außendienst führt dann das Kundengespräch vor Ort beim Kunden.«

»Verstehe«, warf ich ein. »Und Bestandskunden besucht dann Ihr Außendienst und versucht, ein Folgegeschäft zu machen?«

Wieder bedachte er mich mit einem unfreundlichen Blick: »Es gehört zu unserer Firmenphilosophie, dass wir unsere Kunden regelmäßig besuchen, Kontakte pflegen und über innovative Produkte beraten. Dazu gehört auch, dem Kunden individuelle Angebote zu unterbreiten, die seiner Bedarfslage entsprechen.«

Van Alst spulte seinen Text so ab, als würde er als schlecht bezahlter Redner einen Firmenvortrag halten. Er konnte seine Verkaufsstrategie noch so sehr in Worthülsen verpacken, es handelte sich bei der von ihm beschriebenen Kundenbetreuung ganz offensichtlich um Folgegeschäfte, was in der Geschäftswelt durchaus üblich ist und in vielen Branchen, wie beispielsweise dem Bankmarketing, als Cross-Selling zur Verkaufsstrategie wie im Einzelhandel dazugehört. Denn wenn ich mich in der Campingabteilung für ein Einmannzelt interessiere, wird mir mit Sicherheit ein geschickter Verkäufer neben einem Viermannzelt noch zusätzlich Schlafsack, Kocher, Isomatte und alle möglichen Outdoor-Errungenschaften gleich mit verkaufen. An verkaufsstarke Versicherungsvertreter mochte ich in diesem Zusammenhang lieber erst gar nicht denken.

»Und was verstehen Sie unter ›speziellen Problemstellungen‹ Ihrer Kunden?«, hakte ich weiter nach.

Der Gesichtsausdruck meines Gegenübers wurde noch ausdrucksloser, als er es schon die ganze Zeit gewesen war.

»Sie werden sicherlich verstehen, Herr de Fries, dass ich mit Ihnen nicht über die Probleme meiner Kunden sprechen werde«, erklärte er. »Ich brauche Ihnen nicht zu erklären, dass wir Angaben und Informationen unserer Kunden vertraulich behandeln.«

»Verstehe«, erwiderte ich und warf ihm einen vielsagenden Blick zu.

In diesem Moment betrat ein schlanker Mann mit Hipsterbart, der trotz der Hitze einen blauen Sommeranzug trug, die Halle und kam langsam auf uns zu. Sein betont schläfriger Blick konnte nicht über die Verschlagenheit hinwegtäuschen, die in seinen Augen glomm.

»Alles in Ordnung, Chef?«, fragte er lauernd wie eine Schlange. »Kann ich dem ... Kunden helfen?«

Van Alst machte eine kurze Handbewegung: »Nein danke, Ulf. Ich kümmere mich um den Herrn selber.«

Ulf nickte kurz und drehte ab, behielt mich aber im Auge. Während er lautlos in der Halle verschwand, wandte der Unternehmer seine Aufmerksamkeit wieder mir zu.

»Wie gesagt ...«, van Alst zuckte betont bedauernd mit den Schultern, »Sie verstehen – Diskretion.«

Van Alst hatte natürlich recht, wenn er mich mit dem Hinweis auf Kundendiskretion abblitzen ließ. Mit diesem Argument hatten sich meine weiteren Fragen bereits im Vorfeld erübrigt. Van Alst mauerte, und das musste einen guten Grund haben. Ich wusste, wann ich bei einem Gesprächspartner nicht mehr weiterkam, und verabschiedete mich von dem Unternehmer mit ein paar harmlosen Fragen zu Arbeitszeiten und dem Gebiet, in dem die beiden Außendienstler tätig waren beziehungsweise Lasse noch immer war.

»Normale Zeiten für Außendienstler«, antwortete van Alst, und ich spürte, dass ihm meine Fragen anfingen lästig zu werden. »Dominik war in einer regulären Fünfeinhalb-Tage-Woche beschäftigt und wechselte sich mit Herrn Medina immer samstags ab. Hatte der eine am Samstag frei, war der andere unterwegs und umgekehrt. Was das Gebiet unseres Außendienstes anbelangt, liegt unser Schwerpunkt hier in Ostfriesland. Aber wir haben auch Kunden bis raus nach Hamburg und Hannover; teilweise bundesweit. Aber für die gibt's dann wieder einen anderen Außendienstmitarbeiter.«

Da von dem Unternehmer nichts Erhellendes mehr kam und mir keine intelligenten Fragen mehr einfielen, um ihm weiter auf den Zahn zu fühlen, verabschiedete ich mich, nahm mir aber fest vor, dass dies nicht das letzte Gespräch mit dem Unternehmer Gisbert van Alst gewesen war.

Ich umrundete einen der riesigen Traktoren und war schon im Begriff, die Halle zu verlassen, als mir ein Gedanke kam, woraufhin ich mich in bester Columbo-Manier umwandte und van Alst, der mir gerade ein Loch in den Rücken starrte, eine Abschiedsfrage stellte.

»Diese Traktoren kosten doch ein Vermögen, so etwas kann doch kein Bauer in bar bezahlen. Haben Sie bei den finanzierten Verkäufen eigentlich hohe Außenstände?«

Van Alst wechselte schlagartig die Farbe, und seine Pupillen schlugen Funken wie ein Feuerstein. Er stand stocksteif inmitten seiner grün-gelben Traktoren und sah aus, als wünsche er mir die Pest an den Hals und die Maul- und Klauenseuche gleich hinterher.

Ich ließ meine Frage ein paar Sekunden einwirken, um Unsicherheit darüber zu erzeugen, was und wie viel ich zu welchen Themen wusste. Und da ich davon überzeugt war, dass es eine Geschichte dahinter gab und der Unternehmer mir etwas Wesentliches ebendieser Hintergrundgeschichte verschwieg, was möglicherweise einen wichtigen Hinweis, wenn nicht sogar den entscheidenden Hinweis auf ein Mordmotiv und damit auf den Mörder von Dominik Stein gab, ließ ich ihn als Hausaufgabe an dieser Frage herumkauen. Ich wandte mich wie Peter Falk als Inspektor Columbo schwerfällig um und verließ langsam, und ohne ein weiteres Wort zu sagen, die Traktorenhalle.

Kaum hatte ich das Tor der Halle passiert und stand wieder neben einem der riesigen Traktoren, über deren gewaltige Raupen neben mir ich nicht hinwegschauen konnte, beschlich mich erneut das Gefühl, von jemand Unsichtbarem beobachtet zu werden. Während ich zurück zu meinen Käfer ging, warf ich verstohlene Blicke nach rechts und links, konnte aber natürlich niemanden entdecken.

Als ich um die Hausecke bog, verflog das unheimliche Gefühl, dass unsichtbare Augen jeden meiner Schritte beobachteten. Gleichzeitig sah ich den bärtigen Anzugträger, wie er sich neugierig in meinen Wagen hineinbeugte.

Ich verlangsamte meinen Schritt, um zu sehen, was er vorhat, und um mich ihm geräuschlos zu nähern. Hipster Ulf war wirklich sehr neugierig und – unverschämt. Als er gerade mein Handschuhfach durchwühlte, stand ich hinter ihm.

»Na, haben Sie etwas verloren?«, fragte ich spöttisch und legte ihm meine Hand auf die Schulter. Was ich besser nicht getan hätte.

Der Bartträger wirbelte blitzartig herum und wischte mit einer einzigen Handbewegung meine Hand von seiner Schulter. Mit der anderen Hand griff er mir an die Kehle, drehte mich herum und drückte mich mit der Hüfte gegen meinen Käfer, während ich gleichzeitig das Gleichgewicht verlor und mit dem Oberkörper nach hinten kippte – Ulf hielt mich noch immer am Kehlkopf gepackt.

Die Attacke hatte mich vollkommen überrascht, denn mit einer solchen Reaktion hatte ich nicht rechnen können. Schließlich kramte er in meinem Auto herum und nicht umgekehrt.

»Nicht anpacken, Anwalt!«, zischte er feindselig.

Statt ihm zu antworten, röchelte ich wütend und griff mit meiner freien Hand sein Handgelenk. Genauso gut hätte ich versuchen können, einen der Trecker mit der Hand zur Seite zu schieben. Unter dem Anzug des Bartträgers verbarg sich ein athletisches Muskelpaket, womit ich ebenfalls nicht gerechnet hatte.

»Ulf!«, ertönte scharf die Stimme seines Chefs. »Lass den Mann los!«

Der Bartträger sah mich mit seinem Schlangenblick lauernd an und genoss die letzten beiden Sekunden, bevor er der Anweisung seines Chefs nachkam und mich losließ, indem er nochmals kräftig zudrückte. Ich hatte das Gefühl, dass meine Augen aus den Höhlen quollen, und wehrte mich gegen seinen Schraubstockgriff, indem ich versuchte, ihm ein Auge auszustechen, und ihm gleichzeitig mein Knie in den Unterleib rammte.

»Ulf!« Diesmal knallte van Alsts Stimme wie ein Peitschenhieb in der Manege eines Vorstadtzirkus durch die mittägliche Stille.

Mit einem Ruck ließ mich der Bärtige los und trat einen Schritt zurück. Geräuschvoll rasselte mein Atem, als ich mich nach vorne beugte und mich auf meine Knie abstützte, um Luft zu holen. Pfeifend atmete ich ein und wurde von einem Hustenkrampf geschüttelt. Ich griff mir an meinen Hals, wo die Hand des Bärtigen mich gepackt hatte. Meine Kehle brannte wie ein glühender Feuerring.

Der Anzugträger drehte sich lässig um und verabschiedete sich mit einem spöttischen »Moin« von mir.

»Sie müssen meinen Mitarbeiter entschuldigen«, sagte van Alst mit honigsüßer Stimme, als er sich mir näherte. »Sie haben ihn erschreckt.«

Ich hustete erneut, und als Antwort spuckte ich dem Unternehmer einen Schleimklumpen auf seine sandfarbenen Wildlederslipper. Van Alst zuckte zusammen, als habe er gerade auf einen Elektrozaun gepinkelt, der unter Strom steht.

Wenn Blicke töten könnten, wäre Motte jetzt Waise.

Wütend versuchte er das Sekret an einem Grasbüschel am Straßenrand abzustreifen, erreichte aber das Gegenteil und ruinierte seinen Wildlederschuh, indem er den Schleim ins Leder einrieb.

Mit Befriedigung sah ich, wie seine Gesichtsfarbe von Bronzegebräunt in Zornrot wechselte. Er machte einen Schritt auf mich zu, aber diesmal war ich vorgewarnt. Nicht schnell, aber schnell genug machte ich einen Schritt zur Fahrertür und holte mit einer Handbewegung meine bewährte metallene Stabtaschenlampe im Magnumformat aus der Seitentasche der Fahrertür und schlug mir mit dem martialisch aussehenden Metallgriff provozierend in die offene Handfläche.

Mit kaltem Blick sah ich den Unternehmer an. Offensichtlich war in meinen Augen deutlich zu lesen, dass ich keinen Moment zögern würde, von der schweren Magnumlampe Gebrauch zu machen, wenn er sich mir nur noch einen Schritt nähern würde, denn van Alst blieb wie angewurzelt stehen.

Unsere Blicke prallten wie die Geweihe zweier Hirschböcke während eines Revierkampfes aufeinander, und mir war klar, dass wir ab diesem Moment Feinde waren. Zu dieser Erkenntnis war auch der Unternehmer gekommen. Ein Ruck ging durch seinen Körper, als er sich zum Rückzug entschloss und sich mit einer fahrigen Verlegenheitsgeste mit der Hand durchs Haar fuhr, bevor er mir zum Abschied zuknurrte: »Kommen Sie mir niemals in die Quere, de Fries!«

Als Antwort klatschte ich erneut mit der schweren Metalllampe in meine offene Handfläche und bohrte meinen Blick in den Rücken seines Leinenjacketts. Ich behielt so lange meine drohende Haltung bei, bis der Unternehmer den Bartträger erreicht hatte, der mir noch einen spöttischen Blick zum Abschied zuwarf. Die beiden gingen zurück und verschwanden in der Halle.

Ich blies geräuschvoll die Atemluft aus und warf die Taschenlampe auf den Beifahrersitz, während ich schwerfällig in meinen Käfer kletterte. Stöhnend griff ich mir an meine Kehle und rieb über die schmerzende Haut.

»Was hat sich dieser Idiot nur dabei gedacht?«, fluchte ich leise, während ich das Handschuhfach zuklappte.

Der Typ war ja gemeingefährlich. Auch wenn er sich erschrocken hatte, gab es ihm nicht das Recht, mich in den Würgegriff zu nehmen. Und woher wusste der Kerl, dass ich Anwalt bin?

Ich zuckte mit den Achseln. Wahrscheinlich hatte der Hipster auch die Zeitung gelesen und mich erkannt, oder der adipöse Lockenkopf aus dem Büro hatte ihm erzählt, wer ich bin. Warum auch immer, denn so wichtig war es ja nun auch wieder nicht – es sei denn, bei den Geschäften von van Alst ging nicht alles mit rechten Dingen zu, sodass das Auftauchen eines Anwalts für eine gewisse Nervosität sorgte.

Als ich den Käfer startete und mich mit einem Blick in den Rückspiegel vergewisserte, dass die Straße frei war, glaubte ich im Spiegel die Silhouette einer Gestalt zu sehen, die sich im Schatten der Seitenwand der Traktorenhalle verbarg. Gleichzeitig verspürte ich erneut das unangenehme Gefühl, dass mich unsichtbare Augen fixierten und jede meiner Bewegungen beobachteten.

Da mein Bedarf an konfrontativen Gesprächen für heute gedeckt war, trat ich das Gaspedal durch, was der Vierzylinder-Boxermotor meines VW-Käfer mit einem begeisterten Knattern beantwortete.

Ich warf keinen Blick mehr in den Rückspiegel.

21

Zum zweiten Mal an diesem Tag stellte ich meinen Käfer auf der gegenüberliegenden Straßenseite des *Temporada* in den Schatten.

Trotz des angenehmen Fahrtwinds klebte mir mein Hemd am Rücken. Die Hitze hatte noch mehr zugenommen, und ich war froh über den Strohhut mit der breiten Krempe, den ich mir vor ein paar Tagen in einem der Andenkenläden im Hafen von Greetsiel gekauft hatte, als ich mit Uz fremdgegangen war und wir unseren Absacker im *Hafenkieker* und nicht wie üblich in Gretas *Rettungsschuppen* getrunken hatten.

Ich tastete vorsichtig über meinen Hals und zog mir beim Aussteigen den Strohhut so tief in die Stirn, dass die Krempe meinen Augen Schatten spendete, und überquerte die Straße, die wie ausgestorben in der glühenden Nachmittagshitze lag. Den heißen Asphalt spürte ich durch die Sohlen meiner ausgeblichenen Bootsschuhe, die ich im Auto gegen die geliebten Schlappen getauscht hatte, und fragte mich, wann es endlich wieder kühler werden würde. Auch wenn ich grundsätzlich eher der Typ für regnerische, neblige Tage bin, der liebend gerne mit wetterfesten Klamotten über den Deich spaziert, um sich dann mit einem starken Ostfriesentee vor den Kamin zu setzen, habe ich durchaus nichts gegen heiße Sommertage und strahlendblauen Friesenhimmel. Aber was die momentanen Hundstage anbelangte, war ich momentan ziemlich bedient. Was genug ist, ist genug!

Heilfroh darüber, der Sonne entfliehen zu können, betrat ich den im Schatten liegenden Eingangsbereich des *Temporada* und zog die Tür hinter mir zu. Der große Saal mit seinem seidig schimmernden Eichenparkett lag noch immer im Halbdunkel. Auf dem Tresen hatte Lasse bereits Gläser und Geschirr für die heutige Milonga aufgebaut, und hinter den Glasscheiben der kleinen Kühlvitrine türmten sich auf einem Glasteller die Queijadas, neben denen in Zweierreihen die kleinen Crème-brulée-Schälchen mit ihrer karamellisierten braunen Kruste Spalier standen.

Obwohl der Saal im Halbdunkel lag, sah ich jemanden in dem hochlehnigen Drehstuhl an der »Kommandobrücke« sitzen. Auch wenn der Oberkörper durch die Rückenlehne verdeckt war, vermutete ich, dass Lasse die Musik für die abendliche Milonga vorbereitete, da Maximiliano sicherlich wieder unterwegs war. Sein Wagen stand zumindest nicht mehr vor der Tür. Das traf sich insoweit sehr gut, da ich gekommen war, um mit Lasse über seinen Job bei van Alst zu sprechen.

»Moin, Lasse!«, rief ich ihm vom Eingang her zu; schließlich wollte ich ihn ja nicht schon wieder zu Tode erschrecken. »Ich bin's noch mal, Jan!«

Da Lasse keine Reaktion auf meine Begrüßung zeigte und auch keinerlei Anstalten machte, sich zu mir herumzudrehen, durchquerte ich den Raum mit wenigen Schritten und packte den Drehsessel an seiner oberen Lehne, um ihn auf mich aufmerksam zu machen.

»Hey, Lasse!«, rief ich und drehte den Sessel schwungvoll zu mir herum. »Nimm doch mal die Kopfhörer …«

Der Schock traf mich wie ein Hammerschlag!

Entsetzt starrte ich auf den Anblick, den ich mein Leben lang nicht mehr vergessen werde und bei dem mein Herz für ein paar Schläge aussetzte, um dann wie ein Trommelfeuer loszuhämmern.

Lasses Gesicht war eine einzige verkohlte Fratze des Grauens.

Von seinem fast bis zur Unkenntlichkeit verbrannten Gesicht ging ein ekelerregender und widerlich süßlich nach Verwesung stinkender Geruch von verbrannten Haaren, Fett und Fleisch aus, den ich jetzt erst wahrnahm. Die Gesichtshaut, die an einigen Stellen unversehrt und an den meisten anderen braunschwarz verkohlt war, dampfte noch vor Hitze, und aus dem aufgeplatzten Gesicht liefen Blut und Gewebeflüssigkeit, um auf die Lehne des Drehsessels zu tropfen. Haare und Wimpern waren ebenfalls verbrannt, ebenso wie seine Augenlider, sodass mich die toten und weit offen stehenden Augen anstarrten, die von einem milchigen Film überzogen waren, wie er sich auf dem Eiweiß eines Rühreis in einer heißen Pfanne bildet. Die aufgeplatzten Lippen des Toten waren ebenfalls zum Teil verbrannt und gaben den Blick auf zwei Reihen rußverschmierter Vorderzähne frei.

Der schockierende Anblick von Lasses zerstörtem Gesicht ließ mir das Blut in den Adern gefrieren, wobei das eisige Gefühl, das sich in Sekundenbruchteilen in meinem gesamten Körper ausbreitete, mir infolge der gewaltigen Adrenalinausschüttung gleichzeitig den Atem raubte.

Reflexartig griff ich mir mit einer Hand an die Brust, um meinen wild trommelnden Herzschlag zu beruhigen. Vollkommen schockiert machte ich wie in Zeitlupe zwei Schritte rückwärts in die Richtung, aus der ich gerade gekommen war, wobei mein Blick auf die Arbeitsplatte des Sekretärs fiel. Neben dem aufgeklappten Notebook, auf dessen Bildschirm Veranstaltungshinweise für kommende Milongas zu sehen waren, stand der silberne Flambierbrenner, mit dem Lasse vor nicht allzu langer Zeit die Crème brulée karamellisiert hatte. Ich kannte diese Art von Brenner, einen ähnlichen hatte ich auch zu Hause in meiner eigenen Küche stehen. Die Flamme dieser Brenner wird bis zu 1300° C heiß, und ich benutze dieses Küchengerät nicht nur zum Flambieren und Karamellisieren, sondern ebenso gerne, um auf bequeme Art und Weise Paprika und Tomaten zu häuten.

Bevor mir schlecht würde und ich dem Tatort meine persönliche Note hinterlassen hätte, bemerkte ich, dass die blaue Flamme des Brenners noch lautlos brannte.

Die Flamme eines solchen Brenners wird aus einem kleinen Tank gespeist, der mit Feuerzeugbenzin gefüllt wird und nach Herstellerangaben einen Betrieb bis zu einer Stunde gewährleistet. Da Lasse das gesamte Tablett Crème brulée karamellisiert und der Mörder sich ausgiebig unter Zuhilfenahme des Flambierbrenners mit seinem Gesicht beschäftigt hatte, die Flamme aber immer noch brannte, war davon auszugehen, dass ich den Mörder in seinem Tun gestört hatte.

Lasse musste kurz vor meinem Eintreffen gestorben sein, was bedeutete, dass der Mörder noch nicht weit entfernt sein konnte. Möglicherweise befand er sich noch immer hier im *Temporada*.

Auch wenn mir vor Schreck fast das Herz aus der Brust zu springen drohte, galt mein erster Gedanke meiner Tochter Thyra.

Mit zum Zerreißen gespannten Sinnen machte ich zwei weitere Schritte rückwärts und sah mich dabei aufmerksam nach allen Seiten um. Es war weder etwas zu sehen noch zu hören, was darauf hindeutete, dass außer dem toten Lasse und mir noch jemand hier im Saal war. Hastig schnellte ich herum und griff mir im Vorbeigehen einen der silbernen Kerzenleuchter vom Tresen, die bei den abendlichen Veranstaltungen für ein gemütliches Loungelicht im *Temporada* sorgen. Leider sah der Leuchter massiver aus, als er sich in meiner Hand anfühlte. Aber um einen Angreifer auf gebührenden Abstand zu halten, war er allemal besser, als mit leeren Händen dazustehen.

Schnell durchquerte ich den Saal, wobei ich mich bemühte, kein Geräusch zu machen, und stand ein paar Sekunden später vor dem Laboratorium, dessen Tür geschlossen war. Ich atmete tief ein, griff mit pochendem Herzen nach der Türklinke und drückte diese vorsichtig nieder.

Lautlos schwang die Tür zum Laboratorium nach innen auf. Ich betrat den kleinen Tanzsaal und ließ meinen Blick schnell durch den Raum kreisen.

Nichts! Bis auf das rote Sofa war der Saal leer.

Ich atmete mit einem tiefen Seufzer erleichtert aus und ließ den Kerzenleuchter sinken. Auch wenn der Raum auf den ersten Blick leer zu sein schien, betrat ich das Laboratorium mit der Vorsicht, die ich für angebracht hielt, wenn man jeden Moment damit zu rechnen hat, plötzlich einem mehrfachen Mörder gegenüberzustehen. Denn dass der Mörder, der gerade den armen Lasse bestialisch getötet und entstellt hatte, auch der Mörder von Dominik Stein war, stand für mich außer Frage. Ohne Ahnung davon zu haben, um wen es sich bei dem Toten im Wattenmeer handelte, über dessen verbrannte Überreste wir beim Schlickrennen quasi gestolpert waren, ging ich davon aus, dass es sich bei dem Täter ebenfalls um den Mörder von Lasse und Dominik handelte. Mal ganz abgesehen davon, dass ich den dreifachen Mörder auch für den Schützen hielt, der uns in der Nebelsuppe von Lütje Hörn beschossen und durchs Watt gejagt hatte.

Vier gute Gründe also, das Laboratorium mit großer Vorsicht zu betreten.

Ich schob mich langsam in den Raum. Meine Sinne waren alle auf Empfang geschaltet, und ich nahm jedes noch so kleine Detail bewusst wahr. Auf dem roten Biedermeiersofa lagen fein säuberlich zusammengelegt die beiden Wolldecken, die zuvor noch zerknüllt am Boden gelegen hatten. Ansonsten war der Raum leer. Thyras und Linas Kleidung waren ebenso wie die

Tüten mit den Semmeln verschwunden. Ich erlaubte mir eine gewisse Erleichterung zu empfinden, da ich davon ausgehen konnte, dass Thyra mit Lina heim zu mir gefahren war und Motte mitgenommen hatte.

Ebenso vorsichtig, wie ich das Laboratorium betreten hatte, verließ ich den Raum wieder und ging mit dem Kerzenleuchter im Anschlag zurück in den großen Saal, der unverändert still vor mir im Halbdunkel lag. Noch immer war kein Laut zu hören und nichts Bedrohliches zu sehen, abgesehen von dem schrecklich verstümmelten Lasse Medina.

Die gasblaue Flamme des Flambierbrenners brannte noch immer mit unverminderter Kraft, und als hätte sie nur auf mich gewartet, begann sie in dem Moment schwächer zu werden, als ich mich ihr näherte. Das Blau der Gasflamme verblasste, und ohne jegliches Geräusch erlosch die Flamme ebenso, wie kurz zuvor Lasses Leben verloschen war. Mein Herzschlag hatte sich nicht wesentlich beruhigt, aber ich hatte zumindest nicht das Gefühl, kurz vor einem Herzkasper zu stehen, als ich mich vorsichtig dem Drehstuhl näherte, in dem der grausam entstellte Lasse aufrecht saß und auf mich zu warten schien.

Um den Tatort nicht zu verunreinigen, aber auch aus Beklommenheit machte ich einen großen Bogen um den Toten, als ich mich dem Tresen näherte. Da mein Handy bei unserer Flucht durchs Watt mehrfach untergetaucht war und seinen Geist aufgegeben hatte, blieb mir nur die Möglichkeit, hinter dem Tresen nach einem Telefon zu suchen, was ich mit schnellen Handbewegungen auch tat.

Aber obwohl ich jeden Winkel der Bar durchsuchte und auch in diversen Schubladen nachschaute, war kein Telefon zu finden. Offenbar sparte Maximiliano sich einen Festnetzanschluss, weil er davon ausging, dass heutzutage jeder Mensch ein Handy in der Tasche hat. Womit er ja auch nicht unrecht hatte – abgesehen von mir. Vorsichtig umrundete ich erneut den Sekretär. Als ich auf Höhe des Notebooks vorbeikam, signalisierte ein trockener Klopfton, dass eine Nachricht eingegangen war. Meiner beruflichen Neugier entsprechend, beugte ich mich automatisch vor, um die Nachricht zu lesen. Lasse war vor seinem Tod damit beschäftigt gewesen, Veranstaltungen für das *Temporada* einzustellen; das Facebook-Menü war noch geöffnet. Parallel dazu hatte Lasse ein Nachrichtenfenster rechts unten am Bildschirm geöffnet. Gerade war eine neue Nachricht von seinem Gesprächspartner eingetroffen, auf die ich natürlich neugierig einen Blick warf.

MAX! Die Nachricht war von Max!

Ohne lange zu überlegen, ob ich möglicherweise Spuren verwischte, und im Wissen, dass ich der Kripo mit Sicherheit würde erklären müssen, wie meine Fingerabdrücke auf die Tastatur des Notebooks gekommen waren, an dem Lasse bis zu seinem Tod gearbeitet hatte, ging ich eilig zum Tresen und angelte mir einen langen Latte-Macchiato-Löffel aus einem Sammelglas. Schnell huschte ich zurück zur Tastatur, wo ich versuchte, die Nachricht anzuklicken. Da mich das Tippen auf der Tastatur mit dem Löffel aber auch nicht weiterbrachte, nahm ich kurz entschlossen die Maus zur Hand und klickte die Nachricht von Max an, mit der er Lasse warnen wollte. Allerdings kam die Warnung zu spät – Lasse war tot.

Max: *Lasse. Bin wieder da. Pass auf! Der Typ hat 'ne Knarre!*
Max: *Lasse?*

Meine Gedanken ratterten. Max und Lasse kannten sich, das stand fest. Und beide wussten über den Killer Bescheid, wobei Lasse aus erster Quelle erfahren hatte, wovor Max ihn gerade warnen wollte. Das Wesentliche aber war: Max kannte offenbar den Menschen, der nicht nur Lasse, sondern vermutlich auch Dominik und den Toten im Watt umgebracht hatte; von dem

Mordversuch an uns auf Lütje Hörn mal ganz abgesehen. Aber Max hielt sich versteckt und rückte mit der Wahrheit nicht raus.

»Der Zweck heiligt die Mittel!«, sagte ich leise zu mir selber und tippte eilig eine Antwort in die Tastatur, die unter Lasses Chatnamen erschien, weil ich mich in seinem Chat bewegte.

Lasse: *Moin, Max. Alles klar, ich pass auf. Wer ist der Typ?*

Ich glaube, eine dämlichere Antwort hätte mir nicht einfallen können. Aber neben mir saß ein Toter, dessen Mörder sich möglicherweise noch im *Temporada* aufhielt, und mir hatte aus dem Stand heraus etwas einfallen müssen, wenn ich die günstige Gelegenheit nutzen wollte, um ein paar Informationen aus Max herauszubekommen, die er mir sonst nicht gegeben hätte.

Allerdings gab er mir auch jetzt keine Antwort. Das Textfeld im Chat blieb stumm. Vermutlich hatte er sofort Lunte gerochen, dass es nicht Lasse war, der ihm antwortete. Obwohl mir das Adrenalin das Blut mit Hochdruck durch den Körper jagte und meine Sinne zum Zerreißen gespannt waren, weil ich jeden Moment damit rechnen konnte, dass der Mörder von Lasse aus dem Halbdunkel der hinteren Räume hervortreten könnte, wollte ich mir die Gelegenheit nicht entgehen lassen und an Informationen kommen. Deshalb nutzte ich Max' Zögern und scrollte eilig durch den Chat, den Lasse mit Max geführt hatte. Ich brauchte einen Moment, um mich in dem Chat zu orientieren, aber dann fand ich, was ich mir erhofft hatte:

Max: *Hi, Lasse! Max hier. Ich sitze in der Scheiße. Mein Dad ist tot!!!*
Lasse: *Krass, Alter. Hab schon gehört. Tut mir echt leid für deinen Pa! Wo bist DU?*

Max: *Dafür wird der Dreckskerl bezahlen! Das wird er büßen!!*
Lasse: *Wie denn? Wir wissen immer noch nicht, wer das war!*
Max: *Ich habe da eine Vermutung.*
Lasse: *Was für eine Vermutung? Einer von den Kunden? Jemand, den wir zu hart angepackt haben? Vielleicht wegen der Sache bei Harms in Pilsum? Die Nummer war schon ziemlich krass, und Harms ist ein harter Knochen!*
Max: *Kann ich noch nicht sagen.*
Lasse: *Weißt du das nicht, oder kriegst du wieder die Zähne nicht auseinander? Oder glaubst du vielleicht, das ist wegen der alten Sache?*
Max: *Melde mich später.*
Lasse: *Mensch, Max! Warte! Mach's Maul auf! Scheiße! Erst Tom, dann Niki und jetzt dein Dad. Der verdammte Typ bringt uns alle der Reihe nach um. Wir sind als Nächstes dran!!*
Max: *Bleib cool. Ich muss erst noch was klären.*
Lasse: *Max! Der Typ wird uns umbringen. Wir müssen zur Polizei. Alles erzählen. Wegen der Geschichte mit Harms können die uns nicht drankriegen, und wenn es wegen damals war, fällt uns auch was ein. Scheißegal. Hauptsache, wir bleiben am Leben! Wir müssen den Bullen alles erzählen.*
Max: *Niemals!! Ich geh wegen euch nicht in den Knast.*
Lasse: *Wir gehen beide nicht in den Knast. Wir haben nix getan.*
Max: *Was?? Du hast mitgemacht. ICH hab nicht mitgemacht!*
Lasse: *Wenn es um Kunden geht, hast du mitgemacht. Auch wenn's mal ein bisschen härter zuging – wie bei Harms! Du warst doch saustolz, als der endlich mit der Kohle rausgerückt ist!*
Max: *Das war das eine Mal. Nur das eine Mal! Verdammte Scheiße! Ich lass mich von euch da nicht reinziehen!*
Lasse: *Max, auch einmal ist einmal. Und du warst mit dabei.*
Max: *Ich lass mich da nicht reinziehen. Aber wenn Niki und Tom tot sind, ist das dem Mörder scheißegal! Wir alle hängen in beiden Sachen mit drin! Wir alle!!*

Lasse: *Okay, Max. Bleiben wir jetzt cool. Das bringt nichts, wenn wir uns zoffen. Der Typ reibt sich die Hände und macht uns nacheinander kalt. Wir müssen zusammenhalten!*
Max: *Werden wir. Wenn ich sicher bin, ob es wirklich der Typ ist, melde ich mich.*
Lasse: *Und dann? Gehen wir dann zu den Bullen?*
Max: *Nein. Wir bringen die Sau um!*
Lasse: *Bist du verrückt? Ich will nicht in den Knast!*
Max: *Will ich auch nicht. Aber wir können nichts beweisen. Und wenn – er macht uns trotzdem kalt.*
Lasse: *Wir müssen trotzdem zu den Bullen!*
Max: *Nein, das bringt nichts!*
Lasse: *Wieso nicht? Es gibt bestimmt Beweise. Wie bei CSI und so; es gibt immer irgendwelche Spuren.*
Max: *Das spielt bei dem keine Rolle.*
Lasse: *Wieso?*
Max: *Weil der…*
Lasse: *Weil was?*
Lasse: *MAX! Wieso nicht??*
Lasse: *Max, sag was!!*
Max: *Ich melde mich später. Wenn ich mehr weiß.*
Lasse: *MAX!*

An dieser Stelle endete die Unterhaltung, die Lasse mit Max vor seinem Tod geführt hatte und die für mich sehr aufschlussreich war. Die jungen Männer Lasse Medina, Dominik Stein und Max Bornemann kannten sich offenbar nicht nur, sondern hatten auch beruflich miteinander zu tun. Ich wettete darauf, dass es sich bei diesem Tom, den Lasse im Chat erwähnt hatte, um den zerstückelten Toten im Watt handelte. Somit waren drei der vier Männer tot – bestialisch umgebracht: einer zerstückelt und verbrannt, Dominik Stein, der Niki genannt wurde, öffentlich gehenkt und Lasse verbrannt. Wobei ich mir nicht mit Sicherheit sagen konnte, dass Lasses Verbrennungen tatsächlich die Todesursache waren oder ob sich hinter den schweren Brandverletzungen nicht eine andere Todesursache verbarg; letztendliche Klarheit würde eine Obduktion bringen. Der Einzige, der von diesem Quartett noch lebte, war Max, und dem jagte der Killer bereits auf Lütje Hörn hinterher.

Mitten in meine Überlegungen hinein hielt Max Wort und meldete sich wieder im Chat bei Lasse; allerdings zu spät – Lasse war tot.

Max: *Alles klar, bei dir – Lasse?*

Schnell tippte ich eine Antwort ein, weil ich Angst hatte, dass Max den Chat verlassen würde, wenn er merkte, dass er nicht mit Lasse chattete.

Lasse: *Klar, Max. Alles bestens. Und bei dir? Wer ist denn nun der Typ, von dem du sprachst?*

Gespannt starrte ich auf den Bildschirm des Notebooks und wartete auf Max' Reaktion. Vielleicht sollte ich ihm eine weitere Nachricht schicken, verwarf diesen Gedanken aber wieder. Er hatte den Braten gerochen oder auch nicht.

Max: *Wer ist da? Du bist nicht Lasse!*

Er hatte den Braten gerochen.

»Scheiße!«, fluchte ich halblaut und überlegte, was ich tun könnte, um Max dazu zu kriegen, den Namen des Mörders zu nennen. Mir fiel nichts Besseres ein, als mich weiter dumm zu stellen.

Lasse. *Wieso. Klar bin ich Lasse! Erzähl, was los ist.*
Max: *Arschloch! Lasse sagt nie Moin!*

»Dumm gelaufen!«, murmelte ich und starrte auf das blaue Antwortfeld des Chats.

Die Lösung war greifbar nah und doch gleichzeitig unerreichbar für mich; bloß weil Max nicht den Mund aufmachte.

Urplötzlich überkam mich eine Stinkwut. Lasse könnte vielleicht noch leben, wenn Max nicht untergetaucht wäre und verschlossene Auster spielen würde. Wenn Max in diesem Moment vor mir gestanden hätte, wäre es mir sehr schwer gefallen, ihn nicht zu packen und so lange durchzuschütteln, bis er damit herausrückte, wer der mutmaßliche Dreifachmörder sein könnte.

»Dieses verdammte Versteckspiel kann ich mir auch sparen!«, fluchte ich wütend und folgte einem spontanen Impuls: Ich klickte auf das kleine Kamerasymbol am oberen Rand des Chats und forderte Max damit auf, die Kamera an seinem Notebook oder PC einzuschalten.

Mit einer solchen Aufforderung hatte Max offenbar nicht gerechnet, denn er bestätigte offenbar mehr im Reflex als gewollt den Videoanruf und sah mich verwirrt an, als sein bleiches und übernächtigtes Gesicht wie aus dem Nichts auf dem Bildschirm erschien.

»Jan?«

»Hallo, Max!«, begrüßte ich ihn knapp und verzichtete unbewusst auf das verräterische »Moin«, was aber überflüssig war, da Max mich ja sehen konnte.

»Wo ist Lasse?«, fragte Max mich mit nervösem Blick nach einer Schrecksekunde. »Was machst du bei Lasse?«

»Wo bist du, Max?«, ignorierte ich seine Frage.

Die Nervosität in Max' Blick wich einer abwehrenden

Feindseligkeit. Er machte keinerlei Anstalten, meine Frage zu beantworten.

»Das mit deinem Vater tut mir sehr leid«, sagte ich leise. »Ich kann deinen Schmerz gut verstehen, und ich kann auch verstehen, dass du abgehauen bist. Aber – wenn du weißt, wer der Mörder von Dominik und Tom ist, musst du das sagen! Das ist derselbe Typ, der schuld am Tod deines Vaters ist!«

Max' Gesicht verzerrte sich zu einer bösartigen Fratze, als er mich hasserfüllt ansah und zischte: »Mein Vater? Ich kann dir sagen, wer schuld am Tod meines Vaters ist – DU! Du hast meinen Pa auf dem Gewissen!«

Max' Worte, die voller Hass und Schmerz aus ihm hervorbrachen, trafen mich wie ein Peitschenhieb. Auch wenn ich Max' Schmerz über den Verlust seines Vaters sehr gut verstehen konnte und er mit dem Finger auf mich als Schuldigen zeigte, weil ich für ihn präsent war, zuckte ich vor meinem eigenen Schuldgefühl zusammen. Seit mir Max' Vater unter Wasser aus der Hand gerutscht war, ich aber zumindest Max hatte retten können, kreiste mir ständig die Frage im Kopf herum, ob ich nicht noch mehr hätte tun können: schneller und entschiedener handeln, noch einen Tauchversuch machen? Wieso war ich in die Untiefe getreten? Hätte ich besser aufpassen müssen?

Ich wusste natürlich, dass ich mir diese Fragen nicht zu stellen brauchte. Ich hatte mein Bestes gegeben, und ich hatte keine Chance gehabt, Max und seinen Vater gleichzeitig vor dem Ertrinken zu retten, aber ich bekam die quälende Frage nicht aus meinem Bewusstsein. Als Max mir nun entgegenschleuderte, dass ich die Schuld am Tod seines Vaters habe, traf mich sein Vorwurf bis ins Mark.

»Wie gesagt, Max«, entgegnete ich mit betont ruhiger Stimme und versuchte meine aufgewühlten Gefühle unter Kontrolle zu behalten. »Der Tod deines Vater tut mir sehr leid. Ich habe genauso wenig Schuld am Tod deines Vaters wie du!«

»Du hast ihn absaufen lassen!«, schleuderte er mir entgegen, und kleine Speicheltropfen sprühten ihm aus dem Mund.

»Der Tod deines Vaters war ein Unglück!«, sagte ich hart und fühlte mich ein Stück weit schäbig, als ich zur Seite trat und Max den Blick auf den Drehsessel freigab, in dem Lasse saß. »Der Tod von Lasse war kein Unglück – das war Mord! Und du kennst den Mörder! Wer ist es, Max?«

Max' Augen weiteten sich vor Entsetzen, als er in das entstellte Gesicht des Toten sah. Obwohl Max' Gesichtsfarbe bereits käsebleich war, wurde sein Gesicht noch bleicher, als es ohnehin schon war, und sah fast schon wie Totenblässe aus.

»Deine Warnung kam zu spät!«, sagte ich brutal. »Lasse könnte vielleicht noch leben, wenn du vorher mit jemandem geredet hättest. Wer ist es, Max?«

Max starrte den Toten wie versteinert an. Plötzlich brach sich ein Schrei aus seinem tiefsten Innern Bahn. »NEIN!«, schrie er verzweifelt. »Nein! Lass das nicht wahr sein!«

Mit einem Satz sprang Max von dem Platz hoch, an dem er vor seinem Notebook gehockt hatte, und wich entsetzt vom Bildschirm zurück. Dabei gab er den Blick auf den hinter ihm liegenden Raum frei, wo ich das grün-gelbe Firmenlogo der John-Deere-Traktoren im Hintergrund an der Wand erkennen konnte.

Max befand sich bei van Alst in der Traktorenhalle!

»Max!«, befahl ich scharf. »Komm wieder her!«

In seinen Augen flackerte Panik, als er meinem Befehl folgte und an sein Notebook herantrat.

»Wo bist du, Max?«, fragte ich mit ruhiger Stimme, um ihn nicht noch mehr unter Stress zu setzen. »Der Mörder, der das Lasse angetan hat, ist derselbe, der uns durchs Watt gejagt hat. Wo versteckst du dich?«

Max murmelte nur etwas Unverständliches und schüttelte den Kopf.

Langsam reichte es mir! Was musste noch alles geschehen, damit er den Mund aufmacht? Max musste einen verdammt guten Grund haben zu schweigen.

»Du bist der Nächste auf der Liste!«, schnauzte ich ihn an. »Kapierst du das denn eigentlich nicht? Der Mörder bringt einen nach dem anderen um, und du wirst der Nächste sein!«

Max' Augen irrlichterten mich an, als er den Kopf hochriss und direkt in die Kamera sah.

Plötzlich kippte das Bild, und der Bildschirm wurde dunkel. Max hatte das Videogespräch beendet.

Ich atmete schwer aus und richtete mich langsam auf.

Auch wenn Max das Notebook zugeklappt hatte, wusste ich also, wo er sich befand: in der Traktorenhalle bei van Alst – zumindest für den Augenblick.

Wenn ich ihn erwischen wollte, musste ich mich beeilen. Es durfte nicht noch einen weiteren Toten geben.

Mein Blick fiel auf das grausam entstellte Gesicht von Lasse Medina.

Fast hatte ich den Toten vergessen; aber auch, dass der Mörder noch in der Nähe sein konnte. Mich beschlich erneut ein unheimliches Gefühl. Aber wenn sich der Mörder tatsächlich noch hier im *Temporada* aufhielte, hätte er die ganze Zeit über ausreichend Gelegenheit gehabt, mir den Garaus zu machen, während ich mit Max sprach.

Noch während ich Lasse ansah und überlegte, wie ich ohne Telefon die Polizei informieren und gleichzeitig losdüsen konnte, um Max noch zu erwischen, hörte ich ein Geräusch.

Stocksteif blieb ich stehen und horchte angestrengt in das Halbdunkel des großen Saales hinein.

Nichts! Kein Geräusch.

Ich verharrte noch ein paar Sekunden regungslos, konnte aber nichts hören. Langsam, und ohne selber ein Geräusch zu verursachen, atmete ich aus. Es war Zeit für mich zu verschwinden. Nur ein paar Meter die Straße hinunter befand sich eine kleine Tankstelle. Von dort aus würde ich die Polizei über den Toten informieren.

In dem Moment, als ich mich vorsichtig Richtung Ausgang bewegen wollte, hörte ich ein leises, kaum wahrnehmbares Geräusch aus der Richtung, wo der Tote in seinem Drehsessel saß. Mein Kopf fuhr herum, und ich sah an dem grausam entstellten Opfer des Dreifachmörders vorbei in das Halbdunkel des Raumes...

Nichts! Es war kein Laut zu hören.

Lautlos schob ich mich an dem Toten vorbei, als aus dem Nichts heraus eine Hand hervorschoss und mein Handgelenk wie ein Schraubstock umklammerte.

Entsetzt fuhr ich zurück und versuchte reflexartig die Hand abzuschütteln, als der vermeintlich Tote aus seinem Sessel hochfuhr und einen röchelnden Atemzug tat, während sich seine andere Hand an meinem Hemd festkrallte.

Die milchig-trüben Augen von Lasse blieben tot und blind. Auch seine Gesichtszüge, sofern man noch von solchen sprechen konnte, regten sich nicht. Wie auch – sein Gesicht war eine einzige verbrannte und verkohlte Masse von Haut und Gewebe. Nur aus dem verbrannten Mund waren jetzt schrecklich rasselnde Atemzüge zu hören.

Ich konnte nicht glauben, dass Lasse noch lebte. Für mich hatte außer Frage gestanden, dass niemand solche Verbrennungen und Verletzungen überleben könne.

»Lasse!«, rief ich fassungslos. »Lasse, lass mich los. Ich will dir helfen!«

Der schwer verletzte Tangolehrer bäumte sich voller Panik und schmerzerfüllt auf. Aus seinem entstellten Mund kam zuerst ein Krächzen, dann ein trockener Husten, dem ein Schwall Blut mit vermischten Ruß- oder Gewebeklümpchen folgte.

Mittlerweile hatte ich meine Hand aus Lasses Griff befreit und packte ihn an den Schultern.

»Ruhig, Lasse«, versuchte ich ihn vergeblich zu beruhigen. »Versuch ruhig zu atmen.«

Jeder, der schon einmal einen Kekskrümel oder eine andere Winzigkeit eingeatmet hat, weiß, wie schrecklich der Hustenreflex des Körpers ist, wenn dieser versucht, den Fremdkörper abzuhusten. Bei dem Dreck, der Lasses Atmung behinderte, geriet sein Körper in Panik und schüttelte den armen Kerl mit einer nicht enden wollenden Hustenserie wie eine gliederlose Stoffpuppe durch.

Verzweifelt rang der Tanzlehrer nach Luft und bäumte sich im Todeskampf auf.

»NIKI!«, brach es wie in einem Todesschrei aus Lasses Kehle, während gleichzeitig seine Hände wieder nach mir griffen und voller Panik mein Hemd zerrissen, als sich seine Finger im Krampf in den Stoff krallten.

»Hallihallo!«, ertönte eine weibliche Stimme vom Eingang her.

Mein Kopf ruckte hoch, während ich Lasse an den Schultern hielt, um zu verhindern, dass er in seiner Todesangst aus dem Sessel hochschoss und womöglich voller Panik und blind herumtobte.

»Oh, Scheiße!«, rief Thyra laut von der Tür her, bevor ich sie vorwarnen konnte. »Was macht ihr denn da?«

»Ruf einen Rettungswagen!«, rief ich ihr entgegen, als sie auf mich zugestürmt kam.

»Oh, mein Gott!«, sagte Thyra mit entsetztem Gesicht und zog dabei ihr Handy aus der Gesäßtasche ihrer Jeans. »Was ist denn mit dem passiert?«

Lasse war in sich zusammengesunken und regte sich nicht mehr. Ich hoffte in seinem Interesse, dass er das Bewusstsein verloren hatte und ihm so die momentanen Qualen erspart blieben. Schnell beugte ich mich vor und hielt ein Ohr dicht an seinen Mund, während ein starker Brechreiz in mir aufwallte, als mir der ekelhafte Geruch von verbranntem Fleisch in die Nase stieg. Ich unterdrückte meinen Ekel und horchte auf Lasses Atmung. Und tatsächlich, er atmet noch; zwar leise und immer schwächer werdend, aber er atmete.

»Komm, hilf mir mal«, forderte ich Thyra auf, die ihr Handy einsteckte, nachdem sie der Rettungsstelle der Feuerwehr die Adresse des *Temporada* durchgegeben hatte. »Wir müssen ihn hinlegen.«

Vorsichtig packten wir Lasse unter seinen Achseln und ließen ihn zu Boden gleiten, wo wir den Tangolehrer mit wenigen Handgriffen in eine stabile Seitenlage brachten.

»Was ist mit ihm passiert?«, wollte Thyra wissen. »Er sieht ja entsetzlich aus. Unglaublich, dass er…«

Während ich mich neben Lasse hingekniet hatte, machte ich Thyra ein Zeichen, dass sie nicht weitersprechen sollte. Denn auch wenn Lasse im Moment nicht bei Bewusstsein war, bestand die Möglichkeit, dass er noch mitbekam, wovon wir gerade sprachen. Denn auch bei Schwerverletzten, die bewusstlos sind oder sich sogar im Koma befinden, kann man nicht sicher sein, dass sie nicht doch etwas von dem hören, worüber die Umstehenden gerade sprechen. Und ich würde es keinem Menschen wünschen, mit anhören zu müssen, dass man ihm keine Überlebenschance einräumt.

Thyra nickte mir zu, dass sie verstanden hatte.

Wir hockten nur wenige Minuten bei dem Schwerverletzten am Boden, als mit lautem Knall die Eingangstür aufgestoßen wurde und eine Notärztin mit zwei Rettungssanitätern mit schnellen Schritten auf uns zugeeilt kam.

Schnell und professionell bereitete einer der Helfer eine Infusion mit einer Kochsalzlösung vor, während der andere auf der Brust des Verletzten Klebeelektroden anbrachte und ein kleines EKG-Gerät anschloss. Unterdessen hatte bereits die Notärztin einen intravenösen Zugang an der Hand des Verletzten angebracht, an der sie geschickt die Infusion anschloss, die der Sanitäter ihr reichte.

»Was ist passiert?«, fragte der Rettungssanitäter, der an Lasses Arm eine Blutdruckmanschette anschloss und die Werte auf dem tragbaren Monitor des EKG ablas und der Ärztin zurief.

»Ich habe ihn vor ein paar Minuten hier im Sessel sitzend gefunden«, sagte ich. »Leider muss ich zugeben, dass ich mich zuerst gar nicht um ihn gekümmert habe, weil ich ihn für tot hielt.«

»Machen Sie sich keine Vorwürfe«, antwortete die Ärztin und warf mir einen beruhigenden Blick zu, während sie ein metallisch glänzendes Instrument aus einer sterilen Schutzfolie drückte. »Das wäre den meisten Menschen wohl ebenso gegangen.«

Die Worte der sportlich aussehenden Ärztin, die ich auf Ende dreißig schätzte und die mich mit ihrem brünetten Pagenkopf stark an die Schauspielerin Audrey Tautou aus dem französischen Film *Die fabelhafte Welt der Amélie* erinnerte, trösteten mich etwas. Es war wirklich schier unglaublich, dass überhaupt noch ein Funken Leben in Lasse war.

»Kommt er durch?«, fragte ich, obwohl ich im gleichen Moment auch schon die Antwort hörte, als der Monitor einen lang gezogenen Alarmton von sich gab. Mit einem Tastendruck aufs Display des Geräts drückte der Sanitäter das Signal weg, das Lasses Herzstillstand angezeigt hatte.

»Laryngoskop!«, bedeutete die Ärztin den beiden Rettungssanitätern. Sie führte mit einer schnellen und geschickten Bewegung das gebogene medizinische Gerät in Lasses Mund ein, während sie seinen Kopf überstreckte.

Während die Notärztin die Atemwege mit dem Laryngoskop frei machte, reichte einer der Sanitäter ihr einen Atemtubus, den sie geschickt in Lasses Luftröhre einführte, wobei sie dessen Position sicherte, indem sie durch einen seitlichen Plastikschlauch mit einer Kunststoffspritze Luft drückte, um eine am Ende befindliche Art Ballon aufzublasen.

Während einer der Helfer einen Atembeutel an den Tubus anschloss, der mit seinem Ende aus Lasses Mund ragte, und mit der künstlichen Atmung begann, begannen Ärztin und Sanitäter den Verletzten zu defibrillieren.

Obwohl das Rettungsteam den Verletzten schnell und professionell reanimierte, reagierte Lasses Herz nicht mehr auf die Stromstöße des Defibrillators, mit dessen Hilfe die Retter versuchten, es wieder zum Schlagen zu bringen. Thyra und ich standen ein paar Meter abseits und sahen gebannt zu.

Da mir klar war, dass niemand dem Verletzten besser als das Rettungsteam würde helfen können und unsere Anwesenheit überflüssig war, ging ich zum Tresen und angelte mir einen Kugelschreiber und eine Papierserviette, auf die ich hastig meinen Namen und meine Telefonnummer kritzelte. Die Serviette legte ich auf einen der orangefarbenen Rettungstornister der Helfer. Die Ärztin sah nur kurz hoch, und ich erkannte in ihrem Blick, dass sie verstand, was ich meinte. Sie nickte nur kurz und wandte sich wieder ihrer Arbeit zu.

In diesem Moment öffnete sich erneut die Eingangstür, und ein uniformierter Beamter betrat das *Temporada*. Nachdem er einen kurzen Blick in die Runde geworfen hatte, steuerte er uns zielstrebig an. Natürlich erkannte ich die hagere Gestalt mit der Glatze und dem langen, dürren Hals, der aus dem Kragen seines Uniformhemds herausragte und dessen Silhouette eine frappante Ähnlichkeit mit einem Gänsegeier hatte, sofort – es war der Polizist, an dessen Namen ich mich noch immer nicht erinnern konnte, den ich aber aus einem alten Fall kannte und der vor zwei Tagen mit seiner blonden Kollegin zu uns ins Watt gestiefelt kam. Tja, Ostfriesland ist halt nicht so groß, und es lässt sich nicht immer vermeiden, dass man denselben Typen mehrfach über die Füße läuft, obwohl man ganz gut drauf verzichten kann.

Gänsegeier musterte erst Thyra ausgiebig und wandte dann seinen Blick mir zu: »Moin. Sie kenne ich doch.«

Ich grüßte ebenfalls mit einem kurzen »Moin« und stellte uns unaufgefordert vor, um meine Kooperationsbereitschaft zu demonstrieren in der Hoffnung, dass die unausweichlichen Formalitäten möglichst kurz ausfielen: »Stimmt genau«, bestätigte ich und nickte. »Der Leichenfund im Watt. Mein Name ist Jan de Fries, und das ist meine Tochter Thyra. Unsere Personalien haben Sie ja bereits.«

Der Uniformierte, der aufgrund der derzeit herrschenden Hundstage keine Uniformjacke, sondern ein kurzärmeliges Diensthemd ohne das übliche Namensschild trug, musterte mich eingehend, bis der Funke des Erkennens in seinen Augen auftauchte. »Ja. Sie sind der Anwalt, stimmt's?«

Ich nickte. »Exakt der.«

»Ohne Schlick im Gesicht habe ich Sie fast nicht wiedererkannt«, stellte Gänsegeier ohne jeden Funken Humor fest. »Was ist hier los?«

Während ich den Grund meiner Anwesenheit im *Temporada* und das Auffinden der Leiche schilderte, zog Gänsegeier einen zerknitterten kleinen Notizblock aus der Gesäßtasche und fischte mit der anderen Hand einen Kugelschreiber aus der Brusttasche seines Uniformhemds, um meine Angaben gewissenhaft zu notieren. Ich erklärte ihm, dass ich kein Handy dabei hatte und sich deshalb meine Fingerabdrücke an dem Notebook, an dem der Tote, beziehungsweise nunmehr der Schwerverletzte, gearbeitet hatte, befinden würden. Nachdem der Uniformierte sich nochmals unsere Personalien aufgeschrieben hatte, meinte er, dass wir gehen können.

Ich sah ihn leicht irritiert an: »Sind Sie alleine hier?«

Er nickte knapp: »Ja. Die Kollegen kommen gleich. Ich war gerade in der Nähe, nur ein paar Straßen weiter, habe die Notrufalarmierung der Feuerwehr über Funk mitbekommen und bin gleich hierhergekommen.«

Ich schaute zu dem Rettungsteam mit der hübschen Notärztin hinüber und sah, wie einer der Sanitäter dem Verletzten je eine Elektrosonde auf Brust und Rippenbogen legte und ein knappes Kommando gab, worauf die Retter ihre Hände von dem Verletzten nahmen, um den Defibrillator zu aktivieren. Lasses Körper bäumte sich unter dem Stromstoß auf, der sein Herz wieder zum Schlagen bringen sollte. Der Sanitäter hielt die Elektroden regungslos in die Luft und schaute aufmerksam auf den Monitor des EKG, um dann nach ein paar Sekunden den Kopf zu schütteln.

»Noch mal!«

Als ich mich abwandte, sah mich der Polizist mit dem dürren Hals streng an: »Nicht vergessen, ab morgen um acht Uhr können Sie Ihre Aussage im Präsidium unterschreiben. Nicht vergessen!«

Ich versicherte ihm, dass ich an nichts anders als an die Unterzeichnung seines Protokolls denken würde, und zog Thyra am Arm vom Schauplatz des Geschehens fort. Wir verließen eilig das *Temporada*, vor dessen Eingang Thyras roter Mini-Cooper stand. Beim Verlassen des Gebäudes wurden wir von dem flackernden Blaulicht des Rettungswagens begrüßt, und noch bevor ich den ersten befreienden Atemzug machen konnte, um den ekligen Brandgeruch aus der Nase zu bekommen, liefen wir dem aufgeregten Maximiliano in die Arme.

»Was ist denn hier los?«, rief Maxi laut, während er besorgt mit den Armen herumfuchtelte.

»Jemand hat versucht, Lasse umzubringen, und ich glaube, das ist ihm auch gelungen«, antwortete ich. »Geh da nicht rein, Maxi. Du willst das nicht sehen, glaub's mir.«

Ich informierte Maximiliano kurz über das Geschehene, während dessen Augen vor Entsetzen immer größer zu werden schienen.

»Wusstest du eigentlich, dass Lasse und Dominik Kollegen waren?«, konnte ich mir nicht verkneifen zu fragen, obwohl mir die Zeit unter den Nägeln brannte, weil ich befürchtete, dass Max sich bereits wieder aus dem Staub machte. »Ich meine jetzt nicht Kollegen hier bei dir.«

»Ja, klar«, antwortete Maximiliano und sah mich fragend an. »Hatte ich dir das nicht erzählt?«

Ich schüttelte den Kopf und war erleichtert, dass er mir ohne Umschweife die Wahrheit sagte.

»Lasse und Dominik haben zusammen bei van Alst in Greetsiel gearbeitet«, erzählte Maximiliano bereitwillig. »Sie hatten einen gemeinsamen Kumpel, der Tom heißt und bei van Alst als Controller arbeitet; Debitorenbuchhaltung und so'n Kram. Der hat die beiden zu van Alst geholt.«

Damit war mir schlagartig klar, was van Alst mit spezieller Kundenbetreuung gemeint hatte. Dominik und Lasse waren Schuldeneintreiber!

Ohne über die Zahlungsmoral der Kunden des Unternehmers van Alst Bescheid zu wissen und ohne einen Schimmer davon zu haben, wie teuer einer der Hightech-Traktoren war, hatte ich keinen Zweifel daran, dass die legendären amerikanischen Großtraktoren bei Landwirten und sonstigen Erzeugern sehr begehrt waren. Und ich konnte mir gut vorstellen, dass der eine oder andere von van Alsts Kunden sich bei der Finanzierung übernommen hatte. Da reichten eine Spitz auf Kante genähte Finanzierung und ein Jahr, in dem der landwirtschaftliche Ertrag nicht den Erwartungen entsprach, und schon krachte die Finanzierung in sich zusammen. Und an dieser Stelle kamen Dominik und Lasse als »spezielle Kundenbetreuer« ins Spiel – als Schuldeneintreiber.

Wie hatte Lasse noch im Chat mit Max geschrieben: »Wenn es um Kunden geht, hast du mitgemacht. Auch wenn's mal ein bisschen härter zuging – wie bei Harms! Du warst doch saustolz, als der endlich mit der Kohle rausgerückt ist!«

»Kennst du einen Max?«, fragte ich Maximiliano, denn dass Max das Trio kannte und irgendwie mit drinhing, war für mich keine Frage mehr.

»Ja, klar kenne ich Max. Ist ja fast ein Namensvetter von mir«, nickte Maximiliano eifrig. »Was ist mit dem? Hat der auch Schwierigkeiten?«

»Ich befürchte, ja. Was hatten die vier miteinander zu tun?«

»Max kam früher auch mal hierher zum Unterricht ins *Temporada*. Ist aber schon 'ne Weile her«, berichtete Maximiliano. »Irgendwann ist er dann nicht mehr aufgetaucht. Hat wohl das Interesse am Tango verloren.«

»Hat Max auch bei van Alst gearbeitet?«

Maximiliano zog die Schultern hoch: »Ich glaub, früher mal. Er hat aber nur mal kurz dort gejobbt, meine ich. Niki hat mir mal davon erzählt.«

Auch wenn mir noch eine Menge Fragen zu dem Quartett einfielen, verkniff ich es mir, Maximiliano weiter zu befragen, denn ich hatte noch die Hoffnung, Max bei der Traktorenhalle zu erwischen.

Drei Männer waren tot. Bestialisch umgebracht, einer nach dem anderen. Zwar war mir nicht bekannt, ob es sich bei der zerstückelten Leiche aus dem Watt um besagten Tom handelte, aber nach dem, was Maximiliano mir gerade erzählt hatte, war ich mir sicher, dass von dem Quartett nur noch einer übrig war – Max.

Und Max stand als Letztes auf der To-do-Liste des kaltblütigen dreifachen Mörders. Da ich es sehr eilig hatte und mein Käfer naturgemäß im Gegensatz zu Maximilianos BMW6er-Cabrio eine Schnecke war, deutete ich auf das silberfarbene Cabrio, das mit geöffnetem Verdeck am Straßenrand stand.

»Kann ich deinen Wagen haben?«

Maxi sah mich entgeistert an. »Was? Meinen Wagen?«

»Es geht um Leben und Tod!«

»Das ist nicht dein Ernst!«

»Wenn ich zu spät nach Greetsiel komme, ist Max vielleicht tot«, erwiderte ich mit brutaler Offenheit.

»Es ist dein Ernst.«

Schweigend fixierte ich mein Gegenüber. In den vielen Berufsjahren als Strafverteidiger hatte ich mit so manchem Schwerverbrecher, Totschläger und Mörder Blickwechsel geführt, die Duellen gleichkamen. Maximiliano hielt meinem Blick nicht lange stand.

»Du bist wirklich ein Abogado?«, fragte Maximiliano und senkte seinen Blick.

Ich sah ihn unverwandt an.

Langsam griff Maximiliano in die Hosentasche und zog seinen Wagenschlüssel heraus. Er zögerte einen Wimpernschlag lang, bevor er das gute Stück in meine ausgestreckte Handfläche fallen ließ.

22

Auch wenn der Anlass für die Fahrt von Emden nach Greetsiel keine Spritztour war, muss ich zugeben, dass ich die Fahrt mit dem 320 PS starken Sportwagen genoss. Auf der A 31 setzte ich mich sofort auf die linke Spur, bis ich in Emden-Mitte wieder abfuhr und die Auricher Straße entlangpreschte. Einen Vorteil hatten die momentanen glutheißen Hundstage: Die Landstraßen waren frei, da Urlauber und Einheimische die Zeit am liebsten am Strand und im Wasser verbrachten. Ich nahm den direkten Weg Richtung Greetsiel, fegte mit Maximilianos silbernem Flitzer Richtung Hinte und hielt mich vorsichtshalber bei der Ortsdurchfahrt an die Geschwindigkeitsbeschränkung. Als ich das Ortsausgangsschild passierte, drückte ich stärker als gewollt aufs Gaspedal und wurde kräftig in den Ledersitz gedrückt. Maximiliano hatte eine perfekte Rennmaschine.

»Was hast du im *Temporada* gemacht?«, fragte ich Thyra, während ich den Sportwagen in eine lang gezogene Kurve lenkte.

»Maxi war ja gleich nach dir verschwunden, und ich hatte gehofft, dass er schon wieder zurück sei. Ich wollte ihn fragen, ob es für ihn okay wäre, wenn ich morgen Vormittag wieder mit Lina in den kleinen Saal gehen würde.«

»Wie geht's ihr denn? Hast du sie mit zu uns genommen?« Mir tat die junge Frau leid, und ich hoffte, dass sie ihren katatonen Zustand schnellstens überwand.

»Ja. Sie liegt im Gästezimmer und schläft tief und fest«,

antwortete Thyra. »Motte ist bei ihr. Er hat sich quer vors Bett gelegt, und Lina lässt ihn auch im Schlaf nicht los. Einen Arm hat sie die ganze Zeit aus dem Bett hängen.«

Lina konnte meinetwegen so lange bei uns bleiben, wie sie wollte, und ich war sicher, dass der Dicke nicht von ihrer Seite weichen würde, bis es ihr besser ging. Ich würde mich später auch um Lina kümmern, aber jetzt galt es zunächst einmal Max zu schnappen, bevor es der Killer tat. Energisch trat ich das Gaspedal durch und genoss das Gefühl, als ich kraftvoll in die Ledersitze gedrückt wurde.

»Geiles Auto!«, dachte ich.

Der BMW schoss die schmale Landstraße entlang, die sich quer durchs Flachland schlängelte. Äcker und Wiesen flogen als durchgezogene grüne Linie an mir vorbei, während ich den silbernen Flitzer im Tiefflug über die schmale Landstraße steuerte.

»Du fährst einen verdammt heißen Reifen!«, stellte Thyra fest, als ich den silbernen BMW mit quietschenden Reifen gegenüber von van Alsts Traktorenhalle zum Stehen brachte. »Ich musste ein paarmal die Luft anhalten.«

»Hm«, machte ich und zuckte gedankenverloren mit den Schultern, da ich hoffte, dass van Alst und der Bärtige heute keine Überstunden schoben.

Ich verspürte keinerlei Ambitionen, die Auseinandersetzung vom Nachmittag fortzusetzen. Auch wenn Laden und Traktorenhalle friedlich und verlassen vor uns lagen und keine Menschenseele zu sehen war, griff ich vorsichtshalber nach der schweren Stabtaschenlampe, die mir ein Gefühl von Sicherheit vermittelte.

»Ich war heute schon einmal hier«, erklärte ich, als ich Thyras fragenden Blick sah.

»Gab's Stress?« Forschend musterte sie mich.

»Kann man so sagen«, antwortete ich und erzählte ihr in Kurzform von meinem Besuch bei dem Unternehmer van Alst.

»Das hört sich ja fast so an, als hätte van Alst Scheiße am Schuh.«

Manchmal drückte sich meine Tochter genauso drastisch aus, wie man es ihr ihrem burschikosen Aussehen nach zutrauen würde.

»Wenn du damit sagen willst, dass hinter van Alsts sogenannten speziellen Problemlösungen von Kunden mehr steckt, muss ich dir zustimmen«, antwortete ich.

»Dominik Stein war Schuldeneintreiber!«, behauptete Thyra und deutete auf das Firmengebäude. »Diese Traktoren sehen verdammt teuer aus. Zu teuer, um sie bar zu bezahlen.«

»Und wenn Dominik Stein ein so wirklich guter Verkäufer war, wie van Alst behauptet, drehte er den Landwirten diese Monstertraktoren an...«, nahm ich Thyras Gedanken auf.

»... und wenn die ihre Raten nicht pünktlich zahlen konnten, tauchte er als Problemlöser und Fachmann für spezielle Probleme auf.«

»Oder der Bartaffe!«, ergänzte ich grimmig.

»Stimmt.« Thyra nickte zustimmend. »Genau. Wenn das die Firmenphilosophie ist, wie der Typ mit dir umgegangen ist, würde es mich auch nicht wundern, wenn ein schlecht gelaunter ehemalige Kunde, der in den Genuss einer ›speziellen Problemlösung‹ kam, die Flinte aus dem Schrank holt und sich die bösen Jungs einer nach dem anderen vorknöpft.«

Wir stiegen aus, und ich merkte jetzt erst am fehlenden Fahrtwind, wie drückend heiß die Luft noch war, obwohl die Sonne sich gerade in einem atemberaubenden Abendrot verabschiedete. In Sekundenschnelle klebte mir mein Hemd am Rücken, und erste Schweißperlen bildeten sich auf meiner Glatze. Ich wischte mir mit dem Unterarm über meine feuchte Stirn, während ich zum Backsteingebäude hinübersah. Neben der Traktorenhalle standen noch immer die drei riesigen Traktoren, über deren mächtige Hinterräder ich nicht hinwegschauen konnte, als ich daneben stand. Die Traktoren boten guten Sichtschutz, wenn sich jemand verstecken und dennoch alles überblicken wollte – so wie Max.

»Bist du dir sicher, dass Max hier irgendwo steckt?«, fragte meine Tochter, die sich ebenfalls mit dem Arm über ihre feucht glänzende Stirn wischte.

»Natürlich nicht«, antwortete ich und suchte mit meinen Augen die Front der Traktorenhalle ab. »Max kann längst wieder über alle Berge sein. Er war aber hier. Wenn wir *ihn* nicht finden, dann aber zumindest seinen Unterschlupf...«

»... und damit vielleicht einen Hinweis, wohin er diesmal abgehauen ist«, beendete Thyra meinen Satz.

»Genau«, bestätigte ich und setzte mich in Bewegung. »Na, denn mal los!«

Wir überquerten die menschenleere Straße im Licht der untergehenden Sonne und gingen zielstrebig auf das verschlossene grüne Tor der Traktorenhalle zu.

Thyra ergriff die Türklinke. Schwungvoll drückte sie sie hinunter und rüttelte an der Tür.

»Dicht«, stellte sie fest und folgte mir, da ich schon langsam weitergegangen war.

Mein Blick fiel auf den kleinen Schuppen mit der grünen Holztür an der Seite des Gebäudes. Ich kniff die Augen zusammen, um besser sehen zu können. Wenn ich mich nicht täuschte, war die Tür nur angelehnt. Links von der Holztür waren an der Backsteinmauer diverse riesige Traktorenreifen aufgereiht, von denen jeder einzelne ein gutes Versteck für Max abgeben würde. Rechts standen zwei große Müllbehälter mit Deckel, die offenbar nicht ausreichten, da eine Menge großer schwarzer Plastiksäcke für Industriemüll neben den Müllcontainern standen.

Ich hatte mich nicht getäuscht; die Tür war nur angelehnt.

»Max!«, rief ich leise. »Bist du da drin?«

Gespannt wartete ich auf Antwort. Nichts. Es war kein Laut zu hören.

»Max.« Um auf Nummer sicher zu gehen, dass Max mich auch wirklich hören würde, wenn er sich tatsächlich in dem Schuppen befand, rief ich ein zweites Mal; diesmal etwas lauter. »Hier ist Jan. Hörst du mich?«

Als nach ein paar Sekunden noch immer kein Laut zu hören war, streckte ich langsam die Hand nach der Tür aus und zog sie vorsichtig auf.

In dem Anbau war es halbdunkel, und ich erkannte, dass es sich um einen kleinen Lagerraum handelte. An drei Wänden standen Regale aus Aluminium, die fast bis unter die Decke reichten und mit fein säuberlich gestapelten und sortierten Schachteln und elektrischen Zubehörteilen für Traktoren gefüllt waren. Ich fand es höchst verwunderlich, dass ein Lager mit hochwertigen und sicherlich teuren Ersatzteilen nach Geschäftsschluss unversperrt war. Thyra, die hinter mir stand und mir über die Schulter sah, hatte genau den gleichen Gedanken.

»Das Schloss ist unversehrt«, stellte sie fest, nachdem sie die Tür einer kurzen Inspektion unterzogen hatte, während ich den Lagerraum eilig durchsuchte. Eilig deshalb, weil wir keinerlei Befugnis hatten, den Betrieb von van Alst zu betreten, geschweige denn zu durchsuchen, auch wenn es sich um einen unverschlossenen Lagerraum handelte.

»Hier!«, sagte ich halblaut. »Das war sicherlich Max.«

Ich kniete seitlich an einem Regal, hinter dem ein schmaler Hohlraum sichtbar war. Der Raum war ziemlich eng und nicht sehr groß; aber groß genug, dass Max sich dort hatte verkriechen können, worauf auch der herumliegende Müll hinwies. Denn dass die diversen leeren Coladosen und die achtlos weggeworfenen Schokoriegelverpackungen von Max stammten, stand für mich ebenso fest, wie ich die zerwühlten Wolldecken für die Schlafstätte von Max hielt.

»Der ist ausgeflogen«, sagte Thyra von der Tür her.

»Ich bin mir nicht sicher«, entgegnete ich nachdenklich und deutete auf die Wände des Lagerraums. »Als ich mit Max diese Videoschaltung hatte, sah ich für einen Moment Traktoren. Hier ist nichts dergleichen; kein Fenster, durch das man Traktoren sehen könnte, keine Plakate. Nichts.«

»Dann kommt ja nur die Halle infrage«, stellte Thyra folgerichtig fest.

»Ganz genau«, nickte ich. »Lass uns nachschauen.«

Beim Hinausgehen zog ich die Tür hinter mir zu, und da sie leicht ins Schloss fiel, gab es keinen erkennbaren Hinweis auf ein gewaltsames Eindringen. Max musste einen Schlüssel gehabt haben; was wiederum kein Wunder war, wenn er mal hier gejobbt hatte. Dann war es auch kein Problem für ihn, in der Halle unterzuschlüpfen, obwohl das Tor verschlossen war.

Draußen war es mittlerweile dämmrig geworden. Die Farben des Tages wechselten langsam zu denen der Nacht über. Wir gingen an dem Gebäude entlang und schlugen die Richtung ein, in der sich die Werkstatt befand. Das erste Werkstatttor war verschlossen, aber beim zweiten hatten wir Glück. Der linke Flügel des Tores glitt nahezu lautlos in seinen gut geölten Angeln auf und gab den Blick in die dunkle Halle frei.

Ich blieb einen Moment unschlüssig an der Schwelle des Tores stehen. Das war eindeutig Hausfriedensbruch.

»Egal!«, beschloss ich. »Kommt ohnehin auf das gleiche Konto, auf dem das unberechtigte Betreten des Schuppens und das geklaute Schlauchboot stehen.«

Vorsichtig und nach allen Seiten Ausschau haltend, schlichen wir durch die dunkle Halle, die im hinteren Teil immer dunkler wurde, sodass nur noch die Konturen der Traktoren zu erkennen waren. Thyra zog ihr Handy hervor und schaltete die Taschenlampenfunktion ein. Als ich den äußeren der in der hintersten Reihe aufgereihten Großtraktoren umrundet hatte, stand ich vor einem aufgeklappten Notebook, auf dem eine Slideshow als Bildschirmschoner lief. An der Wand im Hintergrund hing das große Werbebanner, auf dem der John-Deere-Traktor zu sehen war, der mir ins Auge gefallen war, als Max von seinem Notebook aufsprang.

»Der hat's aber eilig gehabt«, stellte Thyra mit einem Blick aufs Notebook fest.

»Stimmt«, bestätigte ich. »So eilig, dass er vorhin das Notebook zugeklappt hat, um die Verbindung zu trennen.«

Vielleicht hatte Max den Bildschirm wieder aufgeklappt, weil er den Chat wegklicken wollte – vielleicht aber auch nicht. Dieses »Vielleicht« verursachte mir ein nervöses Kribbeln in der Magengegend.

»Komm, lass uns hier verschwinden«, forderte ich Thyra auf. »Hier drinnen ist er nicht mehr.«

In dem Moment, als wir zügig die Halle Richtung Ausgang durchquerten, erlosch Thyras Handytaschenlampe.

»Mist!«, fluchte sie.

»Was ist los?«

»Der Scheißakku schwächelt«, schimpfte sie.

»Leer?«, fragte ich.

»Er pfeift auf dem letzten Loch«, antwortete sie. »Ich schalte das Ding ab. Nicht, dass es nachher gar nicht mehr funktioniert.«

Obwohl draußen gerade die Dämmerung verglimmte, waren die Sichtverhältnisse gut genug, um Umrisse auf dem Hof erkennen zu können.

Als wir an den Reifen vor der Halle entlanggingen, nahm ich eine schattenhafte Bewegung aus den Augenwinkeln wahr, die sich gerade wegduckte. Ich blieb stehen und wandte mich der Stelle zu, wo der Schatten mit dem Boden verschmolzen war.

»Max!«, raunte ich scharf. »Komm raus da!«

Obwohl ich Max nicht erkannt, sondern nur einen Schatten gesehen hatte, war ich sicher, dass es sich um Max handeln musste. Wer sonst sollte denn hier am Boden zwischen den Traktorenreifen herumrobben? Van Alst ganz sicherlich nicht.

Da Max nicht antwortete, machte ich zwei schnelle Schritte Richtung Reifen und bückte mich, um besser sehen zu können.

»Hau ab, verdammt!«, zischte Max mich unter dem Reifen hervor an. »Hau ab, de Fries!«

Gerade als ich Max anfahren wollte, peitschte ein Schuss auf.

Mit einem Hechtsprung warf ich mich zwischen die Autoreifen. Anstatt mich aber flach ins Gras zu pressen, richtete ich mich sofort mit dem Oberkörper auf, um besorgt nach Thyra zu sehen und ihr gegebenenfalls beistehen zu können. Aber meine Tochter hatte es mir bereits gleichgetan und sich blitzschnell hinter einem der großen Reifen flach zu Boden geworfen.

»Zurück zur Halle!«, rief ich ihr zu. »Du auch, Max!«

Thyra bewies Geistesgegenwärtigkeit und antwortete nicht, um dem Schützen ihren Standort nicht zu verraten. Nur ein leichtes Rascheln im Gras wies darauf hin, dass sie meiner Aufforderung nachkam und sich geschickt am Boden entlangschlängelte.

Gott sei Dank war van Alst kein Anhänger des kultivierten englischen Rasens, das Gras wuchs von der Hauswand aus auf einer Breite von circa eineinhalb Metern kniehoch. Erfreulicherweise waren auf diesem Grasstreifen jede Menge Traktorenreifen abgestellt, und niemand hatte sich in den letzten Wochen die Mühe gemacht, hier Slalom zu mähen.

Ich tat es meiner Tochter nach und kroch auf dem Bauch liegend durchs Gras, schlug aber zunächst die Richtung ein, in der ich Max vermutete, und stieß auch bereits nach wenigen Metern auf ihn. Als Max mich bemerkte, versuchte er in die entgegengesetzte Richtung zu kriechen, aber ich bekam ihn am Bein zu fassen und umklammerte seinen Fußknöchel. Mit dem freien Bein trat Max wütend nach mir und verfehlte mein Gesicht nur knapp.

Jetzt reichte es mir mit dem Vollidioten!

Ich schnellte mit einem gewaltigen Satz nach vorn und kam halb auf ihm zu liegen. Max keuchte erbost und riss seinen Arm hoch. Bevor er nach mir schlagen konnte, hatte ich ausgeholt und ihm eine schallende Ohrfeige verpasst. Im Eifer des Gefechts war die Ohrfeige deutlich kräftiger ausgefallen als geplant. Max schlug mit dem Hinterkopf gegen einen Reifen und ging k. o.

»Verfluchter Idiot!«, schimpfte ich und packte ihn am Shirt, um ihn hinter mir her zu ziehen.

Nach nur einem Meter hatte ich ihm sein T-Shirt zerrissen. Schnell öffnete ich meinen Gürtel und zog das Leder aus den Schlaufen. Da Max kein Schwergewicht war, konnte ich seinen Oberkörper ohne Probleme anheben und ihm meinen Gürtel unter seinen Achseln hindurchziehen. Ich schlang mir beide Gürtelenden um die linke Hand und kroch auf der Seite liegend rückwärts Richtung Schuppen. Den bewusstlosen Max zog ich auf dem Rücken liegend hinter mir her. Als ich die Türschwelle zum Lagerschuppen erreicht hatte, streckte auch Thyra schon ihre Arme nach mir aus und half mir beherzt, den Bewusstlosen in den Schuppen zu ziehen.

Ich zog Max' Bein über die Schwelle nach und griff gerade nach dem Türblatt, als mir die Tür aus der Hand geprellt wurde. Erst jetzt hörte ich einen zweiten Schuss aufpeitschen. Der Killer hatte uns verfehlt und stattdessen die Tür am Schloss getroffen. Die Wucht des Geschosses schlug mir die Tür aus der Hand. Ich ließ mich rückwärts in die Halle fallen und brachte schleunigst meine Beine in Sicherheit, die sich noch draußen befanden.

Thyra kniete sich hin, zog den Gürtel unter dem noch immer bewusstlosen Max hervor und bildete damit eine Schlinge. Geschickt warf sie die Schlinge nach der Türklinke aus und hatte bereits mit dem zweiten Wurf Glück: Sie konnte mithilfe meines Gürtels die Tür zu sich heranziehen.

»Puuuh!«, stöhnte ich auf, als die Tür ins Schloss fiel, und setzte mich vorsichtig auf. »Noch mal Schwein gehabt, das war knapp!«

»Wir müssen hier weg!« Thyras Stimme klang etwas schriller, als es sonst der Fall war.

Mir war klar, dass es sich bei dem Mordschützen um denselben Schützen handeln musste, der uns bereits auf Lütje Hörn unter Beschuss genommen hatte, und stimmte Thyra zu, indem ich fieberhaft nach einem Weg suchte, um unbemerkt von hier zu verschwinden. Das Problem war nur, dass es in diesem Schuppen lediglich ein Fenster und diese eine Tür gab, von der ich froh war, dass sie geschlossen war.

Während ich noch nach einem Fluchtweg suchte, kam Max stöhnend zu sich.

»Wie hast du mich gefunden?«, murmelte er benommen und rieb sich stöhnend den Hinterkopf, während er sich auf den Ellbogen aufstützte.

»Sorry, tut mir leid, dass ich dich k. o. geschlagen habe«, entschuldigte ich mich, ohne auf seine Frage einzugehen.

»Woher wusstest du, wo ich bin?«, fragte Max erneut.

Obwohl diese Frage und ihre entsprechende Antwort keinerlei Bedeutung für unsere missliche Lage hatte, schien sie Max auf den Nägeln zu brennen.

Ich deutete mit dem Finger auf das überdimensionale Werbebanner mit dem grün-gelben Trecker an der gegenüberliegenden Wand.

»Ach so?« Verblüfft schaute Max zu dem Werbedruck hinüber.

»Als du von deinem Notebook hochgesprungen bist, sah ich das Banner im Hintergrund«, klärte ich ihn auf. »Der Rest war ein Kinderspiel.«

In diesem Moment durchschlug ein weiteres Geschoss die Tür. Ich fuhr ebenso erschrocken zusammen wie Thyra, die rücklings auf mich stürzte und mir dabei ihren Ellenbogen derart schmerzhaft in die Rippen rammte, dass mir die Luft wegblieb. Instinktiv beugte ich mich mit meinem Oberkörper über meine Tochter, um sie zu schützen.

»Nicht so fest!«, protestierte sie. »Du erdrückst mich ja.«

»Bist du verletzt?«, fragte ich und lockerte meine Umarmung, ließ sie aber nicht gänzlich los.

»Weiß ich noch nicht genau.«

»Lass mich mal schauen«, forderte ich Thyra auf und löste meine Umarmung, um sie intensiv von oben bis unten auf Verletzungen hin zu untersuchen.

»Schon wieder Schwein gehabt«, beglückwünschte ich sie und atmete erleichtert auf, als sie von allen Seiten unversehrt schien.

»Das ist deine Schuld, de Fries!«, stieß Max hasserfüllt hervor. »Du hast den Killer angeschleppt.«

Ich tippte mir kurz an die Stirn. »Red nicht so einen Quatsch, Max! Wieso sollte ich den Killer hierhergebracht haben?«

»Er ist dir gefolgt.« Max lachte bitter. »Du hattest ihn im Schlepptau.«

»Ach«, machte ich. »Und wieso lagst du zwischen den Reifen? Doch nicht, um ein Nickerchen zu machen, sondern wahrscheinlich deshalb, weil der Typ vorher schon auf dich geschossen hatte.«

Obwohl ich den Vorwurf für absurd hielt, dass ich den Killer angeschleppt haben sollte, keimte in mir der Verdacht auf, dass dies tatsächlich der Fall sein könnte. Wenn mir der Killer wirklich gefolgt war, hatte er mir irgendwo aufgelauert. Aber woher hatte er gewusst, wo ich hin wollte.

»Blödsinn!«, dachte ich. Das musste er ja nicht gewusst haben, es hätte bereits gereicht, wenn er gewusst hätte, wo ich mich befand, um mir dann zu folgen. Aber woher sollte er das wiederum gewusst haben? Schließlich kam ich gerade von einem frischen Tatort.

»Hört auf, euch zu streiten!«, befahl Thyra. »Das bringt uns jetzt auch nicht weiter und vor allen Dingen hier nicht heraus.«

Sie kniete sich erneut hin, zog aber ihren Hals tief zwischen die Schultern, als sie sich gehetzt umsah. Ich rappelte mich ebenfalls auf und hockte mich hin. Verzweifelt sahen wir uns in dem Lagerraum nach einem Fluchtweg um. Nichts!

»Was machen wir jetzt?« Thyra sah mich ratlos an.

Ich ließ erneut meinen Blick über die weiß getünchten Wände des Lagers gleiten, in der Hoffnung, eine Eingebung zu bekommen, wie wir dem Todesschützen ein zweites Mal entkommen konnten.

»Hier geht's lang«, knurrte Max und schob sich in gebückter Haltung an uns vorbei.

Mein Herz machte einen vorsichtigen Hüpfer. Konnte es sein, dass Max ein Schlupfloch kannte? Ohne uns mit Fragen aufzuhalten, folgten wir ihm in der gleichen halb gebückten Haltung, die er eingenommen hatte. Wahrscheinlich sahen wir wie eine Abordnung der Panzerknacker aus einem Comic aus, wie wir an den Regalen entlangschlichen. Aber besser albern aussehen, als ein Loch im Kopf zu haben.

Max hielt sich eng an den Lagerregalen und blieb am letzten Regal stehen, das offenbar eine Wandnische bedeckte.

»Hier«, raunte Max uns zu. »Packt mal mit an.«

Geschickt begann Max damit, das Regal auszuräumen,

und reichte uns Kartons entgegen, welche die Größe eines Dreierpacks Druckerpapier hatten und die auch in etwa so schwer waren. Ich nahm die Kartons entgegen und reichte sie an Thyra weiter, die hinter mir stand und die ihrerseits die Kartons hinter sich in dem an dieser Stelle schmalen Durchgang aufstapelte.

Als Max die beiden mittleren Regalböden leer geräumt hatte, schlug er mit der flachen Hand unter die Träger, die sich leicht aus ihrer Verankerung lösten, sodass er die Böden herausheben konnte, um sie mir anzureichen. Da die metallenen Lagerregale keine Rückwand hatten, wurde eine schmale, dunkelbraun lackierte Holztür sichtbar, die passgenau in das Mauerwerk eingelassen war.

Ich nahm Max den letzten Regalboden aus der Hand, und während er nach einem kleinen Vierkantschlüssel griff, der neben der Tür an einem rostigen Nagel hing, reichte ich den Regalboden nach hinten an Thyra durch. Der Vierkant passte genau in die Vertiefung, wo sich vormals eine Türklinke befunden haben musste. Max drehte den Vierkant um eine halbe Drehung und drückte gegen die alte Holztür, die zunächst laut quietschend protestierte, sich dann aber doch knarrend öffnen ließ.

Mit der Schulter drückte Max die Tür ganz auf, und ich sah zu meiner großen Erleichterung die Traktorenhalle vor mir liegen. Max verschwand durch die Tür ins Innere der Halle, und ich tat es ihm mit Thyra gleich. Ich ließ meine Tochter an mir vorbeigehen und drückte die Tür wieder ins Schloss, nachdem ich den Vierkantschlüssel abgezogen und über mir mit einer Handbewegung in das Dunkel der Halle geworfen hatte, wo der Schlüssel mit einem dumpfen Ton auf dem Boden landete. Wenige Meter neben dem Mauerdurchlass, der auf dieser Seite der Tür durch einen mannshohen Aufsteller für Saatgut verdeckt wurde, standen zwei der riesenhaften grün-gelben John-Deere-Traktoren, die mehr Hightech-Geländetrucks ähnelten als landwirtschaftlichen Fahrzeugen.

Mit wenigen Schritten stand ich bei dem nächstgelegenen Traktor und zog einen der metallenen Bremsklötze unter einem der Hinterräder hervor, um ihn vor die Tür zu legen, durch die wir vor dem Killer geflohen waren. Zufrieden rüttelte ich an der Tür und stellte fest, dass alleine das fast schon antike Eisenschloss einen etwaigen Verfolger stoppen würde. Der wuchtige Bremsklotz tat sein Übriges, um die Tür durchgangssicher zu machen. Schadenfroh rieb ich mir die Hände und ging zu Thyra und Max, die bei den großen Traktoren standen.

»Was macht er da?«, fragte ich Thyra und sah zu Max hoch, der auf der obersten Stufe des Einstiegs zur Fahrerkabine eines der beiden Monstertraktoren stand.

»Er knackt den Trecker«, antwortete meine Tochter lapidar, als sei es das Normalste der Welt, mal so eben einen Traktor im Wert eines Maserati zu knacken. Außerdem fiel mir spätestens an dieser Stelle ein, dass es nur einer ordentlichen Portion Glück und der Gutmütigkeit von Käpt'n Janssen zu verdanken war, dass ich so gerade an einer Anzeige wegen Diebstahls eines Schlauchboots vorbeigeschrammt war. Da konnte ich ja schlecht kurz danach einen sündhaft teuren Trecker klauen.

»Max!«, rief ich mit halblauter Stimme. »Lass das sein! Wir können hier keinen Trecker knacken.«

Max ignorierte mich und hantierte an der gläsernen Tür der Fahrerkabine, die nach wenigen Sekunden aufschwang. Er warf nur einen kurzen Blick hinein, um dann flink die seitlich an dem Gefährt eingelassenen Trittbretter hinunterzuklettern. Die letzten beiden Stufen sprang er mit einem großen Satz hinunter und kam federnd vor mir zu stehen.

»Wir knacken keinen Trecker«, behauptete Max, während ihm ein Grinsen aus den Mundwinkeln kroch. »Wir leihen ihn uns aus.«

»Oh nein!«, entfuhr es mir, während ich gequält die Augen verdrehte. Die Nummer hatte ich doch gerade erst mit Onno gehabt.

»Außerdem ist der 9RX kein Trecker«, belehrte mich Max und warf einen schwärmerischen Blick zu dem grün-gelben Ungetüm hinüber. »Der 9RX ist ein Gigant, das Nonplusultra, was sich über Land bewegt.«

Mir war schon klar, dass es sich bei diesen Riesendingern nicht um einfache Trecker handelte. Das konnte sogar ich als Laie an den Rädern erkennen, die im Grunde keine Räder mehr waren. Das grün-gelbe Ungetüm stand auf vier Raupen, von der jede einzelne durch drei große gelbe Laufräder gebildet wurde, die in einem Dreieck angeordnet waren, wobei das dritte Rad auf den beiden unteren saß und die Spitze bildete.

»Max.« Vehement schüttelte ich den Kopf und argumentierte mit den gleichen Worten, wie ich es einen Tag vorher gegenüber Onno getan hatte. »Das ist kein Ausleihen, das ist Diebstahl!«

Herausfordernd sah mich Max an und meinte spöttisch: »Und wie gedenkst du hier lebend wieder herauszukommen?«

»Indem wir die Polizei anrufen«, entgegnete ich.

»Mein Handy liegt im Watt«, sagte Max und vermied es, mich anzuschauen. Ich merkte ihm aber seinen Schmerz über das Drama im Watt und den Tod seines Vaters an. »Habt ihr eins?«

»Meins funktioniert nicht, aber Thyra hat eins.« Ich deutete auf meine Tochter.

»Scheiße!«, rief Thyra undamenhaft. »Mein Handy!«

Erschrocken wandte ich mich ihr zu. »Was ist los – ist es kaputt?«

Wütend schüttelte Thyra den Kopf und fuhr sich mit beiden Händen über die Gesäßtaschen ihrer Jeans. »Weg! Es ist weg!«

»Wie weg?« Entgeistert starrte ich sie an.

»Na, weg halt.«

Thyra klopfte abermals ihre Hosentaschen ab und streckte mir ihre leeren Handflächen entgegen. »Weg!«

Entweder war Thyra das Handy aus der Tasche gefallen, als sie im Lagerraum quer über mich gefallen war, oder – was sehr viel übler war – sie hatte das Handy draußen im Gras verloren, als sie sich hingeworfen hatte.

Es gab nur eine Möglichkeit, das herauszufinden.

»Bin gleich wieder da«, sagte ich knapp und spurtete zurück zu der Holztür, die ich ins Schloss gedrückt hatte.

Meine Finger fuhren an der Türfüllung entlang, und ich versuchte, die Tür aufzuziehen, was mir nicht gelang. Frustriert fuhr ich herum: »Der Schlüssel!«, rief ich wütend. »Ich hab den Schlüssel doch weggeworfen.«

Bevor wir uns in Bewegung setzen konnten, um den von mir weggeworfenen Vierkantschlüssel auf dem Betonboden zu suchen, nahm uns der Killer die Mühe ab – ein dumpfer Schlag traf die Tür, und das Projektil, das der Killer abgefeuert hatte, stanzte ein Loch in die Tür, von dessen zerfaserten Rändern der Holzstaub aufstieg, während unzählige große und mikroskopisch kleine Holzsplitter durch die Wucht des Aufpralls wie Geschosse durch die Gegend flogen. Ich hatte Glück gehabt, denn der Killer hatte in dem Moment auf die Tür gefeuert, als ich mich gerade zur Seite gedreht hatte. Hätte mich in diesem Moment nicht mein Schutzengel geleitet, hätte mich die Kugel mitten in den Kehlkopf getroffen. So aber verspürte ich nur zwei kleine Piekser im Nacken, die wahrscheinlich von Holzsplittern stammten, und ein leichtes Zupfen am Hemd, wohl ebenfalls von herumfliegenden Splittern. Ich flitzte zurück zu Max und Thyra, die hinter dem Giganten in Deckung gegangen waren.

Schwer atmend ging ich ebenfalls neben der großen Raupe in Deckung, wo bereits die beiden hockten.

»Wir müssen weg!«, sagte ich und schnappte nach Luft. »Der Typ ist gleich hier drin.«

»Mein Reden«, entgegnete Max, verzichtete aber diesmal auf seinen spöttischen Unterton und deutete auf die Fahrerkabine, während er mich ernst ansah. »Du fährst.«

»Hast du'n Knall?«, rutschte es mir heraus.

Max ging auf meine Bemerkung gar nicht ein, sondern deutete in den vorderen Teil der Halle. »Das Tor öffnet sich elektrisch. Aus Sicherheitsgründen muss jemand den Knopf so lange gedrückt halten, bis das Tor komplett hochgefahren ist. Der Knopf hakelt ein bisschen; den muss man kennen, damit sich das Tor öffnet, und damit wäre klar, wer von uns beiden fährt.«

»Drei«, sagte Thyra und bedachte Max mit einem wütenden Blick. »Wir sind zu dritt.«

Max sah sie an und lachte trocken auf. »Sorry, Lady. So ein Ding ist nix für Sie.«

»Vorsicht!«, warnte sie ihn und funkelte ihn böse an. »Dünnes Eis. Ganz, ganz dünnes Eis.«

»Wie viel PS hat das Teil?«, wollte ich wissen und sah Max an.

»Über 600.«

»Oh«, machte ich beeindruckt.

»Los jetzt«, drängte Max. »Er kann jeden Moment hier drin sein.«

Dieser Warnung hätte es nicht bedurft, denn in diesem Augenblick durchschlug ein zweites Projektil die Tür und verursachte ein hässliches metallisches Quietschen, als es irgendwo als Querschläger auf Metall auftraf. Thyra folgte mir dichtauf, als ich in gebückter Haltung hinter Max her hastete.

Oben in der Kabine fühlte ich mich durch die Rundumverglasung wie auf dem Präsentierteller und versuchte mich so klein wie möglich zu machen, was in Anbetracht meiner Größe nicht leichtfiel. Während ich mich auf den Fahrersitz setzte und die Vielzahl der mir unbekannten Knöpfe, Schalter und gelber Hebel und Drehräder auf mich wirken ließ, schob Max einen Schlüssel ins Zündschloss und zeigte auf einen separaten Knopf.

»Auf den drückst du, wenn ich dir das Zeichen gebe«, erklärte er mit festerer Stimme, als ich sie bislang von ihm gewohnt war. »Dann fährst du einfach los.«

»Wo ist die Handbremse?«, wollte ich wissen.

»Hier.« Max zog an einem der in das Armaturenbrett eingelassenen Hebel.

Thyra setzte sich auf den erhöhten Notsitz, der sich links neben meinem Fahrersitz befand, sodass sich ihre Oberschenkel auf Höhe meines Rippenbogens befanden.

»Mach dich klein, wenn ich losfahre!«, befahl ich knapp und mit einer Stimme, die niemanden zur Diskussion einlud, während ich Max nicht aus den Augen ließ und beobachtete, wie er wie ein geölter Blitz durch die Halle sauste.

Die Fahrertür stand offen, damit Max auf schnellstem Weg zu uns in die Fahrerkabine klettern konnte, nachdem ich den Traktor durch das Tor hinausmanövriert hatte.

Im gleichen Moment, als sich das elektrische Tor mit lautem Summen in Bewegung setzte, flammte die komplette Deckenbeleuchtung der Halle auf. Offensichtlich eine Vorsichtsmaßnahme des Unternehmers, damit die Fahrer beim Rangieren mit den großen Traktoren beste Sichtverhältnisse hatten. Die Umsicht des Unternehmers van Alst kam mir in diesem Moment sehr zugute, denn ich konnte deutlich das Zeichen sehen, das Max mir mit dem Arm gab, als das Tor hochgefahren war – er reckte einen Daumen in die Höhe. Mit grimmigem Gesichtsausdruck und einem mehr als mulmigem Gefühl in der Magengegend drückte ich auf den Knopf, wie Max es mir zuvor gesagt hatte.

Mit tiefem Grollen erwachte der 600 PS starke Motor des gewaltigen John Deere zum Leben. Das dumpfe Motorengeräusch erfüllte die Traktorenhalle bis in den letzten Winkel. Auch aus dem schwarzmattierten Auspuff, der stolz auf dem rechten Kotflügel aufragte, drang ein kraftvolles Röhren. Fast schon drohend stieß der Auspuff eine grau-weiße Abgaswolke aus.

Ich drehte an einem Knopf, den Max mir ebenfalls gezeigt hatte. Schlagartig flammte auf dem Dach des Ungetüms eine ganze Galerie gleißender Halogenscheinwerfer auf und leuchtete die Halle wie die Flutstrahler eines Stadions aus.

Vorsichtig trat ich auf das Gaspedal, während ich nervös nach vorne sah und versuchte, die Maße des Hallentors abzuschätzen. Ich hatte keine Ahnung, ob ich mit dem Monstrum heil aus der Halle kommen würde. Ich war jedoch fest entschlossen, genau das zu tun. Mit beiden Händen umklammerte ich das graue Lenkrad und ließ die Kupplung kommen. Der 600 PS starke Kraftprotz setzte sich leicht wie ein Kleinwagen in Bewegung. Die Raupen des Traktors quietschten leise auf dem Boden, als ich langsam auf das Tor zusteuerte. Dieser Traktor war eindeutig ein anderes Kaliber als mein alter VW-Käfer!

»Kopf runter!«, rief ich Thyra zu, als mein Blick in den großen Außenspiegel fiel. »Wir bekommen Besuch.«

Im Rückspiegel erkannte ich den dunklen Schatten einer Gestalt, die im Türrahmen des Übergangs zum Lager stand. Die Gestalt hielt einen länglichen Gegenstand hoch, und ich befürchtete, dass es sich dabei um das Gewehr handeln musste, mit dem bereits auf Lütje Hörn Jagd auf uns gemacht wurde.

Mit langen Sätzen kam Max angerannt, sprang aus vollem Lauf auf die unterste Stufe der Treppe, die zur Fahrerkabine führte, und hastete die Tritte hoch. Schwer atmend hockte er sich halb auf den obersten Tritt, und halb zwängte er sich in die Kabine, die für uns drei doch zu klein war.

»Gib Gas!«, forderte er mich auf, während seine Augen vor Aufregung zu flackern schienen.

»Nichts lieber als das!«, knurrte ich und drückte das Gaspedal mit etwas mehr Kraft durch.

Im gleichen Moment, als der riesige Traktor beschleunigte und Max die Tür der Fahrerkabine zu sich heranzog, peitschte erneut ein Schuss auf, der in der Traktorenhalle dumpf widerhallte.

Max schrie gellend auf und erstarrte in der Bewegung. Seine Hände krampften sich um den Griff der Fahrertür. In seinem schmerzverzerrten Gesicht leuchteten seine weit aufgerissenen Augen.

»Max!«, rief ich nicht weniger gellend, während meine Hand hervorschnellte, um ihn zu fassen, da er im Begriff war, rückwärts vom Traktor zu stürzen.

Ich erwischte Max am offen stehenden Hemd und zog ihn halb in die Fahrerkabine, während ich mit der anderen Hand den 600-PS-Giganten aus der Halle lenkte. Draußen war es mittlerweile dunkel geworden. Die Scheinwerfer des Traktors zerschnitten die Dunkelheit gleißend hell wie mit einem Laserschwert. Schließlich arbeiten Landwirte auch im Dunkeln oder bei diesigem Wetter und sollten bei ihrer Arbeit vernünftig sehen können.

Während ich mit der einen Hand das Lenkrad hielt und den Traktor Richtung Straße steuerte, durchschlug eine weitere Kugel die seitliche Panoramascheibe und trat an der Beifahrerseite wieder aus, um irgendwo in der Dunkelheit der Nacht zu verschwinden. Das Projektil verfehlte mich nur knapp.

Mit der anderen Hand zog ich Max, aus dessen Mundwinkel plötzlich Blut lief, so weit, wie es während der Fahrt möglich war, in die Fahrerkabine. Auf seinem Hemdrücken hatte sich ein großer Blutfleck gebildet, der sich schnell vergrößerte. Ein Einschussloch konnte ich nicht erkennen, dafür hatte sich der Stoff bereits zu sehr mit Blut vollgesogen.

Ich lenkte den Traktor, der erstaunlich leicht zu fahren war, an der Traktorenhalle vorbei und rollte auf die Straße, wo ich das Gaspedal kräftig durchdrückte. Der Motor röhrte wie ein Rudel brunftiger Hirsche auf, und das Ungetüm schoss nach vorne. Die Straße lag vor mir wie die hell ausgeleuchtete Fahrbahn eines Flughafens in der Nacht. Thyra hatte sich vornübergebeugt und stützte Max' Oberkörper, der so durchgeschüttelt wurde, dass er wie eine gliederlose Stoffpuppe aussah.

Max' Gesicht war blutverschmiert, und aus seinem Mund tropfte noch immer Blut, das ihm über die Brust und über meine Hand lief, da ich ihn noch immer krampfhaft festhielt.

Wenn ich ihn losgelassen hätte, wäre er sicherlich nach draußen gerutscht, und wenn ihn nicht die Raupen des riesigen »John Deere« zermalmt hätten, wäre er dem Killer direkt vor die Füße gefallen.

»Wir müssen ins Krankenhaus!«, schrie Thyra mir laut zu, sodass sie den Motorenlärm übertönte.

Ich sparte mir die Antwort, denn ich überlegte bereits fieberhaft, wohin ich fahren sollte. Max musste wirklich dringend in ein Krankenhaus, und die nächstgelegene Klinik befand sich in Norden, wobei ich über die B 210 sicher genauso schnell in Emden wäre. Aber ich konnte Max nicht in diesem Zustand mit einem Traktor durch die Gegend kutschieren.

Ein Notarztwagen musste her, aber schnellstens!

»Verdammt!«, rief ich erschrocken und kurbelte hektisch am Lenkrad, um dem Radfahrer auszuweichen, der mitten auf der Landstraße in leichten Schlangenlinien gemächlich vor sich hin eierte. Nicht genug damit, dass der Fahrradfahrer in Schlangenlinien fuhr, er war ohne jegliche Leuchten oder Katzenaugen unterwegs.

Auch wenn mir die Armaturen in der Fahrerkabine nicht viel sagten, lag mir aber das Hupen im Blut, denn ich fand die Hupe des Treckers sofort, als ich impulsiv auf den Lenker schlug.

Das fanfarenartige Signal der Hupe gab dem Fahrradfahrer, der wild in die Pedale trat, um den gleißenden Halogenscheinwerfern zu entkommen, den Rest. Er verriss seinen Lenker und machte mitsamt seinem Rad einen Bocksprung in den nahe gelegenen Graben, in dem er kopfüber verschwand.

Ich sandte ein Stoßgebet zum Himmel, dass der Radler seinen Kopfsprung ohne große Blessuren oder Verletzungen überstanden hatte, und lenkte den Traktor wieder in die Mitte der Landstraße. In diesem Moment blendeten mich ebenso starke Scheinwerfer im Rückspiegel, wie sie gerade der bedauernswerte Radfahrer erlitten hatte. Ich mochte nicht glauben, was ich im Rückspiegel sah, aber das Fahrzeug, das sich uns mit unaufhaltsamer Geschwindigkeit näherte, schien mir aufgrund der Höhe der Scheinwerfer ebenfalls ein Traktor zu sein.

»Ich glaub es nicht!«, rief Thyra, die ebenfalls die Scheinwerfer hinter uns bemerkt hatte und über die Schulter nach hinten spähte. »Das muss der Typ sein.«

»Der hat sich den anderen Trecker geschnappt!«, rief ich und wunderte mich, dass jemand, der nicht wie Max aufgrund seiner Aushilfstätigkeit wusste, wo sich die Fahrzeugschlüssel befanden, so schnell einen Traktor dieser Preisklasse knacken konnte.

»Was machen wir jetzt?« Thyras Stimme klang ratlos, was ich gut verstehen konnte, denn mir fiel im Moment auch nichts ein.

Hätten wir ein Handy gehabt, hätte Thyra die Polizei anrufen können, während ich ihnen entgegengefahren wäre. So lange hätten wir uns den Killer vom Hals halten können. Aber alles Wenn und Aber brachte uns jetzt auch keine Punkte.

Ohne lange zu überlegen, schlug ich das Lenkrad nach links ein, als wir an die Abzweigung Richtung Greetsiel kamen. Die Scheinwerfer im Außenspiegel verschwanden kurz, um eine halbe Minute später wieder aufzutauchen, als unser Verfolger ebenfalls abgebogen war.

Ich hatte zwar noch keinen konkreten Plan, aber wusste zumindest ganz genau, was ich wollte: nämlich keine Verfolgungsjagd mit einem 600 PS starken Monstertrecker auf der B 210 oder einer finsteren Landstraße, während mir ein Schwerverletzter unter den Händen wegstirbt.

Es war zwar schon dunkel, aber auch ohne einen Blick auf meine Uhr zu werfen, sagte mir mein Zeitgefühl, dass es noch nicht spät sein konnte; auch wenn unsere beiden Traktoren die einzigen Fahrzeuge weit und breit waren. Die turbulenten Ereignisse hatten mich zwar für den Moment die Hitze der Hundstage vergessen lassen, was meinen Körper aber nicht daran hinderte, mich in Schweiß zu baden. Das erinnerte mich daran, dass viele Urlauber einen schönen Sommerabend gerne bei einem Bier oder bei Rotwein ausklingen lassen.

Nun könnte man mich für das, was ich gerade tat, einen rücksichtslosen Egoisten schimpfen, aber mich trieb die Todesangst um Max und Thyra und nicht zuletzt um mein eigenes Leben an. Deshalb lenkte ich den Traktor Richtung Greetsiel, denn ich hoffte darauf, dass sich eine Menge Leute telefonisch bei der Polizei beschweren würden, wenn ich mit dem Trecker und aufgeblendeten Scheinwerfern quer durch die verkehrsberuhigte Zone von Greetsiel rasen würde. Ich war mir auch ziemlich sicher, dass ich unseren Verfolger abschütteln würde, wenn ich in die Mühlenstraße einbiegen würde. Denn so verrückt wäre der Killer sicherlich nicht, uns mit seinem Traktor durch die Fußgängerzone zu folgen. Das Aufsehen wäre einfach zu groß, wie im Wilden Westen vor aller Augen aus dem Traktor zu schießen.

So weit mein Plan.

Offenbar hatte unser Verfolger die gleichen Gedanken wie ich, denn er versuchte uns noch auf der dunklen Landstraße aus der Fahrerkabine zu schießen. Ich hatte den Schuss nicht gehört, sah aber die Funken sprühen, als ein Projektil vom Auspuff abprallte. Mit einem Griff schaltete ich die Scheinwerfer aus und war von der plötzlichen Dunkelheit geblendet.

»Was machst du?«, schrie Thyra. »Willst du uns umbringen?«

Statt einer Antwort rief ich: »Halt dich fest!«

Bevor ich das Licht löschte, hatte ich rechts einen Feldweg auftauchen gesehen, der von der Greetsieler Straße abging, die ich gerade mit fast hundert Sachen langdonnerte. Da bei uns in Ostfriesland nun mal flaches Land ist, standen meine Chancen nicht schlecht, geradeaus über die Felder fahren zu können, falls ich den Feldweg im Dunkeln verpasste. Wie ich die Landstraße nach Greetsiel wiederfinden würde, wusste ich auch noch nicht. Aber mit komplexen und logisch durchdachten Problemlösungen fühlte ich mich gerade etwas überfordert.

Ich riss das Lenkrad des Treckers nach rechts und verfehlte den Feldweg, was mir der Traktor mitteilte, indem er versuchte auszubrechen, weil die rechten Raupen über ein größeres Hindernis rumpelten, das von dem tonnenschweren Gefährt zermalmt wurde. Da ich aber beim Einschlagen des Lenkrads vorsorglich Gas weggenommen und abgebremst hatte, fand der Traktor sofort sein Gleichgewicht wieder und rumpelte über das Feld. Zumindest nahm ich an, dass es sich um ein Feld handelte, über das wir brausten.

Ich warf einen Blick in die Seitenspiegel und jubilierte: »Ha! Er fährt weiter! Siehst du, er fährt weiter.«

Begeistert darüber, dass mein Ablenkungsmanöver erfolgreich war, gab ich erneut Gas, um den Vorteil des Moments zu nutzen und eine möglichst große Entfernung zwischen uns und unseren Verfolger zu bringen. Auch wenn augenblicklich sicher nicht die geeignete Situation war, um sich über die Erfüllung von Kinderträumen zu freuen, machte es mir großen Spaß, diesen riesigen Trecker durch die Nacht zu jagen. Über die Konsequenzen, die mir diese Spritztour einbringen würden, mochte ich lieber nicht nachdenken. Ich befürchtete, dass es diesmal nicht mit einer Entschuldigung beim Eigentümer des Traktors und beim Bauern, dessen Zäune ich gerade planierte, getan war. Diese Nachtfahrt würde mir mit Sicherheit nicht nur Anzeigen wegen was auch immer einbringen, sondern auch empfindlich meine Ersparnisse schrumpfen lassen.

»Aber ich kenne ja zumindest einen guten Anwalt«, dachte ich voller Galgenhumor.

»Zu früh gefreut!« Thyra klopfte mir auf die Schulter. »Da ist er wieder.«

Sie hatte recht. Erneut tauchten im Außenspiegel die Halogenbänder unseres Verfolgers auf.

»Oh, Shit!«, rief ich erschrocken, als ich den weißen Lichtstrahl eines einzelnen Scheinwerfers aufleuchten sah. »Ich wusste ja gar nicht, dass diese Dinger hier auch Suchscheinwerfer haben.«

»Müssen sie doch, für die Feldarbeit.«

Als der Suchscheinwerfer unseres Verfolgers uns erfasste und Sekunden später das Aufleuchten eines Mündungsfeuers mir sagte, dass der Killer wieder auf uns schoss, hatte dies auch etwas Gutes. Denn der Suchscheinwerfer riss auch das dunkle Wasser des vor mir liegenden Alten Greetsieler Sieltiefs aus der Dunkelheit.

Nur eine Vollbremsung und das scharfe Einschlagen des Lenkrads verhinderten in der sprichwörtlich letzten Sekunde, dass wir geradeaus in den Siel gefahren wären. Der Traktor quittierte dieses Manöver, indem er sich gefährlich auf die Seite legte und große Klumpen nassen Mutterbodens in die Luft schleuderte, die mit lautem Platschen auf uns niederregneten und die Scheibe verschmierten.

Da der Killer ohnehin wusste, wo wir uns befanden und uns in der nächsten Sekunde wieder mit seinem Suchscheinwerfer einfangen würde, konnte ich auch unsere Scheinwerfer wieder einschalten.

Vor mir tauchte ein Zaun auf, den ich im gleichen Moment niederwalzte, als ich ihn sah. Wieder bremste ich unser Gefährt ab und schlug das Lenkrad ein; vor uns lag die Greetsieler Straße, die eine scharfe Rechtskurve machte, um sich dann nach links über eine Brücke Richtung Greetsiel zu schlängeln. Als der Traktor wieder festen Boden unter seinen Raupen hatte, gab ich erneut Gas und donnerte mit heulendem Motor am Gut Middelstewehr vorbei. Dabei sah ich, dass sich auf der linken Straßenseite, wo sich der Ferienhof Saathoff befand, eine Gruppe Urlauber um ein großes Lagerfeuer geschart hatte. Im ersten Impuls hätte ich gerne angehalten und die wilde Jagd beendet, indem ich um Hilfe gebeten hätte. Da unser Verfolger aber von dem Wunsch, uns zu töten, offenbar besessen war, hätte ich diesen Irren mit einer scharfen Waffe direkt zu friedlich grillenden Urlaubern mit ihren Kindern geleitet. Nicht auszudenken, was passieren könnte. Dann lieber weiter Richtung Greetsiel und drauf hoffen, so viele Leute wie möglich zu verärgern, auf dass sie die Polizei riefen.

Aus diesem Grund bremste ich erneut ab, denn ich sah am Straßenrand einige aufgebockte chromblitzende Motorräder stehen, deren Besitzer offenbar auch am Lagerfeuer etwas grillten.

»Papa! Nein!« Thyras Fingernägel krallten sich schmerzhaft in meine Schulter, und ich biss mir vor Schreck auf die Unterlippe, die natürlich auch prompt zu bluten begann.

Während der wilden Fahrt hatte ich Max loslassen müssen, der als lebloses Bündel auf dem Boden der Fahrerkabine lag und an dessen Beine immer noch ständig die hin und her schwingende Fahrertür schlug.

»Nein!«, dachte ich wütend. »Dich verlier ich nicht auch noch.«

Auch wenn ich nicht wusste, ob Max überhaupt noch lebte, war ich wild entschlossen, alles zu tun, was in meiner Macht stand, sein Leben zu retten. Auch wenn das bedeutete, dass ich nach dieser nächtlichen Aktion ziemlich pleite sein dürfte; was mich aber nicht davon abhielt, das Lenkrad einzuschlagen und den riesigen Traktor auf die aufgebockten Motorräder zuzulenken.

Es tat mir in der Seele weh, als das Zersplittern von Glas und das Zerbersten von Blech und Metall durch die Nacht hallten, als die Raupen des Traktors mühelos zwei der chromblitzenden Motorräder platt walzten. Ich sah noch, wie die Urlauber sich zu uns umdrehten, aber sich vor Schreck nicht bewegten.

»Bleibt, wo ihr seid«, dachte ich in der Hoffnung, dass die Urlauber so lange von den platt gewalzten Motorrädern fernblieben, bis auch unser Verfolger den Ferienhof passiert hatte.

Als ich unseren Traktor Richtung Brücke lenkte, tauchten bereits die Scheinwerfer unseres Verfolgers in dem Moment auf, als er um die Kurve bog. Ich beschleunigte erneut unseren Trecker und verschwand in der Linkskurve. Als ich nach ein paar Hundert Metern erneut die Scheinwerfer im Außenspiegel auftauchen sah, drückte ich erleichtert auf die Hupe, um die Urlauber daran zu erinnern, dass sie gefälligst die Polizei rufen sollten.

Mit durch die Nacht hallender Fanfare jagte ich den 600-PS-Koloss über die Greetsieler Straße und nahm nur kurz die Geschwindigkeit weg, als ich die K 233 kreuzte. Da ich von dem Fahrersitz des »John Deere« einen perfekten Rundumblick hatte, sah ich die Kreisstraße in beiden Richtungen im Dunkeln liegen. Ich gab Gas und steuerte die Mühlenstraße an. Die ganze Zeit verfolgten uns die Scheinwerfer des Todesschützen.

»Was will der Kerl von uns?« Thyras Stimme klang tönern, als sie mir die Frage zurief.

»Uns?« Ich schüttelte den Kopf. »Er will nicht uns. Er will Max!«

»Max. Wieso?«

»Max kennt den Killer!«, rief ich über die Schulter. »Max weiß, wer es ist, sagt aber nichts, weil er in irgendetwas mit drin hängt.«

Als ich die beleuchteten Zwillingswindmühlen links von mir auftauchen sah, kamen mir erhebliche Zweifel an meiner Idee, denn ich sah an der grünen Mühle, deren Mühlenrestaurant von der toughen Jungunternehmerin Anna Katharina betrieben wurde, zahlreiche Gäste sitzen und die warme Sommernacht genießen. Mein Blick in den Spiegel sagte mir, dass ich keine Wahl mehr hatte. Der Killer war noch immer hundert Meter hinter uns. Ich betete im Stillen, dass er endlich aufgab und es kein Blutbad unter den Urlaubern gab.

Entschlossen drückte ich erneut die Hupe und schickte den durch Mark und Bein gehenden Fanfarenton quer durch Greetsiel, der auch von den vereinzelten Fußgängern, die entlang der Mühlenstraße schlenderten, gehört wurde. Erschrocken sprangen die Urlauber zur Seite, und ich sah mit verbissener Erleichterung, dass einige der Feriengäste wütend mit den Fäusten schüttelten, wofür ich mich mit einem Dauerhupen bedankte.

Als ich die Greetsieler Brücke überquerte, die über die Sielmündung führte, an der das Neue und das Alte Greetsieler Sieltief gemeinsam in die Binnenmuhde mündeten, hatte ich das Gefühl, dass unser Verfolger nicht näher kam, sondern mitten auf der Mühlenstraße stehen geblieben war. Ich hoffte inbrünstig, dass der Killer die Jagd auf uns aufgegeben hatte und verschwand, wollte es aber nicht drauf ankommen lassen und bog rechts hinter der Brücke auf eine kleine Straße ab, die entlang der Binnenmuhde führte. Die Scheinwerfer unseres Verfolgers verschwanden, und ich schöpfte neuen Mut.

Mit gemäßigtem Tempo fuhr ich bis zum Ende der Straße durch, die an einem Betriebsgebäude des Entwässerungsverbands endete, was mich aber nicht störte. Ich lenkte den Traktor über den Rasen, bis die grauschwarze Wasseroberfläche des Greetsieler Hafenbeckens vor uns auftauchte. Ich fuhr noch ein paar Hundert Meter und hatte keine Skrupel, mit dem Raupenfahrzeug den Deich hochzufahren, um mich wie der Hahn auf dem Mist aufzubauen. Anstatt lauthals zu krähen, betätigte ich die Hupe, deren Fanfare auch die Gäste des *Hafenkieker* von ihren Stühlen hochscheuchte, die gerade feuchtfröhlich das Urlaubsende feierten.

Ich gestattete mir trotz des ohrenbetäubenden Lärms der Hupe ein grimmiges Grinsen und die Hoffnung, dem Killer ein zweites Mal entkommen zu sein.

»Was gibt das denn hier bei euch?«, hörte ich plötzlich eine Stimme zu uns hochrufen, und als ich mich vorbeugte, sah ich Kalle mit in die Hüften gestemmten Armen stehen.

»Ruf Polizei und Notarzt an!«, rief ich ihm zu, denn Erklärungen konnten warten. »Mach schnell!«

»Ich glaub, die Blauen kommen schon«, antwortete Kalle und zeigte mit ausgestrecktem Arm in die Richtung, aus der wir gekommen waren. »Und da auch noch mal.« Kalles Arm schwenkte zur gegenüberliegenden Hafenseite hinüber, wo ich am Eiscafé die ersten Blaulichter aufblitzen sah.

»Ich glaube, wir haben's geschafft«, seufzte ich erleichtert und drehte mich zu Thyra um, in deren Augen Tränen standen, was nach diesem Höllentrip auch kein Wunder war.

Meine Tochter legte mir kurz die Arme um den Hals, und ich spürte, wie ihre Tränen meinen Hals benetzten.

Der Moment der Schwäche dauerte aber nur ganz kurz. Sie

löste ihre Arme, zog geräuschvoll die Nase hoch und deutete auf Max. »Lebt er noch?«

»Ich weiß nicht«, sagte ich leise und rutschte vom Sitz, um mich über den am Boden Liegenden zu beugen.

Vorsichtig tastete ich nach seiner Halsschlagader – nichts!

Eine Mischung aus Wut und Verzweiflung überkam mich. Es konnte einfach nicht sein, dass der Killer doch noch sein Ziel erreicht haben sollte und den Jungen getötet hatte. Meine zitternden Finger, die fieberhaft nach einem Lebenszeichen suchten, rutschten ständig an Max' blutigem Hals ab. Plötzlich meinte ich etwas zu spüren und hielt meine Finger ganz ruhig.

Und tatsächlich! Ich fühlte ein kaum spürbares Pulsieren unter meinen Fingerspitzen und wandte mich Thyra zu. »Er lebt!«

»De Fries!«, bellte in diesem Moment eine Stimme. »Sie sind verhaftet!«

»Endlich!«, dachte ich erleichtert und drehte mich zur Beifahrertür, wo Kommissar Freud seine Dienstwaffe auf mich angelegt hatte und ein sehr böses Gesicht machte.

Auch wenn er mich mit seinen Blicken zu erdolchen versuchte, war ich heilfroh, ihn zu sehen. Wir hatten es geschafft und waren dem Killer entkommen. Max lebte, und Thyra war in Sicherheit.

»Nehmen Sie die Hände hoch, und kommen Sie da raus«, sagte Mackensen von der Fahrerseite her.

Auch er hatte seine Dienstwaffe auf mich gerichtet. Die Mündung zielte genau zwischen meine Augen.

Vorsichtig ließ ich Max los und richtete mich langsam auf. Demonstrativ hob ich meine blutverschmierten Hände und krabbelte umständlich aus der Fahrerkabine, wo ich erst jetzt bewusst das Meer an flackernden Blaulichtern von Polizei und Rettungsdiensten wahrnahm. In das zuckende Meer der Lichter mischten sich vereinzelte Blitzlichter, die wahrscheinlich von Urlauberhandys oder von Lokalreportern stammten. Verständlich. Wann bekommt man auch schon mal einen riesigen grün-gelben John-Deere-Traktor mitten im sonst so romantischen Greetsieler Hafen zu sehen, aus dem sich ein blutverschmierter Typ mit erhobenen Händen herausschält.

23

»Was haben Sie sich nur dabei gedacht?«, fuhr Kommissar Freud mich an.

»Hätten Sie eine bessere Idee gehabt?«, entgegnete ich mürrisch. Ein Vortrag von dem Jungspund hatte mir gerade noch gefehlt.

Ich saß mal wieder im Vernehmungszimmer der Kripo Emden.

Mir gegenüber hatte es sich Mackensen in seinem Stuhl bequem gemacht, soweit man bei den harten Holzstühlen überhaupt von bequem sprechen konnte. Er hatte seine langen Beine ausgestreckt und wippte mit dem Stuhl auf dessen hinteren Beinen. Nachdenklich sah er mich an. Mackensen hielt sich bei meiner Vernehmung ungewöhnlich zurück; da hatte ich ihn schon ganz anders kennengelernt.

Aber auch wenn Mackensen sich im Moment korrekt verhielt und sich in Zurückhaltung übte, traute ich dem Frieden nicht so recht.

Vielleicht lag die Ursache für sein verändertes Auftreten in der Enttäuschung über seinen ehemaligen Mentor Doktor Bertram Riegel, nach dessen nicht unfreiwilligen Ausscheiden aus dem Dienst als Oberstaatsanwalt Mackensen sich hatte einen Dienstgrad zurückstufen lassen. Aber das ist eine andere Geschichte.

Mackensens junger und für meinen Geschmack leicht übermotivierter Kollege Kommissar Freud stand jetzt seitlich von mir und stemmte wütend beide Fäuste auf die schmucklose graue Tischplatte.

»Jedenfalls wäre ich nicht auf die schwachsinnige Idee gekommen, mir mitten in einem Urlaubsgebiet eine Verfolgungsjagd mit solchen Monstertrucks zu liefern!« Freuds Stimme wurde immer lauter, je mehr er sich aufregte. »Das muss man sich mal vorstellen; mitten in einem Urlaubsgebiet!«

Ich sog scharf die Luft ein und starrte wieder mal Löcher in genau dieselbe Tischplatte, die ich vor einiger Zeit schon einmal angestarrt hatte. Nur fiel mir diesmal nichts ein, was ich erwidern konnte. Freud hatte ja recht; ich hatte mich wie eine Wildsau benommen. Ich durfte gar nicht daran denken, wen ich alles hätte überfahren können oder was geschehen wäre, wenn der Todesschütze komplett durchgedreht wäre und auf Urlauber geschossen hätte. Aber auch hier half alles »hätte, wenn und aber« nichts. Ich hatte getan, was ich in dem Moment für das Richtige gehalten hatte, und musste nun die Konsequenzen tragen. Allerdings befürchtete ich, dass ich in der gleichen Situation genau wieder das Gleiche tun würde.

Die Stimmung im Vernehmungszimmer war schlecht, und eigentlich hätten die Kommissare mich das Protokoll unterschreiben und nach Hause fahren lassen können, denn ich hatte in den letzten beiden Stunden alles erzählt, was ich wusste. Das fertige Protokoll hatte Freud bereits im Nebenzimmer ausgedruckt und die eng beschriebenen Blätter neben seinem Laptop auf die Tischplatte gelegt. Entweder wollten die beiden mich noch eine Runde weich kochen, oder sie warteten auf den Segen des Staatsanwalts, mich doch auf unbestimmte Zeit festzusetzen.

Wie auch immer: Ich hoffte nur, der Polizeiinspektion Emden den Rücken zukehren zu können, denn nach dem heutigen Tag war ich fix und fertig. Nachdem ich gemeinsam mit Thyra im Greetsieler Hafen vom Fleck weg verhaftet worden war, wurden wir erst einmal von einem der Notärzte untersucht, da wir vollkommen blutverschmiert waren und die Rettungskräfte sich davon überzeugen wollten, dass wir tatsächlich unverletzt waren und das Blut, das an uns klebte, nicht auch von uns stammte. Als die Ärzte dann grünes Licht gaben, brachte uns ein Streifenwagen auf direktem Weg zur Kripo nach Emden, wo wir uns in einem kleinen Waschraum waschen und halbwegs wieder wie zivilisierte Menschen herrichten konnten. Einer der Beamten hatte uns freundlicherweise ein ordentliches Stück Kernseife und eine Wurzelbürste in den Waschraum gebracht, von der wir so ausgiebig Gebrauch machten, dass unsere Haut im Gesicht und an den Armen die Farbe frisch gekochter Krabben angenommen hatte. Meine Haut glühte noch immer wie nach einem formidablen Sonnenbrand, als wir dann in getrennte Verhörzimmer gebracht wurden.

Ich nickte Thyra vielsagend zu, um sie an meine Bitte zu erinnern, sich nicht mit den Beamten anzulegen, da sie sonst möglicherweise die nächsten achtundvierzig Stunden im vorläufigen Gewahrsam verbringen würde. Wenige Minuten später saß ich den Kommissaren Freud und Mackensen gegenüber.

Freud gab sich betont erfahren, wahrscheinlich war er noch damit beschäftigt, sich Mackensens Anerkennung zu erarbeiten. Da ich ja nun mittlerweile wusste, dass Thyra die Nächte, die sie nicht zu Hause verbracht hatte, nicht mit dem jungen Kommissar, sondern mit der Freundin des ermordeten Dominik Stein verbracht hatte, fand ich Freud auch wieder sympathisch. Er verstand es allerdings, seine Sympathiepunkte bei mir zu relativieren, als er sich provokant vor mir aufbaute und den harten Bullen mimte.

»Überall, wo Sie auftauchen, liegen plötzlich Leichen in der Gegend herum.« Der Jungkommissar beugte sich demonstrativ zu mir herunter, während seine Stimme einen verschwörerischen Klang annahm: »Sie rutschen bei diesem merkwürdigen Volksfest mit einem Schlitten durchs Watt und stolpern über eine zerstückelte Leiche; Sie tanzen Tango auf dem Wasserschloss, und Ihnen fällt ein Toter vor die Füße; Sie machen eine Wattwanderung, und Martin Bornemann stirbt. Immer ganz nah dran oder mittendrin. So langsam gibt mir das doch sehr zu denken.«

»Ach«, entgegnete ich spöttisch, da ich mich bei solch dämlichen Phrasen nicht mehr zurückhalten konnte. »Nach dem dritten Toten fangen Sie an, sich Gedanken zu machen?«

So langsam begann Freud mir auf die Nerven zu gehen. Schließlich hatte ich über eine geschlagene Stunde alles, was ich über die Ereignisse wusste, die sich seit dem Auffinden der zerstückelten Leiche im Watt vor Upleward ereignet hatten, mindestens dreimal von vorne nach hinten und wieder zurück zu Protokoll gegeben. Grund genug, ungeduldig zu werden. Zwar war mir nicht daran gelegen, mich mit der Kripo anzulegen, aber ich hatte auch keine Lust, mir stundenlange Vorträge anzuhören, ohne dass etwas dabei herauskommen würde. Ich wollte nur noch nach Hause und ins Bett fallen; außerdem hing mir der Magen in den Kniekehlen.

»Wir sind ja so weit mit der Vernehmung durch«, bremste Mackensen unerwartet seinen jungen Kollegen aus, der wie ein streitlustiger Jungwolf den Tisch umkreiste. »Wir müssen noch einen Moment auf den Staatsanwalt warten, aber der wird sicherlich gleich kommen.«

Wie aufs Stichwort öffnete sich die Tür zum Vernehmungszimmer, und Staatsanwalt Güll betrat den Raum. Seine aristokratische Hakennase beschrieb einen halbrunden Bogen, als er einen ausdruckslosen Blick in die Runde warf.

»Moin zusammen«, grüßte er mit ebenso ausdrucksloser Stimme.

Während die Kommissare den Gruß ihres Chefs angemessen erwiderten, brummte ich lediglich etwas Unverständliches.

Staatsanwalt Güll trat neben Kommissar Freud, der ihm das Protokoll reichte. Aufmerksam flogen Gülls Augen über das Papier. Nach ein paar Minuten legte er das Protokoll auf den Tisch und schob es in die Mitte.

»Nun, meine Herren.« Der Staatsanwalt breitete die Arme aus, als wolle er eine Andacht halten. »Wie ich sehe, haben Sie Ihre Vernehmung beendet. Gibt es irgendwelche stichhaltigen Gründe, Herrn de Fries in Haft zu behalten?«

Kommissar Freud verzog das Gesicht, als habe er in einen alten Rollmops gebissen, dessen Verfallsdatum im vergangenen Jahr abgelaufen war, und rammte beide Fäuste in die Taschen seiner Jeans, um dann, wenn auch widerwillig, seinen Kopf zu schütteln.

»Leider nein.«

Staatsanwalt Güll wandte sich wieder mir zu. »Dann können Sie nach Hause gehen, Herr de Fries.« Sein Blick taxierte mich ausdruckslos. »Das weitere Prozedere wird Sie sicherlich nicht weiter überraschen. Es wird mehr als eine Anzeige auf Sie zukommen: Verstoß gegen die Straßenverkehrsordnung; gefährlicher Eingriff in den öffentlichen Straßenverkehr, Sachbeschädigung, Diebstahl, und mal schauen, was ihre Amokfahrt noch so alles hergibt.«

Ohne mir die Mühe zu machen, ihm zu antworten, griff ich nach dem billigen Kugelschreiber, der neben dem Protokoll lag, und setzte schwungvoll meinen Namen darunter. Dann schnippte ich es mit einer achtlosen Handbewegung quer über den Tisch, sodass die Papiere halb auf der Tischkante zu liegen kamen.

Wortlos stand ich auf und ging zur Tür. Gerade als ich nach der Türklinke griff, erklang Staatsanwalt Gülls Stimme in meinem Rücken.

»Es war übrigens unverantwortlich von Ihnen, dass Sie Ihre Tochter in Ihre Recherchen hineingezogen haben«, sagte er in scharfem Ton. »Sie haben heute Nacht eine Menge Glück gehabt. Ihr letztes Abenteuer hat auch einen Unschuldigen das Leben gekostet: Wir haben heute Martin Bornemann am Strand von Norderney eingesammelt, wo er angetrieben wurde.«

Obwohl ich wusste, dass Staatsanwalt Güll mich gerade sehr geschickt provozierte, schoss mein Blutdruck in die Höhe, dass es mir in den Fingerspitzen kribbelte. Ich konnte nicht anders, als auf dem Absatz herumzuwirbeln und mich mit drei Schritten drohend vor Güll aufzubauen.

»Während ich die Verbindung zwischen den vier Männern sowie deren Job bei van Alst als Schuldeneintreiber herausgefunden habe, haben Sie was gemacht?«, knurrte ich Staatsanwalt Güll wutentbrannt an, obwohl ich wusste, dass ich gerade im Begriff war, einen schweren Fehler zu machen. »Anstatt mich hier stundenlang zu verhören, sollten Sie sich das Umfeld von van Alst vornehmen, in der Traktorenhalle nach verwertbaren Spuren suchen und nicht wie ein paar Weihnachtsmänner auf die Bescherung warten.«

Regungslos beobachteten Mackensen und Freud meinen Wutausbruch.

Staatsanwalt Gülls Blick wurde genauso kalt wie seine Stimme, als er mich erneut provozierte: »Hätten Sie nicht diese schwachsinnige Tour durchs Watt gemacht, würde Martin Bornemann, ein wunderbarer Mensch und liebevoller Vater, noch leben.«

»Hören Sie auf, mich für den Tod von Martin verantwortlich zu machen!«, fuhr ich ihn an und verlor im selben Moment meine Beherrschung. Ohne dass ich etwas dagegen tun konnte, schoss meine rechte Hand nach vorn und packte den Staatsanwalt an seiner blassblauen Krawatte. »Ich kenne Sie nicht, und wir sehen uns heute zum ersten Mal«, zischte ich zornig. »Aber hüten Sie sich davor, mich für den Tod von Max' Vater verantwortlich zu machen! Ich mache mir selber schon die ganze Zeit die schwersten Vorwürfe, obwohl ich weiß, dass ich mein Bestes gegeben habe...«

Mackensen und Freud unterbrachen meine emotional zwar verständliche, aber sachlich völlig sinnlose Aktion, indem sie mich mit hartem Griff links und rechts an den Armen ergriffen. Bevor ich mich's versah, hatten die beiden Kommissare meine Hände, mit Handschellen versehen, auf dem Rücken gefesselt.

»Wer wird denn gleich die Fassung verlieren, Herr de Fries?« Güll verzog das Gesicht, während er an seinem Krawattenknoten zerrte, der sich unter meinem Griff so eng zusammengezogen hatte, dass er Mühe hatte, ihn zu lösen.

Vorsichtshalber trat der Staatsanwalt zwei Schritte zurück, während er sich zwei Finger zwischen Krawatte und Hals schob, um sich etwas Luft zu verschaffen. Während ich mir vor Wut über mein unprofessionelles Verhalten in den Hintern hätte beißen können und mich lautlos einen Vollidioten schimpfte, hielten mich die beiden Kripobeamten mit eisernem Griff fest.

Staatsanwalt Güll stieß einen Seufzer der Erleichterung aus, als er endlich seine Krawatte aufgeknotet bekam und das gute Stück akribisch zusammengerollt in die Hosentasche steckte. Er stieß ein trockenes Hüsteln aus und wandte seine Aufmerksamkeit wieder mir zu. Offenbar darüber erfreut, dass seine Provokation erfolgreich gewesen war, überzog ein kaltes Grinsen sein Gesicht.

»Festnehmen!«, befahl er knapp.

Ohne mich eines Blickes zu würdigen, wandte er sich um und verließ das Verhörzimmer.

»Sie sind vorläufig festgenommen, de Fries«, belehrte mich

ein süffisant grinsender Kommissar Freud. »Zu den Anzeigen, auf die Sie sich jetzt freuen dürfen, kommt noch eine wegen Beamtenbeleidigung und tätlichen Angriffs gegen Beamte.«

»Langsam lohnt es sich«, ergänzte Mackensen.

Ich warf ihm einen feindseligen Blick zu. Hatte ich es doch gewusst; von wegen Schafspelz! Mackensen sah mich allerdings weder spöttisch noch grinsend an, weswegen ich mir eine Bemerkung verkniff.

»Ab geht's!« Freud zog mich am Oberarm Richtung Tür.

Als wir auf den Gang hinaustraten, erhob sich Thyra von der Bank, auf der sie auf mich gewartet hatte.

»Da bist du ja endlich, Paps«, sagte sie erleichtert und runzelte im gleichen Moment die Stirn, als sie meine auf dem Rücken gefesselten Hände erspähte. »Was gibt das denn?«

»Tätlicher Angriff auf einen Beamten und Beamtenbeleidigung«, antwortete Kommissar Freud sichtlich vergnügt. »Sie sollten mal mit Ihrem Vater ein ernstes Wörtchen reden.«

»Mein Vater ist alt genug, um zu wissen, was er tut«, schnappte Thyra zurück. »Und wie ich ihn kenne, hatte er guten Grund, ein offenes Wort zu reden.«

»Dumm nur, dass das offene Wort ihn die heutige Nacht in der Zelle verbringen lässt«, erwiderte Freud trocken.

Mackensen und Freud schoben mich den Gang entlang, und ich hörte, wie Thyra mir im Vorbeigehen zuflüsterte: »Na, das hat mal gut geklappt mit dem ›nicht anlegen‹.«

Mit dem gleichen dumpfen Ton wie im vergangenen Jahr schlug die graue Zellentür hinter mir zu. Es war nicht meine erste Nacht, die ich in einer Arrestzelle verbringen musste. Vielleicht sollte ich mich mehr zusammenreißen, wenn ich es mit der Kripo in Emden zu tun habe.

Ich blieb an der Tür stehen und starrte missmutig in die gerade mal acht Quadratmeter große triste Arrestzelle, die mit einem schmalen grauen Metallspind, einem schlichten

Holzstuhl mit Metallbeinen, dem dazugehörigen knapp einem Meter breiten Tisch und einer hochklappbaren Pritsche ausgestattet war, auf der eine dünne blau-weiß karierte Bettdecke und ein platt gedrücktes Kopfkissen lagen. Die spärliche Möblierung wurde von dem kleinen Handwaschbecken aus stumpf glänzendem Edelstahl und einem ebenso hässlichen Metallklo abgerundet, welches links neben der Zellentür fest am Boden verankert war. Vor dem vergitterten Fenster an der Stirnseite der trostlosen Zelle konnte ein dunkelgrauer Vorhang zugezogen werden. Der Boden meiner neuen Bleibe war mit dem üblichen beamtengrauen Linoleum ausgelegt.

Die Luft in der Arrestzelle stand bereit, um in Scheiben geschnitten zu werden.

Ich durchquerte die Zelle mit vier Schritten und öffnete das Fenster, so weit es ging. Müde legte ich meine Stirn an die Außengitter der Zelle, die noch immer einen Teil der Restwärme des Tages gespeichert hatten.

Welcher Teufel hatte mich nur geritten, als ich dem Staatsanwalt an die Gurgel ging? Über so viel eigene Blödheit konnte ich nur den Kopf schütteln. Ich wusste schließlich selber, dass ich den Tod von Martin Bornemann noch immer nicht verarbeitet hatte und mir die ganze Zeit über die Frage stellte, ob ich seinen Tod hätte verhindern können. Und genau auf diesen wunden Punkt hatte Staatsanwalt Güll seinen Finger gelegt. Am meisten ärgerte ich mich darüber, dass ich als alter Hase nicht professionell gehandelt, sondern die Beherrschung verloren hatte. Und als Onnos Anwalt hatte ich bislang nicht gerade mit herausragender juristischer Finesse an seiner Freilassung gearbeitet, sondern eher als plattfüßiger Freizeitdetektiv.

»Auf deine alten Tage wirst du wohl noch dünnhäutig«, dachte ich voller Selbstironie und setzte mich auf den Rand der erstaunlich bequemen Pritsche.

Nach ein paar Minuten, in denen ich auf das graue Linoleum starrte, streckte ich mich auf der Pritsche aus, ohne mich zuzudecken; in der Zelle war es so heiß und stickig, dass ich auf die Decke gut verzichten konnte.

Auch wenn ich die Augen schloss, liefen die dramatischen Ereignisse des heutigen Tages und der Nacht wie ein Film vor meinem geistigen Auge ab. Max' schmerzverzerrtes Gesicht, aus dessen offen stehendem Mund Blut hervorsprudelte, wurde abgelöst von Lasses grausam entstelltem Gesicht, dessen verbrannte Haut aufgeplatzt war. Irgendwann fielen mir trotz der grausamen Bilder die Augen zu, und ich fiel in einen unruhigen Schlaf.

24

Als sich um sechs Uhr morgens meine Zellentür mit einem lauten Scheppern öffnete, fuhr ich erschrocken auf meiner Pritsche zusammen. Im ersten Moment wusste ich nicht, wo ich mich befand, und blinzelte halb blind in das grelle Deckenlicht, das sich automatisch eingeschaltet hatte.

Mit einem verschlafenen »Moin« begrüßte mich der Wärter und legte mir die wohlbekannte Einmalgarnitur Hygieneartikel auf den Tisch, die aus einem eingeschweißten Einmalrasierer, Kamm und Zahnbürste mit getrockneter und zum Zerbröseln neigender Zahnpasta bestand.

Als er mich beim Hinausgehen musterte, erkannte er mich. Es handelte sich um denselben Beamten wie im letzten Jahr.

»Auch mal wieder 'ne Übernachtung bei uns gebucht?«, flachste er und versorgte mich auch heute morgen zusätzlich zum Frühstück, das wieder aus zwei Scheiben Graubrot und abgepackten Einzelportionen Margarine, Käse und Marmelade bestand, mit einer heißen Kanne starkem Kaffee und dem neuesten Wetterbericht. Demzufolge würde der heutige Tag den vorherigen Hundstagen in keiner Weise nachstehen und das Thermometer erneut auf Werte zwischen vierunddreißig und sechsunddreißig Grad klettern.

Ich spülte gerade den letzten Bissen Graubrot mit Schmierkäse hinunter, als sich die Tür öffnete und ein mir wohlbekannter karottenfarbiger Haarschopf im Türrahmen auftauchte.

»Moin«, sagte Tillmann. »Störe ich?«

»Grmmpf«, machte ich, was so viel wie »Nein, gar nicht, kommen Sie ruhig rein« bedeuten sollte.

Tillmann verstand die Kurzform meiner Einladung und betrat die Zelle. Ich deutete gestikulierend auf den harten Holzstuhl, auf dem der Pathologe sich mit misstrauischem Blick vorsichtig niederließ, wobei er seine langen Beine von sich streckte.

»Moin, Doc«, sagte ich, verwundert über sein Auftauchen. »Was machen Sie denn hier? Mir geht's gut, ich brauche Ihre Dienste noch nicht.«

Ein Lächeln huschte über das ansonsten eher traurige Gesicht des Gerichtsmediziners. »Ich hatte nebenan zu tun, und da Ihre nächtliche Treckerfahrt durch Greetsiel schon heute morgen Stadtgespräch ist, dachte ich, ich schau mal, wie es Ihnen geht.«

»Danke, Doc«, antwortete ich und freute mich wirklich darüber, ihn zu sehen.

»Außerdem dachte ich, dass...«, Tillmann unterbrach seinen Satz und warf einen misstrauischen Blick Richtung Zellentür, um dann mit gesenkter Stimme fortzufahren, »... Sie das Ergebnis meiner letzten beiden Berichte interessieren würde.«

»Welche Berichte denn?« Neugierig beugte ich mich vor.

»Die Leiche im Watt und Martin Bornemann.«

Schlagartig hatte ich keinen Appetit mehr und schob mit einer Handbewegung das Tablett ans Ende der Pritsche. Ich stand auf, war mit drei Schritten am geöffneten Fenster und presste mein Gesicht gegen die Gitterstäbe.

»Ich kenne Sie gut genug, um zu wissen, dass Sie sich eine Mitschuld am Tod von Martin Bornemann geben«, fuhr Tillmann fort und überraschte mich mit seinem Einfühlungsvermögen. »Deshalb freue ich mich...«, wieder zögerte er, als er nach den richtigen Worten suchte, »... obwohl mir der Begriff

Freude in diesem Zusammenhang unangebracht erscheint. Also ... ich wollte sagen ...«

»Doc!« Ich drehte mich um und sah ihn scharf an. »Was wollen Sie mir eigentlich sagen? Raus damit!«

»Der Tote wurde erschossen.« Tillmann hob ratlos die Handflächen. »Darüber kann man sich schließlich nicht freuen.«

»Erschossen?« Ratlos sah ich den Gerichtsmediziner an. »Wer wurde erschossen, welcher von den zwei ...«, jetzt war es an mir, ratlos die Hände zu heben, weil ich nicht wusste, ob Lasse überhaupt noch lebte, »... oder drei Toten?«

»Martin Bornemann, der Vater von Max Bornemann«, sagte Tillmann. »Er wurde erschossen. Aber Sie haben recht, der andere Tote – Thomas Takken – wurde ebenfalls erschossen.«

Auch wenn mich interessierte, wer Thomas Takken sein mochte, elektrisierte mich Tillmanns Aussage, dass Martin Bornemann erschossen worden war. Er war von dem Killer angeschossen worden und war dann ertrunken. Was erzählte Tillmann mir da gerade?

»Bitte der Reihe nach, Doc«, bat ich ihn mit betont ruhiger Stimme und schloss für einen Moment die Augen, um mich zu beruhigen. »Martin Bornemann wurde angeschossen, aber er hat die ganze Zeit über noch gelebt, bis er ...«, ich brach ab, schloss wieder für eine halbe Sekunde bewusst die Augen, um dann fortzufahren, »... mir von der Schulter rutschte, als ich den Boden unter den Füßen verlor. Ich muss das wissen, ich war dabei.«

Tillmann lächelte ein verstehendes Lächeln und nickte verständnisvoll: »Sie meinen zu wissen, was geschah. Aber ich habe ihn obduziert. Ich weiß, was geschah.«

Mit versteinerter Miene starrte ich Tillmann durchdringend an: »Und? Was ist geschehen?«

»Martin Bornemann wurde von einem nickelplattierten Stahlmantelgeschoss Kaliber .30-06 Sp. mm getroffen, wobei

Sp. für das Fabrikat einer Springfield-Büchse steht; eine klassische hochwertige Büchsenpatrone, wie sie von Jägern benutzt wird. Der Restkörper des Geschosses pilzt beim Auftreffen auf das Zielobjekt auf und bleibt massestabil. Das garantiert auch bei hoher Auftreffgeschwindigkeit oder einem großen Zielwiderstand...«

»Was ist ein großer Zielwiderstand?«, unterbrach ich ihn.

»Das sind kräftige Knochen«, antworte Tillmann und fuhr in seinem Vortrag fort. »Wie bereits gesagt: Durch die hohe Massestabilität erzielt das Kupfergeschoss eine größtmögliche Tiefenwirkung.«

»Warum ist das so?«

»Weil Jäger ihr Wildbret splitterfrei erlegen wollen«, lautete Tillmanns pragmatische Antwort. »Die Energie geht zu hundert Prozent in die Tiefe, und das ohne Splitter. Wenn der Jäger keinen Blattschuss in die Kammer gesetzt hat...«

»Kammer?«

»Kammer nennt man in der Jägersprache einen Treffer hinter das Schulterblatt des Thorax des betreffenden Tieres«, erklärte der Pathologe. »Trifft der Jäger die sogenannte Kammer, hat dies einen sofortigen Blutdruckabfall und das Kollabieren der Lunge, einen sogenannten Pneumothorax, zur Folge. Das Tier fällt um und ist spätestens nach zwanzig Sekunden tot. Gelingt dem Jäger kein Blattschuss, dauert es bei einem Großwild teilweise mehrere Stunden, bis es verendet; wenn das Tier Glück hat. In diesem Fall sprechen wir von einem Twin-Compression-Tip, einem Geschoss mit zwei Hohlkammern für eine zuverlässige Initialdeformation mit einer gestreckten Flugbahn. Dieses Geschoss sorgt durch sein beschleunigtes Aufpilzen für eine sehr hohe Schockwirkung bei dem getroffenen Wild. Nun war Martin Bornemann weder ein Wildschwein noch ein kapitaler Bock, und ein Hochleistungsgeschoss dieser Art hat ein sauberes Ein- und Ausschussloch. Er ist langsam innerlich verblutet, und als er Ihnen von den Schultern gerutscht ist«, Doktor Tillmann sah mich ruhig an, »war er bereits tot. Verblutet. Sie haben ihn nicht vorm Ertrinken retten können, weil er bereits seit mindestens zehn Minuten tot war.«

Ich fuhr herum. Mein Herz klopfte mir bis zum Hals, und der Schweiß brach mir aus und lief mir in Bächen Stirn und Rücken hinunter. Von einem Moment auf den anderen zog mich der Flashback zurück ins Wattenmeer, und ich sah, wie Martin Bornemann im Wasser versank.

»Aber...«, ich merkte nicht, wie mir die Tränen übers Gesicht liefen, als ich wieder das Bild von Max' Vater vor mir sah, »... er hat noch den Arm nach mir ausgestreckt...« Ich spürte, wie sehr mich das Bild mitnahm und ich zu hyperventilieren begann.

»Ganz ruhig, Jan.« Tillmann legte mir die Hand auf den Rücken. »Atmen Sie langsam ein und aus. Ganz ruhig. Es ist normal, wenn Sie Bilder sehen; Sie sind durch das Geschehen traumatisiert. Sie brauchen einen Arzt.«

»Aber keinen Pathologen!«, wehrte ich ab und riss die Augen auf. »Es geht schon wieder«, behauptete ich und presste mein Gesicht so fest gegen die Gitterstäbe des Fensters, dass sich deren Abdrücke wahrscheinlich noch nächste Woche in meinem Gesicht abzeichnen würden.

Ich atmete bewusst ruhig und tief ein und ignorierte den spiralförmigen Sternenregen, der sich vor meinen geschlossenen Augen drehte.

»Jan«, hörte ich Tillmanns Stimme wie durch Watte hindurch ein zweites Mal sagen: »Sie haben Martin Bornemann nicht retten können. Er war bereits tot, als er Ihnen von der Schulter rutschte. Martin Bornemann starb an einem Herz-Kreislauf-Versagen und einem Pneumothorax; hervorgerufen durch ein nickelplattiertes Kupfersolidgeschoss Kaliber

.30-06 mm; er ist innerlich verblutet. Sie konnten nichts für ihn tun.«

Eigentlich hätten mich Tillmanns Worte erleichtern sollen, taten sie aber nicht. Vielleicht sollte ich doch mal zu einem Arzt gehen, wenn der Fall abgeschlossen war – was er aber nicht war.

»Was ist mit dem zweiten Toten?«, wollte ich wissen. »Wer war das?«

»Thomas Takken hieß er«, antwortete Tillmann. »Der verbrannte und zerstückelte Tote im Watt.«

»Und er wurde auch erschossen?«

»Exakt mit derselben Waffe, wobei ich nach dem Kaliber auf eine Springfield-Büchse tippe.«

»Sicher?«, fragte ich; überflüssigerweise, denn Tillmann sagte nie etwas, ohne sich absolut sicher zu sein.

»So sicher, wie sich ein Gerichtsmediziner mit zwanzigjähriger Erfahrung sein kann«, erklärte Tillmann. »Hundertprozentig dieselbe Büchse.«

Langsam hatte ich mich erholt und drehte mich zu Tillmann um. Mein Gesicht brannte von den Tränen, und ich hatte das Gefühl, als würde mir mein Kopf gleich platzen. Tillmann reichte mir die halb volle Plastiktasse mit dem mittlerweile kalten Kaffee.

»Trinken Sie«, forderte er mich auf.

Widerwillig öffnete ich die Lippen und kippte mir das kalte und bitter schmeckende Gebräu die Kehle hinunter.

»Besser als nichts«, dachte ich und schüttelte mich kurz.

Ich sah Tillmann an und nickte ihm zu: »Danke, Doc. Sie haben etwas gut bei mir. Danke, dass Sie extra hierhergekommen sind, um mir zu sagen, dass der Tod von Max' Vater nicht meine Schuld war.«

»Ich, äh, war in der Nähe«, druckste Tillmann verlegen herum.

»Geschenkt, Doc.« Ich versuchte ein Grinsen, was mir aber im Moment kläglich misslang, also beschränkte ich mich auf das Hochziehen der Mundwinkel, als ich fragte: »Büchse, sagten Sie?«

Tillmann nickt eifrig: »Ja, eine Jagdbüchse. Wir reden hier nicht von einem Gewehr, sondern von einer Büchse, und zwar von einer Repetierbüchse; eine ›Steyr Mannlicher Luxus Kaliber .30-06 mm Spr.‹ mit kalt geschmiedetem Lauf.«

»Hört sich professionell an«, warf ich ein.

»Ist sie auch. Sehr professionell. Nur etwas für Jäger.«

»Ist so etwas teuer?«

»Die Büchse ist kein Spielzeug, sondern eine Präzisionswaffe und kostet mit dem entsprechenden Zielfernrohr, wahrscheinlich einem Zeiss Victory mit einer Vergrößerung von 3-12 x 56, also einer zwölffachen Vergrößerung, ungefähr sechs- bis siebentausend Euro.«

»Hm«, machte ich nachdenklich. »Das ist wirklich kein Spielzeug. Aber wenn die Tatwaffe eine solche Präzisionswaffe ist, wieso hat er uns nicht alle getötet.«

»Bei dem Nebel, von dem Sie gesprochen haben, konnte er Sie nicht erwischen. Außerdem spielt die Luftfeuchtigkeit bei der Ballistik eine wesentliche Rolle. Und Martin Bornemann hat er erwischt; gleich zweimal. Nach meinen Ergebnissen hat der Schütze aus einer Entfernung von circa einhundertfünfzig Metern gefeuert. Unter den herrschenden Sichtverhältnissen waren das durchaus respektable Treffer... äh...« Tillmann räusperte sich verlegen. »Ich meine, rein sachlich, aus ballistischer Sicht gesehen.«

»Stimmt auch wieder«, gab ich Tillmann recht, ohne auf seine Erklärung einzugehen, da ich wusste, dass der Pathologe ein trockener Pragmatiker war.

»Der Tote im Watt wurde also mit derselben Waffe getötet?«, griff ich Tillmanns Ergebnis auf.

Der Pathologe nickte: »Genau. Seitlicher Volltreffer in den Rücken. Wirbelsäule, Lunge ... wie gesagt – die Geschosse erzielen eine hundertprozentige Tiefenwirkung.«

»Und anschließend verbrannt und zerstückelt oder umgekehrt?«

»Umgekehrt. Zerstückelt mit einer Kettensäge, wahrscheinlich in irgendeinem Keller, und dann verbrannt.«

»Aber wie?«, fragte ich stirnrunzelnd. »Bei der Hitze macht doch kein normaler Mensch ein offenes Feuer. Das fällt doch sofort auf.«

»Nicht, wenn man es mit einem Schneidbrenner oder Bunsenbrenner macht.«

»Oh Gott!«, stöhnte ich auf. »Wie bei Lasse.«

»Genau«, stimmte mir Tillmann zu. »Wobei ich eher davon ausgehe, dass es sich bei dem Mörder um einen Jäger handelt. Jäger haben mit Wild zu tun, und einige Jäger verarbeiten ihr Wild selber. Der Mörder könnte eine Räucherkammer besitzen, die er zweckentfremdet hat, um dort sein Opfer zu verbrennen. Ich muss aber erst noch die Laborergebnisse abwarten, die ich zum LKA geschickt habe.«

»Thomas Takken, sagten Sie?«, fragte ich. »Wie haben Sie ihn identifiziert, Zähne?«

»Exakt«, stimmte Tillmann mir zu. »Sein Zahnstatus war eindeutig. Die Kripo war sehr schnell.«

»Na ja«, lästerte ich. »So viele Zahnärzte haben wir auch nicht auf der Krummhörn.«

Tillmann grinste zwar, ging aber auf meinen kleinen Seitenhieb nicht ein. »Doch, doch. Die Kollegen waren wirklich schnell. Sie haben auch ermittelt, dass Thomas Takken für den Unternehmer Gisbert van Alst gearbeitet hat.«

»Tom!«, rief ich und schlug aufgeregt mit der Faust in meine flache Hand. »Tom! Der Tote war Tom, der Vierte im Bunde: Dominik Stein, Lasse Medina, Max Bornemann und

Thomas Takken. Alle vier haben bei van Alst in Greetsiel gearbeitet.«

»Dem Traktorkönig?«, fragte Tillmann.

»Wenn man ihn so nennen will, ja«, nickte ich. »Genau der. Dominik Stein und Lasse Medina haben als Verkäufer und Schuldeneintreiber bei Gisbert van Alst gearbeitet. Wobei ich aber das Motiv für die Morde eher in ihrem Job als Schuldeneintreiber vermute. Thomas Takken hat ebenfalls als Verkäufer und wahrscheinlich auch als Schuldeneintreiber bei van Alst gearbeitet; allerdings war er überregional tätig.«

»Und Max Bornemann?«, wollte Tillmann wissen.

»Max war nur sporadische Aushilfe«, sagte ich nachdenklich. »Ich glaube, er hat auch nicht im Verkauf gearbeitet. Ich vermute eher, dass er in der Werkstatt gejobbt hat und vielleicht mal bei Stein und Medina ausgeholfen hat.«

Mir fiel der Chat zwischen Max und Lasse ein, in dem Lasse geschrieben hatte, dass Max zumindest einmal bei einer Sache mit einem gewissen Harms beteiligt gewesen war. »Vielleicht«, sagte ich deshalb. »Vielleicht hängt er auch in einer anderen Sache mit drin. Es war in dem Chat zwischen Lasse und Max von einer alten Sache die Rede.«

»Lasse Medina lebt übrigens noch«, sagte Tillmann.

»Was?« Ich sah den Pathologen ungläubig an. »Wie kann jemand mit den Verbrennungen überleben? Ich dachte, er sei tot.«

»Der Täter hat das wohl auch angenommen. Aber Sie müssen ihm wohl mit Ihrem Auftauchen einen Strich durch die Rechnung gemacht haben.« Tillmann wiegte nachdenklich seinen Schädel. »Ich glaube, Lasse Medina hat es Ihnen zu verdanken, dass er diese mörderische Attacke überlebt hat.«

»Ich bezweifle, dass er dankbar sein wird, wenn er in den Spiegel schaut«, entgegnete ich mit bitterer Stimme. »Ganz abgesehen von den Schmerzen, die höllisch sein müssen.

Genauso höllisch wie die unzähligen Operationen, die auf ihn warten, wenn er wirklich überlebt. Ich weiß nicht, ob man ihn wirklich beglückwünschen kann.«

»Das haben wir nicht zu entscheiden«, sagte Tillmann mit Nachdruck. »Er lebt. Und die Ärzte tun für ihn alles, was sie können. Sie haben ihn in ein künstliches Koma versetzt, und er erhält eine Vollbeatmung; das komplette Programm. Anders könnte er die Schmerzen nicht aushalten.«

»Ich wünsche ihm, dass er es schafft«, sagte ich tonlos. »Niemand hat es verdient, auf diese Weise zu sterben.«

In diesem Moment öffnete sich erneut die Tür, und Kommissar Mackensen betrat die Arrestzelle. Von seinem übermotivierten Kollegen war nichts zu sehen.

»Moin, die Herren«, begrüßte Mackensen uns, der auch heute im Vergleich zu seinem sonst eher dandyhaften Auftreten erstaunlich lässig mit beigen Chinos und einem blauen Polohemd gekleidet war. »Sie hier, Doktor Tillmann?«

»Ja. Ich dachte, ich schau mal nach Herrn de Fries«, antwortete der Pathologe und machte keine Anstalten aufzustehen.

In der Vergangenheit wäre die Anwesenheit des Gerichtsmediziners für Mackensen ein gefundenes Fressen für ein paar Bosheiten gewesen; heute nahm er Tillmanns Erklärung kommentarlos zur Kenntnis und wandte sich mir zu.

»Sie können heimfahren«, teilte er mir mit. »Es gibt natürlich eine Anzeige wegen tätlichen Angriffs und Beamtenbeleidigung. Aber für heute war's das erst mal.«

»Was unternehmen Sie in Richtung van Alst?«, wollte ich wissen.

Mackensen zögerte einen Moment und sah mich abschätzend an, so als wüsste er noch nicht, ob er mit mir einen Waffenstillstand eingehen sollte oder nicht; entschloss sich dann aber zu einer überraschend offenen Antwort.

»Wir knöpfen uns den Betrieb demnächst vor. Die Verbindung zwischen den beiden Toten und den beiden Schwerverletzten sehen auch wir. Lasse Medina hat übrigens überlebt. Und Max Bornemann hat die Notoperation ebenfalls überstanden.«

Mir fiel ein Stein vom Herzen, dass Max lebte. Und auch obwohl Tillmann mir bereits gesagt hatte, dass Lasse den Mordversuch überlebt hatte, war ich sehr erleichtert, diese Nachricht noch mal offiziell bestätigt zu bekommen.

»Auch wenn ich sowohl zu Ihrer ›Wattwanderung‹ als auch zu Ihrer ›Treckerfahrt‹ eine offizielle Meinung vertrete, habe ich auch eine private Meinung.« Mackensen sah mich mit der mittlerweile gewohnt ausdruckslosen Miene an. »Und als Privatmann muss ich zugeben, dass die beiden Schwerverletzten es Ihnen zu verdanken haben, dass sie noch am Leben sind; wenn auch beide noch auf der Kippe stehen. Medina liegt im künstlichen Koma, und Bornemann hat unter anderem einen Lungendurchschuss. Er hat den Blutverlust nur durch diverse Bluttransfusionen überlebt.«

Ich glaubte meinen Ohren nicht zu trauen. Mackensen überraschte mich mit dieser Aussage ein weiteres Mal, und bevor ich es mir anders überlegen konnte, trat ich auf ihn zu und streckte ihm meine Hand entgegen. Ihm die Hand zu reichen wäre mir in der Vergangenheit nicht im Traum eingefallen. Mackensen ging es offenbar ähnlich, denn er musterte meine Hand, die ich ihm entgegenstreckte, so misstrauisch wie Motte, wenn ich ihm Diätfutter gekocht habe. Nur: Mackensen schnupperte nicht an meiner Hand.

Tillmann machte große Augen, als Mackensen und ich uns mal nicht wie ein paar Streithähne gegenüberstanden, sondern uns mit festem Männerhändedruck die Hände schüttelten.

»Danke«, brummte ich.

»Hm«, machte Mackensen zustimmend.

Bevor unser mehr oder weniger stummes Friedensabkommen ausarten konnte, machte ich mich auf den Weg und kehrte meiner Arrestzelle den Rücken. Doktor Tillmann folgte mir, und gemeinsam blinzelten wir in den strahlendblauen Himmel, der sich wie ein gigantisches Tuch über unseren Köpfen spannte. Obwohl es noch früh am Morgen war, spürte ich schon jetzt die Wärme des jungen Tages.

»Ich kann Sie mitnehmen«, bot Tillmann mir an.

Dankend nahm ich sein Angebot an, und wir stiefelten gemeinsam zu seinem dunklen Audi. Während der Fahrt zu meinem Haus sprachen wir nicht miteinander, sondern hingen unseren Gedanken nach.

Tillmanns Audi nahm die Schlaglöcher des Holperwegs zu meinem Haus souverän und stoppte auf der Kieszufahrt fast direkt vor meiner Haustür. Überrascht sah ich Motte vor dem Eingang wie eine Eingangsstatue zu einem englischen Gutshof thronen. Normalerweise liegt der Dicke bei solchen Temperaturen auf den kühlen Fliesen in der Küche, praktischerweise direkt vor dem Kühlschrank. Heute sah es so aus, als würde er auf mich warten.

Ich öffnete die Beifahrertür und wandte mich Tillmann zu, während Motte sich majestätisch erhob und sich gemessenen Schrittes dem Wagen näherte.

»Vielen Dank, Doc.« Ich schüttelte ihm die Hand. »Wollen Sie noch mit reinkommen und etwas trinken?«, bot ich ihm an.

Er schluckte trocken, was seinen übergroßen Adamsapfel zu einem Hüpfer veranlasste, und sah mich traurig an. »Vielen Dank, aber ich fahr dann mal lieber.«

Ich tätschelte Motte liebevoll, der seinen großen Kopf ins Auto gesteckt hatte, und schob ihn zur Seite, sodass ich aussteigen konnte. Als mich Tillmann zum Abschied mit einem todtraurigen Dackelblick ansah, fiel endlich bei mir der Groschen – Thyra.

»Ach, bevor ich es vollkommen vergesse: Mir fällt noch

etwas ein.« Ich schob meinen Kopf zurück zu Tillmann ins Wageninnere. »Thyra hat sich um Lina gekümmert.«

In Tillmanns kummervollen Blick mischte sich Verständnislosigkeit.

»Lina«, wiederholte ich. »Die Freundin von Dominik Stein, dem Toten von der Manningaburg.«

Tillmann sah mich noch immer verständnislos an.

»Sie hatten mich doch gefragt, ob ich wüsste, wo Thyra sei, weil Sie sie nicht erreichen konnten«, half ich ihm auf die Sprünge. »Sie hat sich um Lina gekümmert. Thyra war die letzten Tage gemeinsam mit Lina im *Temporada* und hat Lina in ihrer Trauer zur Seite gestanden.«

Endlich fiel bei Tillmann der Groschen.

»Wirklich?« Er riss seine Augen weit auf und sah mich ungläubig an. »Ist das wirklich wahr, Herr de Fries?«

Ich glaube, der Felsbrocken, der Tillmann gerade vom Herzen fiel, war bis nach Aurich zu hören.

»Ja, Doc«, antwortete ich und zwinkerte ihm zu. »Kein Grund mehr, Trübsal zu blasen. Es gab weder wilde noch romantische Nächte. Alles Weitere müssen Sie mit meiner Tochter ausmachen.«

Ich trommelte mit meinen Fingerspitzen einen kleinen Abschiedswirbel auf das Dach des Audi und wandte mich meiner Haustür zu. Dicht gefolgt von Motte, öffnete ich die Holztür, die ich im typischen grün-weißen Friesenstil lackiert hatte, und betrat die Diele, um auf direktem Weg die Küche anzusteuern.

Motte nahm seinen Stammplatz vor dem Kühlschrank ein, und ich kraulte ihm ausgiebig Kopf und Nacken, was er sich gerne mit geschlossenen Augen gefallen ließ. Ein paar gelegentliche Knurr- und Brummlaute rollten ihm durch die Kehle, während sein Kopf immer schwerer wurde. Als er sich dann auf die Seite rollte und mir seinen pelzigen Bauch entgegenhielt, kam ich seiner Aufforderung nach und kraulte ihm auch noch eine Runde seinen Bauch, der allem Anschein nach etwas an Umfang verloren hatte. Zum Abschluss unserer Kraul- und Kuschelrunde klopfte ich ihm auf den Hintern und ließ den Dicken vorm Kühlschrank liegen, wo er sich träge auf die Seite rollte und mir einen schläfrigen Blick aus einem halb geöffneten Auge zuwarf.

Ich setzte Teewasser auf, und während der Wasserkessel zu summen begann, schaute ich durch die Terrassentür in den Garten, der noch im Halbschatten lag. Obwohl die Stockrosen herrlich leuchteten und auch der Bauerngarten einen guten Eindruck machte, stand heute Wässern an – dringend! Der Wasserkessel gab ein Pfeifen von sich, und ich brühte mir eine Kanne Ostfriesentee auf, wobei ich bei den heutigen Temperaturen zwar auf eine vorgewärmte Kanne, aber nicht auf ein Stövchen verzichtete. Während der Tee zog, stieg ich schnell die Treppe zum Bad hoch und sprang unter die Dusche. Aufs Rasieren verzichtete ich heute; dann hatte ich heute halt einen Fünf- statt Dreitagebart. Mit frischer Kleidung fühlte ich mich gleich wie neugeboren und packte, zurück in der Küche, als Entschädigung für die Nacht im Knast eine große Tüte von Gretas selbst gebackenen Friesenkeksen auf das Teetablett. Damit steuerte ich im Garten meinen Stammplatz an, den großen alten Strandkorb. Beim Hinausgehen angelte ich mir noch meinen mittlerweile ausgefransten Strohhut vom Haken an der Terrassentür und zog ihn mir im Stil eines klassischen Trilbyhuts tief in die Stirn.

Zufrieden streckte ich meine Beine aus und legte ein Kluntje in die Tasse, über das ich den heißen Tee goss, was der Kandis mit wohligem Knistern quittierte. Zwei Tassen Tee und eine nicht unbeträchtliche Anzahl von Gretas Keksen später sah ich verdutzt hoch, als eine junge Frau in einem meiner T-Shirts um die Hausecke bog.

Ich blinzelte zweimal, um mich davon zu überzeugen, dass ich richtig sah. Aber die junge Frau, die auf mich zukam, trug zweifellos mein Lieblingsshirt mit dem Hardrockmotiv: eine geballte schwarze Faust auf weißem Grund mit abgespreiztem Zeige- und kleinem Finger – dem typischen Gruß aller Rockfreunde.

Erst als die junge Frau vor mir stand und sich die langen Haare aus dem Gesicht strich, erkannte ich sie – Lina.

»Mensch, Lina!«, sagte ich überrascht und wollte sie fragen, woher sie käme, als mir einfiel, dass Thyra sie bei uns einquartiert hatte. »Ich hatte gar nicht auf dem Schirm, dass Sie bei uns wohnen.«

»Moin«, sagte sie schüchtern und sah sehr verletzlich aus, wie sie mit ihren nackten Beinen in dem für sie noch immer zu großen Shirt vor mir stand. »Störe ich? Ich wollte mich nur bedanken, dass ich hier bei Ihnen sein darf.«

»Ne, ne«, beruhigte ich sie. »Nehmen Sie doch Platz. Sie stören überhaupt nicht.«

Während Lina sich zu mir in den Strandkorb setzte, stand ich auf, um eine zweite Tasse und eine neue Kekstüte aus der Küche zu holen.

Als ich mich mit Tasse und Keksen auf den Rückweg machte, folgte mir Motte im Schlepptau und trottete direkt auf Lina zu, die mit bis zum Kinn hochgezogenen Knien in der Ecke des Strandkorbs saß. Als ich sah, dass mein Shirt groß genug war, dass sie es sich fast bis zu den Knöcheln ziehen konnte, warf ich der Kekstüte in meiner Hand einen missbilligenden Blick zu.

Motte ließ sich zu Linas Füßen nieder und legte seinen Kopf gegen ihren Oberschenkel.

»Da bist du ja wieder, mein Lieber«, flüsterte Lina und kraulte Motte zärtlich zwischen seinen großen Ohren.

Knisternd öffnete ich die Kekstüte und goss der jungen

Frau Tee ein. Vorsichtig reichte ich ihr die Tasse: »Lassen Sie es sich schmecken.«

»Danke.« Schüchtern sah mich Lina an, und ein leichtes Lächeln huschte ihr übers Gesicht. »Ich will Sie aber wirklich nicht stören.«

»Alles gut«, beruhigte ich sie. »Sie stören nicht. Ich hatte Thyra bereits gesagt, dass Sie so lange hierbleiben können, wie Sie mögen. Ich heiße übrigens Jan.«

»Lina«, lächelte sie scheu.

Wir tranken schweigend unseren Tee, und während Lina wie ein Mäuschen an einem Keks knabberte, kraulte sie gedankenversunken Mottes Fell, was der Dicke sichtlich genoss. Es war eine gute Gelegenheit, dass Lina im Moment bei uns wohnte, denn ich hätte ihr gerne ein paar Fragen zu Dominik und seinem Job bei van Alst gestellt. Außerdem hätte mich interessiert, ob sie etwas von der »alten Sache« wusste, die Max im Chat mit Lasse erwähnt hatte. Da ich aber nicht wusste, wie ich das Gespräch zu diesen sensiblen Fragen bringen konnte, ohne sie zum Weinen zu bringen, tat ich das Naheliegende und fragte, wo Thyra sei.

»Sie ist mit einem Uz unterwegs, um ihren Mini abzuholen«, beantwortete Lina meine Frage und erinnerte mich daran, dass ich ja auch noch meinen Käfer bei der Tangoschule von Maximilian stehen hatte; vielleicht würde Uz mich später ja auch nach Greetsiel rüberfahren.

»Sie haben eine tolle Tochter«, sagte Lina mit einem schüchternen Lächeln. »Sie hat sich in den letzten Tagen sehr um mich gekümmert. Mir ging es richtig schlecht, und Thyra war immer für mich da. Wir sind richtige Freundinnen geworden.«

»Das freut mich.«

»Und Motte natürlich auch.« Lina beugte sich zu dem Dicken hinunter und gab ihm einen liebevollen Kuss auf seine feuchte Nase.

»Motte hast du aber auch ins Herz geschlossen«, schmunzelte ich. »Der Dicke ist ja hin und weg.«

»Oh ja, das habe ich.« Linas Gesicht begann zu strahlen. »Motte hat mich wieder zurückgeholt.«

»Zurückgeholt?«

Lina vergrub ihr Gesicht in Mottes Fell und verharrte ein paar Sekunden in dieser Stellung. Dann hob sie langsam den Kopf und sah mich an: »Ja, zurückgeholt. Ich war innerlich wie tot vor Traurigkeit und hatte mich ganz in mich zurückgezogen.« Unbehaglich zog sie die Schultern hoch und rieb sich mit ihren Händen kurz über die Oberarme, als sei ihr kalt und sie müsse sich warm reiben.

»Es muss schrecklich für dich gewesen sein«, sagte ich leise.

Sie nickte schweigend und fuhr Motte durchs dichte Fell.

»Kannst du ...«, fragte ich behutsam, brach dann aber ab, um neu zu beginnen: »Willst du darüber reden?«

»Du meinst ... über den Tod von Niki?«, fragte die junge Frau mit leiser Stimme. »Über die Nacht, in der meine Liebe starb?«

Im Umgang mit den Hinterbliebenen von Todesopfern war ich noch nie besonders gut gewesen. Ich fühlte mich immer sehr betroffen und hatte meist das Gefühl, jeden Moment etwas Falsches zu sagen; die Tränen der Trauernden machten mich hilflos und traurig.

»Ja. Ich denke, das kriege ich hin.« Lina presste kurz ihre Lippen zusammen und nickte entschlossen. »Stellen Sie Ihre Fragen.«

»Jan«, erinnerte ich sie daran, dass wir uns eigentlich duzten.

»Richtig. Jan.« Ihr Lächeln flammte kurz auf, um sich sofort wieder auf ihrem Gesicht zu verlieren.

»Wie lange kanntest du Dominik?«, stellte ich meine erste Frage, wobei ich bewusst darauf achtete, ihren toten Freund, den sie als ihre ›Liebe‹ bezeichnete, nicht Niki zu nennen, um eine gewisse formale Ebene einzuhalten. Ansonsten befürchtete ich, dass sie schnell die Fassung verlor, denn Lina wirkte auf mich wie ein zartes Pflänzchen, das ein böses Unwetter so gerade eben überstanden hat und das jeder Regenguss umknicken würde.

Es dauerte ein paar Sekunden, bis sie antwortete; nicht, weil sie nachdenken musste, wie lange sie ihren Freund gekannt hatte, sondern weil sie sich sammeln musste. Trotzdem konnte sie ein Zittern in ihrer Stimme nicht vermeiden, als sie antwortete: »April. Im April waren es vier Jahre, dass wir uns kannten; also vier Jahre und vier Monate.« Sie sah mich verlegen an. »Was solche Zahlen anbelangt, bin ich ein kleiner Monk.«

Linas Vergleich mit Adrian Monk, dem neurotischen Privatdetektiv der bekannten amerikanischen Krimiserie, ließ mich schmunzeln. »Bist du auch so zwanghaft?«

Sie zog verlegen ihre Schultern hoch. »In gewissen Dingen schon. Alles, was mit Zahlen zu tun hat.« Wieder sah sie kurz hoch, wie um sich zu vergewissern, dass ich ihr aufmerksam zuhörte. »Ich arbeite schließlich beim Finanzamt, da habe ich täglich nur mit Zahlen zu tun.«

»Oh Gott«, stöhnte ich und verdrehte die Augen, da mich Lina schmerzlich an die fällige Umsatzsteuervoranmeldung erinnerte, die ich für meinen Job als Tattooartist mal wieder fertigstellen musste. Dem Finanzamt war es ziemlich egal, ob ich mit dem Job meinen Lebensunterhalt verdiente oder ihn als reine Liebhaberei für ein schmales Honorar betrieb: Kohle ist Kohle!

»Die Reaktion kenne ich.« Jetzt lächelte Lina, und ich hatte das Gefühl, dass das zarte Pflänzchen etwas mehr zu Kräften kam.

»Du kennst Dominik also schon seit viereinhalb Jahren«, kehrte ich zum Thema zurück und vermied bewusst, von ihrem Freund in der Vergangenheit zu sprechen, was sich aber als falsch verstandene Vorsorge erwies, denn Lina war in ihrer Trauerarbeit weiter, als ich dachte.

»Sie... äh du kannst ruhig sagen: bis er starb.« Lina sah mich fest an, obwohl ihre Augen feucht zu werden begannen. »Niki ist tot. Niemand bringt mir meine Liebe wieder zurück, aber...«, aus ihren Augen liefen die ersten Tränen und tropften auf mein Shirt, das sie sich um ihre bis zur Brust hochgezogenen Knie geschlungen hatte, die sie wiederum mit ihren Armen umschlang, »... vielleicht kann ich etwas dazu beitragen, Nikis Tod mit aufzuklären.«

»Vielleicht. Es kann alles wichtig sein, was du weißt. Wir wissen nur noch nicht, was es sein könnte«, antwortete ich und tastete mich weiter vor. »Wie lange tanzt du eigentlich schon Tango?«

Lina legte den Kopf in den Nacken und seufzte kurz auf, während sich ihr Blick im Blau des Himmels verlor.

»Lina«, sagte ich vorsichtig, um sie an meine Frage zu erinnern, als sie nach einer halben Minute noch immer nicht geantwortet hatte und mit ihren Gedanken vollkommen woanders zu sein schien. Langsam bekam ich Angst, dass sie sich in ihre eigene Gedankenwelt zurückziehen und sich weigern könnte, in die Realität zurückzukehren.

Nun bin ich kein Therapeut und habe auch nicht Psychologie studiert, aber manchmal sagt einem das eigene Bauchgefühl genau das, was gerade das Richtige ist. Ich griff in die Seitentasche des Strandkorbs und zog meinen kleinen MP3-Player heraus, den ich oft stundenlang laufen lasse, wenn ich einfach nur, faul im Strandkorb liegend, den Tag genieße und die Wolken auf ihrem Weg beobachte. Mit dem Zeigefinger wählte ich eine Playlist aus, in der ich gefühlige argentinische Tangomusik abgespeichert habe. Ich drückte den Wiedergabeknopf, legte den Player auf den Sitz zwischen uns und ergriff Linas Hand.

Als ein Bandoneon die leise klagende Melodie des melancholischen Liedes *Vuelvo Al Sur* der Pariser Tangomusiker Gotan Project erklingen ließ, stand ich auf und zog Lina mit mir hoch. Wie im Tango üblich, bot ich ihr wortlos durch meine Körperhaltung die Wahl zwischen einer offenen und der intimeren geschlossenen Tanzhaltung an.

Wie ein Küken, das aus dem Nest gefallen ist, schmiegte sich Lina an mich und legte ihren linken Arm um meinen Nacken, während sie sich zur klassischen Tanzhaltung aufrichtete und unsere Körper sich berührten, wo sie sich berührten; was das besondere Element im Argentinischen Tango auch beim Tanz mit einem unbekannten Tanzpartner ist. Diese sogenannte Umarmung ist die Begegnung, die Tangotänzer suchen und in der die Körper der Tanzenden miteinander kommunizieren, ohne dass ein Wort gesprochen wird.

Während Lina ihre rechte Hand in meine Hand legte, führte ich die ersten Schritte, wobei ich den gefühlvollen Klängen des Bandoneons folgte. Natürlich wäre auch der Argentinische Tango nicht so attraktiv, wenn es keine Elemente zu tanzen gäbe, aber ebenso wichtig, wenn nicht sogar elementarer ist die physische Verbindung zwischen den Tanzenden, die jedes Wort überflüssig macht. Lina ließ sich in ebendiese Verbindung mit geschlossenen Augen fallen und folgte den Impulsen, mit denen ich sie führte, wobei ich keine Elemente führte, sondern mich ausschließlich auf unsere »Umarmung« konzentrierte und auf weiche Bewegungen.

Als die letzten Klänge des Bandoneons in der Mittagshitze zerschmolzen, stimmte eine schluchzende Geige das ebenfalls traurig-melancholische *El dia después* an, und mir kam ein bekanntes Tangozitat in den Sinn, das Tanz und Musik auf einen Punkt bringt: »Tango ist ein getanzter trauriger Gedanke.«

»Seit vier Jahren«, flüsterte Lina plötzlich an meinem Ohr.

»Ich tanze seit vier Jahren. Niki hat mich zum Tango gebracht. Aber manches mit ihm war…«

»Was war es?«, fragte ich, um sie zum Weitersprechen zu bewegen.

»Schwierig. Es war schwierig.«

An ihrem Brustkorb spürte ich, dass Lina schneller zu atmen begann, und flüsterte ihr beruhigend zu: »Ganz ruhig. Spür die Musik und atme ganz ruhig.«

Als ich spürte, dass sich Linas Atem wieder beruhigt hatte, wagte ich nachzufragen: »Was war schwierig mit Niki?«

Wieder schwieg Lina ein paar Sekunden, bevor sie antwortete: »Geld. Es ging oft ums Geld bei ihm.«

»Er hatte aber doch einen Job«, warf ich ein.

»Schon«, antwortete sie. »Aber er war Verkäufer auf Provisionsbasis. Wenn er jemandem einen dieser riesigen Traktoren verkauft hatte und der irgendwann die Raten nicht mehr bezahlen konnte, verlor Niki seine Provision.«

»Und dann musste er los und den Kunden überzeugen, dass der besser seine Raten bezahlt, bevor es Ärger gab«, dachte ich bei mir, sagte aber Lina gegenüber nichts, die mit ihrer Erzählung fortfuhr: »Und dann gab es Frauen… immer wieder Frauen.«

»Aber du hast ihn geliebt.«

»Oh, ja«, flüsterte sie an meinem Ohr, und ich spürte, wie eine ihrer Tränen an meiner Wange entlanglief. »Manchmal war es unerträglich. Auch wenn er keine Freundin hatte, war er teilweise total nervös und aufgeregt. Da war wohl mal etwas mit einer Nicole gewesen.«

»Worum ging es. Liebe und Leidenschaft?«

»Ich weiß nicht, ich glaube nicht. Da war irgendwas mit seinen Kumpels, mit denen er damals immer abhing.«

»Tom und Lasse?«

»Du kennst sie?«

»Ja, Dominik hat mit ihnen zusammengearbeitet«, antwortete ich der Einfachheit halber, weil ich nicht auf Einzelheiten eingehen wollte; die grausamen Details würde Lina noch früh genug erfahren.

»Kennst du auch einen Max?«, wollte ich der Vollständigkeit halber wissen und führte Lina in einem langsamen Ocho, einem Tangoelement, bei dem die folgende Tänzerin Schritte setzt, die auf dem Boden die Form einer Acht zeichnen.

Lina tanzte sehr leicht und reagierte extrem aufmerksam auf die Impulse, die ich mit meinem Oberkörper gab. Auch wenn der Anlass, der uns gerade barfuß in meinem Garten tanzen ließ, ein sehr trauriger war, empfand ich die tänzerischen Elemente als sehr angenehm. Ein Gefühl, das Lina offenbar mit mir teilte, denn sie tanzte so eng an mich geschmiegt, wie ich es noch nicht erlebt hatte, seit ich damals in meiner Reha die ersten Tangoschritte erlernte.

Ich spürte, wie Lina leicht mit dem Kopf nickte, den sie an meine Wange presste.

»Ja, Max kenne ich. Der hatte damals auch was mit dieser Nicole gehabt.«

»Wie?«, stutzte ich. »Doch wohl nicht gleichzeitig?«

»Keine Ahnung.« Linas Stimme blieb noch immer ausdruckslos, während sie mir ins Ohr flüsterte: »Die Jungs waren damals ziemlich wild. Ich könnte mir vorstellen, dass sie es auch gemeinsam mit Frauen getrieben haben.«

»Wann war damals?«

»Bevor ich Niki kennenlernte«, antwortete sie. »Ich glaube, ein halbes Jahr vorher oder so.«

War diese Nicole die »alte Sache«, die Lasse meinte? Was hatten die Jungs mit der Frau angestellt. Mein Bauch sagte mir, dass diese Nicole eine vielversprechende Spur war, und deshalb stellte ich die nächste Frage, während die Playlist das nächste Tangostück spielte, diesmal ein Electrotango, der mit einem treibenden Bandoneon etwas rhythmischer wurde: »Hast du einen Nachnamen oder eine Adresse?«

»Nein. Aber ich kann in Nikis Handy nachschauen. Soll ich?«

»Nicht jetzt, später«, wehrte ich ab, um das Gespräch nicht abbrechen zu lassen. »Sagt dir der Name Harms etwas?«, fragte ich in der Hoffnung, dass der Tote Lina etwas über den von Lasse erwähnten Kunden erzählt hatte, bei dem es etwas »härter« zur Sache gegangen war.

»Und ob.« Ein kaum wahrnehmbares Zittern lief durch Linas Körper, und sie drehte den Kopf näher an meine Wange, so als würde sie sich vor der Erinnerung an dieses Thema verstecken wollen.

»Was war da los?«, fragte ich mit einer Hartnäckigkeit, die mir Lina gegenüber unangenehm war, weil es mir widerstrebte, sie inmitten ihrer Trauer mit Fragen zu löchern, aber es war jetzt notwendig, am Thema zu bleiben, um eine Chance auf einen Hinweis zu bekommen, der zum Killer führen konnte.

»Da ging es um einen Kunden, einen Bauern, der in Zahlungsverzug geraten war. Niki hat deshalb Probleme mit seinem Chef bekommen.«

»Mit van Alst?«

»Ja. Er zog Niki seine komplette Prämie von der nächsten Provision ab; rund fünftausend Euro.« Ich spürte, wie Lina sich verspannte, während sie antwortete. »Er bekam fast drei Monate kein Gehalt, ich habe ihm so lange unter die Arme gegriffen. Niki ist fast ausgerastet. Dann auf einmal bekam er die volle Provision wieder ausgezahlt. Wir sind dann erst mal übers Wochenende nach London zum Shoppen.«

»Weißt du, um welchen Harms es sich handelte?«, fragte ich gespannt, denn ich wusste von zwei Bauern in der Krummhörn mit diesem Namen, von denen einer reine Landwirtschaft und der andere Milchwirtschaft betrieb.

»Nein.« Lina schüttelte unmerklich den Kopf an meiner Wange und reagierte elegant auf eine von mir geführte Parada, einen Tangoschritt, bei dem ich den Fuß der folgenden Tanzpartnerin mit einem Schritt blockiere, sodass sie über meinen Fuß hinwegsteigen muss; ein sehr eleganter Schritt übrigens. »Ich weiß nur, dass Niki ein paarmal bei einem Bauern Harms war und jedes Mal über den Gestank der Gülle geschimpft hatte.«

»Gülle!«, dachte ich erfreut. Das sprach für Bauer Harms, dessen Gülle ich auch schon gerochen hatte, wenn ich auf der Neu-Etumer Straße Richtung Pilsum an seinen Äckern vorbeifuhr. Soweit ich wusste, hatte Harms zwischen dem Dorf Hauen und Pilsum direkt an der Landstraße K233 seinen Hof.

Lina bestätigte mir gerade, was Lasse und Max in ihrem Chat geschrieben hatten. Offenbar hatte Harms, der dem Chat nach ein harter Knochen sein musste, seine Raten nicht gezahlt. Dominik Stein, Lasse Medina, Max Bornemann und möglicherweise auch Thomas Takken hatten dem Schuldner eine »spezielle Kundenbetreuung« zukommen lassen, worauf Harms seine Zahlungen wiederaufnahm. Wie weit der Druck von van Alst dabei eine Rolle gespielt hatte, wäre eine weitere Recherche wert. Der smarte Unternehmer hatte mehr Dreck am Stecken, als auf den ersten Blick zu sehen war, vermutete ich. Aber auch wenn van Alst seine Finger tiefer in der Schuldeneintreibung hatte, als ich es im Moment einschätzen konnte, sah ich kein Motiv, das ihn mit einem Präzisionsgewehr durch die Krummhörn streifen ließ, um seine Mitarbeiter der Reihe nach umzubringen. Da war Bauer Harms eher mein Favorit!

Da Lina mir im Grunde alle meine Fragen beantwortet hatte, gönnte ich ihr mentale Ruhe und tanzte zwei weitere melancholische Tangos mit ihr, als ich aus den Augenwinkeln sah, dass Thyra sich uns näherte. Meine Tochter trug den Hundstagen angemessen weiße Leinenshorts und ein ebenfalls weißes trägerloses Oberteil, welches ihre Schulter streifenlos bräunen ließ. Wobei Thyras Arme und Beine bereits einen tief bronzefarbenen Ton angenommen hatten. Thyra balancierte in ihren Händen ein Tablett mit einer vor Kälte beschlagenen großen Glaskaraffe mit Wasser, in der eine Mischung aus Eiswürfeln, frischer Minze, Ingwer und Zitronenscheiben schwamm. Die drei Gläser, die sie ebenfalls auf das Tablett gestellt hatte, klirrten leise bei jedem ihrer Schritte. Thyra zwinkerte mir im Vorbeigehen zu und stellte das Tablett ins Gras neben dem Strandkorb, in dessen Polster sie sich leise seufzend fallen ließ. Motte, der sich auf der Rückseite des Strandkorbs in dessen Schatten gelegt hatte, streckte kurz die Nase heraus, um die Lage zu sondieren, verschwand aber sofort wieder im Schatten.

Als die letzten Klänge des Stücks *La capilla blanca* von Carlos Di Sarli verklangen, führte ich Lina zum Strandkorb zurück, wo Thyra uns bereits zwei beschlagene Gläser entgegenhielt. Fast widerwillig löste Lina unsere Umarmung und behielt ihre Augen geschlossen, was ich weniger meinen Tanzkünsten, sondern ihrer momentanen Verfassung zuschrieb. Als Thyra sich im *Temporada* um Lina kümmerte, hatte Lina ähnlich reagiert. Aber heute ging es ihr doch besser, denn als sie im Strandkorb Platz nahm, schlug sie ihre Augen auf. Als sie Thyra erkannte, erschien ein strahlendes Lächeln auf ihrem Gesicht, und sie rutschte nah an meine Tochter heran, die ihr eine Haarsträhne aus dem Gesicht strich und sie in den Arm nahm.

»Schön, dich zu sehen«, begrüßte ich Thyra, die mich prüfend ansah.

»Alles klar bei dir?«

Ich nickte. »Nichts, was ein guter Anwalt nicht regeln könnte«, spielte ich auf die Anzeigen an, die mich erwarteten.

»Dann fang gleich mal an, dir einen zu suchen«, feixte Thyra.

»Ich muss los«, sagte ich und schenkte mein Glas, das ich mit einem Zug geleert hatte, aufs Neue voll.

»Recherche?« Thyra sah mich fragend an.

Ich nickte.

Lina sah zu mir hoch. »Fährst du jetzt zu diesem Harms?«

»Ja, habe ich vor«, antwortete ich und stellte das Glas aufs Tablett.

Thyras Blick traf mich. »Du willst alleine zu diesem Bauern? Das ist nicht ungefährlich, er ist ein Verdächtiger.«

»Was soll ich denn sonst machen?«, erwiderte ich. »Ich hab Kripo und Staatsanwalt über die Verbindung der Toten zu Harms informiert; die wissen Bescheid.«

»Und was machen die?«, fragte Thyra skeptisch.

Ich winkte ab. »Später.« Ich hatte jetzt keine Lust, meiner Tochter von dem Tänzchen mit Güll zu erzählen.

»Pass auf dich auf!«, ermahnte Thyra mich. »Vielleicht sollte ich mitkommen?«

Ich schüttelte energisch den Kopf. »Alles gut! Ich pass auf, es ist helllichter Tag, und du weißt, wo ich bin. Bleib du bitte bei Lina. Ich will ihm nur ein bisschen auf den Zahn fühlen, und danach muss ich mich unbedingt um Onno kümmern und ihn besuchen. Ich habe auch noch ein paar Fragen an ihn. Aber vorher muss ich meinen Käfer abholen.«

»Dein Grauer steht schon vorm Haus«, sagte Thyra und wirkte nicht wirklich beruhigt, als ich mich auf den Weg machte. »Schönen Gruß von Uz, wir waren heute Morgen schon fleißig und haben die Autos abgeholt.«

»Du bist ein Schatz! Danke dir.« Ich warf ihr einen Luftkuss zu und wandte mich der Terrassentür zu.

»Bedank dich bei Uz«, entgegnete Thyra.

»Der bekommt einen Köm von mir«, grinste ich.

»Auf dem Küchentisch liegen zwei Handys!«, rief Thyra mir hinterher. »Das linke kannst du haben; ist mein altes Ersatzhandy.«

»Sag ich doch – du bist ein Schatz!«, rief ich und winkte ihr, schon halb in der Küche, zu.

»Ich kann dich doch sonst nicht erreichen!«, hörte ich sie noch rufen und spürte einmal mehr, wie stolz ich auf meine Tochter war und wie sehr ich sie liebte.

Ich holte mir noch zwei Flaschen eisgekühlten Mineralwassers aus dem Kühlschrank, als Lina barfuß und in dem viel zu großen Shirt in die Küche gehuscht kam.

»Die Adresse«, sagte sie. »Du wolltest doch die Adresse von dieser Frau.«

»Stimmt«, nickte ich; das hatte ich ja fast vergessen.

Während Lina kurz im Gästezimmer verschwand, wo sie offenbar Dominiks Handy aufbewahrte, lehnte ich mich an den geöffneten Kühlschrank, genoss die ausströmende Kälte und trank dabei eine halbe Flasche Wasser leer. Als ich gerade die Flasche absetzte, um nach Luft zu schnappen, tauchte Lina wieder auf und streckte mir einen kleinen gelben Notizzettel entgegen.

»Die Adresse«, sagte sie und stellte sich auf ihre Fußspitzen, um mir einen Kuss auf die unrasierte Wange zu geben. »Danke«, flüsterte sie mir leise ins Ohr. »Vielen Dank, dass du für mich da warst. Du tanzt wunderbar!«

Bevor ich vor Verlegenheit rot werden konnte, hatte Lina sich von mir gelöst und war mit einem stillen Lächeln wieder durch die Terrassentür nach draußen geschlüpft.

Ich müsste lügen, wenn ich abstreiten würde, dass ich mich wahnsinnig über ihr Kompliment gefreut und mich obendrein lockere zwanzig Jahre jünger gefühlt hatte.

25

Der Vorhof vor Bauer Harms' Wohnhaus lag verlassen vor mir, als ich den Käfer parkte und die Zündung ausschaltete. Als der Käfer-Motor mit einem Blubbern erstarb, war es mit einem Mal so still, dass ich mir unwillkürlich ans Ohr griff, wie um zu prüfen, ob noch alles auf Empfang stand.

Ich stieg langsam aus und schob mir den Strohhut in den Nacken, als ich an der Front des Wohnhauses entlang zu den Wirtschaftsgebäuden hinübersah. In der Gluthitze des Sommertages regte sich nichts, und auch kein Windhauch war zu spüren. Ohne den kühlenden Fahrtwind brach mir auf der Stelle der Schweiß aus, und ich spürte, wie mir unter dem Strohhut die ersten Tropfen über die Glatze liefen und vom Schweißband des Hutes aufgefangen wurden.

Mit einem dumpfen Geräusch drückte ich die Fahrertür meines VW-Käfer ins Schloss und wandte meinen Blick wieder dem Wohnhaus zu.

Es war eingeschossig und aus rotem Backstein gemauert. Die Fenster, hinter denen freundliche Gardinen leuchteten, waren frisch geputzt. Seitlich der Fenster waren grün lackierte Fensterläden mit kleinen Schnitzereien angebracht, und auf dem Fenstersims standen Blumenkästen aus Terrakotta, in denen prachtvolle rote Geranien gepflanzt waren. Neben der ebenfalls grün lackierten Haustür stand eine leuchtend weiße und offenbar frisch gestrichene Holzbank. Der Vorhof war sauber und frei von landwirtschaftlichen Abfällen, wie sie naturgemäß vom Trecker oder Anhänger fallen. Offenbar hatte jemand den Hof frisch gefegt.

Alles in allem machte der Hof von Bauer Harms einen sehr gepflegten und ordentlichen Eindruck. Wenn nur nicht die geisterhafte Stille gewesen wäre, die bei mir ein beklemmendes Gefühl verursachte. Obwohl ich eine Sonnenbrille trug, schirmte ich meine Augen vor der Mittagssonne ab, als ich sie erneut über die Fenster des Wohnhauses gleiten ließ, vor denen die hübschen, aber blickdichten Gardinen hingen, von denen sich keine einzige auch nur einen Millimeter bewegte. Offenbar befand sich niemand im Haus, oder aber er verbarg sich so geschickt, dass ich ihn nicht bemerkte.

Das Gefühl der Beklemmung verstärkte sich, als sich auf meinen Unterarmen und meiner Kopfhaut ein diffuses Kribbeln bemerkbar machte – ich wurde wieder von unsichtbaren Augen beobachtet!

Ich drückte meinen Rücken durch und schob das Kinn angriffslustig nach vorne, denn es widerstrebte mir sehr, ständig das Gefühl zu verspüren, beobachtet zu werden und nichts dagegen tun zu können. Mit energischen Schritten setzte ich mich in Bewegung und steuerte die Eingangstür des Wohnhauses an, die in einem hübschen grün-weißen Kontrast lackiert war und die gemeinsam mit dem neben der Tür gepflanzten riesigen Rosenbusch, der üppige weiße Blüten trug, jeden *Home-&-Garden*-Wettbewerb gewonnen hätte.

Als ich meinen Daumen auf die Türklingel legte, hallte ein melodischer Dreiklang durchs Haus und durch die Mittagsstille, an dem sich meine heiser schnarrende Türklingel daheim ein Beispiel hätte nehmen sollen. Nachdem ich zwei Minuten geduldig gewartet hatte und sich das unangenehme Gefühl, beobachtet zu werden, eher verstärkt als gelegt hatte, ließ ich meinen Unmut an der Klingel aus und drückte mit meinem Daumen eine geschlagene Minute auf den Messingknopf.

»Hat man Ihnen ins Gehirn geschissen?«, schrie plötzlich eine weibliche Stimme quer über den Hof.

Ohne den Finger von der Klingel zu nehmen, wandte ich meinen Kopf Richtung Scheune, die sich auf der linken Seite des Hofes befand.

»Hören Sie wohl auf?«, schrie die Frau, die einen Blaumann trug, dessen Hosenbeine in grünen Gummistiefeln steckten.

»Moin«, rief ich zur Begrüßung und nahm den Daumen von der Klingel.

Interessiert sah ich der Frau entgegen, die sich mir wutentbrannt mit schnellen Schritten und einer Mistforke in der rechten Hand näherte. Ihr Gang war aufrecht und kräftig, ihre Schritte energisch und zielgerichtet – und zwar genau auf mich zu! Das Gesicht der Frau war staubbedeckt und wurde von kleinen Furchen durchzogen, die von Schweißtropfen stammten und ihrem Auftritt etwas Martialisches verliehen. Sie baute sich zwei Meter vor mir breitbeinig auf und rammte mit einer Hand ihre Mistforke mit dem Stielende auf den staubigen Boden, während sie die andere Hand energisch in die Hüfte stemmte.

»Geht's noch?«, fuhr sie mich an. »Oder soll ich Ihnen einen Arzt rufen, weil Sie einen Sonnenstich haben?«

»Moin«, wiederholte ich meinen Gruß und ließ meinen Blick unauffällig über ihre gut gebaute Figur gleiten; denn dass die Frau eine kräftige und dennoch sehr weibliche Figur hatte, konnte auch der staubige und verdreckte Blaumann nicht verbergen; zumal der Overall sehr knackig saß und ihre ohnehin schon augenfällige Oberweite zwar ungewollt, aber dafür umso effektvoller betonte.

»Stecken Sie sich Ihr ›Moin‹ doch sonst wo hin!«, forderte sie mich auf und zog sich das staubige Kopftuch herunter, das sie sich wie eine Trümmerfrau aus dem Nachkriegsberlin um den Kopf gebunden hatte.

Eine Flut flammend roten Haares kam zum Vorschein und ergoss sich ungebändigt über ihre Schultern. Unwillig darüber, dass ihr ein Großteil der Haarflut ins Gesicht fiel und die Sicht nahm, schüttelte die Rothaarige sie nach hinten und flocht sich mit ein paar geschickten Griffen einen unterarmdicken Zopf, den sie sich über die Schulter warf.

Auch wenn sie guten Grund hatte, auf mich sauer zu sein, da ich ja schließlich derjenige war, der uneingeladen auf ihren Hof gekommen war und ihre Türklingel malträtiert hatte, verspürte ich keine Lust, mich in irgendeiner Form zu entschuldigen. Die Ereignisse der letzten Tage mit drei Toten und zwei Schwerverletzten sowie einem Sack voller Anzeigen, auf die ich mich gefasst machen musste, hatten nicht dazu beigetragen, meine Laune zu steigern, weshalb ich mir einfach mal das Recht herausnahm, nicht Rosen streuen zu müssen.

»Was wollen Sie von mir?«, fuhr mich die Rothaarige stinksauer an.

»Moin.« Ohne eine Miene zu verziehen, grüßte ich zum dritten Mal. »Ich will zu Bauer Harms.«

In den Augen der Rothaarigen blitzte es gefährlich auf. Sie nahm ihre Mistforke in beide Hände und machte den Eindruck, als ob sie jeden Moment auf mich losgehen wollte.

»Wieso?«, kam gefährlich leise ihre Frage.

Ich musterte sie einen Moment, bevor ich antwortete, und versuchte ihre Bereitschaft einzuschätzen, mit der Mistgabel auf mich loszugehen.

»Weil es drei Tote gegeben hat und ich herausfinden möchte, ob Bauer Harms etwas damit zu tun hat«, sagte ich mit unbewegter Miene, wobei mir klar war, dass dies kein guter und nicht unbedingt empfehlenswerter Einstieg in ein konstruktives Gespräch war.

Natürlich wusste ich nicht, ob Bauer Harms, den ich ja noch nicht einmal kannte, etwas mit den Morden zu tun hatte, oder er vielleicht sogar selber der Mörder war. Und natürlich wusste ich auch, dass es fast einer Verleumdung gleichkam, den von mir formulierten Zusammenhang herzustellen und öffentlich hinauszuposaunen. Aber ich hatte im Moment einfach die Nase gestrichen voll und wollte endlich etwas Handfestes herausfinden, um einen Hinweis auf den Mörder zu bekommen und um Onno auf dem schnellsten Wege aus der Untersuchungshaft zu befreien.

»Wenn Sie das noch mal sagen...«, warnte mich die Rothaarige und funkelte mich wütend an, »... gibt's hier gleich den vierten Toten!«

»Interessiert es Sie eigentlich überhaupt nicht, wer ich bin?«, entgegnete ich, ohne auf ihre Drohung einzugehen.

»Wenn ein Winkeladvokat vor mir steht, erkenne ich ihn auch – Herr de Fries!« Die Wut in den Augen der Rothaarigen wich einem spöttischen Ausdruck.

»Uff«, machte ich und rollte demonstrativ mit den Augen. »Sie lesen wohl auch die Tageszeitung.«

Da mir nun klar war, dass wir heute keine Freunde mehr werden würden, verzichtete ich auf Allgemeinplätze und Small Talk.

»Es gibt drei Tote, zwei Schwerverletzte und einen Verdächtigen«, zählte ich mit ruhiger Stimme auf. »Den Verdächtigen vertrete ich als Anwalt. Zwei der Toten und die beiden Schwerverletzten hatten eins gemeinsam – sie waren Arbeitskollegen.«

Abwartend sah ich die Rothaarige an, die aber keinerlei Anzeichen machte, sich an unserem Gespräch, welches im Moment noch ein Vortrag war, zu beteiligen.

»Hat Bauer Harms in letzter Zeit einen Hightech-Traktor gekauft und konnte die Raten nicht bezahlen?«, wechselte ich abrupt das Thema. »Und bekam er dann vielleicht Besuch von jungen Männern, die ihn davon überzeugen wollten, dass es besser wäre, wenn er seine Zahlungen wiederaufnehmen würde?«

Ohne erkennbares Vorzeichen und aus dem Stand heraus ging die Rothaarige mit der Mistgabel auf mich los.

Auch wenn ich mir meiner provokanten Gesprächsführung durchaus bewusst war, überraschte mich ihre Attacke doch ziemlich. Irgendwie konnte ich mich durch einen ungeschickten Sprung zur Seite in Sicherheit bringen – zumindest für diesen Moment, denn die Rothaarige schnellte auf dem Absatz herum. Da allerdings Gummistiefel für solche Drehungen nicht gemacht sind, verlor sie glücklicherweise das Gleichgewicht und schlug der Länge nach in den Staub. Sie wälzte sich herum und sah mit ihrer roten Mähne inmitten der aufgewirbelten Staubwolke herrlich archaisch wie eine der legendären Amazonen aus; nur dass sie statt einer Lanze eine Mistgabel in ihrer Faust umklammerte.

Wir kamen beide gleichzeitig wieder auf die Beine und standen uns lauernd gegenüber. Die Rothaarige machte einen Ausfallschritt, und während ich zurückwich, hatte sie eine Hand Dreck vom Boden aufgeklaubt und warf mir die Staubwolke ins Gesicht. Dreck und kleine Steinchen prasselten mir ins Gesicht, da halfen auch meine im Reflex hochgerissenen Handflächen nichts. Ich schluckte eine ordentliche Portion Staub und bekam einen Hustenanfall, der aber in dem Moment an Bedeutung verlor, als die rothaarige Amazone mir den hölzernen Stil der Mistforke gegen die Schläfe donnerte.

Ich ging sofort zu Boden und konnte in dem Staub die Sterne fast nicht erkennen, die vor meinen Augen tanzten. Instinktiv zog ich den Kopf ein und spürte einen scharfen Luftzug an meiner Glatze, als der Holzstiel so dicht über meinem Kopf vorbeizischte, dass kein Blatt Papier dazwischengepasst hätte.

»Anna!«, rief plötzlich eine tiefe Männerstimme. »Hör auf! Lass den Mann in Ruhe!«

Anstatt dass die Rothaarige, bei der es sich offenbar um besagte Anna handeln musste, der Aufforderung folgte, drosch sie mit dem Stiel ihrer Mistgabel so schmerzhaft auf meinen Rücken ein, dass ich aufschrie.

»Hör auf, Anna!«, rief die Stimme scharf.

Der darauf folgenden Geräuschkulisse nach rangelten der unbekannte Mann und die rothaarige Amazone namens Anna miteinander, und ich feuerte den Unbekannten stumm an, während ich mir den Sand aus den Augen rieb.

Als ich wieder halbwegs blinzeln konnte, erkannte ich einen drahtigen Mann, der ebenfalls einen Blaumann trug und der rothaarigen Amazone gerade die Mistgabel aus der Hand gerungen hatte. Ich sah, dass Anna versuchte, dem Mann in den Unterarm zu beißen, was dieser aber geschickt zu verhindern wusste, indem er die Rothaarige mit der freien Hand in den Nacken griff, um sie auf Abstand zu halten.

»Sie gehen jetzt wohl besser!«, rief mir der Mann zu, während er die sich sträubende Rothaarige fest im Griff hielt.

»Nein!«, antwortete ich wütend, während ich mich aufrappelte und schwerfällig auf die beiden zu humpelte.

»Verschwinden Sie!«

»Den Teufel werde ich tun!«, entgegnete ich und kam einen Meter vor dem Mann zum Stehen, der mir unerwarteterweise zu Hilfe gekommen war und mich vor weiteren schmerzhaften Schlägen mit der Mistgabel bewahrt hatte. »Ich will mit Bauer Harms sprechen. Sind Sie das?«

Der etwa dreißigjährige Mann, der ein paar Zentimeter größer, aber dafür locker zwanzig Kilo leichter war als ich, zuckte mit den Schultern: »Ja und nein.«

»Was soll das denn jetzt?«, knurrte ich.

»Ja, weil ich ein Bauer Harms bin, und nein, weil ich nicht der bin, mit dem Sie sprechen wollen. Ich bin Harms junior.«

»Hat sich Ihr Vater unlängst einen teuren John-Deere-Traktor gekauft und konnte die Raten nicht mehr bezahlen?«, fragte ich ohne Umschweife und sah ihn abwartend an, während die Rothaarige sich erneut in seinem Griff wand.

»Anna, hör auf!«, befahl Harms junior scharf. Und zu mir gewandt: »Warten Sie hier – bitte!«

Ich tat, worum er mich bat, und schaute zu, wie er die Rothaarige zur Seite nahm und eindringlich auf sie einredete, was zunächst einen heftigen Wortwechsel zur Folge hatte, aber eine Minute später dazu führte, dass Anna ihren Widerstand aufgab und sich von dem drahtigen Mann zu der weißen Holzbank führen ließ, wo sie sich folgsam hinsetzte. Harms junior warf ihr einen unmissverständlichen Blick zu, den sie grollend erwiderte, und kam dann auf mich zu.

»Moin erst mal«, begrüßte er mich kurz, als er vor mir stand, und reichte mir zu meiner großen Überraschung seine Hand. »Ben. Kommen Sie mit.«

»Jan«, erwiderte ich.

Wir schüttelten uns kurz die Hände, und ich folgte Ben Harms, als er sich umwandte und zur Haustür des Wohnhauses ging. Er griff in die Hosentasche und fischte einen Schlüssel heraus, mit dem er die Haustür aufschloss.

»Kommen Sie rein«, forderte er mich auf und hielt mir die Tür auf. »Sie müssen Anna entschuldigen, aber meine Schwester reagiert im Moment etwas überempfindlich.«

»So kann man es auch sagen«, dachte ich bei mir, entgegnete aber nichts.

Mit gemischten Gefühlen folgte ich seiner Einladung, denn ich war mir nicht sicher, dass es eine gute Idee war, allein das Haus eines Hauptverdächtigen zu betreten. Bis zu dem Zeitpunkt, als ich die Türschwelle überschritt, hatte ich den Besuch bei Bauer Harms sportlich gesehen, zumal Thyra wusste, wo ich mich befand. Auch wenn Harms junior harmlos und sympathisch wirkte, wusste ich nicht, ob sein alter Herr nicht mit einer Schrotflinte im Wohnzimmer auf mich wartete.

»Ich würde mich gerne etwas frisch machen«, sagte ich, als wir die Diele betraten, und hielt meine staubigen Hände hoch.

Harms junior nickte und deutete auf eine Tür seitlich von mir. »Nehmen Sie die Gästetoilette.«

Als ich die Tür der Gästetoilette hinter mir zugezogen hatte, drehte ich den Wasserhahn an dem kleinen Handwaschbecken auf und griff in die Seitentasche meiner Cargoshorts. Hastig zog ich Thyras Handy aus der Tasche und wählte ihre Nummer, nachdem ich den Freischaltcode eingegeben hatte.

Viel zu laut ertönte das Freizeichen.

Ich presste das Handy so fest ans Ohr, um den Ton nach außen zu dämpfen, dass ich das Gefühl hatte, dass mir das Getute des Freizeichens aus dem anderen Ohr wieder herauskäme.

»Geh ran!«, flüsterte ich ungeduldig.

Thyra tat mir leider nicht den Gefallen. Ein paar Freizeichen später schaltete sich ihre Mailbox ein, und Thyras Stimme teilte mir fröhlich mit, dass sie gerade in der Wanne oder sonst wie beschäftigt sei, aber gerne schnellstmöglich zurückrufen würde. Als endlich das entsprechende Signal ertönte, flüsterte ich so leise wie möglich: »Ich bin's! Ich bin gerade bei Harms im Haus. Sein Sohn bringt mich zu ihm. Mach dir keine Sorgen, es ist alles in Ordnung. Aber ich glaube, du hattest recht – es ist keine gute Idee, alleine hier zu sein. Ich glaube zwar nicht, dass es gefährlich wird, aber wenn ich mich innerhalb der nächsten Stunde nicht melde – ruf mich zurück. Wenn ich mich dann nicht melde – ruf die Polizei an. Das hier ist ein Familienbetrieb; es gibt einen Sohn und eine Tochter; die ist schnell mit der Mistgabel zur Hand! Bis später.«

Ich drückte das Gespräch weg und vergewisserte mich, dass ich mit dem Handy auch tatsächlich Empfang hatte; dann steckte ich das Gerät zurück in meine Hosentasche. Schnell hielt ich meine Hände unter Wasser, beugte mich tief über das Waschbecken und ließ mir den Wasserstrahl über die Glatze laufen. Mit dem Gästehandtuch, das ein wenig muffig roch, fuhr ich mir kurz über den Kopf und trocknete mir flüchtig die Hände ab.

»Fertig«, verkündete ich Harms junior, der in der Diele stand und auf dem Display seines Handys herumtippte.

»Fein«, nickte er und sah auf. »Dann kommen Sie.« Er steckte sein Handy in die Hosentasche und ging voraus.

Wir durchquerten eine große Wohnküche, die gemütlich und geschmackvoll mit einem großen Esstisch und sechs bequem aussehenden Polsterstühlen eingerichtet und penibel aufgeräumt war. Auch wenn ich als eingefleischter Junggeselle meinen Haushalt weitestgehend im Griff habe und ungern Vorurteile bediene, kam mir der Spruch in den Sinn, dass hier deutlich die Handschrift einer Frau zu erkennen war. Alles lag ordentlich an seinem Platz, weder Fusseln noch Staubschichten waren zu sehen, und auf dem Tisch stand ein Blumenarrangement mit frischen Sommerblumen, die offenbar aus dem eigenen Garten stammten.

Der gute Eindruck verstärkte sich noch, als wir an einer Tür vorbeikamen, die zum Wohnzimmer führte. Der Blick, den ich im Vorbeigehen in den gemütlich eingerichteten Wohnraum werfen konnte, reichte aus, um zu erkennen, dass auch dieser Raum ausgesprochen gemütlich mit hellblauen Sitzmöbeln und viel hellem Holz eingerichtet war. Offensichtlich hatte hier jemand viel Geschmack und ein gutes Händchen fürs Wohnliche.

»Schön haben Sie es hier«, bemerkte ich.

»Macht alles meine Schwester. Sie hat einen kleinen Laden und kennt sich mit so was aus«, erwiderte Ben Harms und blieb vor einer Tür am Gangende stehen. Er legte die Hand auf die

Türklinke und drückte sie entschlossen runter. »Hiermit kennen sich aber weder meine Schwester noch ich aus. Erschrecken Sie sich nicht!«

Ich betrat den Raum, an dessen Fenster eine heruntergelassene Jalousie die Wärme abhielt, aber ausreichend Licht hineinließ, um das Krankenbett zu erkennen, in dem eine schmächtige Gestalt lag, deren Umrisse sich unter dem dünnen Bettlaken abzeichneten. Die Luft im Raum war angenehm kühl, was auf die fahrbare kleine Klimaanlage zurückzuführen war, die unter dem Fenster stand. Ich blieb in der Tür stehen und ließ meinen Blick über das Beatmungsgerät und die am Bett baumelnde Infusionsflasche gleiten, um am blassen Gesicht des hageren Mannes hängen zu bleiben, der mit geschlossenen Augen auf dem Rücken lag und dessen Nase und Mund von einer durchsichtigen Beatmungsmaske bedeckt waren. Die dünnen Arme des Mannes lagen ausgestreckt auf der Bettdecke, in beiden Fäusten steckte jeweils ein kleiner Therapieball, um Kontraktionen vorzubeugen, die sich sehr schnell bei bewegungsunfähigen oder im Koma liegenden Schwerverletzten einstellen.

»Das ist Bauer Harms«, sagte sein Sohn hinter mir, und obwohl seine Stimme ruhig und gefasst klang, hörte ich die Bitterkeit und unterschwellige Wut heraus, die er nicht komplett unterdrücken konnte.

»Kann er uns hören?«, wollte ich wissen.

»Der Arzt sagt Nein, aber ich wäre mir da nicht so sicher«, antwortete Ben Harms bereitwillig. »Mein Vater liegt im Wachkoma. Die Ärzte sagen, er sei austherapiert, und sie wollten ihn auf eine Apallikerstation in ein Pflegeheim stecken; wir wollten das nicht. Gott sei Dank gibt's heute häusliche Pflege auch für Beatmungspatienten.«

»Was ist passiert?«, fragte ich und sah unverwandt auf die schmächtige Gestalt im Krankenbett.

»Sie kamen frühmorgens«, erzählte Harms junior, und ich konnte seiner Stimme die unterdrückte Wut anhören, obwohl er sich noch immer ruhig und gefasst gab. »Mein Vater hat sie nicht kommen hören, aber als sie in der Scheune an den Traktoren herumhantiert haben, hat er Geräusche gehört.«

Ich warf einen verstohlenen Seitenblick über die Schulter und sah den Jungbauern seitlich hinter mir stehen. Obwohl er auf den ersten Blick ruhig und kontrolliert wirkte, sah ich aus den Augenwinkeln, dass er die Fäuste langsam öffnete und wieder schloss, um sie wieder zu öffnen und zu schließen. Unter der Oberfläche seines gefassten Auftretens brodelte es wie in einem Dampfkochtopf, und ich fragte mich, wie er diesen Druck abließ – indem er zur Flinte griff?

Mein Blick ging wieder zu der leblosen Gestalt im Krankenbett.

Bauer Harms, den ich verdächtigt hatte, ohne ihn zu kennen, schied definitiv als Tatverdächtiger aus. Ich drehte mich zu Ben Harms herum; er hingegen hatte gerade die Poleposition als Hauptverdächtiger eingenommen.

»Mein Vater wollte nach dem Rechten sehen. Als er in die Halle kam, warteten sie schon auf ihn.«

»Wer?«, fragte ich und wusste, dass es keine Namen gab. Das wäre zu einfach gewesen.

»Mein Vater konnte es mir nicht erzählen, und ich war in Emden im Großmarkt, Saatgut kaufen.« Der Jungbauer hatte noch immer unverwandt den Blick auf das Krankenbett gerichtet, in dem sein Vater lag, dessen Brustkorb sich gleichmäßig zu dem eingestellten Rhythmus des Beatmungsgeräts hob und senkte. »Aber ich weiß trotzdem, wer das war – auch wenn ich es bislang nicht beweisen kann.«

»Und?«, fragte ich. »Wer war es?«

Ben Harms fuhr mit seinem Kopf herum und sah mich spöttisch an. »Halten Sie mich für so blöd, dass ich Ihnen die

Namen nenne und mich damit zu einem Mordverdächtigen mache?«

»Das Ding ist eh gelaufen«, erwiderte ich trocken. »Sie sind bereits der Hauptverdächtige.«

Die Miene des Jungbauern nahm plötzlich einen lauernden Eindruck an, und auch seine Körperhaltung veränderte sich. Harms junior richtete sich ein paar Zentimeter auf und spannte die Muskeln an, so als wolle er zum Sprung ansetzen.

»Oh Gott!«, dachte ich. »Nicht schon wieder!«

»Bleiben Sie ruhig. Sie machen es auch nicht besser, wenn Sie es jetzt Ihrer Schwester gleichtun und auf mich losgehen. Erzählen Sie mir lieber, was los war«, forderte ich ihn auf und bemühte mich, möglichst unbeeindruckt zu wirken.

Offenbar zeigte mein demonstrativer Pragmatismus Wirkung, denn der Jungbauer entspannte sich leicht, und auch die unterdrückte Wut in seinen Augen schien sich etwas abzukühlen.

»Ich weiß, dass Ihr Vater Probleme mit der Finanzierung seines neuen Großtraktors hatte«, erklärte ich. »Und ich weiß auch, dass die Verkäufer, die Ihrem Vater das Anschaffungsdarlehen ermöglicht haben, auch diejenigen waren, die als Schuldeneintreiber dafür sorgten, dass die Raten wieder bezahlt wurden.«

»Anschaffungsdarlehen!«, schnaubte Ben Harms aufgebracht. »Eine normale Bank hätte meinem Vater niemals dieses Ding finanziert. Nur die Hausbank von diesem Halsabschneider in Greetsiel...«

»Van Alst?«, warf ich ein.

»Kennen Sie sonst noch einen Halsabschneider in der Krummhörn?«, fuhr er mich an.

»Hm...«, machte ich und zuckte mit den Schultern.« Wenn Sie mich so fragen...«

Harms stutzte einen Moment und verzog seinen Mund

zu einem schiefen Grinsen. »So gesehen haben Sie auch wieder recht. Aber in diesem Fall meine ich natürlich diesen miesen Typen.«

»Wieso mieser Typ?«, fragte ich, obwohl ich mir diese Frage auch hätte alleine beantworten können.

»Weil er einem diese Dinger andreht und einem eine Finanzierung verschafft, die man nicht gestemmt bekommt. Und dann schickt er einem diese Typen auf den Hals.«

»Was ist an dem Morgen passiert?«, fragte ich erneut, denn ich wollte Gewissheit haben über die Vorgehensweise des Unternehmers van Alst und seiner Schuldeneintreiber.

»Die Typen haben an dem Morgen die Halle aufgebrochen, in der wir unsere Mähdrescher und die beiden Traktoren untergebracht hatten.«

»Traktoren?«, hakte ich nach, da ich bislang immer davon ausgegangen war, dass Bauer Harms sich einen der Großtraktoren von van Alst zugelegt hatte.

»Ja«, nickte der Junior. »Wir hatten zwei ›John Deere‹.«

»Wieso zwei?«

»Wir wollten expandieren. Es läuft im Moment nicht so gut, und wir wollten die Felder auf Rapsanbau umstellen.«

»Verstehe«, sagte ich. Da ich um die EU-Hilfen wusste, mit denen der Anbau von Pflanzen zur Herstellung von Biokraftstoff gefördert wurde, konnte ich mir vorstellen, was Bauer Harms zum Kauf von zwei Großtraktoren veranlasst hatte. »Haben Sie genug Flächen?«

»Oh ja!« Ben Harms nickte eifrig. »Wir haben in der Vergangenheit nur die knappe Hälfte unseres Landes genutzt.«

»Wieso?«

Harms zuckte mit den Schultern. »Familienkram.«

»Und an dem Morgen, was geschah da?« Hartnäckig kehrte ich zu meiner Ausgangsfrage zurück.

»Mein Vater überraschte die Typen, als sie die Traktoren

aus der Halle holten. Und da hat mein Vater...«, Ben Harms stockte kurz, um dann fortzufahren, »... da hat sich mein Vater ihnen in den Weg gestellt.«

Ich runzelte ungläubig die Stirn. »Mit leeren Händen, einfach so?«

»Mit der Forke«, erwiderte Harms und lachte gekünstelt auf. »Er hat sich eine Mistforke geschnappt. Die haben Sie ja auch schon kennengelernt.«

Auch wenn mir Harms' Antwort zu schnell und zu glatt kam, als dass ich sie ihm abnahm, ließ ich mir nichts anmerken.

»Und weiter?«

»Ja, weiter...« Harms suchte kurz nach dem Faden, an den er anknüpfen konnte, was für mich ein weiterer Hinweis darauf war, dass er die Mistforke in seine Geschichte eingeflochten hatte. »Die Typen waren zu viert. Sie sind von den Traktoren runter und haben sich meinen Vater geschnappt. Zwei haben ihn festgehalten, und zwei haben ihn in einen Plastiksack gesteckt.«

Ich sah ihn entgeistert an. »In einen Plastiksack?«

»Ja«, bestätigte er. »Diese landwirtschaftlichen Säcke, in denen wir Düngemittel und so lagern.«

»Und die sind groß genug, um jemanden hineinzustecken?«, fragte ich ungläubig.

»Sie haben ihn geschlagen und getreten. Als er am Boden lag, passte er hinein.« Die Stimme des Jungbauern hatte ihre Wut verloren und klang jetzt hilflos und verstört. »Sie haben den Sack mit Paketband zugebunden – mein Vater wäre fast erstickt.«

Ben Harms brach in seiner Erzählung ab und presste die Lippen fest zusammen. Er kämpfte mit seiner Fassung, was ein paar Minuten dauerte. Als er sich wieder so weit gefasst hatte, dass er weitersprechen konnte, deutete er auf die Gestalt im Krankenbett.

»Hypoxischer Hirnschaden durch Sauerstoffmangel, sagen die Ärzte – lebenslanger Pflegefall.«

Jetzt wusste ich, was Lasse mit »wenn's mal ein bisschen härter zuging« gemeint hatte.

»Wer hat denn eigentlich die Schulden bezahlt?«, wollte ich wissen, weil Lasse in seinem Chat geschrieben hatte, dass Max stolz gewesen sei, als dann das Geld gezahlt worden war. »Ihr Vater war's ja wohl nicht.«

»Meine Schwester und ich haben Land verkauft«, behauptete Ben Harms.

»Das war's dann wohl mit der Expansion«, stellte ich trocken fest.

Der junge Bauer nickte und zuckte mit den Schultern. »Hatte doch eh keine Zukunft. Anna hat ihren Laden, und mir fehlt der Ackerdaumen.«

»Wo sind die Traktoren geblieben?« Forschend sah ich Ben Harms an.

»Die Traktoren?« Er lachte spöttisch. »Was denken Sie denn, wo die geblieben sind? Bei van Alst natürlich, wo denn sonst? Ihm gehören die Fahrzeugpapiere so lange, bis die Dinger bezahlt sind. Wenn ein Kredit platzt, den seine Hausbank finanziert hat, holt er sich sein Fahrzeug zurück – notfalls mit Gewalt.«

»Ich denke, Sie haben Land verkauft?« Scharf sah ich ihn an.

»Pah«, machte er spöttisch. »Was denken Sie denn, was man für Ackerboden heutzutage bekommt? Und meinen Sie vielleicht, der Hof hier unterhält sich von allein?« Er machte eine ausholende Bewegung mit beiden Armen.

»Verstehe«, sagte ich. »Und jetzt sind zwei der Männer, die Ihrem Vater das angetan haben, tot«, sagte ich und beobachtete scharf Harms' Reaktion. »Womit wir wieder bei Ihnen als Hauptverdächtigem sind.«

Ben Harms' Augen verengten sich zu Schlitzen, und er atmete scharf durch die Nase ein. »Was wollen Sie damit sagen?«

»Dass Sie sehr gute Chancen auf eine Vernehmung durch die Polizei haben«, antwortete ich.

Mir war klar, dass ich nichts mehr aus dem Jungbauern herausbekommen würde. Aber mein wesentliches Ziel hatte ich erreicht; ich hatte einen wasserdichten Hauptverdächtigen mit einem klassischen und schwerwiegenden Mordmotiv ermittelt – Mord aus Rache.

»Was Ihrem Vater widerfahren ist, tut mir schrecklich leid«, sagte ich aus ehrlich gemeintem Mitgefühl heraus und warf dem im Wachkoma liegenden Bauern Harms einen Blick zu. »Wenn Sie etwas mit den beiden Toten zu tun haben, wird es eine Frage der Zeit sein, bis Sie sich zu verantworten haben. Und da wären noch die beiden Schwerverletzten.«

Bernd Harms' Augen fixierten mich, als er hasserfüllt und mit kalter Stimme sagte: »Wenn die zwei Verletzten ebenfalls zu den Typen gehören, ist es schade, dass sie nicht auch krepiert sind. Und mit den beiden anderen Toten meinen Sie sicherlich den Verbrannten von Upleward, und der andere...«, Harms machte eine Pause und tat so, als müsse er überlegen, bevor er fortfuhr, »... dass müsste wohl der Typ sein, der in Pewsum vom Dach gefallen ist. Tja, was soll ich sagen?«

»Nichts, Herr Harms. Sie haben bereits alles gesagt«, antwortete ich. »Ich muss jetzt gehen. Bemühen Sie sich nicht, ich finde alleine hinaus.«

Grußlos drehte ich mich um und ging den Gang entlang Richtung Wohnungstür. Obwohl ich äußerlich sehr ruhig wirkte, waren meine Sinne zum Zerreißen gespannt, und mein Puls näherte sich dem roten Bereich. Schließlich drehte ich gerade dem Hauptverdächtigen den Rücken zu, und wenn mein Verdacht sich bestätigte, hatte Ben Harms drei Menschen auf dem Gewissen; Martin Bornemanns Tod ging auf das Konto desselben Mörders.

Als ich die grün-weiße Eingangstür hinter mir zuzog, atmete ich auf – ich lebte noch!

Ich überquerte den Hof, kam aber nicht weit.

»Warten Sie!«, hörte ich eine weibliche Stimme. Ich warf einen Blick über die Schulter und sah die rothaarige Amazone auf mich zukommen.

Da sie weder eine Mistgabel in der Hand hatte noch sonstige landwirtschaftliche Gerätschaften, die sich für einen Mord eigneten, blieb ich stehen und sah ihr entgegen, wobei ich mir nicht verkneifen konnte, ihrem sich unter dem Blaumann deutlich abzeichnenden Körper ein paar besonders anerkennende Blicke zu schenken.

Leicht außer Atem und mit geröteten Wangen blieb sie vor mir stehen, und ich stellte fest, dass sie sich offensichtlich gewaschen hatte, denn ihr attraktives Gesicht mit den vollen Lippen war mir vorher durch die Staubschicht nicht sonderlich aufgefallen. Ihre leuchtenden hellgrauen Augen hingegen schon.

»Ich möchte mich bei Ihnen entschuldigen«, sagte sie, und ich bemerkte, dass ihr die Entschuldigung nicht leicht fiel und sie nicht nur über *einen* Schatten springen musste. »Es ist sonst nicht meine Art, auf Besucher mit der Forke loszugehen, aber ich habe…«

»… sehr viel Temperament«, fiel ich ihr ins Wort, da es mir unangenehm war, dass sie sich vor mir rechtfertigen wollte. Ich war ja auch nicht unschuldig an der Eskalation unserer ersten Begegnung, und genau das sagte ich ihr auch: »Ich hätte auch freundlicher zu Ihnen sein können.«

»Und ich hätte nicht gleich durchdrehen müssen«, winkte sie ab.

Wir tauschten noch sehr angeregt ein paar gegenseitige

Entschuldigungsfloskeln aus, bis ich plötzlich das Gefühl bekam, gerade mit ihr zu flirten; was mir aber in Anbetracht der Tatsache, dass jeden Moment ihr Bruder auf der Bildfläche erscheinen konnte, den ich für einen dreifachen Mörder hielt, als der falsche Zeitpunkt erschien.

»Sie haben meinen Vater gesehen?«, fragte Anna und fuhr fort, als ich nickte: »Dann wissen Sie auch, was geschehen ist.«

Abermals nickte ich ernst. »Ja. Ihr Bruder hat mir alles erzählt.«

»Dann verstehen Sie sicherlich auch, dass ich etwas mit den Nerven runter bin und überreagiert habe.«

»Schwamm drüber«, schlug ich vor. »Wir hatten halt heute beide nicht unseren besten Tag.«

»Okay.« Ein verlegenes Lächeln zeichnete sich auf ihrem Gesicht ab. »Dann alles auf Anfang.«

»Alles auf Anfang«, bestätigte ich und verspürte mit einem Mal sehr große Lust, unser Gespräch bei einem guten Rotwein fortzusetzen. Wenn da nicht ihr Bruder gewesen wäre, was mich zurück zum Thema brachte, denn es lag im Bereich des Möglichen, dass meine Recherchen wesentlich dazu beitrugen, dass ihr Bruder als Mörder überführt wurde. Deshalb bemühte ich mich auch, mich ihr gegenüber möglichst neutral auszudrücken – das dicke Ende kam noch früh genug. »Das ist eine ganz tragische und üble Geschichte, die Ihrem Vater widerfahren ist.«

Annas Gesicht spiegelte die Traurigkeit wider, als sie mich ansah und seufzte. »Ja, sehr tragisch. Wir werden den Hof nicht halten können.«

»Wie lange betreiben Sie den Hof schon?«, wollte ich wissen.

Sie lächelte. »Eine Ewigkeit. Solange ich denken kann! Na, und das schon rund vierzig Jahre lang. Wobei ich natürlich meinen Vater meine. Ich selber habe schon als Kind gerne mit angefasst, aber dann als Jugendliche eine Lehre gemacht und bin meinen eigenen Weg gegangen. Bäuerin zu werden war im Gegensatz zu meinem Vater und meinem Bruder nie mein Lebenswunsch.«

»Dann verstehe ich, dass Ihr Vater entgegen jeder Vernunft die Traktoren angeschafft hat, um den Hof auf den Anbau von Raps zur Gewinnung von Biokraftstoff umzustellen und damit zu retten.«

Anna Harms sah mich irritiert an. »Wieso mein Vater? Der wollte keinen Raps anbauen.«

Jetzt war es an mir, verblüfft aus der Wäsche zu gucken. »Ich dachte, Ihr Vater ...«

»Nein!«, unterbrach Anna mich. »Da haben Sie etwas falsch verstanden. Mein Bruder wollte seit Jahren auf Rapsanbau umstellen, gegen den Willen meines Vaters.«

Ich konnte es nicht glauben, dass Ben Harms mir eine solche Lügengeschichte erzählt haben sollte. Wieso tat er das? Es war doch nur eine Frage der Zeit, bis ich die wahre Geschichte herausfinden würde. Dass Anna mir gerade die Wahrheit erzählte, spürte ich genauso deutlich, wie ich gespürt hatte, dass der Jungbauer etwas in die Version eingeflochten hatte, was an dem Morgen in der Scheune geschehen war. Deshalb fragte ich Anna, ob Bauer Harms an dem betreffenden Morgen wirklich mit der Mistgabel in die Scheune gegangen war, als er die verdächtigen Geräusche gehört hatte.

»Mit der Mistgabel? So wie in einer blöden Witzzeichnung?« Anna starrte mich entgeistert an. »Wer hat Ihnen denn diesen Blödsinn erzählt?« Sie wartete eine Antwort aber erst gar nicht ab, sondern sprudelte temperamentvoll weiter. »Seit ich denken kann, hat mein Vater niemals mit leeren Händen oder wie eine Witzfigur mit der Forke in der Hand nachts das Haus verlassen, wenn er aus welchen Gründen auch immer auf dem Hof nach dem Rechten schauen musste. Wir haben einen

Bauernhof in Alleinlage, und unsere nächsten Nachbarn sind fünf Kilometer entfernt. Glauben Sie vielleicht, ein alter Bauer geht da mit der Mistgabel raus?«

»Womit ging er denn raus?« Gespannt sah ich sie an und wusste bereits die Antwort, noch bevor sie etwas sagte.

»Mit seinem Gewehr.«

Auch wenn ich mit dieser Antwort gerechnet hatte, war ich wie vom Donner gerührt, als Anna Harms mir meine Ahnung so einfach bestätigte.

Ich holte tief Luft und atmete geräuschvoll aus.

Anna sah mich mit gerunzelter Stirn an. »Ist alles klar mit Ihnen?«

»Ihr Vater hat ein Gewehr?«, gab ich zur Antwort und ignorierte ihre Frage.

Sie legte den Kopf schief und musterte mich irritiert. »Ja, klar. Er ist schließlich Jäger.«

»Jäger?«, echote ich tonlos.

»Was ist denn daran so Besonderes?«, fragte Anna verständnislos und sah mich achselzuckend an. »Bei uns auf dem Land gibt es fast so viele Jäger wie Deichhasen.«

»Die Toten, von denen ich Ihnen bei unserer ersten Begegnung gesprochen hatte, wurden erschossen; mit einer Büchse, wie sie von Jägern benutzt wird«, sagte ich und stellte fest, dass meine eigene Stimme in meinen Ohren völlig fremd klang und sich das, was ich gerade sagte, vollkommen falsch anhörte. Obwohl ich wusste, dass es richtig war.

Anna Harms sah mich sekundenlang wie versteinert an, ohne Luft zu holen oder mit der Wimper zu zucken. Wir standen uns auf Höhe der Hofeinfahrt gegenüber, und wenn wir vor ein paar Minuten noch geflirtet haben sollten, wovon ich nach wie vor überzeugt war, hatte sich die Situation zwischen uns mit dem, was ich gerade gesagt hatte, völlig verändert. Diese Tatsache war höchst bedauerlich und wurde uns beiden in dem Moment klar, als ich von der Tatwaffe sprach. In diesem Moment nahm sie wohl an, dass ich ihren Vater verdächtigte, aber spätestens wenn sie mit ihrem Bruder gesprochen hatte, würde ihr klar werden, wohin mein Verdacht zielte. Ein gemütlicher Abend bei einem Glas guten Rotweins war hiermit in weite Ferne gerückt, wenn nicht sogar ausgeschlossen. Bekanntermaßen ist das sprichwörtliche Blut dicker als Wasser.

»Sie gehen jetzt besser, Herr de Fries.« Durch Annas Körper ging ein Ruck; sie schob das Kinn vor. Die Aufforderung war unmissverständlich und klar.

»Sehe ich auch so«, sagte ich und gestattete mir noch ein paar Sekunden Zeit, bevor ich antwortete, um in Annas Augen zu schauen und mir vorzustellen, was vielleicht hätte sein können.

Ohne einen weiteren Kommentar drehte ich mich auf dem Absatz um und ging schnurstracks zu meinem Käfer. An die Möglichkeit, dass mich in diesem Moment jemand mit einem Zielfernrohr ins Visier genommen haben könnte und mir jede Sekunde mithilfe einer »Steyr Mannlicher Luxus« eine Kugel des Kalibers .30-06 das Herz aus der Brust herausschießen oder den Kopf vom Hals abschießen könnte, verschwendete ich keinen Gedanken. Ich war viel zu sehr mit Annas grauen Augen beschäftigt.

26

Der Fahrtwind wehte mir heiß wie ein Scirocco ins Gesicht, und fast hätte ich die Abzweigung verpasst, von der die Kleinbahnstraße links abging und Richtung Hauen führte; einem Greetsieler Ortsteil, in dem sich die Adresse befand, die Lina mir auf den kleinen gelben Notizzettel in sauberer Handschrift geschrieben hatte.

An der zweiten Abzweigung bog ich links ab und fuhr den Hauener Ring entlang, der den kleinen Ort, der aus rund einem Dutzend Wohnhäusern und drei Gutshöfen bestand, kreisförmig umschloss. Unter der angegebenen Adresse stieß ich auf ein einfaches, aber durchaus schmuckes Einfamilienhaus aus rotem Backstein, das mitten auf einem rund zweitausend Quadratmeter großen Grundstück stand, welches abgelegen am Ortsrand lag.

Meinen Käfer fuhr ich dicht an den Straßenrand, der auf eine Länge von fast einhundert Metern von einer Reihe hoher Ginstersträucher bewachsen war. Meinen Wagen hatte ich bewusst am Rande des Grundstücks abgestellt, damit ich meinen Besuch nicht bereits von Weitem ankündigte. Ich wusste zwar nicht, was mich erwartete und ob ich diese Nicole fand, und falls ja, ob diese überhaupt mit mir reden würde, geschweige denn etwas Erhellendes zur Aufklärung der Hintergründe beitragen konnte. Aber ich wollte unbedingt die Gespräche durchziehen, die ich mir für heute vorgenommen hatte. Eigentlich hatte ich ja bereits meinen Hauptverdächtigen

Ben Harms ermittelt, der die wesentlichen Kriterien erfüllte: Er hatte Gelegenheit, er hatte ein überaus überzeugendes Motiv, und – er hatte Zugang zu einer Jagdflinte, wie sie der dreifache Todesschütze benutzt hatte. Diese drei Kriterien sollten ausreichen, um Onno als Verdächtigen auszuschließen und aus der Untersuchungshaft loszueisen, wenn da nicht die persönlichen Dinge von Dominik Stein gewesen wären, die in einem Rucksack in Onnos Wohnung unter dessen Bett lagen und darauf warteten, dass ihre Herkunft eindeutig geklärt werden würde.

Grund genug also, sich noch nicht mit den Kriterien zufriedenzugeben, die Ben Harms belasteten, sondern weiteres Be- oder Entlastungsmaterial einzusammeln, um Onnos Freilassung zu erreichen. Auch wenn dies das Herumschnüffeln in einer »alten Geschichte« bedeutete, bei der es sich offensichtlich um eine Frauengeschichte des Schuldeneintreiberquartetts des zweifelhaften Unternehmers Gisbert van Alst handelte. Davon abgesehen interessierte es mich, ob es nicht auch von dieser Seite her Verdächtige geben konnte.

Ich stieg aus und schlenderte an den Ginstersträuchern entlang, bis das betreffende Haus zwischen den Sträuchern auftauchte. Das Gebäude machte, genau wie der Hof von Bauer Harms, einen sehr ansprechenden und gepflegten Eindruck, wobei das vor mir liegende Backsteinhaus zusätzlich einen romantischen Vorgarten besaß, in dem ein farbenprächtiges Meer an Wildpflanzen wild wuchs und blühte. Der Garten war eine wahre Augenweide, sodass ich gar nicht wusste, wo ich zuerst hinschauen sollte: blassgelber Eisenhut, Schafgarbe, Löwenmäulchen und Wilde Orchideen, um nur die Pflanzen zu nennen, die ich auf den ersten Blick erkannte. Wer immer hier wohnte, hatte eine Menge Zeit und Mühe in diese wilde Pracht gesteckt, denn das Anlegen einer traditionellen artenreichen Blumenwiese erfordert viel Arbeit und nimmt mehrere Jahre in Anspruch. Eine Mühe, über die sich das fliegende Volk von Bienen, Hummeln und allen möglichen Insekten freute, deren Schwirren und Surren die friedliche Bilderbuchatmosphäre akustisch untermalte.

Ich ging den weißen Bullerbü-Zaun entlang, bis ich zu dem weißen Holztor kam, das einen Spalt offen stand. Mein Blick wanderte über den mit altem Kopfsteinpflaster ausgelegten Weg hin zur rot lackierten Eingangstür und blieb an den Fenstern hängen, die genauso frisch geputzt wirkten wie die von Bauer Harms bei meinem vorherigen Besuch. Auch hier regte sich nichts; das Haus lag wie ausgestorben vor mir, die Einfahrt war leer, und auch die kleine Garage, deren Tor offen stand, machte einen verlassenen Eindruck.

Da ich nicht riskieren wollte, wieder mit einer Mistgabel attackiert zu werden, hütete ich mich davor, das Grundstück zu betreten, obwohl ich mir ziemlich sicher war, dass niemand zu Hause war. Aber ziemlich sicher ist halt nur ziemlich sicher.

Ohne den Blick von den Fenstern zu nehmen, ging ich ein paar Schritte weiter, wo sich neben dem Tor ein grüner Briefkasten befand. Unauffällig klappte ich den Metalldeckel hoch und sah, dass der Briefkasten noch nicht geleert war. Ein Namensschild suchte ich allerdings vergebens, was hier auf dem Land auch kein Problem war, denn man kannte sich, und der Postbote gehört fast schon zur Familie. Was mir aber im Moment auch nicht weiterhalf, da ich noch immer keinen Namen hatte.

Mein Blick blieb an der roten Haustür hängen, die von üppig blühenden Kletterrosen umrankt wurde. Links neben der Haustür entdeckte ich ein messingfarbenes Türschild mit eingelassener Klingel. Auch wenn der Name am Briefkasten fehlte, konnte ich doch mit ziemlicher Sicherheit davon ausgehen, dass auf dem Türschild der Name der Bewohner stehen würde. Verstohlen warf ich einen Blick in die Runde und stellte fest, dass keine Menschenseele zu sehen war. Wie auch, der nächste Nachbar war ein paar Hundert Meter entfernt.

Nachdenklich wog ich die möglichen Konsequenzen ab, die ein uneingeladener Besuch nach sich ziehen konnte, und kam zu dem Schluss, dass jeder Vertreter das gleiche Risiko eingeht. Also zögerte ich nicht lange, sondern gab mir einen Ruck und drückte das Tor ein Stück weiter auf, um hindurchschlüpfen zu können. Mit schnellen Schritten ging ich auf die Haustür zu und beugte mich zu dem Türschild hinunter, auf dem zwei kleine Namensschilder angebracht waren.

L. Kleinschmidt war auf dem unteren Namensschild in akkurater, aber schon etwas verblasster Schrift zu lesen. Das obere Namensschild wies *N. Kleinschmidt* als Bewohner oder Bewohnerin aus.

Auch wenn mir der Name im Moment spontan nichts sagte, kam er mir dennoch bekannt vor. Ich überlegte einen Moment und legte dann entschlossen meinen Finger auf die Klingel. Aber anders als bei meinem vorherigen Besuch, klingelte ich nicht Sturm, sondern nur zweimal recht kurz und dezent. Auch hier rührte sich nichts hinter der Tür; kein Geräusch, keine Bewegung – nichts dergleichen.

Okay, dachte ich bei mir und nahm meinen Hut ab, um mir mit dem Unterarm über die Stirn zu wischen, weil das Schweißband seine Aufnahmekapazität erreicht hatte. »Und nun?«

Während ich mir mit dem Hut Luft zuwedelte, reckte ich den Hals und sah den seitlich am Haus verlaufenden Weg entlang, der hinter einem mit dunkelroten englischen Rosen dicht bewachsenen Rundbogen verschwand.

»Hallo!«, rief ich halblaut und horchte meiner eigenen Stimme hinterher.

Als sich nach einer Minute noch immer nichts geregt hatte, konnte ich es einfach nicht lassen und folgte dem Weg bis zu dem Rosenbogen. Ich spähte durch das Grün und sah vor mir einen verwunschenen Garten liegen. Automatisch machte ich zwei Schritte nach vorne; der Garten übte eine fast magische Anziehungskraft auf mich aus. Auch wenn er im ersten Moment einen verwilderten Eindruck machte, war die Mühe, die sich der Besitzer beim Anlegen des mediterranen Gartens gemacht hatte, ins Auge fallend. Den Mittelpunkt der Gartenanlage bildete ein Terrassenplatz, der mit weißem Kies aufgeschüttet war und auf dem Gartenstühle aus Teakholz standen. Die Terrasse war seitlich von einer Mauer eingefasst, die aus alten Backsteinen eine Mauerruine bildete, die ungemein malerisch umpflanzt und mit diversen antiken Gartengeräten und modernen Skulpturen dekoriert worden war. War ich schon stolz auf meinen Bauerngarten, so konnte doch der Besitzer dieses Gartens bei jedem Gartenwettbewerb mitmachen und würde mit Abstand gewinnen. Trotz aller Bewunderung war ich mir bewusst darüber, dass ich mich gerade unbefugt auf einem fremden Grundstück aufhielt, weshalb ich mich gerade wieder zurückziehen wollte, als eine dunkelmessingfarbige Konstruktion meine Aufmerksamkeit weckte, die im Schatten der antiken Mauernachbildung hervorlugte.

Ein kurzer Rundumblick zeigte mir, dass noch immer niemand zu sehen war. Schnell huschte ich zu der Mauerruine und lugte durch die geschickt inszenierte Öffnung im Stil eines mittelalterlichen Rundbogens und sah eine mit dunkler Patina überzogene Metalltür mit einem großen Vorhängeschloss davor, dessen Bügel halb offen herabhing. Die Metalltür war in einer Art Mauer eingelassen, von der auf einer Höhe von etwa zwei Metern wilde Rosen herabwucherten. Halb von den Rosen verdeckt, konnte ich eine Art Rohr erkennen, das von einem darüber montierten Metallschild verdeckt wurde; eine Konstruktion ähnlich der, die auf dem Reetdach meines alten Kapitänshauses den Schornstein meines Kamins vor Nässe und

Verunreinigungen schützt. Aber was sollte ein Kamin in dieser Gartenidylle zu suchen haben?

Ohne lange nachzudenken, umrundete ich den Mauervorsprung und nahm das Vorhängeschloss in die Hand. Mit der anderen Hand ergriff ich einen schmalen Metallgriff, der an der Tür angebracht war. Mit leichtem Quietschen öffnete sich die Tür und gab einen Blick in einen halbdunklen Raum frei, dessen Wände rußgeschwärzt waren und in dessen Boden ein Rost eingelassen war. Erst jetzt sah ich die Klappe vor meinen Füßen. Ich ging in die Hocke und griff nach der Klappe, die sich beim Öffnen als Feuerklappe erwies. Mein Blick wanderte die Wände hoch zum Dach der Kammer, und ich sah den blauen Himmel hervorlugen. Während ich noch nach oben sah, nahm ich den typisch rauchigen Geruch von verbrannter Holzkohle war. Schlagartig war mir klar, worum es sich bei dieser Konstruktion handelte.

Ich kniete in einer alten, aber gut erhaltenen und offenbar noch funktionstüchtigen Räucherkammer.

Räucherkammer! In meinem Kopf schrillten alle Alarmsirenen gleichzeitig, und doch konnte ich nicht anders und beugte mich zu dem Rost zu meinen Füßen hinunter und hob ihn leicht an.

Mit gespreizten Fingern fuhr ich durch die Asche am Boden und wurde, obwohl ich nichts bewusst gesucht hatte, mit der zweiten Handbewegung fündig. Obwohl ich nicht wusste, was meine Finger ertastet hatten, durchfuhr mich ein eisiger Schrecken, der mir bis ins Mark drang. Hastig pustete ich über das Stück Irgendwas, das ich in meinen Fingerspitzen hielt, und wusste im gleichen Moment, als ich den grauen Ruß wegpustete, dass ich ein menschliches Knochenfragment zwischen den Fingerspitzen hielt.

Meine inneren Alarmsirenen gellten immer lauter, und alles in mir schrie gellend, dass ich auf schnellstem Weg verschwinden sollte. Mit einer kleinen Handbewegung steckte ich das Knochenteil in die Seitentasche meiner Shorts und erhob mich, als mich ein mörderischer Schlag zwischen die Schulterblätter traf.

Mit einem Aufschrei fiel ich zurück auf die Knie und stützte mich mit den Händen auf dem Rost ab. Der gleißende Schmerz raubte mir den Atem, und ich schnappte verzweifelt nach Luft, als sich ein Stück Metall schmerzhaft seitlich unter mein Schlüsselbein drückte. Ich schrie unterdrückt auf, was zur Folge hatte, dass sich das Metallteil noch härter gegen den Knochen drückte.

»Halt die Schnauze!«, fuhr mich eine Stimme an. »Wenn du dich nur einen Millimeter bewegst, knall ich dich ab!«

Ich erstarrte mitten in der Bewegung.

Zum einen vor Schmerz und zum anderen, weil ich meinem Gegenüber keinen Grund geben wollte, seine Drohung wahr zu machen. Da ich mich nicht rührte, traf mich der folgende Schlag ebenso überraschend wie der erste; nur diesmal an der Schläfe.

Der heiße Schmerz trieb mir Tränen in die Augen, die sich mit dem grauen Ruß vermischten, als ich unter der Wucht des Schlages vornüberfiel und mit dem Gesicht auf den rußigen Rost knallte.

»Hoch mit dir!«, herrschte mich die näselnde Stimme an. Der Aufforderung konnte ich allerdings nicht sofort folgen, weil ich mit dem Funkenflug der Sterne beschäftigt war, die der Schlag vor meinen Augen hatte explodieren lassen.

Mühsam und noch halb benommen von den beiden unerwarteten Schlägen rappelte ich mich hoch und hielt mich beim Aufstehen an den rußigen Wänden der Räucherkammer fest. Als ich halbwegs auf den Beinen stand und mich versuchte zu orientieren, traf mich der nächste Schlag; diesmal an der anderen Seite meines Schädels.

Ich weiß nicht, wie lange ich bewusstlos gewesen war, aber lange konnte es nicht gewesen sein, denn die Tränen in meinem Gesicht waren noch nicht getrocknet. Mich überkam ein Hustenreiz, der mich ein paar Sekunden lang kräftig durchschüttelte. Als ich wieder halbwegs atmen konnte, drehte ich mich auf die Seite und stützte mich auf den Ellbogen. Mit dem anderen Arm fuhr ich mir übers Gesicht und öffnete die Augen einen Spalt. Als sich die Schleier vor meinen Augen verzogen und ich sah, wer sich mit einem Gewehr vor mir aufgebaut hatte, riss ich ungläubig die Augen auf.

Vor mir stand breitbeinig ein mittelgroßer, hagerer Mann, dessen Halbglatze auch im Halbschatten schweißnass glänzte, und richtete ein Gewehr mit aufgesetztem Zielfernrohr auf mich. Der Lauf zielte genau auf mein Gesicht, und ich konnte rund um die dunkle Mündung ein paar Flusen sehen, die wahrscheinlich vom Waffenreinigen stammten. Das Augenfälligste an dem ansonsten unscheinbaren Mann, der eine dunkle Tuchhose und ein halbärmeliges schwarzes Polohemd trug, war der lange, dürre Hals, der ebenso aus dem Polohemd herausragte wie sonst aus dem Hemd seiner Uniform.

»Kleinschmidt!«, flüsterte ich, da mir in dem Moment, als ich den Polizisten erkannte, schlagartig sein Name einfiel, auf den ich im Watt vor Upleward nicht gekommen war. »Der Gänsegeier.«

»Noch so ein dämlicher Spruch, und ich knall dich gleich hier ab, du arrogantes Arschloch!«, näselte er.

»Genauso wie die anderen beiden?«, erwiderte ich hustend.

»Einer!«, korrigierte Kleinschmidt mich. »Einer brach sich den Hals, und einer ist ertrunken, die beiden anderen leben – noch!«

»Martin Bornemann ist nicht ertrunken«, widersprach ich. »Er ist an seiner Schussverletzung verblutet, nicht ertrunken! Sie sollten Ihre eigenen Polizeiberichte aufmerksamer lesen.«

»Ach was?« Kleinschmidt zog die Augenbrauen hoch. »Schön! Das wusste ich ja noch gar nicht.«

Bevor ich etwas erwidern konnte, gab mir der Polizist mit dem Lauf seines Gewehrs einen Wink. »Hoch jetzt!«

Ich vermutete, dass es klüger war, den Mund zu halten, und kniff die Lippen zusammen, um nicht vor Schmerzen aufzuschreien, als ich mich mühsam aufrappelte. Außerdem wollte ich dem Gänsegeier nicht die Genugtuung verschaffen, mich vor Schmerzen schreien zu hören.

Während ich mich an der Wand der Räucherkammer festhielt und wartete, dass sich der Drehschwindel wieder legte, schüttelte ich kaum merklich, aber noch immer ungläubig den Kopf. Es war nicht zu fassen – der Gänsegeier war der Todesschütze! Ich hatte den hageren Polizisten kennengelernt, als ich im Zusammenhang einer Recherche den Wagen eines Opfers im Auftrag ihrer Schwester abholen wollte; Kleinschmidt wollte mich verhaften, weil er dachte, ich sei ein Autodieb. Uz hatte ihn damals mit seinem Namen angesprochen, als er hinzugekommen war, und ich konnte mich noch genau daran erinnern, dass Uz ihn nach seinen Magenbeschwerden gefragt hatte. Ein anderes Mal waren wir Kleinschmidt noch einmal begegnet, und Uz hatte sich nach dem Befinden von dessen Tochter erkundigt; Kleinschmidt hatte irgendetwas davon gesagt, dass es ihr wieder besser gehe und sie jetzt auch bei dem Verein sei. Automatisch begannen meine Hirnwindungen damit, die Informationen, die ich mir gerade wieder ins Bewusstsein geholt hatte, zusammenzusetzen, aber bevor zwei plus zwei vier ergeben konnten, scheuchte Kleinschmidt mich aus der Räucherkammer hinaus und trieb mich vor dem Lauf seiner Flinte her durch den wunderschönen Garten Richtung Haus.

»Schöner Garten!«, rief ich über die Schulter, als wir an einem besonders schön angelegten Kräutergarten vorbeikamen, in dem kleine Stäbe mit Schiefertafeln steckten, auf denen in Schönschrift die Namen der Kräuter standen.

Statt sich über das Lob zu freuen, drückte Kleinschmidt mir den Lauf seiner Flinte ins Kreuz, was empfindlich wehtat und mich noch schneller humpeln ließ, als mir guttat. Der Polizist bugsierte mich an die Rückseite des Hauses, wo fünf schmale ausgetretene Stufen in einen Außenkeller führten. Vorsichtig tastete ich mich die Steinstufen hinunter und drückte die schwere alte Kellertür auf, wie er mir zurief.

»Stopp«, befahl er barsch. »Legen Sie sich die Armbänder an.«

Widerwillig blickte ich auf das Paar matt glänzender Handschellen, die er neben mich auf den staubigen Boden geworfen hatte.

»Los, machen Sie schon. Ich hab nicht den ganzen Tag Zeit.«

»Ich auch nicht, du Pflaume!«, dachte ich zähneknirschend, befolgte seine Aufforderung und bückte mich nach den Handschellen.

Ich legte mir also selber die schweren Handschellen an, wie Gänsegeier befohlen hatte, und hielt sie ins Licht, sodass er sehen konnte, dass sie tatsächlich eingerastet waren.

»Rein da!«, befahl er und wedelte erneut mit dem Lauf seiner Flinte.

Ich zog den Kopf ein und folgte widerwillig seiner Anweisung. Die Kellertür war nur angelehnt und schwang knarrend nach rechts auf, als ich mit meinen gefesselten Händen dagegen drückte. Vor mir im Halbdunkel lag ein alter Kellerraum, der mich mit seinem muffigen Atem begrüßte. Es war zwar nicht wesentlich kühler in dem Keller, was ich eigentlich vermutet hätte, aber zumindest herrschte hier eine angenehmere Temperatur als draußen.

Ungefähr drei Meter von mir entfernt auf der rechten Seite des Kellerraums befand sich ein geöffnetes Kellerfenster mit drei Eisenstangen als Einbruchs- oder, in meinem Fall,

Ausbruchsschutz. Durch das Fenster fiel ein breiter Streifen gedämpften Sonnenlichts auf den Boden des Naturkellers, der nicht mit einem Estrich versehen, sondern mit Menschenkraft gestampft worden war und sich im Laufe der Jahre zu einem gehärteten Erdboden verdichtet hatte. Der breite Lichtstreifen, der die Dunkelheit des Raumes wie ein Bühnenscheinwerfer durchschnitt, riss einen alten viereckigen Tisch mit einem daneben stehenden Stuhl aus der Dunkelheit. Auf der gegenüberliegenden Wand des Fensters war eine etwas schmalere, massiv aussehende zweite Holztür im Mauerwerk eingelassen; sie war verschlossen. Rechts davon standen zwei mannshohe Tiefkühlschränke, die leise summten, während sie mich mit dem kalten blauen Licht ihrer Kontrolllampen leidenschaftslos begrüßten.

Mit erstaunlich schweren Schritten für einen solch hageren Mann stapfte Kleinschmidt hinter mir her und befahl mir, mich auf den alten Stuhl zu setzen. Kaum dass ich mich hingesetzt hatte, umwickelte der Gänsegeier mich mit einem schweren grauen Industrieklebeband, sodass sich mein Rücken hart gegen die Rückenlehne des Stuhles drückte. Die mit Handschellen gefesselten Hände hatte ich in meinen Schoß gelegt und hoffte, dass Kleinschmidt mir ein bisschen Bewegungsfreiheit ließ. Er dachte aber nicht daran, sondern umwickelte auch meine Unterschenkel, sodass der Stuhl fest mit mir verbunden war.

»Jetzt ist Ruhe im Karton, Herr Anwalt!«, sagte Kleinschmidt höhnisch.

Bevor ich mich wehren konnte, schossen seine Arme seitlich an meinem Gesicht vorbei und klebten mir einen ekligen Klebestreifen, der nach Katzenpisse stank, auf den Mund. Voller Panik kämpfte ich gegen meinen Brechreiz an, denn wenn ich mich jetzt übergeben hätte, wäre ich an meinem eigenen Erbrochenen jämmerlich erstickt.

Ohne ein weiteres Wort zu verlieren, stapfte Kleinschmidt zum Kellerausgang und schlug die schwere Tür hinter sich zu. Mit einem schleifenden Geräusch von Metall auf Metall drehte sich der verrostete Schlüssel im Schloss, als er mich einbuchtete. Obwohl ich verschnürt war wie ein Rollmops, wollte er wohl auf Nummer sicher gehen. Als Polizist kannte er sich mit so was aus.

Wie eine Nordseewelle bei Windstärke neun schlug die Panik über mir zusammen. Ich bemühte mich, Ruhe zu bewahren, hatte aber durch die Klebestreifen meine liebe Not, ruhig zu atmen und meinen rasenden Puls so weit zu beruhigen, dass ich nicht befürchten musste, in diesem Kellerloch an einem Schlaganfall zu krepieren. Erst nach geraumer Zeit hatte ich mich so weit unter Kontrolle, dass ich ausreichend Sauerstoff durch meine Nase bekam und sich meine Todesangst, in diesem Kellerloch ersticken zu müssen, etwas legte. Trotzdem konnte ich noch immer keinen klaren Gedanken fassen, wie ich mich aus dieser misslichen und lebensgefährlichen Situation hätte befreien können.

Verzweifelt zerrte ich an dem Klebeband, was aber völlig aussichtslos erschien. Während ich zu dem Streifen Sonnenlicht hinüberstarrte und die Staubpartikel friedlich in der Luft schweben sah, begann es in meiner Hosentasche zu summen.

Wie elektrisiert riss ich die Augen auf – Thyra!

Kleinschmidt hatte mich nicht durchsucht. Ich hatte noch immer Thyras Telefon in der Hosentasche.

»Was für ein selten dämliches Versäumnis von diesem Vollidioten«, jubilierte ich. Meine Freude währte allerdings nicht lange, denn ich kam ja nicht ans Handy heran. Trotzdem schöpfte ich mit einem Schlag neue Hoffnung und fühlte mich wie euphorisiert. Thyra hatte ihren Anrufbeantworter abgehört, und die von mir benannte Stunde, nach der ich mich bei ihr hatte melden müssen, war mehr als vorüber.

Ich überlegte fieberhaft, was jetzt geschehen würde: Konsequenterweise würde Thyra sofort die Kavallerie alarmieren, die mich auf dem Hof von Bauer Harms suchen würde. Wenn die Polizei mich dort allerdings nicht finden würde, hätten sie keine Ahnung, wo ich mich gerade befand.

»Aber!«, hoffte ich. »Sie werden das Naheliegende tun und eine Handyortung durchführen.«

Meine Hoffnung fiel aber in sich zusammen wie ein nicht aufgegangener Hefeteig, und erneut befiel mich Panik. Denn ich wusste, wie langwierig polizeiliche Ermittlungsarbeiten sein können: Antrag auf Ortung eines Handys, dann die Genehmigung vom Gericht abwarten und überhaupt – Thyra musste erst einmal die Polizei davon überzeugen, dass ich mich in Gefahr befand. Wenn ihr das nicht gelang, hatte ich ein ernsthaftes Problem.

Verzweifelt begann ich mich nach meiner anfänglichen Euphorie auf meinem Stuhl hin und her zu winden – erfolglos. Das Klebeband tat, was es tun sollte, es klebte mich am Stuhl fest. Irgendwann gab ich es auf, an meinen Fesseln zu zerren, denn ich hatte einfach keine Kraft mehr. Völlig erschöpft sackte ich in mich zusammen und starrte lethargisch in den flirrenden Streifen Sonnenlichts.

»War's das jetzt?«, dachte ich mit dumpfer Verzweiflung. »Im Keller von Kleinschmidt krepieren?«

Die scheinbar schwerelosen, im Sonnenstreifen schwebenden Staubpartikel übten auf mich eine einschläfernde Wirkung aus, vielleicht aber wollte mich auch mein Körper zum Selbstschutz etwas herunterfahren. Ich merkte, wie mir langsam die Augen zufielen.

Ein Geräusch ließ mich erschrocken zusammenfahren, und ich versuchte, mich automatisch aufzurichten, wobei es bei dem Versuch blieb, denn das Klebeband verhinderte brutal jede noch so kleine Bewegung. Es brauchte ein paar Sekunden, bis ich mich wieder orientiert hatte und die Ausweglosigkeit meiner Situation mir eine Extradosis Adrenalin durch die Adern jagte, was in mir einen Fluchtimpuls auslöste und mich verzweifelt an den Handschellen zerren ließ – vergebens.

Erneut hörte ich das Geräusch.

Etwas war hinter der Tür.

Ich hielt den Atem an und versuchte, das Geräusch einzuordnen, was mir aber erst gelang, als der Schlüssel sich mit dem mir bekannten metallischen Schleifen im Schloss drehte. Langsam öffnete sich die Tür, und eine schmale Gestalt betrat den Keller, die zielstrebig auf die schmale Holztür auf der gegenüberliegenden Wand zuging.

Im ersten Moment dachte ich, dass Kleinschmidt gekommen war, um mir das Lebenslicht auszublasen, aber die Gestalt, deren Silhouette ich nur schwach in dem Dämmerlicht des Kellers sah, konnte nicht der Gänsegeier sein, dafür war sie zu zierlich. Thyra war es leider auch nicht – wer war es dann?

Bevor ich entscheiden konnte, ob ich es mit einem Freund oder Feind zu tun hatte, der das Kellerloch betreten hatte, verschwand die Gestalt in dem gegenüberliegenden Raum. Da die massiv aussehende Kellertür in meine Richtung aufschwang, wurde ich nicht nur zusätzlich verdeckt, sondern konnte auch nicht sehen, was sich hinter der Tür verbarg oder was die geheimnisvolle Gestalt dort trieb.

Mit einem Mal fiel ein flackernder Lichtschein aus dem Raum hinter der Tür und ließ die Schatten des Kellers geheimnisvoll an der Decke tanzen. Der Unbekannte hatte Kerzen entzündet. Gleichzeitig hörte ich eine Stimme leise reden, und obwohl ich alle Sinne zur gegenüberliegenden Tür gerichtet hatte, konnte ich nicht erkennen, ob es sich bei der Stimme um die eines Mannes oder einer Frau handelte, geschweige denn verstehen, was gesagt wurde. Offenbar handelte es sich aber um ein Selbstgespräch, denn eine zweite Stimme war nicht zu hören, was mich in diesem Kellerloch auch extrem gewundert hätte. Obwohl – es lag durchaus im Bereich des Möglichen, dass sich in dem gegenüberliegenden Raum ebenfalls ein Gefangener wie ich befand.

Trotz meiner misslichen Lage erwachte meine Neugier auf das, was dort hinter der Tür geschah.

Nach einer Weile tauchte die Silhouette der geheimnisvollen Gestalt im Türrahmen auf, und obwohl ich mir fast den Hals verrenkte, konnte ich nicht sehen, um wen es sich handelte, da der Unbekannte mir den Rücken zudrehte, als er die Holztür anlehnte. Die Kerzen ließ der Unbekannte aber in dem Raum brennen.

Die Gestalt drehte sich herum, und obwohl sie mir nicht weiter als zwei Meter direkt gegenüberstand, konnte ich nicht erkennen, um wen es sich handelte, da das Gesicht des Unbekannten im Dunkel des Kellers lag.

Offenbar hatte der Unbekannte nicht damit gerechnet, dass ich mich hier befand, denn eine Schrecksekunde rührte er sich ebenso wenig wie ich, sondern schien mich nur anzustarren.

Plötzlich flammte eine Taschenlampe auf, und ein Halogenstrahl zielte mitten in mein Gesicht. Ich kniff die Augen zu, als mich das grelle Licht schmerzhaft traf, und gab wütend einen unartikulierten Laut von mir.

»Was machen Sie denn hier?«, fragte eine überraschte Stimme.

Schritte kamen auf mich zu, und als dem Unbekannten einfiel, dass mich der Strahl seiner Taschenlampe blendete, erlosch das Licht.

Erleichtert atmete ich auf und öffnete vorsichtig die Augen, konnte aber nichts erkennen, weil ich noch immer geblendet war und mir schwarze Schatten vor den Augen herumtanzten.

»Verdammt«, hörte ich die Stimme sagen und erkannte, dass es sich um eine Frau handelte. »Was geht denn hier ab?«

Ungläubig spürte ich, dass sich die Unbekannte an dem Klebestreifen zu schaffen machte, der mir den Mund verschloss und das Atmen so schwer machte.

»Vorsicht«, warnte die Frauenstimme mich, die mir bekannt vorkam, die ich aber nicht zuordnen konnte. »Das tut jetzt weh!«

Erinnerungen an eine schreckliche Nacht in eisiger Kälte schossen mir in Standbildern durch den Kopf, als sich der Klebestreifen schmerzhaft von meinem Mund löste. Auch damals wäre ich fast gestorben, nachdem ich Opfer eines nächtlichen Überfalls geworden war. Man täuscht sich gewaltig, wenn man denkt, dass bei uns in Ostfriesland außer Ebbe und Flut nichts geschieht.

»Danke«, krächzte ich atemlos und sog die muffige Kellerluft so dankbar wie ein Ertrinkender ein, der ich ja im weitesten Sinne auch war.

Nach ein paar tiefen Atemzügen normalisierte sich meine Atmung, und obwohl sich die Schleier vor meinen Augen auflösten, konnte ich im Dämmerlicht nicht erkennen, wer sich gerade an meinen Fesseln zu schaffen machte.

»Wer sind Sie?«, fragte ich mit belegter Stimme, da mein Hals nach den Stunden in dem muffigen Keller ohne einen Schluck Wasser wie ausgedörrt war.

»Erkennen Sie mich wieder nicht, Herr de Fries?«, fragte mich die Frau und ließ die Taschenlampe aufleuchten, deren Strahl sie gegen die Kellerdecke richtete, um mich nicht erneut zu blenden. »Nicole«, sagte die Frau, die mir gegenüberstand. »Nicole Kleinschmidt.«

Diesmal erkannte ich die durchtrainierte blonde Polizistin wieder, die vor ein paar Tagen am Strand von Upleward meine Aussage zu Protokoll genommen hatte. An dem Tag hatte sie ein bisschen mit mir gefrotzelt, weil sie mich schon einmal in einer anderen Sache als Zeugen vernommen und ich sie im Watt nicht erkannt hatte.

»Sie.« Mit offenem Mund starrte ich die blonde Polizistin an, die aber statt einer Polizeiuniform Shorts und eine ärmellose weiße Leinenbluse trug. »Was machen Sie denn hier?«

»Ich?« Ein Lächeln umspielte ihre Lippen, als sie mich ansah. »Ich wohne hier.«

Die Erkenntnis traf mich wie der Hieb der Flinte ihres Vaters. Schlagartig wurden mir zwar noch nicht alle, aber ein paar wesentliche Zusammenhänge klar.

»Na klar«, krächzte ich. »Nicole Kleinschmidt, und der Gänsegeier ist ihr Vater.«

»Nennen Sie ihn so?«, wollte sie wissen und warf mir einen Blick zu, den ich nicht recht deuten konnte.

Ich nickte.

»Hm«, machte sie. »Nicht schmeichelhaft, aber mein Vater ist hart im Nehmen.«

Nicole Kleinschmidt hatte ihre Taschenlampe wieder ausgeschaltet und machte sich erneut an meinen Fesseln zu schaffen.

»Mist! Das klebt ja wie die Hölle. Warten Sie mal«, schimpfte sie. Sie ging zu den Tiefkühlschränken hinüber und kramte im Schatten des rechten Schrankes herum. Ich hörte etwas klirren, dann kam sie wieder auf mich zu.

»Wusste ich's doch«, sagte sie zufrieden und setzte ein verrostetes und mit Farbe beklecksten Teppichmesser an dem Klebestreifen an, der meine Oberschenkel mit dem Holzstuhl verband.

Geschickt durchtrennte Nicole Kleinschmidt meine Fesseln und gab einen überraschten Laut von sich, als sie auf meine Handschellen stieß. Aber sie war zu sehr Polizistin, als dass sie nicht professionell nach Prioritäten vorging, was offenbar in meinem Fall das Lösen der Fesseln vor dem Stellen von Fragen war.

Als sie den letzten Klebestreifen zertrennt hatte, schob sie die Klinge des Teppichmessers zurück in den Metallgriff und ließ das Messer achtlos neben den Stuhl fallen. Sie griff mir unter den rechten Arm und half mir wie einem Schwerstkranken beim Aufstehen. Ächzend streckte ich mich und meinte meine Gelenke im Chor knacken zu hören.

»Was ist hiermit?«, fragte ich und streckte ihr meine Hände mit den Handschellen entgegen.

»Die bleiben dran«, antwortete sie. »Ich habe zwar keine Ahnung, was hier eigentlich abgeht, aber ich schätze mal, dass es einen triftigen Grund dafür gibt, dass Sie gefesselt hier in unserem Keller sitzen.«

»Den gibt's«, antwortete ich. »Und deshalb sollten Sie mir auch sofort die Handschellen abnehmen und mit mir verschwinden.«

»Keine Chance!« Energisch schüttelte sie den Kopf, sodass ihr blonder Pferdeschwanz hin und her hüpfte. »Bei allem Respekt, Herr de Fries, aber ich kenne Sie nicht. Meinen Vater hingegen kenne ich. Er wird wissen, was er tut.«

»Da seien Sie mal nicht so sicher«, entgegnete ich trocken.

Bevor ich weiter versuchen konnte, sie zu überzeugen, meine Handschellen zu lösen, oder ihr erklären konnte, welche Rolle ihr Vater bei den Morden spielte, die sich in der Krummhörn abspielten, drückte sie mich zurück auf den Stuhl: »Haben Sie bitte noch etwas Geduld. Mein Vater musste noch mal rüber nach Emden. Wenn er wieder zurück ist, wird sich aufklären, was hier eigentlich los ist. Bis dahin müssen Sie sich noch etwas gedulden.«

Nicole Kleinschmidt wandte sich um und warf mir noch einen Blick zu, bevor sie die Tür hinter sich ins Schloss zog und der Schlüssel sich wieder knarzend im Schloss drehte.

Ich erhob mich wieder von meinem Stuhl. Für heute hatte ich genug gesessen. Mit zusammengebissenen Zähnen machte ich ein paar Dehn- und Lockerungsübungen, denn die brutalen Schläge von Kleinschmidts Flinte hatte mein Schädel noch lange nicht verdaut. Vorsichtig tastete ich mit meinen gefesselten Händen meine Schläfen ab, wo mich der Lauf getroffen hatte. Scharf zog ich die Luft zwischen meinen Zähnen ein, als ich die Platzwunde betastete, von der aus mir das Blut übers Gesicht gelaufen war. Dem brennenden Schmerz und dem klaffenden Hautriss nach musste die Wunde mit Sicherheit genäht werden, und der pochende Kopfschmerz in Verbindung mit meinen Sehstörungen ließ mich eine zumindest leichte Gehirnerschütterung vermuten.

»Herr de Fries!«, hörte ich Nicole Kleinschmidt rufen.

»Ja«, antwortete ich kurz angebunden.

»Gehen Sie mal von der Tür weg, ich will reinkommen.«

»Bin ich«, antwortete ich und lehnte mich ans Kellerfenster.

Langsam öffnete sich die Tür einen Spalt. Die Taschenlampe flammte auf und suchte mich. Als Nicole Kleinschmidt sah, dass ich am Fenster stand, öffnete sie die Tür und stellte zwei Flaschen Mineralwasser und eine Papiertüte in den Keller direkt neben die Tür.

»Damit Sie mir nicht verdursten. Bis später.«

Sie hatte sich in der Zwischenzeit umgezogen und trug jetzt ihre Dienstuniform. Mit einem dumpfen Klang schlug die Kellertür erneut zu, und ich saß wieder im Halbdunkel des muffigen Kellerlochs. Mühsam stand ich auf und ging zur Tür. Als ich mich nach den Flaschen bückte, erfasste mich ein übler Drehschwindel, sodass ich mich einen Moment an der unverputzten Mauer abstützen musste. Ich öffnete eine der Mineralwasserflaschen und ließ das eiskalte Wasser in mich hineinlaufen, begann aber nach den ersten Schlucken heftig zu husten. Ich blieb ein paar Minuten an der Wand stehen, um wieder zu Luft zu kommen, und zwang mich, das Wasser in kleinen Schlucken zu trinken.

Das eisgekühlte Wasser war das Beste, das ich je in meinem Leben getrunken hatte. Mit jedem Schluck spürte ich meine Lebensgeister zurückkehren, und als die erste Flasche leer war, fühlte ich mich schon wieder kräftig genug, um einen deftigen Fluch auszustoßen.

Nachdem ich die Flasche auf den staubigen Holztisch gestellt hatte, um sie im Notfall als Waffe griffbereit zur Hand zu haben, näherte ich mich der schmalen Holztür, weil mich natürlich brennend interessierte, was sich dahinter verbarg.

»Hallo«, sagte ich leise, da ich nicht ausschließen konnte, dass sich nicht doch noch jemand in diesem Kellerloch befand.

Stille.

Nichts rührte sich. Langsam streckte ich meine Hände aus, an deren Handgelenken noch immer die Handschellen baumelten, und umfasste die Türklinke, um sie niederzudrücken. Die Tür öffnete sich mit leisem Knarren. Warmer Lichtschein fiel mir entgegen, als ich die Schwelle des Raumes betrat.

Meinen Augen bot sich ein makabres und schauerlich anmutendes Szenario.

Bei dem Raum handelte es sich um einen Nebenraum des Naturkellers. Wände und Boden waren rußgeschwärzt. Ein Blick zur Decke zeigte mir drei Reihen von Haken und krumm gebogenen Nägeln, die von einer Schicht zu Dreck und Ruß mutierter Patina bedeckt waren. Obwohl sich an der Decke keine Öffnung und kein Spalt zeigte, war ich doch sicher, dass es sich bei diesem Raum um die alte und ursprüngliche Räucherkammer des Hauses handelte.

Die Kammer war circa drei mal drei Meter groß und verfügte aufgrund ihrer Größe als Räucherkammer über enorme Kapazitäten. In dieser Kammer hätte man ein komplettes Rindvieh räuchern können, was die ehemaligen Besitzer möglicherweise auch getan hatten.

Das Makabre an dieser Räucherkammer aber war eine schwere verwitterte Steinplatte, die sich an der Stirnseite der Kammer vor der rußgeschwärzten Steinmauer befand und wie ein Altar aufgebaut war. Die massive Steinplatte hatte die Größe eines Grabsteins, wie sie auf dem alten Friedhof der Greetsieler Kirche zu finden waren; möglicherweise handelte es sich bei der Platte, die auf zwei großen Steinquadern thronte, tatsächlich um eine Grabplatte.

Auf der Steinplatte stand ein weißer Kindersarg, der unheimlich von den aufgestellten Teelichtern beleuchtet wurde.

Was sollte das hier? War das hier eine Grabstätte oder Gruft und wenn für wen? Dass es sich bei dieser Kammer um eine reguläre und genehmigte Gruft handelte, bezweifelte ich sehr. So etwas würde kein Friedhofsamt nach deutschem Recht genehmigen. Aber um festzustellen, ob es sich um eine echte Grabstätte handelte, gab es nur eine Möglichkeit: Ich musste den Sarg öffnen.

Beklommen näherte ich mich dem Altar mit dem Kindersarg, als mein Blick auf eine kleine Nische in der Wand fiel, die mir das Blut in den Adern fast gerinnen ließ. Ich erkannte eine kleine hölzerne Babywiege, deren Inneres von einem verstaubten und vergilbten Stoffhimmel verdeckt wurde. Auch wenn der weiße Kindersarg mich bereits schaudern ließ, kam mir die verstaubte Babywiege wie ein Szenario aus einem Horrorfilm vor, in dem ich die Rolle des nichts ahnenden tragischen Helden spielte. Ich trat an die Babywiege heran, die wie ein kleines Schmuckstück wirkte und sehr liebevoll gearbeitet war. Das hier war kein Sperrmüll, der vor Jahren abgestellt worden war. Nein. Das war offenbar das schaurige Zeugnis einer vergangenen Tragödie, die tödlich geendet hatte.

Wie in Zeitlupe streckte ich meine gefesselten Hände aus und griff nach dem Stoff der vor mir stehenden Babywiege, um ihn zur Seite zu schieben.

Bis auf ein kleines Schmusetier, ein Eichhörnchen, das neben dem Kopfkissen saß und den Schlaf des Neugeborenen bewachen sollte, war die Wiege leer.

Erleichtert atmete ich auf, obwohl mir gleichzeitig klar war, dass ich nun den Kindersarg würde öffnen müssen, wenn ich Klarheit haben wollte, ob es sich bei dieser Kammer um eine Gruft handelte oder nicht. Was wiederum zu der Frage führte, was das hier alles sollte, wieso Nicole Kleinschmidt die Kerzen angezündet hatte und mit wem sie gesprochen hatte.

Erst als ich einen zweiten Blick in die vor mir stehende Wiege warf, fiel mir der vergilbte Zettel auf, der auf dem kleinen Kissen lag. Ich beugte mich vor und sah, dass dort in kleinen, abgezirkelten Lettern ein Datum stand – ein Todesdatum:

† *22. Dezember 2011*

Dass die Babywiege für ein schreckliches menschliches Drama stand, war offensichtlich. Ebenso offensichtlich war, dass es sich bei dieser Kammer um eine Gruft handelte. Langsam drehte ich mich zu dem Sarg um, dessen Schatten bedrohlich im Feuerschein der Teelichter flackerte.

Der Sarg war mit vier messingfarbenen Schrauben verschlossen, die sich leicht aufdrehen ließen. Ich holte kurz Luft und hob dann den kleinen Sargdeckel mit einem Ruck hoch.

Eine tiefe Traurigkeit griff nach mir, als ich auf den mumifizierten kleinen Körper sah, der tot vor mir in dem Sarg lag.

Der Säugling war winzig klein und durch die Mumifizierung noch geschrumpft, sodass ich Einzelheiten an dem Körper kaum erkennen konnte. Aber das wollte ich auch gar nicht.

Langsam legte ich den Deckel zurück auf den Sarg und drehte die kleinen Schrauben wieder fest.

Eine Babywiege und ein Kindersarg mit einem mumifizierten Säugling: Die Hauptperson in dieser menschlichen Tragödie war Nicole Kleinschmidt, die vor ein paar Minuten in der Gruft ihres Neugeborenen Kerzen angezündet und mit ihrem toten Kind gesprochen hatte.

Und ihr Vater machte mit seiner Flinte Jagd auf junge Männer, von denen zwei tot und zwei schwer verletzt waren. Mir kam der Gedanke, dass jeder der vier Männer potenzieller Vater des toten Neugeborenen sein konnte, den Nicole Kleinschmidt hier bestattet hatte. Ob sie mit den Männern Liebesbeziehungen eingegangen war, würde die Kripo ermitteln müssen. Wobei ich eher auf eine gemeinschaftliche Vergewaltigung tippte, da Lasse sich in seinem Chat auf eine »alte Sache« bezogen hatte.

In mir erwachte ein schrecklicher Verdacht. Konnte es sein, dass die Männer Nicole Kleinschmidt vergewaltigt hatten und sie unbemerkt das Kind zur Welt gebracht hatte? Und war es möglich, dass die Polizistin ihr eigenes Kind getötet und es dann hier in dieser Kindergruft aufgebahrt hatte?

Wenn mein grauenhafter Verdacht zutraf, befand sich Vater Kleinschmidt auf seinem ganz persönlichen Rachefeldzug, und der war noch nicht beendet. Nur ich stand ihm im Moment im Weg.

Ich musste weg von hier! Egal wie, nur so schnell wie möglich.

Hastig wirbelte ich herum und verließ die grausige Gruft.

Im gleichen Moment, als ich den muffigen Kellerraum betrat, zuckte ich zusammen.

Vor mir stand der Polizist Kleinschmidt in der mir wohlbekannten Uniform und zielte mir mit seiner Jagdbüchse mitten ins Gesicht. Ich blieb wie angewurzelt stehen und hob meine gefesselten Hände automatisch vors Gesicht, was ein Fehler war. Denn ich sah den Schlag mit dem Gewehrkolben nicht kommen und konnte nicht mehr ausweichen.

Schlagartig wurde es dunkel um mich.

27

Scharfer Brandgeruch zog mir in die Nase.

Die Vorstellung, dass in meinem alten Reetdachhaus ein Feuer ausbrechen könnte, während ich schlief, war schon immer ein Albtraum gewesen. Erschrocken riss ich die Augen auf, um verwirrt festzustellen, dass ich mich überhaupt nicht in meinem Bett befand. Es dauerte aber nur einen Sekundenbruchteil, bis ich wieder wusste, wo ich war. Ich hing mit gefesselten Händen in Kleinschmidts alter Räucherkammer, die groß genug war, um einen Ochsen zu räuchern. Der Ochse war in diesem Fall ich, denn während ich von dem Kolbenhieb weggetreten war, hatte Kleinschmidt mich nicht nur mit den Händen an einem der rußigen massiven Deckenhaken aufgehängt, sondern bis zu meinen Hüften hoch einen Scheiterhaufen aus sehr trocken aussehendem Brennholz aufgestapelt.

Als mir gerade die Erkenntnis dämmerte, dass diese Gruft in ein paar Minuten auch meine sein würde, betrat der Gänsegeier mit einem weiteren Stapel Brennholz die Kammer.

»Dieser Wahnsinn muss ein Ende haben«, brummelte er vor sich hin. »Hier und heute.«

»Ganz meine Meinung«, sagte ich und war mir meines Galgenhumors gar nicht bewusst. »Binden Sie mich los, und der Wahnsinn hat ein Ende.«

»Halt's Maul«, lautete die lapidare Antwort. »Für dich hat das eh gleich ein Ende, und zwar ein sehr abruptes!«

Kleinschmidt legte das Brennholz zu meinen Füßen und

richtete sich auf. Fast traurig sah er mich an. »Ich hab nichts davon mitbekommen.«

Ich wusste sofort, wovon er sprach. »Das gibt es öfter, als man denkt«, erklärte ich. »Es hat schon Frauen gegeben, die haben erst unmittelbar vor der Entbindung erfahren, dass sie schwanger waren.«

»Idiot!«, fuhr er mich an. Die Traurigkeit war schlagartig aus seinen Augen verschwunden und einer heiß brodelnden Aggressivität gewichen. »Niki hat gewusst, dass sie von einem dieser Schweine schwanger war. Sie hat es vor mir verborgen.«

Die Erkenntnis traf mich wie ein Stromschlag! Kleinschmidt hatte seine Tochter Niki genannt – Niki!

Lasse hatte, als er sich auf der Schwelle zwischen Leben und Tod in seinem Stuhl aufgebäumt hatte, »Niki« geflüstert. Aber er hatte überhaupt nicht Dominik Stein gemeint, sondern den Hinweis auf die »alte Sache« geben wollen, die er im Chat gegenüber Max angedeutet hatte. Er hatte seinem Peiniger ins Gesicht gesehen und gewusst, dass es sich um den Vater von Niki Kleinschmidt handelte. Deshalb hatte er mir »Niki« zugeflüstert.

Dieses Wissen half mir in meiner jetzigen Situation allerdings auch nicht weiter. Trotzdem versuchte ich Kleinschmidt zum Weiterreden zu bewegen, schließlich bestand noch Hoffnung, dass Thyra im letzten Moment mit der Kavallerie anrücken würde.

Die Hoffnung stirbt zuletzt.

»Die Männer haben Niki vergewaltigt«, sprach ich meine Vermutung aus.

Kleinschmidt sah mich ausdruckslos an und deutete mit dem Kopf auf den kleinen Sarg seitlich von mir. »Ist ja wohl nicht schwer zu erraten, oder?« Er reckte das Kinn vor. »Niki wäre fast daran kaputtgegangen.«

»Und dann wurde sie schwanger«, stellte ich fest und war

heilfroh, dass der Gänsegeier weiter mit mir sprach. Wer plaudert, zündelt nicht – vielleicht.

Er nickte gedankenverloren. »Ja, Niki wurde schwanger.«

»Und sie hat das Kind dann hier bestattet?«, versuchte ich ihn am Reden zu halten, brannte aber auch gleichzeitig darauf, die Wahrheit zu erfahren. »Seit wann wussten Sie Bescheid?«

»Sie wusste sich nicht mehr zu helfen. Und ich konnte auch nichts tun. Ich hab den Sarg doch erst vor ein paar Tagen zufällig gefunden, als ich den Keller wegen des Umbaus vermessen wollte. Sonst wäre ich nie hier runtergekommen.« Hilflos zuckte Kleinschmidt mit den Schultern und hätte mir fast schon leidgetan, wenn er nicht drei Tote auf dem Gewissen gehabt hätte und gerade im Begriff war, mich auf einem Scheiterhaufen zu verbrennen und mich dann wahrscheinlich ebenfalls irgendwo zerstückelt im Watt zu verteilen.

»Warum haben Sie die Männer umgebracht?«, fragte ich geradeheraus. »Aus Rache?«

»Rache?« Kleinschmidt schnaubte verächtlich durch die Nase. »Sie hätten es wieder getan.«

»Wieso?«

Er zögerte einen Moment, bevor er antwortete: »Weil Niki sich zu einer tollen Frau entwickelt hat und weil...« Er brach ab.

»Weil was?«, bohrte ich nach und versuchte, während er sprach, unauffällig die Stricke zu lösen, die tief in meine Handgelenke einschnitten.

»Hör auf zu zappeln!«, befahl er und deutete mit dem Kinn auf den Strick, an dem ich mehr hing als stand. »Das hilft dir auch nicht weiter.«

»Warum hätten sie es wieder getan?«, versuchte ich ihn zum Weitersprechen zu animieren.

»Weil Niki nicht mehr das blonde Pummelchen von früher und außerdem Polizistin ist!« Kleinschmidts Stimme war lauter geworden und hatte einen aggressiven Ton angenommen. »Die Uniform hat diese perversen Dreckskerle geil gemacht.«

»Und Sie sind jetzt der Rächer?«, spottete ich, weil in mir plötzlich eine Stinkwut aufflammte. »Ich denke, Sie sind Polizist? Sie schwingen sich zum Richter und Henker auf!«

Er sah mich einen Moment mit kaltem Blick an, griff dann langsam in die Tasche seiner Uniformhose und holte eine Packung filterlose Zigaretten und ein Einwegfeuerzeug heraus.

Kleinschmidt zündete sich eine Zigarette an, nahm ein paar tiefe Züge und hockte sich dann wortlos zu meinen Füßen nieder, um die Glut seiner Zigarette an ein kleines Bündel Holzwolle zu halten, das er als Anmachhilfe unter ein Reisigbündel geschoben hatte.

Es dauerte nur ein paar Sekunden, bis aus der Holzwolle eine Stichflamme emporschoss und das Reisig in Brand setzte.

Im gleichen Moment, als ich entsetzt aufschrie und im Reflex nach Kleinschmidt trat, ertönte ein gellender Schrei.

»Papa!«

Unsere Köpfe fuhren gleichzeitig zur Türöffnung herum. Nicole Kleinschmidt stand mit schreckgeweiteten Augen in der Tür. Sie trug ihre komplette Uniform mit Mütze und Waffengürtel. Wahrscheinlich war sie schon halb auf dem Weg zum Dienst und hatte endlich ihren Vater gefunden, nach dem sie gesucht hatte.

»Was machst du da, Papa?«, schrie sie entsetzt, und mir war nicht klar, ob sie meinte, dass ihr Vater gerade dabei war, mich zu verbrennen oder den Kindersarg. »Das kannst du meinem Kind nicht antun!«

Nun war mir klar, dass die Polizistin nicht den geplanten Mord an mir meinte.

Kleinschmidt wirbelte herum und fuhr seine Tochter an. »Der Wahnsinn muss ein Ende haben! Verschwinde von hier, und lass mich machen!«

»Nein!« Mit zornrotem Gesicht stand Nicole Kleinschmidt ihrem Vater gegenüber. »Niemals! Ich lasse es nicht zu, dass mein Kind stirbt!«

»Dein Kind ist doch schon lange tot!«, schrie Kleinschmidt seine Tochter an. »Seit Jahren!«

»NEIN!«

Nicole Kleinschmidt stieß ihrem Vater wutentbrannt mit voller Wucht ihre Hände vor die Brust, sodass dieser zwei Schritte zurücktaumelte und rücklings in den Holzstapel fiel.

»Machen Sie mich los!«, brüllte ich Nicole Kleinschmidt an, die allerdings überhaupt nicht auf mich reagierte, sondern auf den Sarg zustürmte, um ihn nach draußen zu tragen.

»Hey, Sie Irre!«, schrie ich ihr verzweifelt hinterher. »Sie sind die Polizei, holen Sie mich hier raus.«

Wenige Sekunden später tauchte sie wieder in der Tür auf, aber bevor ich sie anschreien konnte, mir gefälligst zu helfen, griff sie nach der hölzernen Wiege, um sie in Sicherheit zu bringen. Dazu kam sie allerdings nicht, denn während seitlich von mir das Reisig hell auflöderte, schob ihr Vater sie zur Seite und gab ihr eine brutale Ohrfeige, die sie der Länge nach zu Boden streckte.

»Das hier muss ein Ende haben!«, schrie er wieder und griff nach der Wiege, um sie ins Feuer zu ziehen, dessen Flammen schon gierig um das Holz züngelten.

»NEIN!«, rief Nicole Kleinschmidt, und obwohl die Flammen gerade meine Beine versengten, riss ich den Kopf zu ihr herum und sah, wie sie ihre Dienstwaffe aus dem Holster zog und auf ihren Vater anlegte. Ich beobachtete hilflos, dass Nicole Kleinschmidt wie in Zeitlupe in einer fließenden Bewegung mit dem Daumen die durchgeladene SFP9 entsicherte und ihren Finger um den Abzug legte.

Donnernd peitschte der Schuss durch die Kammer und

traf ihren Vater mitten in die Brust. Auf seinem Hemd bildete sich sofort ein Blutfleck.

Kleinschmidt riss die Arme hoch und fiel in den brennenden Holzstapel.

Im gleichen Moment, als ich aus den Augenwinkeln sah, dass die Polizistin ihre Waffe fallen ließ und aufsprang, um an mir vorbei Richtung Altar zu rennen, nutzte ich die einzige Chance, die ich hatte, hier lebend herauszukommen.

In der Sekunde, als Nicole Kleinschmidt auf gleicher Höhe mit mir war, zog ich mich an meinen gefesselten Händen hoch und riss gleichzeitig meine Beine hoch, mit denen ich die Polizistin wie mit einem Schraubstock umschlang. Die Umklammerung gab mir den nötigen Widerstand in den Beinen, um mich mit aller Kraft abzustoßen und gleichzeitig aufzubäumen, sodass mein Gewicht auf meinen Beinen und nicht mehr auf den gefesselten Händen lag. Diesen Sekundenbruchteil nutzte ich, um meine Handschellen aus dem Deckenhaken herauszuschwingen. Hart schlug ich inmitten des Holzstapels auf und rollte mich gleichzeitig aus dem Feuer heraus. Da mein Hemd und auch meine Hose Feuer gefangen hatten, rollte ich mich wie wild auf dem Boden herum, bis ich glaubte, die Flammen erstickt zu haben.

Als ich meinen Kopf hob, sah ich, wie Nicole Kleinschmidt bis zu den Hüften in dem brennenden Holzstoß stand und mit verzerrtem Gesicht versuchte, die Flammen zu ersticken, die an der Wiege hervorloderten, deren verstaubter Baldachin funkenstiebend brannte wie Zunder. Es war ein sinnloses Unterfangen der jungen Polizistin, die Wiege vor den Flammen retten zu wollen, denn der gesamte Stapel Feuerholz ging in einer riesigen Feuerlohe auf und Nicole Kleinschmidt mit ihm. Die achteckige Polizeimütze fiel ihr vom Kopf, und ihre Haare gingen in Flammen auf. Sie fuhr zu mir herum und riss ihren Mund zu einem stummen Schrei auf, während die Flammen gierig an ihr hochschlugen und sie mir einen letzten verzweifelten Blick zuwarf.

Ich konnte weder etwas für sie noch für ihren Vater tun, der unter dem Holzstapel begraben lag.

Die Rauchentwicklung war mittlerweile so groß, dass die Rauchklappe, die der Gänsegeier an der Decke der Kammer während meiner Bewusstlosigkeit geöffnet haben musste, die Entlüftung nicht mehr schaffte. Ich wurde von einem Hustenkrampf erfasst und merkte, wie mir langsam das Bewusstsein erneut zu entgleiten drohte. Mühsam kam ich auf die Knie hoch und kroch auf allen vieren aus der Gruft, die Vater und Tochter Kleinschmidt zum Verhängnis geworden war.

Das muffige Kellerloch war ebenfalls schon von dichten Rauchwolken erfüllt, dass ich auf den Knien gleich weiter Richtung Ausgang kroch. Fast hätte ich vor lauter Qualm und mit meinen tränenden und fast blinden Augen die Tür verpasst, aber im letzten Moment ertasteten meine Hände, an denen ich noch immer die Handschellen trug, die Türöffnung, und ich krabbelte die Kellerstufen hoch.

Auch als ich das Gras unter meinen Händen und Knien spürte, kroch ich hustend weiter. Tränen spülten meine Augen frei, während ich durch den Garten robbte, und erst als ich halbwegs das Grün des Rasens erkennen konnte, warf ich einen Blick über die Schulter. Als ich sah, dass ich ausreichend Abstand zwischen das Gebäude und mich gebracht hatte, drehte ich mich zu dem Haus um und beobachtete, auf Knien hockend, wie sich das Feuer über das gesamte Gebäude ausbreitete.

Mit explosionsartigem Knall zerbarsten die Fensterscheiben.

Ich zog den Kopf ein, um nicht von den geschossartig herumfliegenden Glassplittern getroffen zu werden.

Als die ersten Flammen aus dem Dachstuhl hervorloderten, hörte ich von Weitem das Auf- und Abschwellen der

Feuerwehrsirenen, die sich schnell näherten. Kurz darauf hörte ich das Klappen von Autotüren, und es ertönten laute Kommandos der Feuerwehrleute. Als sich die schweren Schritte der Feuerwehrleute näherten, hörte ich, wie ein Feuerwehrmann rief: »Hier liegt einer!«

Das Letzte, was ich sah, als ich mich hustend und nach Luft schnappend ins Gras fallen ließ, waren die lodernden Flammen, die aus dem Dach des Backsteingebäudes hervorschossen.

Ich hoffte nur, dass der wundervolle Garten die Feuersbrunst ebenso wie ich überleben würde.

28

Als die Ärzte im Emder Krankenhaus nach zwei Tagen Aufenthalt der Meinung waren, dass ich ihnen mit meinen ständigen Fragen nach Entlassung genug auf die Nerven gegangen war und ich mir meine Brandsalben zu Hause auch selber auftragen konnte, wurde ich entlassen und hatte ausreichend Zeit, mich mit Uz in Gretas *Rettungsschuppen* zu setzen und bei mehreren Kannen Ostfriesentee über die Tragödien des Sommers zu sprechen, die Greetsiel erschüttert hatten und in der Nicole Kleinschmidt eine tragische Rolle gespielt hatte.

Uz kannte die junge Polizistin sehr gut, denn sie war vor vielen Jahren eine Zeit lang seine Patientin gewesen, als er noch als Landarzt praktizierte. Zwar unterlag Uz seiner ärztlichen Schweigepflicht, aber angesichts der Tragödie, die sich in dem alten Backsteinhaus in Hauen abgespielt hatte, teilten wir unser gemeinsames Wissen mit der Kripo, die intensive Ermittlungen angestellt hatte, und erhielten so ein ziemlich umfassendes Gesamtbild über die menschliche Tragödie der jungen Frau, die sich über Jahre hinweg abgespielt hatte.

Nicole Kleinschmidt war eine introvertierte junge Frau gewesen, deren damaliges Problem in ihrem massiven Übergewicht lag, was sie oftmals zur Zielscheibe bösartiger Scherze anderer Jugendlicher machte. Der übelste Scherz aber bestand darin, dass der blonde, gut aussehende Thomas Takken ihr im April des Jahres 2011 seine Liebe vorgaukelte und als Liebesbeweis von ihr forderte, dass sie ihren Körper auch seinen

Kumpels für Sexspiele zur Verfügung stellen sollte. Irgendwann willigte Nicole aus lauter Verliebtheit ein, bekam aber Angst, als es eines feuchtfröhlichen Abends dann so weit sein und sie dem Quartett zur Verfügung stehen sollte.

Sowohl das unmoralische Angebot als auch die betrunkenen jungen Männer versetzten die junge Frau in Panik. Bereits halb nackt, raffte sie voller Angst ihre Kleidung zusammen und wollte fliehen. Da die jungen Männer aber an diesem Abend bereits alle ausgiebig diverse Schnapsflaschen hatten kreisen lassen, eskalierte die Situation: Nicole Kleinschmidt wurde von Thomas Takken, Dominik Stein und Lasse Medina mehrfach vergewaltigt. Max Bornemann war zwar anwesend, soff sich aber unter den Tisch, um nicht aus dem Gruppenzwang heraus mitmachen zu müssen, aber auch nicht als Feigling zu gelten.

Da jedermann Nicole Kleinschmidt in weiter Kleidung kannte, die sie trug, um ihr Gewicht zu kaschieren, gelang es ihr, die Schwangerschaft vor ihrem Umfeld geheimzuhalten. Uz vermutete, dass sie zwei Tage vor Weihnachten ihr Kind vollkommen alleine zur Welt brachte und es dann in einem Eimer Wasser ertränkte. Die junge Frau hatte damals Uz gegenüber eine nebulöse Andeutung gemacht, die erst jetzt im Zusammenhang mit den aktuellen Ereignissen Sinn ergab und die das Datum erklärte: *† 22. Dezember 2011.*

»Sie war Anfang Mai 2011 einmal bei mir und wollte sich etwas gegen Depressionen verschreiben lassen«, hatte mir Uz erzählt. »Das muss ein paar Wochen nach der ersten Vergewaltigung gewesen sein. Da ich sah, dass es ihr schlecht ging, sie aber mit mir nicht über die Ursache ihrer Depressionen sprechen wollte, habe ich sie an einen Kollegen, einen Psychologen in Aurich, überwiesen. Ansonsten ist sie immer nur mal sporadisch in meine Praxis gekommen, wenn sie eine Grippe oder so etwas hatte. In der Zeit, in die ihre Schwangerschaft fiel, hat sie sich nicht bei mir sehen lassen.«

»Ist sie zu dem Psychologen gegangen?«, wollte ich wissen.

Uz nickte. »Ja, sie hat dort eine Therapie gemacht und auch abgeschlossen. Sie hat sich offenbar entschlossen, nicht mehr Opfer zu sein. Als wir vor einiger Zeit Kleinschmidt trafen, hatte ich ihn nach seiner Tochter gefragt. Er erzählte mir, dass es ihr sehr gut ginge und sie jetzt auch »bei dem Verein« sei. Nicole hat damals angefangen, intensiv Sport zu treiben, und ihre Ernährung umgestellt. Sie muss extrem viel abgespeckt haben und hat sich bei der Polizei beworben; wahrscheinlich um endgültig ihrer Opferrolle entkommen und sich verteidigen zu können – als Polizistin.«

Ich konnte mich noch an die Szene erinnern, als Uz damals mit Kleinschmidt gesprochen hatte, und nickte nachdenklich, da ich daran dachte, wie schrecklich einsam und verzweifelt Nicole Kleinschmidt sich gefühlt haben musste, um in der Tötung des Neugeborenen den letzten Ausweg zu sehen. In ihre Depression und Verzweiflung nach den Vergewaltigungen und den Schock angesichts der ungewollten Schwangerschaft konnte ich mich nur ansatzweise einfühlen; zu grausam und zu schrecklich musste ihre damalige seelische Verfassung gewesen sein.

Die Tragödie erreichte ihren Höhepunkt, als Nicole Kleinschmidt ihren damaligen Peinigern Takken, Medina und Stein im vergangenen Sommer zufällig in Uniform über den Weg lief. Offenbar übte die Polizeiuniform einen besonderen Reiz auf die Männer aus, denn sie verabredeten sich und lauerten der jungen Polizistin eines Abends erneut auf, da sie sich sicher waren, dass sich ihr Opfer von einst auch diesmal weder wehren noch Anzeige erstatten würde; auch nicht, obwohl oder vielleicht gerade weil sie mittlerweile Polizistin war.

Obwohl Nicole Kleinschmidt zu einer selbstbewussten jungen Frau gereift war, die mit beiden Beinen im Leben stand und voller Stolz ihre Polizeiuniform trug, spülte die Begegnung mit ihren Vergewaltigern offenbar alte Ängste hoch und ließ ihr Selbstbewusstsein wie Schnee in der Sonne schmelzen.

Ihrem Vater fiel zwar das veränderte Verhalten seiner Tochter auf, aber er stieß erst vor ein paar Tagen zufällig auf die schaurige Gruft in seinem eigenen Keller. Kleinschmidt wusste sofort, was geschehen sein musste, und startete seinen ganz persönlichen Rachefeldzug, denn er wusste von dem alten Liebeskummer seiner Tochter um Tom und hatte nach dem Fund der Gruft sofort die Zusammenhänge geahnt. Als Polizist war es für ihn kein Problem, den Hintergrund von Thomas Takken auszuleuchten, und innerhalb kürzester Zeit hatte er die Identität des Quartetts ermittelt, auf dessen Konto die Vergewaltigung seiner Tochter ging.

Offenbar hatte er Thomas Takken zunächst nur eine Abreibung verpassen wollen, war dann aber, als er ihn sich schnappte, auf dessen Handy gestoßen, auf dem sich Fotos und Videos der Vergewaltigung seiner Tochter in Uniform befanden. Als er selbst weiter ermittelte, bekam er heraus, dass auch Max an der ersten Vergewaltigung beteiligt gewesen war. Im Rahmen ihrer Ermittlungen stieß die Kripo auf weiteres Fotomaterial der Vergewaltigung, welches Takken in einer Cloud deponiert hatte.

Kleinschmidt lockte Takken in eine Falle, erschoss ihn, zerstückelte dessen Leiche und verbrannte die Leichenteile in seiner Räucherkammer im Garten, die er normalerweise zum Räuchern von Wild verwendete.

Die Ermittlungen der Kripo ergaben, dass Kleinschmidt tatsächlich Jäger war, wie Doktor Tillmann es bei dem Todesschützen vermutet hatte. Nach dem Tod von Takken brachen bei Kleinschmidt die Dämme, und er verlor jegliche Skrupel. Als Nächstes tauchte er auf dem Sommernachtsball in Pewsum auf, für den Dominik Stein als Showeinlage gebucht war. Kleinschmidt lockte ihn auf die Burgmauer der Manningaburg, wo er ihn niederschlug und mit einem Strick um den Hals von den Zinnen stieß, um ihn vor aller Augen öffentlich zu hängen.

Der arme Onno kam ihm dabei als vermeintlicher Täter gerade recht. Um Onno zusätzlich zu belasten, tauchte Kleinschmidt in Onnos Wohnung auf. Nicht um ihn zu suchen, wie ich ursprünglich dachte, sondern um den Rucksack mit Dominik Steins persönlichen Sachen bei Onno zu platzieren.

Auch das Erscheinen des Polizisten im *Temporada* geschah nicht zufällig. Mit meinem Auftauchen hatte ich Kleinschmidt gestört, der gerade dabei war, Lasse Medina zu Tode zu foltern. Kleinschmidt verschwand durch einen Notausgang, von dessen Existenz ich keine Ahnung hatte, und wartete gegenüber dem Eingang, dass der ungebetene Besucher laut schreiend aus dem *Temporada* gestürmt kam. Wahrscheinlich wäre er dann lässig in seiner Polizeiuniform zurück an den Tatort geschlendert und hätte dem unglückseligen Lasse den Rest gegeben. So gesehen hatte er es tatsächlich mir zu verdanken, dass er noch lebte.

Lasse und auch Max hatten Glück gehabt; beide schwer verletzten Männer hatten überlebt. Doktor Tillmann war zwar Pathologe, hielt mich aber unter Nutzung seines ausgezeichneten Netzwerks über die medizinischen Fortschritte der beiden auf dem Laufenden. Max hatte seine Pneumothorax-Operation gut überstanden, aber noch immer leichte Probleme beim Atmen.

Lasse hatte ebenfalls seine ersten Operationen gut hinter sich gebracht. Allerdings waren seine Stimmbänder und Atemwege so stark von dem Flambierbrenner geschädigt, dass er praktisch stumm war und dauerhaft mit einem Luftröhrenschnitt, einem sogenannten Tracheostoma, leben musste. Was seine Gesichtsverbrennung anbelangte, standen ihm noch eine ganze Reihe plastischer Gesichtsoperationen und Transplantationsoperationen bevor. Die Chirurgen waren optimistisch,

Lasses Gesicht weitestgehend rekonstruieren zu können, weswegen ihm noch mehrere leidensreiche Jahre bevorstanden – aber es gab Hoffnung auf Besserung.

Unabhängig vom Gesundheitszustand der beiden, liefen gegen Max und Lasse Ermittlungsverfahren wegen Nötigung, Körperverletzung und Beteiligung an mehrfacher gemeinschaftlicher Vergewaltigung, was zur sofortigen Entlassung von Onno aus der Untersuchungshaft führte. Wobei Max sehr gute Chancen hatte, mit einem blauen Auge davonzukommen. Aber unschuldig war er nicht. Zwar war er nicht direkt an der Vergewaltigung beteiligt gewesen, hatte sich aber vor lauter Feigheit und aus falscher Kumpanei mit Alkohol aus dem Verkehr gezogen und jahrelang über die Tat geschwiegen, um seine Freunde zu decken, anstatt Nicole Kleinschmidt zu helfen.

Auch gegen den Unternehmer Gisbert van Alst war ermittelt worden. Da man ihm aber persönlich nichts nachweisen konnte und die Bücher seiner Firma vorbildlich waren, wurden die Ermittlungen eingestellt.

Kommissar Mackensen zeigte sich nach wie vor professionell und korrekt. Er war wie verwandelt, und ich verstand mich immer besser mit ihm; aus dem Burgfrieden war ein gutes Miteinander geworden. Wir hatten uns – man glaubte es kaum – sogar mit Handschlag voneinander verabschiedet, als ich Onno aus der Untersuchungshaft abgeholt hatte. Ich hatte mich bei einem Bier mit Uz über die seltsame Wandlung von »Macke« unterhalten, und wir tippten beide darauf, dass die Geschehnisse des letzten Jahres zu seiner Veränderung geführt haben mussten. Mackensen war damals brutal vor Augen geführt worden, dass er seine steile Karriere nicht seinem Können, sondern seinem Protegé seit seiner Studienzeit, dem damaligen leitenden Oberstaatsanwalt, zu verdanken hatte, der sich auf diesem Weg Mackensens Willfährigkeit sichern wollte.

Mackensen hatte uns damals schon überrascht, als er sich

aus freien Stücken von seinem Rang als Hauptkommissar hatte zurückstufen lassen. Offenbar hatte er mehr Charakter, als wir angenommen hatten.

Manchmal steht man sich mit seinen Vorurteilen selbst im Weg und traut seinen eigenen Augen nicht, wenn Menschen plötzlich andere Charaktereigenschaften zeigen als jene, die wir bis dahin kannten.

Dinge ändern sich und Menschen mit ihnen.

EPILOG

Eine Handvoll Brotkrumen flog in den blauen Herbsthimmel.

Eine einzelne Möwe schoss wie ein Jagdflieger im Sturzflug herab und erwischte den größten Brocken mit einem lässigen Picken.

Eine Windbö frischte auf, und die Möwe, die ich gerade mit den restlichen Krumen meines Fischbrötchens fütterte, breitete ihre Flügel aus und ließ sich vom frischen Herbstwind in den blauen Himmel hinauftragen.

Ich sah der Möwe nach, bis sie immer kleiner wurde, um dann ganz aus meinem Blickfeld zu verschwinden. Mich hatte ohnehin gewundert, was die einzelne Möwe hier draußen auf dem Acker trieb. Nachdenklich zog ich meine Jacke enger um meine Schultern und rieb mir mit beiden Händen über die Oberarme, während ich überlegte, ob ich die Gänsehaut vom Herbstwind bekam oder weil die weiße Möwe gerade in dem Moment am Himmel aufgetaucht war, als ich an den kleinen weißen Kindersarg dachte, der in der Gruft von Nicole Kleinschmidt gemeinsam mit ihr und ihrem Vater verbrannt war.

Ich erinnerte mich oft an die Ereignisse während der unerträglich heißen Hundstage im vergangenen Hochsommer in Greetsiel. Zum einen, weil mich die Ereignisse fast das Leben gekostet hatten und ich den restlichen Sommer über damit beschäftigt war, die Brandwunden an meinen Beinen und Händen zu behandeln. An Tango war in dieser Zeit überhaupt nicht zu denken. Und zum anderen, weil mir selten eine solch unvorstellbare menschliche Tragödie wie die von Nicole Kleinschmidt begegnet war, die – sie und ihren Vater eingeschlossen – insgesamt fünf Menschen das Leben gekostet und zwei Männer ins Koma gestürzt hatte.

Als meine Gedanken gerade zu Bauer Harms abschweiften, an dessen Beerdigung ich im Spätsommer teilgenommen hatte, bog einer der beiden riesigen grün-gelben John-Deere-Traktoren, die Harms seinerzeit gekauft hatte, auf den Acker ab, an dessen Rand ich bereits seit einer halben Stunde saß und meinen Gedanken nachhing.

Langsam erhob ich mich und ging, nachdem ich mir den Staub von der Hose geklopft hatte, dem röhrenden Giganten entgegen, der in vollem Tempo mit voll aufgedrehten Scheinwerfern direkt auf mich zuhielt.

Mit einem breiten Lächeln im Gesicht stand ich auf dem Acker, als der riesige Traktor in einer dichten Staubwolke mit einer Vollbremsung vor mir zu stehen kam.

Während sich die Staubwolke langsam lichtete, öffnete sich die Fahrertür, und ich sah lange Beine in Gummistiefeln die Treppe hinunterklettern und die letzten beiden Stufen mit einem eleganten Hüpfer hinunterspringen.

Temperamentvoll schüttelte Anna Harms ihre flammend rote Haarmähne in den Nacken und sah mich lachend an.

»Moin, Anwalt!«, begrüßte sie mich mit strahlenden Augen.

»Moin, Bäuerin!«, strahlte ich zurück.

»Bereit für eine Treckerfahrt?«

»Wenn ich nicht wieder fahren muss«, entgegnete ich trocken und umarmte sie zur Begrüßung.

Arm in Arm gingen wir zu dem grün-gelben Trecker, der mit dumpf röhrendem Motor auf uns wartete.